W0413439

btb

Aus Freude am Lesen

David Bergen · Rückzug

David Bergen

Rückzug

Roman

Deutsch von Benjamin Schwarz

btb

Die kanadische Originalausgabe erschien 2008 unter dem Titel
»The Retreat« bei McClelland & Stewart, Toronto.

Mix
Produktgruppe aus vorbildlich bewirtschafteten
Wäldern und anderen kontrollierten Herkünften
www.fsc.org Zert.-Nr. GFA-COC-001278
© 1996 Forest Stewardship Council
FSC

Verlagsgruppe Random House FSC-DEU-0100
Das für dieses Buch verwendete FSC-zertifizierte Papier
Munken Premium liefert Arctic Paper Munkedals AB, Schweden.

1. Auflage

Satz: Uhl + Massopust, Aalen
Druck und Einband: CPI – Ebner & Spiegel GmbH, Ulm
Printed in Germany
ISBN 978-3-442-75267-6

www.btb-verlag.de

Für Mary

I
Die Insel

Im Frühsommer 1973 verließ er das Haus seiner Großmutter und schaffte seine Habseligkeiten aus dem Reservat in eine kleine Blockhütte in der Nähe von Bare Point, wo sein Leben hart war in seiner Einfachheit. Die ungestrichenen Zimmer, der Stall mit den Hühnern, die Möbel, ausrangiertes Zeug vom Müllplatz, die Abende an dem Tischchen, auf dem mehrere Kerzen brannten. Er war gerade achtzehn geworden, hatte im Frühjahr die Highschool abgebrochen, und ihm gefiel die Freiheit seines kargen, einsamen Lebens. Er arbeitete auf dem örtlichen Golfplatz, und abends fuhr er in die Stadt, wo er sich mit Alice Hart traf, der Tochter eines Geschäftsmannes von hier, des Besitzers des städtischen Holzlagers. Unter dem Vordach des Paramount-Kinos in der Second Street lehnte Alice an der Mauer und wartete. Sie lutschte Pfefferminz, und als sie ihn küsste, roch ihr Mund nach Großmutters Pfefferminztee. Ihre Zunge war flink. Sie hatte zu ihm gesagt, er solle sich einen Schnurrbart wachsen lassen, aber der Versuch war fehlgeschlagen, es hatte nur zu einem ungleichmäßigen Flaum gereicht. Weil ihr Vater verboten hatte, dass sie mit ihm zusammen war, fuhren sie meist auf abgelegenen Straßen aus Kenora hinaus in Richtung Norden und dann im Bogen zurück zu seiner Hütte, wo sie Karten spielten und tranken und sich gegenseitig entkleideten und Alice ihm ewige Liebe versprach. »Ray«, sagte sie. Ihre Finger waren leicht, und durch den Scheitel in ihrem Haar konnte er die weiße Kopfhaut sehen. Nach dem Sex wurden ihre Ohren leuchtend rot.

Er hatte ein fünf Meter langes Lund-Aluminiumboot mit

einem 20-PS-Johnson, und eines Abends fuhr Raymond mit Alice in der Dämmerung auf den See hinaus, und sie beobachteten, wie ein Gewitter aus Westen aufzog. Das Wetterleuchten war hoch und bewegte sich seitwärts über den Himmel, es sah aus, als striche jemand Streichhölzer an, schaffte es aber nicht, sie zum Brennen zu bringen. Alice trug eine orangefarbene Schwimmweste. Sie saß da, trank Bier und blickte zu Raymond zurück, und er sah seine Zukunft, und Alice kam darin nicht vor. Sie lächelte. Hob ihr Bier und trank. Der Himmel erhellte sich hinter ihrem Kopf.

Earl Hart, einer der Constables der städtischen Polizei und ein Onkel von Alice, stattete Raymond an einem Dienstagabend, als gerade geschlossen wurde, am Golfplatz einen Besuch ab. Er parkte neben Raymonds Pick-up, und während Raymond näher kam, kurbelte Hart sein Fenster herunter und sagte: »Seymour.« Raymond nickte und öffnete die Beifahrertür seines Pick-ups. Er warf seine Jacke und die Lunchbox hinein, schloss die Tür und sah Hart an, der sagte, er solle in den Streifenwagen steigen.

»Ich möchte dich kurz sprechen.«

Raymond blickte über das Dach des Streifenwagens zum Clubhaus hinüber. Er steckte die Hände in die Taschen, ging zur Beifahrertür herum und stieg ein.

»Spielst du Golf?«, fragte Hart.

Raymond verneinte. Er kümmere sich bloß um den Platz, mähe die Greens und die Fairways. Aber er spiele Basketball, sagte er. Point Guard. Er lächelte ein bisschen.

»Ach ja? Bist du gut?«

Raymond zuckte die Schultern. Er sagte, das könne er nicht wissen. Sein Trainer, Roger, müsse das sagen.

»So, du bist bescheiden.«

»Könnte sein«, sagte Raymond.

»Du bist dir nicht sicher.«

»Ich glaube nicht.«

»Pah. Er glaubt, er ist sich nicht sicher. Himmelherrgott.« Hart rutschte auf dem Sitz herum und klopfte mit einem dicken Finger aufs Lenkrad. »Und über Golf weißt du auch nichts. Komisch. Das ist, als würde ich für jemanden die Pistole reinigen, damit er sie benutzen kann, hätte aber nie mit einer geschossen.« Er tätschelte die Pistole an seiner rechten Hüfte. »Findest du das nicht seltsam?« Dann sagte er, ohne eine Antwort abzuwarten, er habe früher mal Golf gespielt, sei aber ein schlechter Spieler, vor allem bei den langen Schlägen. »Auf hundert Meter bin ich gut. Aber wenn ich vom Abschlag spiele, landet der Ball im Aus. Schrecklich, den Ball ins Aus zu schlagen, findest du nicht? Man verliert einen Schlag, den Ball und seinen Stolz. Alles geht den Bach runter.« Er gluckste in sich hinein, aber es war kein richtiges Lachen, eher das Abbild eines Lachens, als wäre er lange Zeit unglücklich gewesen und hätte gelernt, Freude zu imitieren.

Er sagte: »Alice Hart, meine Nichte. Sie ist siebzehn. Du kennst sie.«

Raymond sagte ja.

»Mein Bruder, Alices Vater, wollte mit dir reden, aber ich hab ihm vorgeschlagen, mich das machen zu lassen. Mein Bruder ist impulsiv. Er will Alice schützen. Sie ist seine einzige Tochter. Verstehst du? Und Alice ist genauso impulsiv wie ihr Vater, der Apfel fällt eben nicht weit vom Stamm, und es ist beschlossene Sache, dass sich Alice nicht mehr mit dir treffen wird. Es ist zu Ende. Keine Abende mit Alice mehr, was immer ihr da auch treibt. Was dich angeht, so existiert sie nicht. Und was sie angeht, so existierst du nicht. Raymond Seymour existiert nicht mehr. Kapiert?«

Es nisteten Falken in den Rottannen gleich neben dem Clubhaus. Sie stiegen auf und ließen sich nieder, und einer kreiste hoch oben in der Luft, ein schwarzer Punkt, kaum sichtbar gegen den sich verdunkelnden Himmel. Am Tag zuvor hatte man eine Bärin mit ihren Jungen in den Büschen zwischen dem fünften und sechsten Fairway beobachtet. Eine Rotwildfamilie kam auf das neunte Green und verschwand wieder; jeden Morgen fand er ihre zarten Hufabdrücke auf dem weichen Gras. Das war die Ordnung der Welt. Niemand hatte Raymond Seymour gebeten, die Tiere zu verscheuchen. Raymond fragte Hart, ob Alice einverstanden sei. Wusste sie, dass er nicht mehr existierte?

Hart rutschte auf seinem Sitz herum und bedeckte mit der rechten Hand seinen Schritt, als wollte er die unerhörte Frechheit dieser Frage andeuten. Er war ein kleiner Mann mit einem dicken Bauch, und seine Hand verschwand darunter und tauchte dann wieder auf. Er sagte, Alice habe in dieser Sache nichts zu sagen. Das Mädchen sei naiv. »Sie ist kein Fressen für einen Jungen wie dich.« Er hob die Hand und streckte einen kurzen Finger in die Luft. »Du bist Indianer. Bleib bei dem, was du kennst. Ich habe gehört, du bist klug. Beweis es.« Er entließ ihn mit einer Handbewegung und sagte: »Raus.«

Raymond stieg aus dem Wagen und sah dem wegfahrenden Hart hinterher. Es war dunkel geworden. Die Rücklichter des Streifenwagens leuchteten auf und verschwanden. Raymond fuhr in die Stadt, kaufte sich an der Shell-Tankstelle eine Cola und parkte dann in der Nähe des Paramount. Er ging hinein und bat um eine Eintrittskarte für die Spätvorstellung von *Leben und sterben lassen*. Das Mädchen in der Kasse sagte, der Film habe schon vor einer Stunde angefangen. Er könne so rein. Er kaufte sich Popcorn, ging hinein und setzte sich weit hinten hin. Das Kino war halb leer. Eine Ansammlung von Paaren, einige einzelne Köpfe zeichneten sich vor der Leinwand ab.

Er stemmte seine Füße gegen den Sitz vor ihm und sah James Bond zu, wie er die Welt rettete. Später stand er unter dem Vordach auf dem Gehweg und wartete darauf, dass Alice auftauchte. Er stellte sich vor, sie käme in Sandalen und Jeans und einem geblümten ärmellosen Top auf ihn zu, sagte seinen Namen und nähme seine Hand. Sie würde Kreolen am Ohr tragen. Er würde mit ihr ins Kenricia gehen. Sie würden Steaks essen. Dann würden sie zu ihm fahren, einen Schlummertrunk nehmen und ins Bett kriechen, und am Morgen würden sie einander gegenübersitzen und Toaste essen.

Stattdessen fuhr Raymond die 71 bis zu seiner Abzweigung hoch und dann über die Schotterstraße zu seiner Hütte, wo er Kerzen anzündete, sich an seinen einzigen Tisch setzte und Ravioli aus der Dose aß. Dann fütterte er die Hühner und setzte sich auf die Schaukel, die er sich aus der Vordersitzbank eines Studebaker gebaut hatte. Vier Ketten und ein Stahlrahmen. Ein Moskito landete auf seinem Unterarm. Er erschlug ihn. Zündete sich eine Zigarette an.

Am Morgen wusch er sich und kleidete sich für Mrs. Kennedy an. Saubere Jeans, Button-down-Hemd. Neun Löcher an jedem Mittwoch um neun Uhr morgens, Raymond als ihr Caddy, obwohl er wenig über Golf wusste und andere Golfer keine Caddys hatten. Aber die Geschäftsleitung wünschte, dass Lisa Kennedy zufrieden war, und am zufriedensten war sie mit Raymond an ihrer Seite. Sie spielte allein. An diesem Morgen trug sie einen pinkfarbenen Faltenrock, der ihr bis zu den Knien reichte, und eine weiße kurzärmelige Bluse. Die Ärmel eines weißen Pullovers um die Taille gebunden. Raymond trug ihre Schläger und ihren Kaffee. Den ersten Abschlag kriegte sie sauber hin, wenn auch nicht sehr weit. Sie gingen nebeneinander her, und die Schlägertasche schlug gegen Raymonds linkes Bein. Die Morgensonne hatte den Rasen vom Tau getrocknet. Mrs. Kennedy streckte die Hand nach dem Kaffee aus, und Raymond reichte ihn ihr. Sie trank im Gehen und sagte, dass sie am nächsten Tag nach Texas fliegen werde, um sich mit einem Mann zu treffen, der sie heiraten wolle. »Er hat sein Geld mit Öl verdient«, sagte sie. »Man muss doch gespannt sein auf einen Mann, der reich wird, indem er schwarzes Zeug aus dem Boden pumpt.« Sie bat um ein Dreier-Eisen. Raymond zog es aus der Tasche und gab es ihr in die Hand. Sie stellte sich in Positur und machte einen Probeschwung, dann drehte sie sich zu Raymond herum und fragte, ob er vorhabe, eines Tages zu heiraten. Raymond grinste und zuckte die Schultern. »Tu's nicht des Geldes wegen«, sagte sie. »Das macht nicht glücklich. Ein Paar kann glücklicher sein, wenn's die Ablenkung durch Geld nicht gibt. Es zu verdienen. Es auszugeben. Es zusammenzuhalten.« Sie verstummte, sah hinunter auf den Ball und holte aus.

Als sie am dritten Abschlag darauf wartete, dass ein Viererspiel fertig wurde, setzte sie sich auf eine Bank, schlug die sonnengebräunten Beine übereinander und sagte, der Texaner wolle, dass sie Amerikanerin werde. »Es ist ein verrücktes Land. Sie wählen ihre Präsidenten, und dann schmeißen sie sie weg wie Abfall. Ich habe ihm das gesagt. Er sagte, die Freiheit hat manchmal auch Nachteile. Trotzdem denke ich drüber nach. Zu den Flitterwochen will er nach Ägypten. Wo die Pyramiden sind.«

Raymond sagte, er wisse über die Pyramiden Bescheid.

»Natürlich. Du bist nicht dumm.«

Sie puttete mit einem Vierer auf dem sechsten Grün und stieß einen leisen Fluch aus, als beim zweiten Putt der Ball übers Loch hinausrollte. Als sie fertig war, steckte Raymond die Fahne zurück, und zusammen spazierten sie weiter zum siebten Abschlag. Sie war kleiner als er, und er blickte auf sie hinunter. Die Windung ihres Ohrs, modellierter Marmor. Ihr kleiner zarter Kopf. Sie wohnte allein in einem großen Haus auf Coney Island. Ihr Mann hatte es ihr nach einer gütlichen Scheidung geschenkt. Ihre Worte. Manchmal kam er abends herüber zum Sex. Ihre Worte. Das hatte sie Raymond erzählt, gleich nachdem die Scheidung durch war. Sie sagte: »Ich hätte nie gedacht, dass Sex mit meinem Exehemann so gut sein könnte.« Sie sah Raymond nicht an, als sie das sagte. Sie sah an ihm vorbei, und so schien es, als spräche sie mit jemand anderem, mit jemandem, der direkt hinter Raymond stand, mit jemandem, der wirklich existierte.

Eine Woche verging, und er hörte nichts von Alice. Er fuhr eines Nachts an ihrem Haus vorbei, aber es war dunkel. Er wartete drauf, dass sie ihn wie gewöhnlich im Clubhaus anrief, aber es kamen keine Anrufe. Eines Abends besuchte er seine Großmutter und sah mit ihr fern. Dann spielten sie Karten, und er ließ sie gewinnen. An der Wand hinter seiner Großmutter hing ein Bild von Jesus, der sich zu einem Mann herabbeugt und ihn an seinem verkrüppelten Bein berührt. Auf einer Vitrine daneben standen Schulabgangsfotos von Raymonds Brüdern und Schwestern. Auf dem Tisch, an dem sie saßen, lag eine orangefarbene Plastiktischdecke, die mit grünen Blumen in braunen Blumentöpfen bedruckt war. Die Hände seiner Großmutter lagen über einem dieser Töpfe. Ihre Hände waren dunkel und faltig, und der linke kleine Finger war krumm, weil sie sich ihn vor Jahren gebrochen hatte und er nie richtig zusammengewachsen war. Seine Großmutter stand auf, ging in die Küche und kam mit einem überbackenen Käsesandwich auf einem rosa Teller zurück und goss ihm Tee ein.

Seine Schwester Reenie und ihre vier Kinder kamen von einer Missionskampagne im städtischen Stadion zurück. Ein Prediger aus Kansas war die Woche über in Kenora, und Reenie liebte die Musik, das Predigen, die Aufforderung an die Sünder vorzutreten, und sie trat unwillkürlich vor, weil sie sich als Sünderin sah. Sie liebte die Berührung des Predigers, wenn er ihr seine Hände auflegte. Lee, Reenies vierzehnjährige Tochter, kam zur Tür herein, setzte sich neben Raymond und lehnte ihren Kopf an seine Schulter. »Onkel Ray«, sagte sie.

Reenie ging in die Küche und kam mit einem Erdnussbuttersandwich zurück. Sie sagte, Pastor Rudy sei der tollste Mensch. »Er ist auf einer höheren Ebene«, meinte sie. »Als er mich an der Schulter berührt hat, genau hier, war's, als fließt Strom von ihm in mich.« Sie sah ihre Tochter an und sagte, sie hätte auch vortreten sollen.

Lee schüttelte den Kopf.

»Niemand ist was Besonderes«, sagte Reenie. »Hättest auch kommen sollen, Ray. Du könntest ein Wörtchen mit Gott gebrauchen. Hier, ich habe ein Neues Testament gekriegt.«

Das Buch war klein und blau, und Reenies große Hand umschloss es völlig. Sie reichte es Lee. »Es ist jetzt deins«, sagte Reenie. Lee hielt es lose und etwas zweifelnd in der Hand.

Reenie erzählte Raymond, dass sie vor ungefähr einer Woche zu ihm raufgefahren sei, um ihn in der Hütte zu besuchen. Er war nicht da, aber Alice Hart war dort. »Sie saß im Wagen ihres Vaters und tat ganz selbstsicher, und als sie mich gesehen hat, fragte sie mich nach dir. Wo warst du? Als ob, weil sie da war, auch du da sein solltest. Ihre Augen stehen zu dicht beieinander. Findest du nicht auch?«

Raymond nahm Lee das Neue Testament aus der Hand und blätterte mit dem Daumen die Seiten durch, roch das Neue. Reichte es zurück und stellte sich Alices Augen vor. Er spürte einen Schmerz im Magen.

Reenie sagte, jedes Mädchen, das in diesem Alter einen Cadillac fahre, würde viel zu viel vom Leben erwarten. »Hat sie dir an deinen Schwanz gefasst?« Reenie lachte. Lee kicherte. Im Herbst käme Lee auf die Schule, die Raymond gerade verlassen hatte, ein monströses Gebäude, das Kinder unfertig schluckte und vier Jahre später größer und trauriger und manchmal klüger wieder ausspuckte. Lee war bereits klug. Sie hielt das Neue Testament mit einem gewissen Zweifel in der Hand. Raymond stand auf, ging hinaus und fuhr hinauf zu seiner Hütte. Die Wagenfenster waren offen, und Luft wehte herein, und der Himmel über ihm war weit, und Sternschnuppen fielen, und es roch nach Herbst.

Am nächsten Abend kam Alice im Cadillac ihres Vaters zu seiner Hütte, parkte, und ihre Scheinwerfer leuchteten durch seine Haustür. Zuerst wusste er nicht, wer es war, und er hätte möglicherweise die Scheinwerfer mit seiner .22er ausgeschossen, aber Alices Stimme schwebte durch die Dunkelheit heran, als sie seinen Namen rief. Er ging zu ihr, beugte sich durchs Seitenfenster hinein und legte ihr seine Hände wie eine lose Halskette um den mageren Hals. Es regnete an diesem Abend, ein heftiger, von Donner und Blitz begleiteter Guss, und draußen auf dem Highway 17 sahen sie, als ein Blitz von links nach rechts über den Himmel fegte, einen Elch mitten auf dem Mittelstreifen stehen. Raymond verlor kein Wort über die Geschichte mit ihrem Onkel, auch nicht, als sie aus heiterem Himmel sagte, dass ihr Onkel manchmal ein Arschloch sein könne. Die Aussage schien das Eingeständnis von etwas zu sein; Zustimmung vielleicht oder die Einsicht, dass dies hier ein geheimes und spannendes Spiel war. Als sie ihn absetzte, wies er sie darauf hin, dass Matsch an den Reifen und den Radschächten hänge, sein Matsch, und sie solle den Wagen in die Waschanlage fahren. Und das tat sie auch. Fuhr hinüber zum Wand Wash, wo sie den Wagen innen und außen sauber putzte und von allen Hinweisen auf Raymond Seymour befreite.

Im Oktober blieb sein Bruder Marcel eine Nacht bei ihm in der Hütte, als er auf der Durchreise von Vancouver nach Montreal war, wo er für eine Anwaltskanzlei zu arbeiten beabsichtigte, die auf Landrechtsklagen spezialisiert war. Marcel brachte einen Zwölferpack Bier mit, und die Brüder setzten sich in die Schaukel und tranken, während ihm Marcel noch mal erzählte, wie seine acht Monate im Gefängnis seine Wahl beeinflusst hatten, Jurist zu werden. »Lieber nach außen hin ein Arsch sein«, sagte er. »So kann man wenigstens rauskommen.« Er sagte, sie hätten einfach schlechte Karten. »Ich will nicht jammern, aber es ist doch so, Ray, du kannst dich entweder hinlegen und von dem Mann immer wieder überrollen lassen oder aber selber am Steuer sitzen. Das genau ist es, was ich tue, am Steuer sitzen.« Er verstummte und machte noch ein Bier auf. »Ich hab da in Vancouver ein Mädchen getroffen, wir haben zusammen Jura studiert. Ihr Vater ist da ein hohes Tier am Gericht. Wohnt in 'nem Riesenhaus mit Blick auf den Hafen, bloß hat ihm ein Baum des Nachbarn, eine riesige verdammte Zeder, die Aussicht versperrt, darum hat er jemand angeheuert, den Baum zu vergiften. Seine Tochter Naomi, ich war eine Weile mit ihr zusammen, hat mir das erzählt. Sie hat's erzählt, als wär's völlig in Ordnung. Unser Problem ist, wir sind zu nett. Verstehst du? Zu verdammt nett. Wenn die meisten Leute was haben wollen, gehen sie einfach hin und holen sich's. Da kann man viel von lernen.«

Marcel trug ein dunkelblaues Jackett und hatte den Kragen seines Hemds über den Jackenkragen geschlagen. Die obersten drei Hemdknöpfe waren offen, und er trug eine Goldkette mit einem schweren Anhänger. Seine Uhr, die ziemlich teuer wirkte, rutschte ihm immer über das Handgelenk und wieder zurück, wenn er den Arm hob. Er sagte, er genieße es, nach Hause zu kommen. »Du solltest mal weg, Ray. Dann wüsstest du das hier mehr zu schätzen.«

»Mir geht's gut«, sagte Raymond. »Ich muss hier nicht weg.«

»Ich sag dir mal was. Ich bin zwölf Jahre älter als du. Wenn du irgend'ne Dummheit vorhast, ruf mich an, und ich red sie dir aus.« Er zeigte auf seinen Brustkorb. »Ich bin dreißig. Da hat sich eine Menge Wissen angesammelt, das ich meinem kleinen Bruder vermitteln kann. Ich leite dich, damit du nicht vor irgend so 'm Arschloch von Richter wie Nottingham landest, der dich mit Freuden einlochen und den Schlüssel verschlucken würde. Der Kerl ist so fett, er würde Jahre brauchen, bis er ihn wieder ausscheißt. Weißt du, was er zu mir gesagt hat? Er sagte: ›Mäuse verdienen was Besseres, als Sie es kriegen, Mr. Seymour.‹ Und dann hat er den Hammer auf den Richtertisch geknallt und ist 'n Steak essen gegangen.«

Am Himmel fielen Sternschnuppen. Im Bett hörte Raymond vor dem Einschlafen, wie sich sein Bruder auf der nahen Matratze hin und her warf. »Marcel?«, sagte er.

Aus dem Dunkel: »Hmmm.«

»Ich könnte mit dir mitfahren. Nach Montreal. Ich würde mir Arbeit suchen. Mich um deine Wohnung kümmern, kochen und sauber machen. Dich in Ruhe lassen.«

»Du könntest meine Frau sein, mit anderen Worten.«

»Mit anderen Worten?«

»Genau das sagst du doch.«

»Das sage ich nicht. Ich frage bloß.«

»Ich dachte, dir gefällt es hier.«

»Tut's auch. Meistens.«

»Reenie sagt, du hättest ein Mädchen.«

»Reenie ist ein Klatschmaul.«

»Wie heißt sie?«

»Alice. Hart.«

Es entstand eine Stille, die sich dehnte und streckte und dann in sich zusammenfiel.

Ein Grunzen und dann: »Etwa verwandt mit Hart, dem Polizisten, seine Tochter?«

»Seine Nichte.«

»Sie ist die Nichte.«

»Sag ich doch.«

»Meine Güte. Für wen hältst du dich? Herrgott, Ray. Wir sind hier nicht im Himmel.«

»Sie hat mich gern.«

Ein Lachen, spöttisch und ungläubig. »*Sie hat mich gern.* Was du nicht sagst. Hör zu, kleiner Bruder. Hart steckt in Nottinghams Tasche, und diese Alice steckt bei ihrem Vater in der Tasche, und selbst wenn's so scheint, als wär sie aus der Tasche ihres Vaters in deine gehüpft, ist deine Tasche nicht groß genug für sie. Jedenfalls nicht, um sie drinzubehalten. Oder was auch immer du vorhast. Vielleicht möchtest du sie heiraten.«

»Vergiss es.«

Marcel lachte. Ein leises Schnauben und dann ein Brüllen, und das Geräusch kreiste durchs Zimmer. Als er sprach, war seine Stimme weicher, schmeichelnd und mütterlich. »Was würdest du denn kochen?«

»Nudeln. Mit Käse. Hamburger.« Dann redete er über Mrs. Kennedy und sagte, dass sie ihm von ihrem Exmann erzählt habe und von dem Mann, den sie bald heiraten werde und dass sie rosa Röcke bis kurz überm Knie trage und wirklich gut rieche. »Der Wind kommt aus ihrer Richtung und weht an mir vorbei, und ich rieche Seife. Sie gibt mir jedes Mal zehn Dollar.«

»Sie will dich heiraten.«

»Hab ich das gesagt?«

»Du denkst es. Du stellst dir's vor. Es ist alles Täuschung, Ray, wie mit Alice.«

»Das ist keine Täuschung.«

»Ach nein?«

Dann Stille. Die Plastikfolie in den Fenstern beulte sich knallend nach innen und dann nach außen. Marcel sagte, Muscheln und Bier wären schön. Davon könne er sich ernähren. »Weißt du, wie man Muscheln zubereitet?« Dann sagte er, sich einen blasen zu lassen wäre auch eine schöne Sache. »Gibt nichts Schöneres im Leben.« Er sagte, er hätte seit Wochen nicht mehr gevögelt.

Raymond sagte, er spreche ein bisschen Französisch. Er habe es auf der Highschool belegt.

»*Parlez-vous?*«, sagte Marcel und lachte.

Am Morgen rasierte sich Marcel draußen an der Pumpe. Dann wusch er sich die Haare und unter den Armen und trocknete sich mit einem T-Shirt ab. Er stand da, zog ein sauberes Hemd an und knöpfte es zu, während er in die Sonne im Osten blickte. Er trug eine dunkelbraune Hose und schwarze Budapester. Sein Kleidersack lag auf dem Rücksitz. Sein Gesicht war flach im Morgenlicht. Er knuffte Raymond gegen die Brust, stieg in seinen Wagen und fuhr davon. Die Sonne spiegelte sich im Dach des Monte Carlo, als der Wagen die Hügelspitze erklomm. Dann war er weg.

Ende Oktober ging Raymond, seinen Lohn in der Tasche, ins Kenricia, setzte sich hinten an einen Tisch und bestellte ein Bier und einen Whisky pur. Der Whisky ging stark und heiß runter, und das Bier folgte langsam. Seine Füße lagen auf dem Stuhl neben ihm. Er trug seine besten Stiefel, die, die Alice mochte, dunkles Leder mit gelben Nähten. Das angenehm warme Gefühl, dass alles gut war; die Arbeit beendet, die Greens mit Stroh abgedeckt, die Schläger verstaut, »Für die Saison geschlossen« im Clubhausfenster, während ein scharfer Wind vom See heraufkam, die Vorfreude auf Alice und ihre dünnen Arme. Leona brachte noch einen Whisky. Sie stellte ihn auf den

Untersetzer, und Raymond holte kurz sein Geld hervor, zog einen Schein raus und winkte ab, als sie ihm das Wechselgeld geben wollte. »Vorsicht, junger Mann«, sagte Leona. Sie wischte den Tisch ab. Der scharfe Duft ihres Parfüms, das Flüstern einer Billardkugel. Raymond spielte hervorragend Pool. Er war begabt. Mr. Knight, sein Mathelehrer in der Lakewood High, hatte ihm gesagt, er sei begabt. Er könne machen, was er wolle. »Du kannst Arzt werden«, hatte Mr. Knight gesagt. Im Moment war er Golfwart. Immer noch achtzehn. Noch Jahre Zeit.

Alice schneite herein. Ein kurzer dunkler, zweireihig geknöpfter Mantel, das Haar glatt und lang, die Wangen rot vom Wind. Sie setzte sich und zog ihren Mantel aus. Sie hatte einen karierten Trägerrock an, eine weiße Bluse, schwarze Kniestrümpfe und halbhohe Stiefel mit dicken Absätzen. Die Träger ihres Rocks kreuzten sich auf ihrem Rücken. Sie zog die Nase kraus und zündete sich eine Zigarette an. »Was spendierst du mir?« Sie verlangte dasselbe, indem sie mit den Fingern zu Leona hinüberwedelte und auf den Tisch deutete. Dann drehte sie sich herum und zielte mit der Zigarette auf Raymonds Nase. »Ich bin heute Nacht bei Jenny, du musst also auf mich aufpassen. Okay?« Sie schlug die Beine übereinander. Die schwarzen Kniestrümpfe gingen ihr bis über die Waden. Ihre Knie waren knochig, nackt und trocken.

Sie spielten eine Runde Pool, und Raymond ließ sie gewinnen. Irgendwann stand er hinter ihr, seinen Schritt an ihrem Hintern, und zeigte ihr, in welchem Winkel sie stoßen müsse. »Verstehst du?« Sie lachte, und die Vibration ihrer Stimme setzte sich von ihrem Rücken in seinen Brustkorb fort. Ein Mann mit öligen Haaren sah von der Bar aus zu. »Hey, Chef«, rief er. Raymond antwortete nicht. Die Achterkugel fiel. Alice quiekte und umarmte ihn. Sie gingen zum Tisch zurück und tranken.

»Er macht sich Sorgen«, sagte Alice. Sie sprach von ihrem Vater. Raymond betrachtete ihre nackten Arme. Sie presste gern ihre kleinen Brüste gegen seinen Mund. Das Rosa ihrer Brustwarzen. Wo er schamhaft sein konnte, war sie stolz. Breit daliegend wie der herabgestürzte Ast einer Birke, zog sie ihre Rinde ab. Ihr Mangel an Scham machte ihn scheu.

Leona kam zu ihnen und sagte, Ed Farber sei betrunken und stoße Drohungen aus, und weil sie heute Abend allein sei, wolle sie keinen Ärger, und es wäre ihr lieb, wenn Raymond und Alice gingen. Vielleicht könnten sie sich ja einen Sechserpack mitnehmen. Okay?

Alice sagte, sie wolle noch einen Whisky, nur noch einen, und Farber könne sie am Arsch lecken.

»Das finde ich nicht, Alice, du bist minderjährig, und falls es Ärger gibt, möchte ich nicht, dass dein Vater hier reingerannt kommt, verstehst du, also rappel dich einfach hoch und hau ab, und ich kümmer mich um Farber.«

Raymond stand auf. Er langte in seine Tasche, aber Leona winkte ab. »Der Winter ist noch lang«, sagte sie.

Alice zog ihren Mantel an, nahm ihre Zigaretten und die Handtasche und klapperte auf ihren dicken Absätzen zur Tür. Raymond folgte ihr, vorbei an einem Mann und einer Frau, die Pool spielten, und, danach, an Farbers breitem Gesicht, dann durch die Tür in einen heftigen Graupelschauer. Sie suchten unter einem Vordach Schutz, wo sich bleiches gelbes Licht im nassen Gehweg spiegelte. Alice griff in ihre Handtasche, holte einen Joint raus und zündete ihn an. Sie hielt ihm den Joint hin. Raymond drehte den Rücken zum Wind und rauchte schwankend. Alice hakte sich bei ihm unter, drückte ihr kleines Gesicht an seine Brust und sagte, das Wasserflugzeug ihres Vaters liege unten am Kai, und sie könnten hingehen und es sich dort bequem machen, wenn er wolle. Zumindest wären sie vor dem

Wind geschützt. Sie zog an ihm, und er folgte. Die Einfachheit, geführt zu werden, der Druck ihrer Hand, die Vorfreude auf ihre Wärme, während ihre Stimme in diesem Moment verkündete, Farbers Problem sei, dass er einen kleinen Schwanz habe, deshalb habe er es auf Raymond abgesehen. Und dann ein Lichtschwall, und ein Polizeiwagen hielt neben ihnen, und beide blieben stehen.

»Lauf los«, sagte Raymond. Er wich zurück und drehte sich um. Wartete darauf, dass Alice ihm folgte.

Sie bewegte sich auf ihn zu, blickte dann zurück und sagte mit unsicherer Stimme: »Onkel Earl?« Sie riss sich von Raymond los und ging auf den Polizeiwagen zu.

Hart kam vorn um den Wagen herum, und seine Hüfte streifte den Kühlergrill. »Hab 'n Anruf von Leona gekriegt«, sagte er. Er nickte in Richtung Hotel. »Bist du okay?« Er streckte die Hand aus und berührte Alice, als erhöbe er auf eine Art Anspruch auf sie. Raymond sah er nicht an.

»Ja, mir geht's gut. Kalt vielleicht.« Ihre Stimme zitterte.

Raymond stand zwei Schritte entfernt da, die Hände in den Taschen. Er blickte nach unten und sah, dass auf dem Gehweg eine Schicht nassen Schnees lag.

Hart öffnete die Beifahrertür und sagte zu Alice, sie solle einsteigen. Sie blickte mit ihrem traurigen Gesicht zu Raymond zurück und stieg ein. Hart öffnete die hintere Tür des Streifenwagens und machte eine Kopfbewegung herüber zu Raymond, der sagte, er brauche keine Mitfahrgelegenheit.

»Das war keine Frage.« Hart hielt die Tür auf und wartete. Die Schultern von Alices Mantel, ihr zu kleiner Kopf. Die Wärme aus dem Innenraum. Raymond stieg ein, und die Tür schloss sich.

»Hey, tut mir leid.« Alice drehte sich nicht herum, um ihn anzusehen, sie redete nur mit der Windschutzscheibe.

»Wenigstens werden wir nach Hause gefahren.« Raymond gab keine Antwort. Er saß auf der anderen Seite eines Drahtgitters und sah auf ihren Rücken. Das Funkgerät redete. Jemand antwortete. Hart stieg ein und fuhr schweigend. Alice sagte nichts mehr zu Raymond, und als sie vor ihrem Haus hielten, stieg sie aus, ohne ihn anzusehen, ging nur ihrem Onkel auf dem Gehweg hinterher, ihre Hüften bewegten sich vor und zurück. Sie ging auf Zehenspitzen, als versuchte sie, sich ins Haus zurückzuschleichen, das sie nie hätte verlassen sollen.

Das Haus war groß mit vielen Fenstern, und in einigen Fenstern brannte Licht, und in Alices Fenster im ersten Stock hing eine orangefarbene Lampe. Und dann stand Alices Mutter hinter der Lampe und blickte hinaus auf die Auffahrt. Sie langte nach oben, und ein Vorhang wurde vor das Fenster gezogen. Letzten Juni war Raymond in diesem Zimmer gewesen. Er hatte Alice von der Schule nach Hause gebracht, und sie waren in das leere Haus gegangen, und er hatte sich am Eingang die Schuhe ausgezogen und war Alice die Treppe hinauf gefolgt und dann über den weichen Teppich des Korridors, der zu ihrem Zimmer führte. An diesem Tag nach der Schule, als sie allein in dem Haus waren, hatte sie sich auf ihr Bett gelegt und ihn aufgefordert, sich zu ihr zu legen. Irgendwo im Haus hatte sich mit einem Klick die Klimaanlage eingeschaltet. Alice hatte gekeucht, ein scharfes, kurzes Atemholen, als er in sie eindrang, und sie hatte geschrien: »Ja, los!«, und er hatte weitergemacht, tief in sie hineingestoßen, während ihr Kopf zur Seite gedreht auf dem gelben Bezug ihres Kissens lag, ihre Augen geschlossen, und er war rasch zum Ende gekommen. Sie war unter ihm weggeglitten und ins Bad neben ihrem Zimmer gegangen, und er hatte zugesehen, wie sie nackt auf der Toilette saß und ihn durch die offene Tür träge anlächelte.

Der Vorhang war jetzt zugezogen, und auf dem Dach gab

es zwei Schornsteine, und aus einem stieg Rauch. In der Auffahrt stand ein nagelneuer Wagen. Ein dunkelbrauner Cutlass. Alices Vater war Pilot. Er flog mit seinem zweimotorigen Wasserflugzeug reiche Amerikaner zu entlegenen Angelcamps rund um den Lake of the Woods. Allem, was er über ihn hörte, hatte Raymond entnommen, dass Glück auf bestimmte Leute herabregnete. Jemand wie Alice roch nach Glück, und wenn Raymond bei ihr war, gab sie ihm die Zuversicht, dass er ein Stück dieses Glücks abbekommen könnte.

Alices Vater kam heraus. Er zündete sich eine Zigarette an, stand unter dem Schutz der Veranda und redete mit Hart. Kein einziges Mal sah er zu dem Streifenwagen herüber. Er ließ seine Zigarette fallen und trat sie aus, gab Hart einen Klaps auf den Rücken und ging nach drinnen.

Hart kam langsam den Weg herunter, stieg ein und setzte rückwärts aus der Auffahrt heraus. Es war Mitternacht. Lange fiel kein einziges Wort. Hart fuhr nach Osten am Gefängnis vorbei und bog dann rechts in Richtung Bare Point ab. Als sie am Haus von Raymonds Großmutter auf der rechten Seite vorbeikamen, brannte im Hauptraum Licht, und Raymond stellte sich vor, dass seine Großmutter fernsähe. Hart fuhr weiter, am Haus von Isaac Badboy vorbei und in die Dunkelheit hinein. Schnee fiel vor den Scheinwerfern und wirbelte nach oben. Hart redete. »Angelst du gern, Raymond?« Er blickte in den Rückspiegel. »Na, klar. Das sehe ich. Du angelst dir gerne weiße Mädchen.« Er machte eine Pause. Dann sagte er: »Du fängst sie, ziehst sie raus, fickst sie, und dann schmeißt du sie wieder rein. Nichts weiter passiert.« Seine Stimme klang locker, als redete er mit einem guten Freund oder beugte sich vor, um ihm ein besonderes Geheimnis zuzuflüstern. Er drehte sich herum, damit Raymond ihn besser hörte. »Und das, nachdem ich dir gesagt habe, lass die Finger davon.

Du hast ein Boot in Bare Point. Stimmt's? Ich habe gehört, du fährst alleine auf den See raus und angelst. Manchmal bleibst du die ganze Nacht draußen, schläfst im Boot oder bleibst auf 'ner Insel, um keine Zeit zu verlieren.« Er nickte. »Gut zu wissen.

Sich weiße Mädchen zu angeln ist gefährlich«, sagte er. »Weil du manchmal was fängst, das so groß ist, dass es dich in die Tiefe zu ziehen droht. Genau das passiert jetzt, Raymond.« Er seufzte. Sein Funkgerät knackte, und er langte hin, um es auszuschalten. »Brauche keine Gesellschaft«, sagte er. Dann sagte er, er habe mal eine Geschichte über einen Mann gehört, der abseits an einem Hafenbecken angelte. »Saß da einfach am Kai, genoss den Tag, wahrscheinlich sonnig, warm, fühlte sich ein bisschen schläfrig, und mit einem Mal, *peng*, schnappt sich ein dicker Scheißkerl den Haken, und die Rute saust den Kai lang, und der Mann hechtet danach und hält sie fest. Bloß ist der Fisch ein Monster, und als die ganze Schnur abgewickelt ist, wird die Angelrute zusammen mit dem Mann in den See und unter Wasser gezogen. So riesig. Nur will der Mann nicht loslassen. Er hat diesen Fisch am Haken, und verdammt soll er sein, wenn er ihn verliert. Er sollte loslassen, aber er kann nicht, weil sich die Schnur um sein Handgelenk gewickelt hat, und die Schnur schneidet sich bis zum Knochen ein, und wenn er könnte, würde er sich losschneiden, aber er kann nicht, verstehst du, weil er gierig geworden ist und dachte, er könnte den Fisch rausziehen. Und dann reißt die Schnur, und der Mann kommt durch das dunkle Wasser nach oben, und als er auftaucht, ist er weit draußen im See, ohne Fisch und mit einer blutigen Hand, und er dümpelt da draußen rum und denkt, dass er beinahe sein Leben für was Unmögliches hingegeben hätte, für etwas, das er nie berührt oder gesehen hat.«

Hart hielt inne und sagte dann, dass es jedem, der etwas

Grips habe, ziemlich klar sei, was ein Mensch nicht tun sollte, aber er müsse sich doch immer wieder wundern, dass es ständig neue Ignoranten auf der Welt gebe, und manchmal seien diese Männer Jungs, die sich törichterweise an einen Ort drängten, der nicht für sie da sei. »Verstehst du, worauf ich hinauswill? Ich finde, ich bin ziemlich deutlich. Du hättest nicht anfassen sollen, was dir nicht gehört. Hm-hm. Auch wenn sie dich gebeten hat, sie anzufassen. Sie ist ein bisschen naiv und macht ihrem Vater 'ne Menge Kummer. Sie kann alles haben, was sie will, und sie macht die Beine breit für was? Wir sind da.«

Der Streifenwagen hielt vor einem Jachthafen mit zwei Landungsstegen. Hart stieg aus und öffnete die hintere Tür. Raymond folgte dem Rücken des Polizisten den südlichen Landungssteg entlang. Hart zeigte in die Dunkelheit, den Arm ausgestreckt wie eine halbe Vogelscheuche. »Welches ist deins?«, fragte er, blieb stehen und drehte sich herum, sein Gesicht von dunklen Schatten bedeckt.

Raymond nickte nach links, wies mit seiner Nase in die Richtung. Seine Hände zitterten. Seine Beine auch.

»Gutes Boot. Sprit ist da, nehm ich an.« Hart sprang runter ins Heck des Bootes, hob den Benzintank hoch und grunzte. »Steig ein. Mach das Tau los.« Er gestikulierte in Richtung Bug und löste die Heckleine. Blickte zu Raymond hoch, der sich nicht gerührt hatte. »Du kannst weglaufen«, sagte er, »aber weit wirst du nicht kommen.« Wieder machte er eine Handbewegung zum Bug hin und sah zu, wie Raymond hineinkletterte. Hart zog den Anlasser, ein-, zwei-, dreimal, und dann fummelte er am Choke und zog noch mal. Der Motor zündete und sprang an, ein lautes Jaulen, das lauter und schriller wurde, bis Hart den Choke wieder hineinschob. Er setzte rückwärts heraus, und als der Abstand zum Steg groß genug war, schaltete er den Motor auf Vorwärtsgang und richtete das Boot zur Seemitte aus. Er sprach nicht. Es fiel immer noch Schnee. In Raymonds Gesicht und auf den Boden des Bootes, wo er taute und sich in kleinen Pfützen sammelte. Raymond hatte ein dünnes Hemd und eine Nylonjacke an, die ihn etwas gegen den Wind schützte, aber es war so kalt, dass ihm die Ohren wehtaten. Es war nichts zu sehen, und der Bug schlug gegen die größeren Wellen, und das Wasser lief über die Dollborde in das Boot und klatschte Raymond in den Rücken und ins Genick. Er duckte sich. Der Bootsrumpf vibrierte an den Sohlen seiner Laufschuhe bis hinauf in die Schienbeine.

Hart kannte den See und war sich über seine Fahrt im Klaren. Die Finsternis war kein Hindernis. Es war, als wenn er in eine Dunkelheit hineinstürmte, aus der nur er den Ausweg finden konnte. Er steuerte das Boot nach links, kämpfte sich mit Vollgas in die Schwärze hinein, und dann nahm er das Gas weg, stand auf und beugte sich vor, als schnupperte er am Wind, der ihn an Land führen würde. Und das tat er. Die Insel erschien als Wand vor ihnen, und als sich das Boot dem im Windschatten liegenden Ufer näherte, nahmen Bäume Gestalt an, und die Weichheit der sandigen Bucht nahm den Bug des Bootes in sich auf. Hart schaltete den Motor aus, sprang aus dem Boot und watete ans Ufer.

»Steig aus«, rief er, und Raymond gehorchte. Er gehorchte auf die gleiche Weise, wie er in den Polizeiwagen gestiegen und dann wieder ausgestiegen war und neben dem Boot gewartet hatte. Wie ein stummes Tier folgte er dem Wink des Polizisten.

Seine Füße traten ins eiskalte Wasser, und er patschte hoch auf die dunklen Bäume zu. Das Boot schlingerte in den Wellen, knallte gegen seinen Oberschenkel und stieß ihn zur Seite. Hart ließ ihn sich auf einen Baumstamm setzen. Er sah auf Raymond hinunter und sagte, es gebe nur eine einzige Geschichte zu erzählen. »Verstanden? Du warst draußen fischen, hast dich verirrt und bist hier gelandet. Dein Boot haben die Wellen weggetragen. Das ist die Geschichte. Du bist froh, dass du am Leben bist. Was für eine Rettung. Hilflos ausgesetzt im Lake of the Woods. Irgendjemand wird dich schon finden. Wenn nicht, du bist doch ein scheiß Indianer. Sorg für dich selber.«

Dann tippte er gegen seinen Hut, als wäre das ein herzlicher Abschied, und sagte, wenn er nach Bare Point zurückkomme, werde er das leere Boot mit Vollgas auf den See zurückschicken. »Vielleicht kommt's ja direkt zu dir zurück. Wär das nicht 'ne Überraschung?« Er drehte sich um, ging zum Boot und kletterte hinein. Der starke Wellengang schleuderte das kleine Boot herum. Hart brauchte einige lange Minuten, um den Motor wieder in Gang zu setzen. Das Boot glitt davon und kam dann mit den Wellen wieder zurück. Schließlich erhob sich das Heulen des Motors in den Himmel und wurde vom Wind ergriffen, und das Boot verschwand, war nicht mehr zu sehen oder zu hören.

Raymond blieb auf dem Baumstamm sitzen. Schnee und Hagel jagten gegen seinen Rücken und Nacken und fuhren unter seine Jacke und das Hemd. In seinen Taschen hatte er seine Zigaretten und Streichhölzer. Seine Brieftasche mit dem letzten Lohn. Seinen Ausweis, den Führerschein. Die Schlüssel von seinem Pick-up, aber das war Zufall, denn der Pick-up stand kaputt an seiner Hütte. Er war vom Golfclub in die Stadt getrampt, ein Umstand, über den Hart sich Gewissheit verschafft hatte. Er stand auf und starrte in die Dunkelheit, um die Größe der Insel abzuschätzen. Er suchte Schutz vor dem Wind und kam an einen Felsen, der zum Ufer hin abfiel. Am Fuß des Felsens gab es so etwas wie eine Senke, in die der Wind nicht gelangte, die aber keinen Schutz vor dem Himmel bot. Er setzte sich in die Mulde und zog die Jacke über den Kopf. Der Wind blies um ihn herum. Er hauchte in seine Hände, und als er die Taubheit in seinen Füßen spürte, stand er auf und stolperte über die Felsen zurück in den peitschenden Wind. Schließlich fand er ein Gehölz aus Rottannen und Pappeln, und dort grub er ein flaches Loch und versuchte, aus ein paar Zweigen und Rinde ein Feuer zu machen. Seine Streichhölzer flackerten kurz auf und gingen dann aus. Die Zweige waren nass, die Rinde wollte nicht brennen. Er kratzte etwas Moos zusammen und legte es in das Loch, und dann rollte er sich in der flachen Mulde zusammen und deckte sich mit Moos zu. Er zitterte entsetzlich. Er klemmte die Hände zwischen die Schenkel und hauchte warmen Atem in seine Jacke. Als es hell wurde, hatte der Regen aufgehört, aber die Luft war kälter. Im grauen Morgenlicht brachte er endlich in dem Loch, in dem er geschlafen hatte, ein Feuer in Gang, das er mit trockenem Moos und toten Ästen fütterte. Er wärmte seine Hände und Füße und beugte sich zu den Flammen vor wie ein Bittsteller, der die Möglichkeit zur Rettung sieht, aber zu demütig ist, um laut aufzuschreien.

Er hielt das Feuer den ganzen Tag über in Gang, während er den See nach Booten absuchte, aber es war Spätherbst, und die meisten Boote waren bereits im Trockendock, und es gab keine Hausboote mehr oder Leute, die zu ihren Hütten fuhren. Das Wasser war schwarz und kabbelig, und das Ufer des Festlands war nur als dünne, dunkle Linie viele Meilen entfernt zu erahnen. Er war ganz allein.

Am dritten Tag lag er hungrig und schwach auf einem Stein direkt am Wasser und suchte die seichten Stellen nach Fischen ab. Elritzen tauchten auf und verschwanden, und ein Krebs flitzte vor seiner zugreifenden Hand davon. Er erhob sich mit leeren Händen, die Arme taub, und setzte sich in die Mulde an sein Feuer und beobachtete eine Meise, die unter ein Gestrüpp in der Nähe flog und wieder davonstob. Er sammelte Steine und wartete darauf, dass der Vogel zurückkäme. Als er wiederkam, zielte er und warf einen Stein nach ihm. Der Vogel flog davon und kam lange nicht wieder. Als er zurückkam, setzte er sich auf das Moos eines Steins und hüpfte leicht, wieder und wieder, als befolgte er einen unsichtbaren Plan.

Als Junge hatte Raymond mit seinen Vettern Meisen und Stare gejagt. Mit Zwillen und Steinen erlegten sie meist einige Vögel, die sie dann mit nach Hause nahmen, wo die Mädchen die Vögel rupften und eine Suppe daraus kochten, und dann hockten sie alle da und aßen. Damals war es ein vollkommen sorgloses Spiel gewesen, dessen Ziel allein die Befriedigung durch die nutzlose Jagd gewesen war. Jetzt war alles von Nutzen.

Er erlegte den kleinen Vogel am frühen Morgen. Der Stein, den er warf, war scharf, und er traf den Vogel am Flügel, und der Vogel flog auf und fiel dann zur Erde. Er flatterte und schrie, und Raymond ging hin, hob ihn auf und drehte ihm den Hals um. Er rupfte die Meise, durchbohrte sie mit einem Stock und briet sie über dem Feuer. Der Fleischgeruch füllte seinen Kopf, aber als er den Vogel zu essen versuchte, stellte er fest, dass kaum etwas dran war. Deshalb brach er den Vogel auf und lutschte von dem Gerippe ab, was er konnte. Am nächsten Tag fand er an der Windseite der Insel im Modder am Boden eines kleinen Tümpels drei Frösche, die er wie den Vogel auf einen Stock spießte, über dem Feuer briet und einen nach dem anderen bedachtsam verzehrte.

An diesem Abend fuhr in der Dämmerung ein Motorboot an der Insel vorbei, und er rannte schreiend und mit den Armen fuchtelnd auf das Geräusch zu. Als er das Ufer erreichte, blieb sein rechter Fuß in einem kleinen Spalt hängen, er stürzte, und in seinem Knöchel knackte es. Das Geräusch des Motorboots verhallte. Er setzte sich auf und untersuchte seinen Knöchel. Der Fuß stand in einem merkwürdigen Winkel ab, und als er aufzustehen versuchte, trug ihn sein Bein nicht, und es schmerzte heftig, und er fiel fluchend seitwärts auf die Steine. Er kroch zurück zu seinem Feuer und verbrachte eine schlaflose Nacht, in der er sich für Brennmaterial in das Buschwerk hineinkämpfte und dann zurück zum Feuer, indem er sein verletztes Bein und heruntergefallene Äste hinter sich her schleppte. Irgendwann war er vor Schmerzen offenbar ohnmächtig geworden, und als er zu sich kam, lag er mit dem Rücken gegen den Felsen. Der Himmel spannte sich über ihm, durchbohrt von Punkten aus Licht, und viel später erschien der Mond fett und gelb am Horizont; er glitt hinauf in den Himmel und warf sein Licht auf die Insel und auf Raymond, der seine Hände ausstreckte, um sie in der Helligkeit zu sehen, um sich seine eigene Existenz zu beweisen.

Er nahm nicht an, dass bald Hilfe käme. Er glaubte, dass er vielleicht auf der Insel bleiben müsse, bis das Eis fest würde und er zu Fuß zum Festland zurücklaufen könnte, obwohl er nicht sicher war, welche Richtung er einschlagen müsste. Er würde nicht vermisst werden. Seine Arbeit beim Golfclub war beendet, er lebte alleine und sah oft tagelang niemanden. Alice würde erst viel später nach ihm suchen, wenn überhaupt. Er tat sich weder leid noch hatte er sich mit dem Tod abgefunden, obwohl er sich vorstellte, dass sein Tod möglich sei. Er litt unter ständigem Hunger. Er träumte von Spiegeleiern und einem am Spieß gebratenen Huhn. Berge von Essen zogen durch seine Traumbilder: Hamburger, Kartoffeln, dicke Scheiben Butter, Klik- und Velveeta-Käse auf Stapeln von Brot. Am siebten Tag aß er Gras und lutschte an Rinde. Sein Bein war stark geschwollen, und er hatte sich aus zwei Ästen eine Schiene gemacht und sie mit den Schnürsenkeln seiner Laufschuhe um den Knöchel gebunden. Nur einmal bekam er große Angst, und das war spät eines Nachts, als ein Sturm aus Westen heranzog, sein Feuer löschte und er schlotternd und durchgefroren im Finstern saß. Am Morgen bedeckte Schnee die Insel und die Bäume und Felsen. Von oben gesehen wäre die Landmasse, auf der er sich befand, als ein weißes Komma erschienen, das auf das dunkle wellige Papier des Sees gezeichnet war. Und im Innern dieses Kommas lebte er. Die Angst kam mit der Vorstellung von Leere und der Einsicht, dass er nicht zu sehen war, selbst wenn jemand hinsah. In jener Nacht kam im Traum seine Großmutter zu ihm, rief seinen Namen und setzte sich neben ihn und stöhnte in das Feuer vor ihnen Wörter, die er nicht verstand. Eine ihrer Hände war welk und krumm, und sie hielt sie über die Flammen, als wollte sie sie wärmen. Dann lehnte sie sich gegen ihn und flüsterte, er solle nach Hause gehen. »Geh nach Hause«, sagte sie. Er erwachte aus seinem Traum und sah sich um, und er dachte an seinen Bruder Nelson, den er seit neun Jahren nicht mehr gesehen hatte, und er dachte an die Nacht, in der er allein gewesen war, als Nelson weggebracht wurde, und wie hohl sich seine Brust angefühlt hatte und dass er sich nach einer Weile nicht mehr erinnern konnte, wie sein Bruder aussah, oder an den Klang seiner Stimme, seine Gestalt oder seinen Geruch. Der Wind hatte aufgehört, und an seine Stelle war das Geräusch seines Atems getreten, unregelmäßig und schwach.

Am neunten Tag stand er schwach auf einem Bein neben den Felsen am Ufer der Insel und pinkelte ins Wasser, als ein Lastkahn, der über den gewundenen See Propangas von einer Hütte zur anderen transportierte, aus dem leichten Dunst auftauchte. Raymond hob eine Hand und ließ sie sinken, und dann hob er sie wieder und versuchte zu rufen, aber er hatte keine Stimme. Er streckte beide Hände zum Himmel, und auf dem Deck des Kahns hob ein Mann in einem roten Mantel als Antwort grüßend eine Hand. Der Mund des Mannes öffnete sich, aber Raymond hörte keinen Laut. Der Kahn fuhr weiter. Es schien, als wäre der Gruß ein schlichtes freudiges Hallo von Boot zu Insel und zurück und als wäre nichts Ungewöhnliches an einer verhüllten Gestalt auf einer unbewohnten Insel. Und dann wurde der Kahn langsamer und kehrte um und schwankte vor dem windabgewandten Ufer, während ein kleines Boot vom Deck herabgelassen wurde. Zwei Männer kletterten hinein und ruderten aufs Ufer zu, und jeder gebildete Zuschauer hätte den Eindruck gehabt, hier werde die Entdeckung eines neuen Landes nachgestellt.

Raymond humpelte über die Steine und rutschte dann auf seinem Hintern hinunter zum Wasser, wo er sich vorbeugte und sein Gesicht dem sich nähernden Boot entgegenneigte. So logisch und vernünftig und richtig war diese Rettung, dass es nichts zu erzählen gab. Und niemanden, der etwas erzählen konnte. Und so hatte er etwas Erfundenes berichtet, eine Art Heldengeschichte: Sein Boot sei vor neun Tagen gekentert, und er sei ans Ufer geschwommen und habe sich mit ein paar Fröschen und einem Vogel am Leben erhalten, und er habe das Wasser aus dem See getrunken und Lieder für seine Ahnen gesungen, die den kanadischen mit Propan beladenen Lastkahn über das Wasser geschickt hätten, um ihn aus seinem Grab zu ziehen.

II
Die Zuflucht

Die Familie Byrd brach im Juni von zu Hause auf und fuhr in östlicher Richtung durch ein flaches Land voller neu bestellter Felder. Der weißlich blaue Himmel hing tief, und die Orte, durch die sie kamen, waren klein und abgelegen. Früh an diesem ersten Morgen, als alle noch schliefen bis auf Lizzy und ihren Vater, beugte sie sich zu dem kleinsten Kätzchen hinunter und roch an dessen Kopf. Ihr Vater hatte ihr gerade gesagt, was getan werden musste. Er sagte es ihr, weil sie schon siebzehn war. Sie müsse es verstehen, und wenn sie es verstünde, könne sie den jüngeren Geschwistern helfen, es zu verstehen. Er sagte, ihre Mutter sei einverstanden. Vielmehr sei es ihr Vorschlag gewesen. Der Doktor dulde keine Tiere in der »Zuflucht«, und sie könnten die kleinen Dinger nicht zwei Monate oder länger allein lassen, wie sollten sie denn überleben, und dies sei ein humaner Akt, ein Werk der Barmherzigkeit. »Deine Mutter hat ihr Herz an diesen Ort gehängt. Das weißt du. Sie glaubt, dass sie dort glücklich sein wird.«

Lizzy hatte zugehört. Sie hatte keine Einwände gemacht. Sie fragte, wie.

»Schmerzlos«, sagte ihr Vater. »Keine Sorge. Sie werden nicht leiden.«

Das war in der Nähe von Brooks, kurz nachdem sie Calgary verlassen hatten. An diesem Abend mieteten sie ein Zimmer in einem Motel am Straßenrand außerhalb von Regina. Auf der kleinen Kochplatte bereitete Mrs. Byrd Spaghetti zu und servierte sie mit Ketchup. Es regnete, und die Jungs saßen auf den Betten und warfen sich gegenseitig die Kätzchen zu und beobachteten, wie sie immer auf allen vieren landeten. In der Nacht wachte Lizzy auf, lauschte dem Knacken der Heizkörper und hörte die langsamen Atemzüge ihrer drei Brüder und ihrer Eltern. Fish rief etwas. Sie hörte ihn gleich beim ersten Mal, zwang ihn aber in ihren Gedanken, in seinem Bett zu bleiben. Wenn er wusste, dass sie wach war, würde er bei ihr schlafen wollen. Er war noch nicht ganz vier, und er kuschelte sich gern gegen ihren Bauch und wärmte sich daran.

»Lizzy?«, sagte er wieder.

Sie wartete.

»Lizzy«, flüsterte er. »Ein Traum.«

»Schlaf weiter.«

»Ein böser Traum. Mit Tod und Gott.«

»Okay. Komm her. Ich halte dich.«

Er kam in ihr Bett und presste ihr die Nase gegen den Hals. Sein Gesicht war heiß, seine Knie umklammerten ihr Bein.

»Daddy war am Ertrinken.«

»Es war bloß ein Traum.«

»Ich habe Angst.«

»Ist ja gut.« Sie strich ihm mit einer Hand über den Rücken. Machte »Schsch« und sagte dann: »Es ist okay. Schlaf weiter.«

»Mm-mm. Dann träum ich wieder.«

»Nicht denselben Traum. Das passiert nicht.«

»Ich möchte überhaupt nicht träumen. Gott hatte eine große Hand und drückte Daddy unter Wasser. Gottes Hand war groß, und Daddys Kopf war klein.«

»Gott würde das nicht tun.«

Es trat Stille ein. Lizzy hörte jemanden sich regen, vielleicht ihre Mutter.

»Ich möchte nicht sterben«, sagte Fish.

»Das wirst du auch nicht, Dummerchen. Du wirst ganz lange leben.«

»Für immer?«

»Ja. Nun schlaf weiter.«

Und das tat er am Ende. Sein Atem ging langsamer, und seine schmale Brust hob und senkte sich sacht unter Lizzys Hand, und dann zuckte seine Hand, und sein Fuß flog hoch, als schreckte er zusammen. Lizzy glitt zwischen seinen sie umklammernden Beinen heraus und legte sich an den Rand des Bettes, weit weg von seiner Körperwärme. Der Regen schlug gegen das Fenster. Lichter eines vorbeifahrenden Autos huschten oberhalb von Lizzys Kopf über die Wand. Ihr Vater schnarchte leise. Eines der Kätzchen krabbelte Lizzy auf die Brust und legte sich nieder, wobei es mit einer Pfote gegen ihr Gesicht tippte.

Am Morgen hatte der Regen aufgehört. Mr. Byrd rasierte sich gerade. Beim Rasieren sang er, und dann erzählte er von Omelettes mit einem besonderen Käse und wie er, als er zwanzig war, auf einem Bauernhof im Süden Frankreichs gearbeitet habe und jeden Morgen früh um vier aufgestanden sei, um die sieben besonderen Kühe zu melken. Friesen nannte er sie, und er sagte: »*Oui, mes amis,* wie *incroyable, ce que le* Bauer und seine Frau als Frühstück boten. Frische Croissants, so butterzart, dass sie einem in der Hand geschmolzen sind, ehe sie den Mund berührten, und Vollmilch mit dicker Sahne und Müsli aus den Schweizer Alpen, und dann, nachdem wir uns *étouffés* hatten, saßen wir am Feuer und rauchten *une pipe.* Oh Mann. War das ein Leben.« Er schwieg. Inspizierte sein Kinn und seine Nase und sagte: »Ich fahr mal in dieses kleine Dorf hier gleich nebenan und besorg uns was für ein gutes Frühstück. Was meint ihr?«

Er fuhr los. Eine halbe Stunde später kam er mit kleinen Müslischachteln, einem Karton Milch und Plastiklöffeln zurück, legte alles auf den kleinen Tisch, rieb sich die Hände und erklärte das Frühstück für eröffnet. »Nicht die Kost meiner Jugend, aber immerhin Nahrung.«

Fish wollte Hörnchen mit Butter haben.

»Ich hab danach gesucht, mein Kleiner. Glaub's mir. Wir sind hier nicht in Frankreich, wir sind in Kanada. Keine Kultur hier. Wo euer Schatz ist, da wird auch euer Herz sein. Hier gibt es Weißbrot und Jiffy Pop. Die Welt wäre ein trauriger Ort, wenn meine Kinder gezwungen wären, sich von Jiffy Pop zu ernähren. He, komm schon. Hier.« Und er hob Fish auf seinen breiten Schoß und holte ein Klappmesser hervor, öffnete es, gab es Fish und sagte: »Schlachte das Biest.« Der Junge stach vergnügt auf die kleine Schachtel ein. William, der neun war, und Everett, vierzehn, kletterten auf die Stühle und machten mit. Als die Schachteln leer gegessen waren und offen auf dem Tisch lagen, goss ihr Vater Milch ein, warf den beiden Frauen seines Lebens einen Blick zu und sagte: »*Et voilà*.«

Mr. Byrd war nicht so heiter, wie er wirkte. Seine französischen Bauernhofgeschichten, sein Gesinge, seine Neckereien, all das war eine Art Tapferkeit; er versuchte, seiner Frau eine Freude zu machen. Letzte Woche war sein Werkmeister endlich damit einverstanden gewesen, ihm den Sommer freizugeben, und er hatte seine Kinder um sich versammelt und gesagt, dass die Familie nach Kenora fahren und in einem Camp namens »Zuflucht« wohnen werde. Sie würden den Sommer über dableiben. Das habe sich ihre Mutter gewünscht. Sie hatte in einer liberalen christlichen Zeitschrift einen Artikel über das Camp gelesen, darauf bestanden, den Mann aufzusuchen, der die »Zuflucht« leitete, und in ihm hatte sie die Möglichkeit ihrer Rettung gefunden. Seit Fishs Geburt hatte Norma an tiefen Ängsten und einem Grundgefühl eigener Hinfälligkeit gelitten. Lewis war sich bewusst, dass ihre Kinder sie wie überflüssige Gliedmaßen umschwebten, und wenn sie es vermocht hätte, würde sie sie abgehackt haben. Sie suchte die Aussicht auf Freiheit, und die »Zuflucht« schien dieses Versprechen zu bieten. Es sei ein Ort der Harmonie und Freundschaft; Ideen würden diskutiert, und Nahrungsmittel würden angebaut, geerntet und gemeinsam verzehrt. Kein Mensch sei dort besser als der andere.

Als Lizzy von den Plänen erfuhr, weigerte sie sich zunächst. Sie sagte, sie und ihr Freund Cyril seien dabei, eine Band zu gründen, und sie habe vor zu arbeiten, und außerdem hasse sie Camping.

»Es gibt dort bequeme Hütten mit Fliegengittern an den Fenstern«, sagte Mr. Byrd. »Arbeiten und Cyril und die Band, all das kann bis zum Herbst warten, wenn du wieder zur Schule gehst. Du bist jung.«

Everett, der neben Lizzy gesessen hatte, bemerkte ihr Schweigen und dass sie sich auf die Lippen biss. Das Licht fiel durch das große Fenster zur Straße in den Raum und auf ihre Hände. Sie hatte sich gerade am Tag zuvor die Nägel lackiert, und Everett hatte ihr dabei zugesehen und sich dann selbst die Nägel lackiert, und das hatte ihm ein freudiges Gefühl beschert.

Ihre Mutter sagte, die Reise werde sie bilden. Ihren Horizont erweitern. Eine Gelegenheit, sich in der Natur zu verlieren, in Abenteuer zu stürzen. Mrs. Byrd sprach leise, ihr Mund bewegte sich rasch. Sie sah Everett an und sagte: »Dir würde das gefallen, stimmt's, Everett? Dich für eine Weile auszutoben?« Und er zog die Schultern hoch und nickte schließlich, weil er sie liebte und ihr eine Freude machen wollte.

Meilen weiter, unmittelbar hinter Winnipeg, wo sich der Highway durch Hügel und an Seen vorbeischlängelte, fuhr Mr. Byrd an den Straßenrand. Während er schlief, saßen die Kinder auf Steinen am Rand eines Sees und aßen Erdnussbuttersandwiches.

Ihre Mutter goss Wasser aus einem Glaskrug ein und bot ihnen Äpfel und Pekannüsse und rohe Wiener an. Fish zog seine Schuhe und Socken aus, watete in das seichte Wasser und versuchte, Elritzen zu fangen. Er fiel nach vorn in das kalte Wasser und tauchte grinsend wieder auf. Mrs. Byrd rief: »Geh nicht zu tief rein, der See fällt steil ab.«

Lizzy saß weiter oben auf den Steinen, hatte eines der Kätzchen in den Armen und besah sich ihre nackten Beine. Sie trug einen kurzen Rock, der ihr über die Schenkel hochrutschte, und hielt ihre Beine in die Sonne und hoffte auf Bräunung. Sie hatte einen Jungen zurückgelassen, der sie wahnsinnig geliebt hatte. Sie versuchte, sich eine Welt ohne Enttäuschung vorzustellen, aber dieser Gedanke ging schnell vorbei. Vorhin im Auto hatte sie an Cyril, ihren Freund, einen Brief geschrieben. Die bauchige Handschrift, die Versprechen, die sie niemals halten würde, hatten in Lizzy ein kurzes Verlangen aufkommen lassen. Schon hatte sie die Form von Cyrils Mund vergessen. Fish hatte zu ihren Füßen gelegen. Everett schlief auf der Ladefläche. William saß vorn zwischen ihren Eltern. Ihm wurde beim Autofahren schnell schlecht, und er hatte sich schon in einen Plastikeimer übergeben, und im Wagen roch es noch immer sauer. Bäume und Felsen flitzten vorbei. Ein Sattelschlepper schüttelte ihren Wagen mit seinem Sog durch. Das Kätzchen in Lizzys Schoß wachte auf und streckte sich. Gähnte. Lizzy sah das Skelett des rosa Katzenmäulchens.

Jetzt saß Everett am Rand des Sees, wartete darauf, dass sein Vater wach wurde, und ließ Steine übers Wasser hüpfen. William hatte zwei der Kätzchen, eines in jeder Hand. Mrs. Byrd lag auf ihrer Jacke und sah hinauf in den Himmel. Sie trug eine Sonnenbrille, um sich gegen ihre Kopfschmerzen zu schützen. Einen grünen Rock, der bis auf die Knie hinunterreichte. Lizzy hatte Beine wie ihre Mutter, lang und sonnengebräunt.

Dann erschien ihr Vater. Er stand hoch über ihnen oben an der Straße. Er rieb sich den Hals und hatte einen großen Jutesack in der Hand. Er stieg zu seiner Familie herunter, wobei er auf dem Schiefer ausglitt. Fish quietschte vor Vergnügen, als ein kleiner Stein herunterkullerte und neben ihm im See landete. »Bumm!«, schrie er.

»Vorsicht, Lewis«, rief Mrs. Byrd. »Du bringst noch deine Kinder um.«

Lewis kam zu seiner Frau herunter, legte den Sack auf die Steine und setzte sich. Er ergriff ihre Hand und redete. Lizzy konnte von da, wo sie saß, nicht hören, was er sagte, aber sie wusste, dass sie über das Schicksal der Kätzchen diskutierten. Er redete und redete. Ihre Mutter setzte sich irgendwann auf und sagte etwas, wobei sie ihr langes Gesicht Lizzy zuwandte und dann rasch wieder abwandte, als wollte sie nicht, dass jemand ihren Widerspruch mitbekam. Mrs. Byrd schüttelte den Kopf. Lewis nahm ihre Hand und drückte sie sich an den Mund. Er küsste jeden einzelnen Finger. Dann stand er auf und sagte zu seinen Kindern, sie sollten hinauf zum Wagen gehen. Es sei Zeit.

»Gebt die Kätzchen eurer Mutter«, sagte er. »Sie hält sie fest.«

William weigerte sich zunächst. Er drückte die Kätzchen gegen seine Wangen und stieg zum Wagen hinauf. Lewis schnappte ihn sich und nahm ihm sanft Shadrach und Meshach ab. Gab ihm einen Klaps auf den Po und schickte ihn nach oben. Lizzy stieg zu ihrer Mutter hinunter und reichte ihr Bagger. Mrs. Byrd sah sie an und sagte: »Dein Rock ist zu kurz.«

»Was habt ihr vor?«, fragte Lizzy.

»Bring deinen Bruder nach oben«, sagte Mrs. Byrd.

Lizzy ging hinunter an den See und nahm Fish hoch, der seine nasse Hand in die warme Höhlung ihres Halses legte. Beim Hinaufsteigen sprach sie mit ihm. Sie sagte, in dem See wohne ein Monster, und manchmal komme es nach oben, um kleine Jungs zu fressen, und es sei fast Mittagszeit, und es wäre doch nicht gut, dem Monster Fish anzubieten.

»Frisst es wirklich Fisch?«, fragte Fish.

»Keine kleinen Fische, bloß große, aber wenn kleine Fische am Ufer warten, frisst es sie manchmal als Vorspeise.« Sie trug ihn auf dem Rücken, und so wie sie mit dem Blick zur Erde, tief gebeugt ging, stellte sie sich vor, dass sie wie eine uralte, niedergedrückte Gestalt erscheinen müsse. William ging als Letzter nach oben, hinter Everett. Lizzy setzte Fish in dem Wagen ab und sagte zu Everett, er solle auf ihn aufpassen. Sie stieg den Abhang hinunter und blieb neben ihrer Mutter stehen. Ihr Dad sagte: »Nimm die Kätzchen, Lizzy. Deine Mutter geht hinauf und bleibt bei den Kindern.«

Lizzy hielt die Kätzchen im Arm und sah zu, wie ihre Mutter sich über die Steine einen Weg nach oben zum Highway bahnte. Ihr Vater konnte alles von ihr verlangen, und sie würde es tun. »Bitte«, sagte sie.

Lewis stieg zum See hinunter, bückte sich und hob einen großen Stein auf. »Mach kein Theater«, sagte er. »Es würde nichts helfen.« Er steckte den Stein in den Sack. »Hier«, sagte er und hielt den Sack auf. Sie ging zu ihm und steckte die Kätzchen in den Jutesack. Die Kätzchen krallten sich an ihre Handgelenke und Hände, und Bagger, die glaubte, dies sei ein Spiel, versuchte, im Innern des Sackes nach oben zu klettern. Es gab viel Gemaunze. Ihr Vater hatte ein dünnes Seil. Er stellte den Sack ab, schlang das Seil um das obere Sackende und zog es fest. Er sagte kein Wort. Dann nahm er den Sack und schleuderte ihn hinaus auf den See, und als er aufs Wasser traf, schwamm er kurz an der Oberfläche, ehe er sich mit Wasser füllte und sank.

Nach einer halben Stunde Fahrt rief Everett: »Wo sind sie? Wo sind die Kätzchen, verdammte Scheiße?«

»Pass auf, was du sagst«, sagte Lewis. Seine Hände lagen auf dem Steuerrad. Seine Augen fassten den schwarzen Streifen der Straße in den Blick.

Und dann gesellte sich Fishs Stimme hinzu. »Wo sind sie? Wo ist Bagger hin, verdammte Scheiße?« Sie war seine Lieblingskatze, weiß mit einem einzigen Fleck am linken Ohr. Seine Rede war sprunghaft. Manchmal stotterte er.

»Siehst du«, sagte Lewis. »Deine Art zu reden färbt ab. Da muss man aufpassen.«

»Du Mörder«, sagte Everett.

»Peng, peng«, sagte Fish. »Mord.« Und er begann zu wimmern. »Bagger«, sagte er. »Bagger.«

Lizzy sah einen mächtigen Lkw auf sie zukommen. Er schoss wie in einem Sturzflug vorbei. Der Nacken ihres Vaters war braun von der Sonne. Er hatte einen Haarschnitt nötig. Ihre Mutter hatte langes Haar, das ihre mageren Schultern zum Teil verdeckte. Sie schaute aus dem Fenster, und dann wandte sie sich Lewis zu, und Lizzy sah die Höhlung ihrer linken Wange und ihr scharf hervortretendes Schlüsselbein und die Dunkelheit ihrer Augen. Sie sagte nichts.

Und in der Gruft des Wagens erhob sich über das Schluchzen von Fish und William die Stimme ihres Vaters, der ausrief, alles Ding habe seine Zeit zu sterben, und was hätten sie denn lieber: drei hungernde und misshandelte Kätzchen oder die Gewissheit, dass Shadrach, Meshach und Bagger an einem besseren Ort seien. Er sagte, es gebe eine Zeit, geboren zu werden, eine Zeit zu sterben, eine Zeit zum Tanzen und eine Zeit zum Trauern. Er sagte: »Ich habe das bewahrt, was unter meiner Kontrolle ist.« Er sagte dies, als wäre es ihm gerade eingefallen, mit einem gewissen einschmeichelnden Erstaunen, als wollte er ausdrücken, hört auf diese Worte, die ich gefunden habe.

Und in diese Behauptung, in die Lebhaftigkeit seiner wohlklingenden Stimme, sanft und seidig, sank ein Schweigen, die Stille der Kinder, die ihren Atem anzuhalten schienen, als würden die Worte selbst zum Beweis eines höheren Ortes, über den nur ihr Vater verfügen könnte. Worte und Worte und Worte. Er musste es wissen. Aber Lizzy ahnte, dass er es nicht wusste. Vielmehr wusste sie es mit völliger Gewissheit. Aber sie gab ihr Wissen nicht zu, weil es Fish zum Weinen gebracht hätte. Und Everett war jetzt still, eine Wand senkte sich eben herab und trennte ihn von der übrigen Welt. In der stickigen Morgenhitze, unter dem monotonen Brummen der Stimme ihres Vaters, ergriff Lizzy Everetts Hand und hielt sie in ihrer, und er ließ es zu.

Die »Zuflucht« lag mehrere Meilen außerhalb der Stadt Kenora inmitten von zwei Morgen Waldland. Den Highway entlang und dann nach links abgebogen und eine kurvige Schotterstraße hinunter, vorbei an einer Ansammlung von Häusern und weiter in Richtung auf einen kleinen See, und dann wieder rechts eine schmale Straße hinunter, die in Wirklichkeit nur aus zwei Spuren und einem Streifen Gras bestand, und schließlich aus dem Wald hinaus auf eine Lichtung. Die Haupthütte war ein altes Haus, das ausgekernt und mit Kiefernbalken erweitert worden war. Dies war der Speiseraum, und es war auch der Versammlungsort, und es hieß die Halle. Gegenüber der Halle, auf der anderen Seite der Lichtung, standen sieben Hütten in unterschiedlichen Verfallsstadien, in denen die Gäste untergebracht waren.

Sechzehn Menschen lebten hier: drei Familien und mehrere jüngere Männer und Frauen, die nach Ansicht des Doktors ihre eigenen Parallelträume fanden. Der Doktor verfolgte mit der »Zuflucht« sowohl spirituelle als auch praktische Ziele. Der ausgebildete Chiropraktiker hatte sein ganzes Leben in Duluth, Minnesota, zugebracht, dort geheiratet und war nach Kanada gekommen, als seine Frau ihn verlassen hatte und die Scheidung schließlich durchgekommen war. Er ließ sich in Thunder Bay nieder, wo er eine kleine chiropraktische Praxis eröffnete und sich in seine Sprechstundenhilfe Margaret verliebte. Sie wurde schwanger, sie heirateten, und während ihres ersten gemeinsamen Frühjahrs kaufte er das Land für die »Zuflucht«. In den folgenden Jahren, jeden April, reisten sie umher, hielten

Vorträge in kleinen Schulturnhallen und Freizeitanlagen und ermunterten die Leute, die »Zuflucht« zu besuchen, denn eine Freistatt vor dem Trubel der Welt für mehrere Monate in jedem Jahr werde den Frieden vermehren; nicht den Weltfrieden, aber den persönlichen. Wenn der Doktor wünschte, dass dieser Ort als geistige Oase angesehen werde, so wurde er manchmal auch als Künstlerkolonie bezeichnet, obwohl dort nur sehr wenig Kunst geschaffen wurde, abgesehen vielleicht vonseiten Emma Pooles, die mit Aquarellfarben herumhantierte. Harris, ihr Mann, hatte Geld, das er in einem früheren Stadium seines Lebens verdient hatte. Lewis hatte das Gefühl, dies sei der einzige Grund, weshalb sie bei ihm blieb. »Das ist das Problem mit dem Geld«, erklärte er. »Wenn du welches hast, weißt du nicht, wer deine wahren Freunde sind.«

Von den Familien in der Gruppe bezogen die Byrds zwei Hütten, die Kinder die eine und die andere Lewis und Norma Byrd. Doktor Amos lebte mit seiner rothaarigen Frau Margaret und ihrem Sohn Billy zusammen, der übergewichtig war und laut durch den Mund atmete; die Kinder hatten sich angewöhnt, ihn Big Billy zu nennen. Harris und Emma Poole waren in den Vereinigten Staaten zu Hause. Sie waren mit einem jüngeren Mann im Schlepptau angekommen, einem Deutschen namens Franz, den alles faszinierte, was mit dem »Urvolk« Kanadas zu tun hatte. Das waren seine Worte. Er war Fotograf und Sammler. Er wohnte in der kleinsten Hütte, der mit dem durchgebogenen Dach. Er sprach mit deutschem Akzent und verbrachte mehr Zeit mit Emma als mit Harris. Harris war ein Romanschriftsteller, der einmal sehr erfolgreich gewesen war. Nach Emmas Worten waren seine Leistungen brillant, aber kurzlebig gewesen; er hatte schon seit Langem nichts mehr geschrieben. Sie hatte das bei mehreren Unterhaltungen fallen lassen, und wenn sie es tat, wurde ihre Stimme leiser, und die Worte kamen schneller aus ihrem Mund, als spräche sie von einem Nutztier, das seine Aufgabe nicht erfüllt hatte.

Harris hatte einen Teil seiner Bibliothek mitgebracht und sie den übrigen Leuten dort zugänglich gemacht. Er saß im Rollstuhl, und gerüchteweise hieß es, er sei in das Camp gekommen, um sich vom Doktor heilen zu lassen, doch das war bisher nicht geschehen. Seine Frau war Entomologin und Malerin. Man sah sie oft im Wald herumwandern, ihren breitkrempigen Hut auf dem Kopf, ein Schmetterlingsnetz in der Hand, während Franz hinter ihr herzog. Emma besaß eine große Sammlung von Schmetterlingen, die in der Halle mit Stecknadeln aufgespießt hingen, und Everett betrachtete sie immer wieder liebevoll und in dem Bewusstsein, welchen Ernst die lateinischen Namen den toten Insekten verliehen. Lewis sagte eines Tages, Emma Poole sei selber wie ein Schmetterling, zart und mit Spinnwebarmen. Er sagte, sogar ihre Kleider seien durchscheinend, und dann sagte er zu Everett: »Sie ist herrisch und denkt, die Welt ist ihr was schuldig, aber sie ist schön. Auf ihre Weise.«

Everett war erstaunt und ein bisschen verlegen über die Begeisterung seines Vaters. Er fand Emma nicht so gutaussehend, bestimmt nicht wie seine Mutter oder seine Schwester Lizzy, die ihre Nachmittage damit verbrachte, sich unten am Teich zu sonnen. Oft begleitete Everett Lizzy dorthin, und sie bat ihn, ihr den Rücken mit Babyöl einzureiben. Everett tat es gern, denn er wusste um die scharfen Schulterblätter und die kleinen Flecken auf ihrer hellen Haut und dass, wenn sie ihr langes Haar zu einer Schnecke hochsteckte, ihr schlanker Nacken weiche Stellen schweißnassen Haares zeigte. Sie roch warm. Sie war klug. Einmal, einige Tage nach ihrer Ankunft, waren sie unten am Teich und passten auf Fish und William auf, die am Ufer mit spitzen Stöcken Frösche aufspießten. Lizzy lag auf dem Bauch, das Kinn in ihren Händen. Ein Bein hatte sie angehoben, und ihr nackter Fuß winkte dem Himmel. »Sie ist so nirgendwo, die Flucht, aber irgendwie mag ich sie«, sagte sie. So nannte Fish die »Zuflucht«, und die anderen Kinder hatten den Namen aufgeschnappt, dagegen meinte ihre Mutter, sie täten es aus Missachtung. Sie sorgte sich darum, was der Doktor denken könnte.

Everett blickte über den Teich zur anderen Seite hinüber, wo es einen Wald gab, der sich bis zum nächsten Wald erstreckte, hinter dem noch mehr Wald lag. »Irgendwie trostlos«, sagte er.

Lizzy rollte sich auf den Rücken und hielt die Hand in die Höhe, um ihre Augen abzuschirmen. Sie grinste. »Süßer kleiner Ev, der sich immer was anderes wünscht.« Everett sah auf Lizzys flachen weißen Bauch, ihren Nabel und den scharfen Rand ihrer Rippen.

»Zieh dein T-Shirt aus«, sagte sie. »Los.« Sie setzte sich auf und zog am Saum, und als er die Arme hob, zog sie ihm das T-Shirt über den Kopf. »Leg dich hin«, sagte sie. Er gehorchte ihr, und sie strich ihm Öl auf den Rücken. »Oooh«, sagte sie, »Mitesser«, und die nächsten Minuten brachte sie damit zu, die Mitesser auszudrücken und sich auf den Daumen zu setzen, damit Everett sie sehen konnte.

»Mum hat gelogen«, sagte er. »Hier *gibt* es Katzen.«

»Sie hat nicht gelogen. Sie hat gesagt, es gäbe keinen Platz für noch mehr Tiere.«

»Es gibt massenhaft Platz. Sieh dich doch um. Jemand hat gelogen.«

»Vielleicht war's Doktor Amos. Er redet viel, und manchmal wird aus zu viel Reden Blödsinn. Vielleicht wollte er so was wie ein Opfer.«

»Wovon redest du?«

»Ich weiß nicht. Vergiss es. Hat er schon mit dir gesprochen?«

»Hm-hm. Und mit dir?«

»Hmmm … gestern.«

Sie sagte, er habe sie für neun Uhr morgens in die »Bude«, wie seine Hütte genannt wurde, bestellt, und als sie ankam, hatte er ein Feuer brennen, und es war heiß, aber sie habe nicht die Absicht gehabt, sich den Pullover auszuziehen. »Wahrscheinlich wollte er meine nackten Arme oder irgendwas sehen.« Sie sagte, der Doktor habe seinen Stuhl wirklich dicht herangerückt und sich vorgebeugt, wobei er die Nähe betonte, als wenn sie beste Freunde wären. Er habe über Hoffnung und Verzweiflung geredet, und dann habe er gefragt, woran sie glaube, und sie habe zu ihm gesagt, sie glaube an gar nichts oder zumindest an nicht viel. Der Doktor sei erstaunt gewesen und habe gesagt, das sei gefährlich, und sie wolle doch wohl nicht in Solipsismus verfallen. Sie habe das Wort nicht gekannt, deshalb sei er aufgestanden, zu einem Wörterbuch hinübergegangen, habe es herausgezogen und sie das Wort nachschlagen lassen, als wäre er plötzlich zum Lehrer geworden. Dann habe er gefragt, ob sie überhaupt lese, und sie habe geantwortet, ein bisschen, und er habe gefragt, was, und sie habe ihm ein paar wirklich beschissene Bücher genannt, und er habe seine Augenbrauen hochgezogen. Er habe gefragt, ob sie Drogen nehme, und sie habe gesagt, sie sei total abhängig. Von allem: Koks, Heroin, LSD, Haschisch. Und er habe ein erstauntes Gesicht gemacht und gefragt, ob sie ihn auf den Arm nehme.

Lizzy verstummte. Berührte ihre nackten Füße und rieb sich ein bisschen Sand von den Zehen. Sie lächelte. »Ich habe ihn gefragt, ob *er* Drogen nimmt, und er hat nicht geantwortet.« Sie sagte, er habe sie unverschämt genannt, aber er habe es so leichthin gesagt, dass sie dachte, es könnte ein Kompliment sein. Dann habe er sie nach ihrer Mutter gefragt, ob sie sich bewusst sei, wie schön ihre Mutter wäre. »Es war merkwürdig, so über Mum zu reden«, sagte sie. »Mit ihm. Es war, als würde ich Dad betrügen, nur hat der Doktor getan, als wäre es ganz normal. Aber das war es nicht.« Sie gab zu, dass sie sonderbarerweise feststellen musste, dass sie den Doktor mochte. Seine Stimme sei sanft, und was er sage, sei ziemlich interessant. »Er hat die wunderbarsten Hände«, sagte sie. Sie war von Everett leicht weggerückt, und er war sich ihrer Stimme und deren Geschmeidigkeit bewusst und dass Lizzy ihre sanfte Sicherheit auf andere zu projizieren schien. Everett hörte sie atmen. Drüben im Camp startete jemand eine Motorsäge. Fish schaute vom Ufer herauf und rief: »Ettensäge.«

Everett sagte: »Dad ist hier nicht sehr glücklich.«

»Mum schon. Sie findet, dass ihr Leben jetzt real ist. Vorher war alles gegenstandslos. Ich glaube, so hat sie es genannt, aber ich wette, sie hat den Doktor oder sonst wen zitiert. Ich habe sie das Wort noch nie benutzen hören.«

Sie rief laut zu Fish hinüber, der mit einem toten Frosch an einem Stöckchen herumfuchtelte. William stand bis zum Bauch im Wasser und sah nach unten, als suchte er einen verlorenen Gegenstand.

»Shakespeare, komm da raus!«, schrie Lizzy, stand auf, ging hinunter ans Ufer und zog William an Land. Everett sah ihre Knie und ihre langen Waden und dachte darüber nach, was der Doktor über seine Mutter gesagt hatte. Er fragte sich, ob sein Vater wohl die Kettensäge nehmen und dem Doktor die Hände absägen würde.

Morgens schob Lizzy jetzt immer Harris hinunter ans Ufer des Teiches, wo er saß und las oder unter dem Schirm seiner Mütze hervorspähte und den Kindern beim Spielen zusah. Gewöhnlich schlief er am Vormittag ein, und sein Kinn sank ihm auf die Brust, und seine Hand lag in seinem Schoß wie ein kleines gestrandetes Tier. Emma hatte Lizzy angesprochen und sie um ihre Hilfe gebeten. Ihr Mann brauche frische Luft und könne das Geschwätz der Erwachsenen in der Halle nicht ertragen, und wenn sie und Franz hinaus in den Wald gingen, könne Harris aus naheliegenden Gründen nicht mithalten. Sie trug einen breitkrempigen Hut, und Lizzy konnte ihre Augen nicht richtig sehen, aber Emma zögerte, als sie Franz' Namen erwähnte. Dann wurde ihre Stimme wieder lauter, und sie sagte, ihr Mann habe Wasser und Kinder gern. Würde Lizzy sich morgens um ihn kümmern? Sie würde gut bezahlt werden. Emma hob ihren Kopf und sah Lizzy starr an, und Lizzy begriff, dass Emma ihren Mann mit Franz betrog. Eines Tages, sie waren noch nicht lange im Camp, hatte Emma Lizzy in ihre Hütte gerufen, um sich beim Umräumen einer Kommode helfen zu lassen, und während dieses kurzen Besuchs hatte Lizzy zwei schmale Betten bemerkt, zwischen denen eine Bambustrennwand stand. Es hatte, so wie Emma über ihren Mann sprach, etwas Kaltes und Effizientes und Intolerantes in ihrem Ton gelegen, als spräche sie von einem schwierigen Kind.

Harris machte Lizzy kaum Umstände, und wenn er um etwas bat – einen Schluck Wasser oder dass sie seinen Rollstuhl aus der Sonne drehte oder ihm sein Buch aus dem Netz hinter dem

Sitz holte –, entschuldigte er sich beinahe, als fiele er ihr zur Last. Er hatte nichts von der Ungeduld der anderen Erwachsenen. Er saß da, ein einsamer Wachposten, und beobachtete, was am Teich geschah. Fish wurde ihm ziemlich zugetan und behandelte ihn wie ein weiteres aufnahmebereites Gefäß, in das er seine vielen Fragen werfen konnte.

Wenn Harris sich zu sprechen bequemte, wandte er sich an Lizzy, die meist auf einem Strandtuch neben ihm lag und sich sonnte. Er redete spontan, als richtete er sich an jemand seinesgleichen oder als sei er spazieren gegangen und auf etwas Banales, aber Außergewöhnliches gestoßen und müsste es Lizzy mitteilen. An Klatsch oder müßigem Gerede war er nicht interessiert. Und für Lizzy änderte das die Atmosphäre am Teich. Sie merkte plötzlich, dass sie sich auf die Morgen mit Harris freute. Sie hatte noch nie jemanden so reden hören. Bestimmt nicht ihre Mutter, die mehr an dem interessiert war, was sie in ihrem Spiegel sah, oder ihren Vater, einen Mann, der sich eingekapselt hatte und hilflos erschien. Harris hatte ihr gezeigt, dass ein Gespräch voller Überraschungen sein konnte.

Eines Morgens legte er das Buch, in dem er gelesen hatte, in seinen Schoß und sagte: »Ahh, ich glaube es nicht.«

Lizzy öffnete die Augen und sah neben ihrem Stuhl Harris' Schuhe, die sie ihm, als sie am Teich angekommen waren, ausgezogen hatte. Sie sah ihn an, sagte aber nichts.

Er fuhr fort: »Dieser Autor nimmt an, dass ich glaube, was er mir erzählt, aber das tue ich nicht.«

»Ist es wahr?«, fragte Lizzy.

»Nicht, wenn er mich nicht davon überzeugen kann.«

»Es könnte trotzdem wahr sein.«

»Tut nichts zur Sache. Auch eine Lüge muss überzeugend sein.«

Lizzy sagte, dass sie wahre Geschichten nicht möge. Ihre

Lieblingsgeschichten begännen mit »Es war einmal«, weil das bedeute, dass die Geschichte erfunden sei, und erfundene Geschichten seien immer überzeugender.

»Na klar.« Harris grunzte. Er sagte: »Es war einmal ein Mann, der hieß der Doktor, und er behauptete, er könne Lahme gehen machen.«

Harris saß da und blickte übers Wasser. Weder lächelte er, noch ließ er durch irgendeine Regung erkennen, dass er etwas Bemerkenswertes gesagt hatte. Dann sagte er, dass von all den Geschichten, die er erzählen könne, eine bestimmte aus Afrika stamme, und vielleicht würde er sie ihr anbieten. Das Wort *anbieten* sprach er langsam aus, als wäre es das wichtigste Wort im Satz.

Lizzy war sich nicht sicher, was sie damit anfangen sollte, aber sie nickte. Fish und Big Billy begannen, sich am Ufer wegen eines Stöckchens zu zanken. Lizzy rief Fish, und als er nicht hörte, stand sie auf, ging hinunter zu ihm, hob das Stöckchen auf und gab es Big Billy, dann trug sie Fish zu ihrem Handtuch und setzte ihn darauf. »Hier«, sagte sie und gab ihm einen Cracker. Er nahm ihn und aß, und dann sah er Harris an, deutete mit dem Finger darauf und sagte: »Dein Fuß.«

Harris' linker Fuß war nach innen gedreht, nur ein Klumpen an seinem Knöchel.

»Fish«, sagte Lizzy, ihre Stimme hob sich tadelnd.

Big Billy ließ das Stöckchen fallen, kam herüber und langte nach einem Cracker. Er aß schnell, nahm sich noch einen und steckte ihn in den Mund. Krümel sammelten sich auf seinen nassen Lippen.

Harris hob sein Bein in die Höhe, damit Fish den Fuß inspizieren konnte. »Er hat eine eigene Seele«, sagte er.

»Warum?«, fragte Fish.

»Diese Geschichte würde ich gern hören«, sagte Lizzy.

»Weil er krank ist«, sagte Harris. Er bewegte sein Bein langsam auf und ab, dann zog er es zu seinem Rollstuhl zurück. Er sah Lizzy an und sagte, die Geschichte werde er ein andermal erzählen, allerdings würden sich von einem Tag zum nächsten die Fakten leicht verändern. »Alles hängt von Ort, Zeit und Stimmung ab«, sagte er.

Lizzy wollte sagen, dass sie das nicht verstehe, aber sie blieb stumm, dann sagte sie schließlich: »Ist okay. Kein Problem. Absolut nicht.«

Und dann kam eines Morgens nach dem Frühstück der Junge mit seinen Hühnern. Er wohnte ein Stück die Straße hinauf, und zweimal die Woche tauchte er mit seinem alten Pick-up auf, parkte am Rand der Lichtung und ging zur Halle. Lizzy und Fish waren gerade vom Teich zurückgekommen und saßen auf der Treppe vor ihrer Hütte, die Haare noch nass, als sie Raymonds Lieferwagen sahen. Sie wusste, dass er Raymond hieß, weil sie ihn kurz nach der Ankunft ihrer Familie in der »Zuflucht« schon einmal gesehen hatte. Er war eines Abends zum Abendbrot aufgekreuzt und hatte an dem einen Ende des langen Tisches neben dem Doktor gesessen. Lizzy, mehrere Plätze von ihm entfernt, hatte bemerkt, dass er jünger war, als sie zuerst gedacht hatte, näher an ihrem Alter, und das erregte ihr Interesse. Er hatte sein Haar zu einem Pferdeschwanz zusammengebunden, und sie bemerkte, dass er kaum redete, es sei denn, der Doktor sprach ihn an. Als er mit Essen fertig war, sagte er danke, stand auf und ging. Der Doktor fragte, ob er Kaffee haben wolle, aber er schüttelte den Kopf und sagte, er müsse los. Sie hoffte, er werde sie bemerken, aber er hielt den Blick gesenkt. Später fragte sie Margaret, die Frau des Doktors, wer der hochgewachsene, dunkelhäutige Junge sei. Margaret nannte ihr seinen Namen und sagte, dass er in einer Hütte nicht weit von der »Zuflucht« wohne und sie jeden Sommer mit Hühnern und Kaninchen versorge. Sie sagte, ihr Mann denke, es sei wichtig, der Gemeinde die Hand hinzustrecken, und Jungs wie Raymond zum Abendbrot einzuladen sei eine Möglichkeit, dies zu tun.

Nun saß Raymond in dem Pick-up, rauchte und guckte durch die Windschutzscheibe. Lizzy dachte, vielleicht beobachte er Fish und sie auf der Treppe vor der Hütte, aber das war schwer zu sagen, weil er eine Sonnenbrille trug und seine Baseballmütze tief ins Gesicht gezogen hatte. Die einzige Bewegung, die sie wahrnahm, war die seiner Hand, die die Zigarette an seinen Mund hob und dann wieder herabsank.

Lizzy sah nach unten auf ihre Beine. Sie mochte deren lange Schlankheit, eine Eigenschaft, die sie von ihrer Mutter geerbt hatte. Sie hatte nach Meinung ihres Vaters auch andere Eigenschaften ihrer Mutter geerbt – eine sanfte Eitelkeit, Halsstarrigkeit und ein gesteigertes Verlangen –, aber Lizzy, siebzehn Jahre alt, glaubte, sie sei zuversichtlicher und großzügiger als ihre Mutter.

Raymond duckte sich leicht, stemmte die Schulter gegen die Tür und stieg aus. Er stand im Sonnenlicht. Auf seiner Mütze stand Black Cat. Er langte in den Laderaum seines Pick-ups und ging dann leicht hinkend den Weg zur Küche hinunter, mehrere tote Hühner in den Händen. Ein Fuß kaputt, dachte Lizzy. Sie sah, dass die Hühner ohne Kopf und gerupft waren. Als Raymond vorbeikam, fragte Fish: »Was ist das?«, und Lizzy antwortete: »Hühner.«

»Nackte Hühner?«

Raymond sah sie beide kurz an und ging weiter.

Der Doktor trat vor seine Tür und blieb auf der Veranda stehen, dann spazierte er quer über die Lichtung und verschwand im Wald. Als Raymond ein paar Minuten später zurückkam, waren seine Hände leer.

Lizzy stand auf und sagte: »Ich heiße Lizzy, Lizzy Byrd, und das hier ist Fish, mein Bruder. Ich hab dich letzte Woche beim Abendbrot gesehen. Erinnerst du dich? Es gab überbackene Kartoffeln. Du bist also der Hühner-Typ?«

»Schätze, ja.« Er nannte seinen Vornamen und dann, nach einer Pause, seinen Nachnamen. Seymour.

Lizzy sah ihn an und sagte: »Ich kann deine Augen nicht sehen, deshalb weiß ich nicht, ob du wirklich mehr siehst.«

Seine Mundwinkel hoben sich ein bisschen. Er nahm seine Sonnenbrille ab.

»Sie sind normal«, sagte sie.

»Das weiß ich«, sagte er. »Und ich sehe, dass du kein Vogel bist, auch wenn du Bird heißt.«

Lizzy fragte sich, ob er versuche, ihr etwas mitzuteilen. Seine Stimme war sanft, aber irgendwie verschlüsselt. Vielleicht fand er sie zu dick. Sie hob Fish auf ihre Hüfte und sagte: »Komischer Typ, eh? Kein Vogel.«

»Warum?«, fragte Fish.

Raymond nickte, und dann setzte er seine Sonnenbrille wieder auf und ging zu seinem Pick-up, stieg ein und fuhr weg.

An diesem Nachmittag setzte sie sich auf ihr Bett und schrieb einen Brief an Cyril, aber als sie damit fertig war, wusste sie, dass sie ihn nie abschicken würde. Darin beschrieb sie die »Zuflucht« als trostlos, und sie schrieb, sie sei von alten Leuten und Kindern umgeben und dass sie zum Kindermädchen, zur Katzenmörderin und Krankenpflegerin geworden sei. Ihre Mutter habe versprochen, das alles werde großen Spaß machen, aber das habe sich als unwahr herausgestellt; Spaß sei schwierig zu bekommen, genauso wie verbotene Freuden. Es gebe den ganzen Tag nichts zu tun, während sich die Erwachsenen zu ihren albernen Diskussionsgruppen versammelten oder den Vorträgen des Doktors über die Abteilungen der Seele lauschten. Sie wisse nicht, wie sie es die nächsten zwei Monate hier aushalten solle. Sie habe neulich ihren Minirock anprobiert, den malvenfarbenen aus Seide, und sie sei in ihrer Hütte herumgegangen, weil es hier nichts gebe, wohin man gehen und wofür man sich feinmachen könne. Sie sei allein gewesen, was selten geschehe, und sie habe sich mit dem Rücken an die Hüttenwand gestellt und sich ausgemalt, Hände glitten an ihr herauf und unter den Rock. Sie schrieb jedoch, die Hände gehörten nicht ihm; es seien körperlose Hände mit erfahrenen, wissenden Fingern. Sie schrieb, er komme inzwischen selten in ihren Gedanken vor und sie habe hier einen Mann namens Harris entdeckt. Er stelle ihr viele Fragen. Ihn mache Offenheit nicht verlegen. Sie schrieb, sie sei ein Kind gewesen, und nun lege sie kindliche Dinge ab. Harris habe eine Frau, die offenbar einen Geliebten habe, aber das scheine ihn nicht zu stören, und sie frage sich, ob *sie* jemals so leben könne. Könne sie jemals an der Welt so unbeteiligt sein, so kalt, dass Betrug ihr nichts bedeuten würde? Dann schrieb sie, dies sei irgendwie komisch, weil sie eben, während sie diese Worte schreibe, ihn betrüge. Cyril. Aber es sei eigentlich kein Betrug, sie gehe einfach durch eine Tür von einem Zimmer in ein anderes. Sie sei nicht einsam; sie denke, dass sie nie vor Einsamkeit krank sein werde. Apropos Krankheit, sie sei gerade dabei, einen Roman zu lesen, den Harris ihr gegeben habe, *Die Pest*, und obgleich die Geschichte unheimlich und ziemlich schwierig sei, arbeite sie sich da durch. Sie schrieb, es gebe einen Jungen, der Hühner zur »Zuflucht« bringe. Er trage Cowboystiefel mit gelben Nähten, und er sei ganz sanft. Er halte die Gabel mit der Faust. Vielleicht eher scheu als sanft, schrieb sie. Oder war das dasselbe? Sie könnte vielleicht, denke sie, ein Gedicht mit dem Titel »Grundprobleme« oder irgend so was schreiben.

Sie betrachtete ihre Handschrift und die Wörter und dachte,

dass die Wörter einem Fremden mit einer anderen Sprache als ziemlicher Unsinn erscheinen würden. Sie löste den Brief aus ihrem Notizbuch, faltete ihn zusammen und steckte ihn in die Schublade der Kommode neben ihrem Bett. Draußen auf der Lichtung hörte sie die Stimmen ihrer Mutter und Williams. Ihre Mutter redete, und William warf immer wieder Fragen dazwischen, und obwohl nichts klar und kein Wort zu verstehen war, waren die vertrauten Laute tröstlich.

Vier Tage später kam Raymond mit gehäuteten Kaninchen wieder, die den Hühnern glichen, nur waren sie kleiner und blanker. Es hatte geregnet, und Lizzy lag auf ihrem Bett und las Fish etwas vor. Als sie einen Lieferwagen hörte, stand sie auf, ging auf die Veranda hinaus und sah Raymond vorbeigehen. Fish stand hinter ihr und hielt sich an ihrem rechten Bein fest.

Raymond nickte, als er vorbeihumpelte. Es nieselte noch immer leicht, und er hatte den Schirm seiner Mütze tief ins Gesicht gezogen.

»Hühner?«, fragte Fish.

»Ja, Hühner«, sagte Lizzy, weil sie wusste, dass Fish Kaninchen liebte.

Als Raymond zurückkam, fragte sie ihn, wo er hinfahre, und er sagte: »Stadt.«

Sie fragte, ob sie und Fish mitkommen könnten. »Es regnet«, sagte sie.

Raymond blickte hinauf zum Himmel und dann auf den Boden. »Stimmt.« Er ging weiter und stieg in den Lieferwagen.

Lizzy wartete, unsicher. Dann nahm sie Fish auf den Arm und sagte: »Komm.« Sie rannte zu dem Pick-up. Sie trug gelbe Shorts, und sie war barfuß, und der Weg war matschig, und als sie beinahe hinfiel, rief Fish: »Ohh.« Sie stieg auf der Beifahrerseite ein. Ihre Füße waren schlammverschmiert und ihre Beine glitschig und nass, und sie dachte an die blanken Kaninchen. Sie setzte Fish auf den mittleren Platz und sagte: »Los geht's.«

Raymond ließ den Motor an, setzte zurück und bog dann in die Auffahrt ein. Als sie auf dem Highway waren, begann es heftiger zu regnen. Nur auf der Fahrerseite funktionierte der Scheibenwischer. Lizzy spürte eine Bedrückung und fragte sich, was sie hier tue, wie konnte sie nur in den Lieferwagen einsteigen. Und mit Fish. Sie dachte, sie könne ja Raymond bitten, sie wieder zurückzubringen, und da wandte er sich ihnen zu und sagte: »Fish.«

Fish sah zu ihm hoch.

»Das dein richtiger Name?«

Fish nickte.

»Ah.« Er griff in eine Brusttasche seiner Jacke, zog eine Zigarette heraus und zündete sie an, dann atmete er den Rauch durchs halboffene Fenster aus. »Letztes Jahr war hier ein anderes Mädchen mit deinem Namen. Liz allerdings.«

Lizzy war erstaunt, dass Raymond so beiläufig über die »Zuflucht« sprach, als wäre das ein dauerhafter und normaler Ort, und sie war neugierig auf dieses andere Mädchen namens Liz. Sie fragte sich, wie gut Raymond diese Liz wohl gekannt habe, ob sie vielleicht auch in seinen Pick-up eingestiegen war. Sie verspürte Eifersucht und dann Verlegenheit, weil sie eifersüchtig war. Sie roch Raymond, einen leicht feuchten Moschusgeruch, und sie sah seine Hände auf dem Steuerrad und die Form seiner Unterarme. Sie sagte: »Wie alt war diese andere Liz?«

Raymond zuckte die Achseln. »Alt genug. Vielleicht zwanzig. Oder eher fünfundzwanzig.«

»Wie alt bist du?«, fragte Fish, wobei er zur Unterseite von Raymonds Kinn hochsah.

»Wie alt bist *du*?« Raymond ließ seine ausgedrückte Zigarette auf den Boden des Pick-ups fallen und zertrat sie mit seinem Stiefel.

»Vier«, sagte Fish.

»Okay, Fish, dann rechne mal fünfzehn dazu.«

Fish schloss die Augen und öffnete sie wieder. Schaute hinunter auf seine Finger und begann zu zählen.

Es hatte aufgehört zu regnen, deshalb gingen sie zu einem Hamburgerstand in der Second Street und setzten sich an einen Picknicktisch unter einem grünen Schirm. Raymond fragte Fish, der ihm gegenüber neben Lizzy saß, warum er Fish heiße.

»Weil«, sagte Fish. Er hob die Schultern und ließ sie fallen. Er schien über die Frage nachzudenken.

»Es ist ein Spitzname«, sagte Lizzy. »Sein richtiger Name ist Jack, aber dann begann mein Vater ihn Jackfish zu nennen, und schließlich wurde daraus Fish. Jetzt heißt er einfach Fish. Und ich habe einen Bruder namens Everett, der etwas komisch und drei Jahre jünger ist als ich. Er ist vierzehn. Und dann ist da William, der eigentlich Will heißt, aber mein Dad liebt Shakespeare, und deshalb nennt er ihn manchmal William Shakespeare oder einfach Shakespeare. Er ist neun.«

Fish hatte den Mund voller Fritten. Er sah Lizzy an und dann wieder Raymond. Er sagte: »Lizzy und ich, wir heiraten.«

»Ach ja?« Raymond grinste.

Später im Pick-up wollte Fish am Fenster sitzen. Lizzy sagte, es sei gemütlicher, wenn er in der Mitte säße, aber Fish bestand darauf. Raymond sagte: »Lass ihn«, und sie sagte: »Okay, für eine Weile.« Fish schlief ein, an Lizzys Hüfte geschmiegt. Es regnete wieder, der eine Wischer klatschte gegen die Windschutzscheibe. Der Pick-up hatte eine Knüppelschaltung, und Lizzys linker Oberschenkel drückte gegen den Schalthebel mit einem dunklen, abgegriffenen Knopf mit Zahlen auf einem Gitter, 1, 2, 3 und einem »R«, das ihrer Hüfte am nächsten war. Als Raymond schaltete, bedeckte seine Hand den Knopf, und sein Handgelenk streifte ihren nackten Schenkel.

Lizzy fühlte sich so wie manchmal am Strand oder am Pool in Calgary, wo die Jungs sie oft angestarrt hatten. Sie kam sich fast nackt vor. Raymonds Gesicht war direkt neben ihr, und sie wusste, wie er aussah, weil sie ihn am Hamburgerstand eingehend betrachtet hatte. Er hatte eine kleine Narbe an seiner Oberlippe, genau in der Mitte, und ihr gefiel, wie sie sein Gesicht auflockerte, das völlig glatt war, perfekt. Er hatte kleine Ohren. Seine Jeans hatten ein Loch am Knie. Sie legte einen Zeigefinger auf die Stelle und fuhr über den Stoff. Sie sagte, ein farbiger Flicken würde gut aussehen und sie könne nähen. Er blickte hinunter auf ihre Hand und dann wieder auf die Straße. Es schien, als wollte er etwas sagen, tat es aber nicht.

So saßen sie noch, als sie an der Abzweigung zur »Zuflucht« vorbeikamen. Lizzy bemerkte die Straße, sagte aber nichts. Sie verspürte eine leise Panik, bis Raymond einen Finger hob, in die Ferne zeigte und sagte: »Meine Hütte ist gleich da.« Er fuhr schnell, die linke Handfläche am Steuerrad. Ein paar Minuten später bogen sie von der Hauptstraße ab und fuhren eine Schotterstraße entlang an Häusern vorbei, auf deren Schildern die Zahlen bis zur Hausnummer sechzehn anstiegen. In den Gärten standen Anhänger mit Booten, Pick-ups auf Blöcken, und Fahrräder lagen herum, als warteten sie auf etwas oder jemanden. Die Schotterstraße fiel ab in einen Tunnel aus Bäumen, und je tiefer sie sich in die entlegene Gegend schlängelten, desto stärker fühlte Lizzy sich sinken, sich lösen.

Als Raymond das Tempo verringerte, hielt sie den Atem an und sah sich um, aber es gab nur Bäume über Bäume. Raymond schaltete, indem seine Hand den Knüppel nach oben schob, weg von ihr. Er bog in einen schmalen Pfad ein und folgte den

Fahrspuren, die morastig und schlüpfrig und voller Löcher waren, in denen Regenwasser stand. Er hielt den Pick-up in einem niedrigen Gang und griff mit einer Hand in seine Jackentasche, zog ein Päckchen Zigaretten hervor und reichte es ihr. »Zünd mir eine an.«

Lizzy nahm eine Zigarette heraus und steckte sie sich in den Mund. Fish regte sich neben ihr und schlief weiter. Sie klemmte sich das Zigarettenpäckchen zwischen ihre Schenkel und nahm das Streichholzheft vom Armaturenbrett. Sie zündete die Zigarette an und inhalierte, während seine Hand nach oben langte und um die Zigarette bat.

Er sagte: »Bist okay«, und Lizzy dachte zuerst, es könnte eine Frage sein, das war es aber nicht. Er tat etwas kund oder gab so etwas wie eine Einschätzung ab, und sie wusste, es sollte sie freuen.

»Besser als«, sagte er und grinste und schnippte die Zigarettenasche aus dem Fenster.

Sie hielten vor einer kleinen Hütte mit durchhängendem Dach und einer ausgeblichenen blauen Tür und Fenstern, bei denen einige zerbrochene Scheiben mit Plastikfolie zugeklebt waren. Die Tür stand offen. Fish setzte sich auf und fragte: »Wo?« und rieb sich die Augen, und dann legte er sich wieder hin, die Augen offen, und starrte auf das Armaturenbrett. Lizzy strich ihm über die Stirn, die schweißnass und heiß war.

Raymond sagte: »Wir sind da. Mein Bruder ist hier. Er ist vor einem Monat wieder nach Hause gekommen. Er hat eine Katze.« Er stieg aus und blieb neben dem Pick-up stehen und warf einen Blick auf die Baumwipfel. Dann ging er auf die Hütte zu und verschwand darin. Lizzy saß da und wartete. Eine schwarze Katze saß in der Sonne neben dem Haus, und gleich neben der Katze hing eine Schaukel, die aus dicken Ketten und einem Autositz bestand. Als Raymond wieder auftauchte, war ein Junge bei ihm, der wie er aussah, nur war sein Haar kürzer, und er war schwerer. Raymonds Kopf bewegte sich leicht, als wollte er auf etwas hinweisen, und dann sagte der andere Junge ihren Namen: »Lizzy.« Er kam zu dem Pick-up und beugte sich in die Beifahrertür. Er sagte, er heiße Nelson und sein Bruder sei zu schüchtern, um höflich zu sein, und sie sollten doch ins Haus kommen. Es hatte sich angehört, als hätte er *Hos* gesagt, und Lizzy war zuerst etwas verwirrt. Sie hob Fish auf den Arm und sagte: »Okay«, dann stieg sie aus und stand mit ihren nackten Füßen auf dem morastigen Boden.

»Lizzy und Fish«, sagte Nelson. Er führte sie in die Hütte und bot ihnen zwei Stühle an, einer mit einem blauen Plastiksitz und der andere aus Holz, rot gestrichen. Er setzte sich auf eine Ecke des Tisches und fragte, ob sie ein Bier wolle.

»Klar«, sagte sie. In der Ecke stand eine Propangasflasche und daneben ein Gaskocher. Einige Töpfe und Teller und Tassen in einer Holzkiste. Ein paar Konservendosen, Bohnen und Mais, neben der Kiste. Und daneben ein großer grüner Mülleimer mit Wasser. Eine Schöpfkelle schwamm darin. Die Wände der Hütte waren roh und ungestrichen. Hinter der behelfsmäßigen Küche eine Tür, die irgendwohin führte, vielleicht in ein Schlafzimmer. Das Licht in dem Raum, in dem sie standen, war durch das Plastik an den Fenstern gedämpft.

Raymond stand rauchend in der Tür. Lizzy nahm Nelson ein Bier ab, ging hinüber zu Raymond und blieb neben ihm stehen, und weil sie nicht wusste, was sie sonst sagen sollte, sagte sie: »Hier wohnst du also.«

»Im Sommer«, sagte Raymond. Er machte eine Handbewegung zu Nelson hinüber und sagte, dass sein Bruder gerade eingezogen sei. Nelson sei die Köchin und Putzfrau. Er grinste und sagte: »Macht keine sehr gute Arbeit.«

»Das stimmt«, sagte Nelson. In dem trüben Licht hob er

seine Flasche, als wollte er einen Toast ausbringen. Er trank. »Kein Strom, also warmes Bier.«

Lizzy fragte Raymond, ob er was von ihrem Bier abhaben wolle, und sie hielt es ihm hin. Er schüttelte den Kopf und sagte, er brauche nichts. Er habe keinen Durst. Fish, der vom Schlafen noch benommen war, rutschte von seinem Stuhl herunter, ging zu Lizzy und schlang seine Arme um ihr nacktes Bein.

»Komisch«, sagte Nelson. »Ray hat gesagt, da unten in dem Camp wär 'n Mädchen, das ziemlich hübsch ist. Das musst du sein, schätze ich.«

»Oder eine andere.«

»Du warst gemeint«, sagte Raymond. Er wirkte verlegen; er zog eine leichte Grimasse, als er sich aus der Tür nach draußen beugte und seine Zigarette in Richtung Pick-up warf.

Fish zerrte an Lizzy. »Schaukeln?«

Sie sah Raymond an und sagte: »Er möchte schaukeln. Ist das okay?«

»Klar. Komm mit, Fish.« Er streckte eine Hand aus, und Fish ließ Lizzys Bein los und ging nach draußen. Raymond drehte sich um und sah Lizzy an, als er aus der Tür trat. »Mein Bruder wurde von hier weggebracht, um bei einer perfekten Familie in Manitoba zu leben, und jetzt ist er wieder da und hat nur Scheiß im Kopf.« Er nickte Lizzy ernst zu, und dann grinste er.

Nelson hob grüßend sein Bier und sagte zu Raymond, er solle sich verpissen. Seine Hand an der Flasche war groß, und seine Handgelenke waren dick. Er schien viel stärker als Raymond zu sein. Von dort, wo sie saß, konnte sie die Schaukel sehen und Raymonds Rücken, als er sich Fish zuwandte, der gerade etwas sagte, und sie empfand eine plötzliche Zuneigung für Raymond. Das Geräusch der Schaukel drang durch die offene Tür. Lizzy sagte: »Wir müssen zurück. Ich hab niemandem gesagt, wo wir sind.«

»Raymond hat mir von der ›Zuflucht‹ erzählt«, sagte Nelson. »Jedes Jahr kommt der Doktor hierher, und jedes Jahr gibt's 'ne neue Gruppe von Jüngern.«

»Wir sind keine Jünger«, sagte Lizzy.

»Ray verdient sich da etwas Geld mit dem Verkauf von Hühnern an Stadtleute, die denken, Hühner müssen nicht aufgezogen und dann geschlachtet werden. Du siehst nicht aus wie so eine. Was machst du denn da unten?«

»Der Doktor, der das Camp leitet, sagt, es ist ein Ort sich zu sammeln und die Welt zu verstehen«, sagte Lizzy. Sie zuckte die Schultern, sah sich in ihrer Umgebung um und sagte dann, sie sollte das Camp nicht verteidigen müssen. »Vielleicht muss es gar keine Bestimmung haben. Es ist einfach da. Die Leute leben da den Sommer über und fahren dann wieder nach Hause.«

Nelsons Haut war leicht fleckig, als hätte er Akne gehabt, als er jünger war. Er war nicht so hübsch wie Raymond, aber er schien selbstsicherer zu sein mit seinem größeren Wortschatz, seinem breiteren Mund. Er war ein bisschen zu selbstsicher, als verberge er irgendein Geheimnis. Er fragte Lizzy, warum sie überhaupt dorthin gegangen sei.

Sie antwortete nicht sofort. Draußen bei der Schaukel rief Fish, und Raymond sagte etwas, aber sie hörte ihn nicht richtig. Sie trank ihr Bier aus und stellte die Flasche auf den Boden. Ihre Eltern seien dort, sagte sie, ihre Brüder seien dort, und deshalb sei sie auch dort. »Wo sollte ich sonst sein?«

»Ich weiß nicht. Du bist alt genug, um ein Kind zu haben, du bist alt genug, um woanders sein zu können. Die ›Zuflucht‹, das hört sich an wie 'ne Kirche, in die ich als Teenager gegangen bin. Wo einer eine Vision hat und sie anderen zum Auflecken hinwirft. Findest du nicht?«

»Weiß nicht. Vielleicht.«

»Ich wurde von einer weißen Familie aufgezogen. Hat dir Raymond erzählt, dass ich, als ich zehn war, weggebracht wurde, um bei einer weißen Familie in einem Ort namens Lesser zu leben? Du erinnerst mich an meine Stiefschwester.«

Lizzy sah weg.

»Die Familie, bei der ich gelebt habe, war fromm, und ich bin eine Zeit lang in eine Mennonitenkirche gegangen, und dann zur Pfingstkirche, wo die Leute in Zungen redeten und mit den Händen in der Luft herumfuchtelten und eines Abends Pastor Phil versuchte, eine Katze von den Toten zu erwecken. Es hatte aber auch gute Seiten, das Leben in Lesser. Wir hatten Linoleum auf dem Küchenfußboden, und ich habe Bratsche spielen gelernt. Spielst du ein Instrument?«

»Nein«, sagte Lizzy. »Aber mein Bruder Everett.«

»Noch 'n Bier?«, fragte Nelson.

»Nein, danke, wir müssen zurück.« Sie stand auf, ging nach draußen und sagte zu Raymond, dass sie losmüssten. »Okay?«

Raymond ergriff eine der Ketten der Schaukel und bremste sie ab und sagte dabei: »Brrr«, als redete er mit einem Pferd. Fish sagte: »Will nicht weg.« Er blickte hinüber zu der Katze, ging zu ihr und nahm sie auf den Arm. Er rubbelte an ihren Ohren, und dann hielt er seinen Kopf dicht an ihre Brust und horchte auf ihr Schnurren. »Bull«, sagte er und blickte zu Lizzy hoch.

Raymond stand an der offenen Tür des Pick-ups. Er schlüpfte hinter das Steuerrad. Lizzy ging zu dem Wagen und stieg ein. Sah sich nach Fish um, der sich Zeit ließ. Sie sagte: »Nelson glaubt, dass Fish mein Sohn ist. Hast du ihm das erzählt?«

Raymond blickte durch die Windschutzscheibe in den Himmel. »Nee, war ich nicht. Ich habe nichts über Fish oder dich gesagt oder dass du Mutter bist.« Er schien mit sich zufrieden zu sein.

»Tja, das denkt er aber.«

»Wie gesagt, Nelson kann viel Scheiß reden. Auf jeden Fall weißt du, was wahr ist und was nicht.«

Lizzy rief nach Fish. Dann öffnete sie die Wagentür, stieg aus, packte ihn am Arm und schleppte ihn zurück zum Pick-up. Bull, plötzlich aus Fishs Armen wieder am Boden, ging hinüber und rieb ihren Kopf an einer Ecke der Hütte. Fish fing an zu wimmern. Dann sagte er, er habe Hunger. Und Durst. Lizzy setzte ihn in die Mitte der Sitzbank, so dass seine Füße den Schaltknüppel berührten. Fish begann zu weinen.

Raymond ließ den Wagen an und sagte: »Er hat Durst.«

»Ist okay. Er kann zu Hause trinken.«

Raymond legte den Gang ein und kroch hinunter auf den Pfad. Sie blickte aus dem Fenster auf die Bäume und den Himmel und dachte über Nelson nach. Sie überlegte, was er wohl falsch gemacht hatte, dass er weggebracht wurde, wollte aber nicht fragen. Die Sonne war schließlich herausgekommen, und in den Pfützen spiegelten sich die Bäume. Über ihnen schwebte, wie auf den Himmel gezeichnet, ein Falke.

Als sie zur »Zuflucht« zurückkamen, war niemand zu sehen außer Emma Poole, die in ihrem Schmetterlingsjagd-Outfit am Waldrand stand. Sie beugte sich vor und spähte in das Gehölz. Wie sich herausstellte, hatte niemand gewusst, dass Lizzy und Fish weggefahren waren; man hatte sie nicht vermisst.

Everett war nicht glücklich. Er sehnte sich dorthin zurück, wo er hergekommen war, in die Stadt, und er sehnte sich nach seinem Klarinettenunterricht, zu dem er immer mit dem Bus in die Innenstadt zur Wohnung seiner Musiklehrerin, Miss Douceur, fuhr. Sie wohnte in einem Hochhaus in der Innenstadt von Calgary, und ihre Wohnung blickte auf den Bow River. Sie hatte große Fenster, und vom Balkon im siebzehnten Stock konnte man unten den Fluss und die Straßen sehen, und auf den Straßen sah man kleine dunkle Striche, das waren Menschen. Einmal hatte ihn Miss Douceur auf den Balkon gerufen und ihm etwas zu trinken angeboten. Sie hatten auf Polsterstühlen an einem Glastisch gesessen und an Limonade genippt. Die Sonne fiel auf ihre Schultern und Köpfe. Everett blickte in die Sonne und musste blinzeln, um Miss Douceur sehen zu können, die ein blassgrünes Kleid trug, das ihr bis knapp oberhalb der Knie reichte. Das Kleid war ärmellos, und Everett schielte heimlich auf Miss Douceurs dünne, sonnengebräunte Arme. Sie trug immer Schuhe mit hohen Absätzen, sogar in ihrer Wohnung. Er glaubte, dass sie verheiratet sei, denn es gab in der Wohnung Hinweise auf einen Mann – Jacketts, Mokassins, eine über eine Stuhllehne geworfene Krawatte –, aber Everett war ihrem Mann nie begegnet, und sie sprach nicht von ihm. Er liebte ihren Gang und ihr Selbstvertrauen. Er liebte ihre aufrechte Haltung und die Art, wie sie dasaß und das Tempo hielt, indem sie mit der Hand leicht gegen ihren Schenkel schlug. Er liebte ihre Wohnung mit den Regalen, in denen viele verschiedene Bücher standen, und den Weingläsern, die unter einem Wandschrank hingen, als erwarteten sie eine Party. Er stellte sich ein Abendessen in der Wohnung vor. Eine Gruppe von Männern und Frauen, alle gut gekleidet, alle reich. Und Miss Douceur wäre die hübscheste und klügste.

Einmal, als er ein bisschen zu früh zu seiner Stunde gekommen war, hatte sie ihn hereingelassen und ihn gebeten, auf der Couch im Arbeitszimmer zu warten. Er hatte Stimmen gehört, ihre und eine andere Stimme, tiefer, die eines Mannes, meinte er, und dann hatte sich die Wohnungstür geöffnet und wieder geschlossen, und sie war erschienen und hatte ihn aufgefordert, bitte zu kommen. An diesem Tag hatte sie einen gelben Rock und eine weiße Bluse mit schwarzen Rüschen angehabt. Ihre Beine und ihre Füße waren nackt gewesen. Das war das erste Mal, dass er ihre Füße gesehen hatte, und er musste unwillkürlich immerfort auf ihre Zehen und Knöchel schauen.

Tagsüber las Everett stundenlang. Harris und der Doktor besaßen viele Bücher, die in der Halle aufbewahrt wurden, allerdings waren die meisten dieser Bücher seltsam und unzugänglich, vor allem die des Doktors. Lewis nannte sie philosophische und theologische Wälzer, und noch dazu nicht sehr gute. Everett entdeckte mehrere Novellen von John Steinbeck, und er las auch *Der alte Mann und das Meer.* Er fand ein schmales Bändchen über Knoten, und so wusste er jetzt alles über Knoten. Von Harris' Romanen hatte er keinen gelesen, obwohl sie vorhanden waren; die Vorstellung, Harris' Worte zu lesen, während der Mann gleich nebenan wohnte, war zu seltsam.

Unten am Teich unterhielten sich Lizzy und Harris an den Nachmittagen, während Everett in der Nähe lag und zuhörte. Harris sprach über sein Leben als Schriftsteller und von Reisen, die er allein gemacht, und von Reisen, die er mit Emma gemacht hatte. Einmal erzählte er von einem Monat, den er im

Süden Italiens verbracht hatte, und er sagte, dass er, wenn er reicher wäre und wenn Emma mitkäme, sein Leben dort verbringen würde, dicht bei den Klippen, die steil ins Mittelmeer abfielen. Everett, der so tat, als hörte er gar nicht zu, stellte sich eine Unmenge von Villen und späten Abendessen mit Gelächter und dem Tosen des Meeres vor, das unten gegen die Felsen schlug. Ihm wurde vielleicht zum ersten Mal richtig klar, dass die Familie, in die er hineingeboren war, arm und nicht sehr kultiviert war, und er wünschte, es wäre anders. In letzter Zeit war er Kämpfe seiner Eltern gewahr geworden, Streitigkeiten, die seinen Vater mehr aufregten als seine Mutter. Seine Mutter schien um die Auseinandersetzungen herumzugleiten; dann lächelte sie und drehte Mr. Byrd den Rücken zu, oder später in der Halle neigte sie sich dem Doktor entgegen und amüsierte sich, als wäre alles normal und gut.

Einmal war er von einigen Bewohnern der »Zuflucht« gebeten worden, sie bei einer Fahrt in die Stadt zu begleiten, um abgelaufene Lebensmittel – Brot vom Vortag und weggeworfene Zimtbrötchen – aus den Restecontainern hinter dem Safeway-Supermarkt zu holen. Die Fahrt wurde regelmäßig unternommen, aber Everett, zunächst neugierig, fand schnell, dass er den Geruch von Müll nicht ausstehen konnte. Es war ihm außerdem unangenehm, sich so zu verhalten. Er fuhr einmal mit und beschloss dann, im Camp zu bleiben und zu lesen oder hinunter an den Teich zu gehen, wo er sich auf den Bauch legte, das Kinn auf die Hände gestützt, und der leisen Stimme Harris' lauschte, die Geschichten von Leben erzählte, die an anderen Orten geführt worden waren.

Oft kamen Besucher durch, blieben ein paar Tage in der »Zuflucht«, und der Doktor beschäftigte sich mit diesen Leuten, saß in der Halle und sprach mit ihnen. Der Raum war voller Licht und roch nach Küche. Everett ging manchmal am frühen

Vormittag nach dem Frühstück zur Halle zurück, mehrmals auch nach dem Mittagessen, wenn sich diese Gespräche über die Mahlzeit hinweg bis in den späten Nachmittag hingezogen hatten, stand da und hörte den Erwachsenen beim Reden zu und war sich der Enge in seiner Kehle bewusst, ohne die Ursache dafür ermitteln zu können. Wenn er den Doktor über irgendein Thema sprechen hörte – einmal hatte er über Raum und Zeit gesprochen und immer wieder den Namen Hider erwähnt –, verspürte Everett einen Stich der Erregung und dann der Einsamkeit. Er spürte die Möglichkeit, dass er ein wenig von dem verstehen könnte, was gesagt wurde, aber dem folgte die Erkenntnis, dass er weder etwas begriff, noch dass er jemals den um den langen Tisch versammelten Menschen gewachsen sein werde. Ein Kreis wie ein Zaun umgab den Doktor, und es blieb Everett ein Rätsel, wie jemand in diesen Kreis eindringen könne. Vielleicht brauchte man eine Einladung oder Humor oder Intelligenz, oder vielleicht gab es eine Parole. In diesem Fall kannte Everett sie nicht. Seine Mutter musste den Zugang gekannt haben, weil sie oft dort war und nahe beim Doktor saß, und er wünschte, sie würde ihn zu sich rufen und auffordern, neben ihr Platz zu nehmen, aber das tat sie nie. Einmal hörte er sie sprechen, aber er bekam nicht mit, was sie sagte, nur die Antwort des Doktors, der sagte: »Gute Frage, Norma.« In diesem Moment fühlte Everett einen Schmerz in der Brust, und er verließ den Raum.

Everetts Vater ging selten in die Halle, weil, wie er sagte, die Atmosphäre dort stupide sei. »Du kennst das Wort«, sagte Lewis eines Nachmittags zu Everett. »Genau das ist sie. Stupide. Die Luft ist geladen von Meinungen, die sich in ihrer eigenen Scheiße suhlen.« Everett half, Wangen für eine neue Treppe zurechtzusägen, für die Treppe, auf der seine Mutter, als die Familie die zweite Woche dort gewesen war, den Halt verloren und sich das Handgelenk gebrochen hatte. Seine Eltern hatten gerade einen Streit miteinander gehabt. Everett hatte auf der Treppe zu ihrer Hütte gesessen und seinen Vater sagen hören: »Das mag ja sein, aber er hat einen Schwanz, nicht wahr, Norma«, und seine Mutter hatte gelacht und gesagt: »Lewis, Lewis.« Und dann kam sein Vater nach draußen, ging an Everett vorbei, stieg in das Auto, knallte die Tür zu und fuhr weg. Everett hörte seine Mutter hinter sich auf der Veranda, und sie sagte seinen Namen, als sei sie überrascht, ihn dort zu sehen. Dann kam sie herunter auf die erste Stufe, und die gab nach. Mit einem leisen »Ohh« fiel sie nach vorn, streckte die Arme aus, um ihren Sturz aufzuhalten, und als sie landete, knackste ihr Handgelenk nach hinten. Everett hörte den Laut, der aus ihrem Mund drang. Es war ein spitzer Schrei, und er fühlte sich peinlich berührt und sah weg; die Beine seiner Mutter waren gespreizt, und er konnte ihren Schlüpfer sehen. Er fühlte sich gedemütigt und beschwor seine Mutter stumm, die Beine zu schließen. Seine Hilflosigkeit hielt ihn davon ab, sich zu rühren. Und dann erschien der Doktor, beugte sich über Mrs. Byrd und brachte sein Gesicht ganz nahe an ihres, und es schien, als würde er sie küssen, aber er tat es nicht. Er half ihr auf, indem er ihr unter die Arme griff, so dass er ihre Brüste berührte. Everett drehte den Kopf weg und dann wieder zurück. Der Mund des Doktors war dicht am Hals seiner Mutter. Er sagte zu ihr, dass sie sich das Handgelenk gebrochen haben könnte. Sie schüttelte den Kopf und besah ihren Arm. Sie sah Everett an, das Gesicht sehr weiß. Dann stöhnte sie, und der Laut war intim und erotisch. Ihre Wange lehnte an der Brust des Doktors. Der Doktor bat um Hilfe, und Everett trat schließlich hinzu und packte seine Mutter am Arm. Zu dritt humpelten sie auf den Pick-up zu. Seine Mutter murmelte vor sich hin. Sie sagte: »Scheiße«, und dann lachte sie, wandte ihr Gesicht dem Doktor zu und sagte: »Entschuldigung.« Everetts Unterarm war unter ihrer nackten Achselhöhle, die schweißnass war. Dies war ihr gesunder Arm, rund an der Schulter und sauber und in Ordnung, und Everett war über die Kraft in ihrem Bizeps erstaunt. Ihr Kleid, ärmellos und weich, roch nach Seife. »Erzähl's deinem Vater«, sagte sie. »Okay? Sag ihm, mir geht's gut.«

Der Doktor fuhr seine Mutter ins Krankenhaus, und als Everetts Vater zurückkam, erzählte er ihm von dem Unfall und sagte, dass seine Mutter sich das Handgelenk gebrochen haben könnte. Er schilderte den Sturz, die Gesichtsfarbe seiner Mutter, ihre Tapferkeit. Er sagte nichts davon, dass der Doktor sie beinahe geküsst hatte oder von der Neigung des Körpers seiner Mutter, als sie dem Doktor *Entschuldigung* zugeflüstert hatte. Er wünschte sich seine Eltern glücklich, und er stellte sich vor, dass dieser Unfall seinen Vater irgendwie milde stimmen könnte. Als seine Mutter aus dem Krankenhaus zurückkam, begab sie sich auf die Veranda, wo sich die Familie versammelte. Sie rief Fish zu sich, setzte ihn sich auf den Schoß und zeigte ihm ihren Gips. Als sie Everett seitlich in einiger Entfernung stehen sah, winkte sie ihn heran und ließ ihn seinen Namen auf ihren Gips schreiben. Dabei stieg ihm der Geruch seiner Mutter in die Nase, eine Mischung aus Laub und Schweiß und Seife, überlagert von einem leicht feuchten Duft, der Everett an die Skulpturen erinnerte, die er im Kunstunterricht auf der Junior High modelliert hatte.

Es war Lewis' Sache, die Treppe zu reparieren, und Everett fragte, ob er helfen könne, was im Grunde hieß, dass er zusehen wollte. Wenn sein Vater in Calgary samstags gearbeitet hatte, war Everett manchmal hinüber in die Glasfabrik gegangen, hatte sich auf eine Kiste gesetzt und zugeguckt. Er mochte die Werkzeuge, die Gummischläuche, die Läppscheibe, die Flöte. Sein Vater hieß ihn eine Spezialbrille tragen. Er setzte sie auf und beobachtete, wie das flüssige Glas aus dem Schmelzofen gezogen wurde. Die Bewegungen der Hände seines Vaters und die Formen und Farben, die plötzlich erschienen. Er machte Vasen, Vögel mit langen Hälsen, Schmetterlinge und kunstvolle Aschenbecher. Manchmal, wenn ein Stück nicht gelang, stellte sein Vater es zur Seite, ließ es abkühlen und gab es dann Everett. »Du kannst es mit nach Hause nehmen«, sagte er dann.

An diesem Tag hatte Lewis sich vorgenommen, die Treppe völlig neu zu bauen. Er hatte einen Bleistift in der Hand, legte die Wasserwaage an und sagte, es sei absolut wichtig, die Treppenwange mindestens dreimal zu messen, um kein gutes Holz zu vergeuden. »Man muss aufpassen.« Und dann nickte er in die Richtung der Halle und sagte: »Wie gesagt, es ist nicht schön, Männer in der eigenen Scheiße schmoren zu sehen. Oder Frauen. Verstehst du?« Er schien das noch weiter ausführen zu wollen, schüttelte aber den Kopf und sagte: »Ach, ich klinge bitter.« Dann sagte er, Norma sei zufrieden in der »Zuflucht«, und wenn sie ihren Spaß an diesen langweiligen Unterhaltungen in der Halle habe, wer sei er denn dann, dass er sich über die Zufriedenheit ihrer Mutter beklage. »Oder?«

Über ihnen flogen Gänse in einer V-Formation nach Norden.

»Hier«, sagte Lewis und reichte Everett den Hammer und ein paar Nägel. »Schlag ein paar Stifte rein.« Der Hammer wog knapp anderthalb Pfund, und Everett hatte Mühe, ihn zu halten. Er klopfte leicht auf einen Nagel, und der sprang ins Gras davon. Er versuchte es noch einmal, und diesmal gelang es ihm, den Nagel halb hineinzuschlagen, ehe er krumm wurde. Lewis nahm ihm den Hammer ab und sagte, er solle nicht so zaghaft sein. Der Hammer sei wirklich ein schlichter Gegenstand. »Je weniger du ihn anstarrst, desto besser packst und hältst du ihn, desto wirklicher wird er. Wenn du dich zu sehr bemühst, schlägst du entweder den Nagel krumm oder völlig vorbei, oder du haust dir auf den eigenen Daumen. Wie im Leben irgendwie. Hör auf einen weisen Mann.« Und mit drei Schwüngen schlug Lewis den Nagel ein.

Everett versuchte es noch einmal und schaffte es, einen Nagel mit vielen Schlägen ins Holz zu treiben.

»Na bitte«, sagte sein Vater. »Ist doch 'n gutes Gefühl, nicht? Manchmal kann zu viel Nachdenken hinderlich sein.«

Eines Nachts wachte Everett auf und hörte Lizzy und William miteinander reden. William erzählte ihr von einem Traum, irgendwas mit einer Höhle und einem Tier im Innern der Höhle. Dann schlief Everett ein, und als er wieder aufwachte, fiel das Licht des Mondes über Lizzys Bett. Er sah ihre Hände auf ihrer Brust liegen, und er beobachtete sie, um zu sehen, ob sie schlief oder nicht. Sie sah kindlich, sanft und unschuldig aus, aber er wusste, sie war nicht unschuldig. Als Lizzy und Lewis die Kätzchen ersäuft hatten, war Everett traurig gewesen, nicht weil die Kätzchen tot waren, sondern weil sein Vater gesehen hatte, dass Everett unfähig war, ihm zu helfen. Und das stimmte. Er hätte vielleicht versagt. Lizzy auszuwählen war sinnvoll gewesen. Sie war tüchtig und konnte grausam sein. In letzter Zeit war sie ihm zerstreut und fahrig vorgekommen, und einmal hatte sie ihn gefragt, was er von Raymond halte, dem Jungen, der Hühner lieferte. Als sie ihm die Frage stellte, hatte Everett das Gefühl, sie drehe sich von ihm weg, um in eine andere Richtung zu sehen, und er mochte dieses Gefühl nicht.

Die Hütte begann sich vor ihm aufzutun und ihre Form zu enthüllen, als der Morgen dämmerte. Everett kroch aus dem Bett, zog sich an und ging nach draußen, aber statt hinauf zum Außenklo zu laufen, ging er zum Pinkeln in den Wald. Er zog den Reißverschluss zu und stand im grauen Licht und horchte. Alles Lebendige im Wald schien sich zu rühren, durch das

Laub zu kriechen, in der Luft umherzufliegen, rufend und kreischend. »Eine Kakophonie«, hatte sein Vater spät eines Nachts gesagt und mit schief gelegtem Kopf in den Wald gelauscht. Sein Vater mochte den Wald nicht und er auch nicht. Er vermisste heißes Wasser, Fernsehen. Er vermisste Straßen, Bürgersteige, Asphalt.

Der Himmel wurde jetzt heller, rosig. Eine Tür schlug zu, und er hörte Schritte näher kommen. Dann sah er den Doktor die gegenüberliegende Hütte verlassen. Er spazierte den Weg herauf, an Everett vorbei, der noch immer dastand, und verschwand im Wald. Er trug lediglich rote Shorts und hatte sich ein Handtuch um den Nacken gelegt. Er sprach mit sich selber, etwas über Fakten, die zu klären seien. Everett trat hinunter auf den Pfad und folgte dem Doktor mit großem Abstand. Er ging hinunter zum Teich, und als er am Ufer ankam, faltete er das Handtuch zusammen und legte es auf den Boden, dann schlüpfte er aus seinen Shorts, blickte zum rosafarbenen Himmel hinauf und ging ins Wasser.

Everett war um den Teich herumgegangen und stand nun an der Seite zwischen den Bäumen, ganz nahe beim Doktor. Als der sich nach vorn beugte, seine Shorts auszog und sich dann wieder aufrichtete, sah Everett den Penis des Doktors. Dann ging der Doktor ins Wasser, und Everett sah nur seinen sich bewegenden Mund. Er sprach wieder mit sich selbst, nichts, was Everett verstehen konnte, und dann sang er unvermittelt. Er hatte eine tiefe Stimme und sang so laut, dass seine Stimme wahrscheinlich bis zu den Hütten zu hören war. Er kam aus dem Wasser und bückte sich, um etwas aus seinem Handtuch zu nehmen. Eine Flasche Shampoo. Er seifte seine Haare und seine Achselhöhlen ein, und er seifte sich zwischen den Beinen ein.

Die Beine des Doktors waren dünn und drahtig. Er war sehr blond und hatte nicht viele Haare, außer unter den Armen und um den Penis, und selbst die vermischten sich mit dem Weiß seines Körpers. Everett drehte sich weg und schaute dann wieder hin. Der Doktor war wieder knietief ins Wasser gegangen und spülte die Seife ab. Dann tauchte er mit einem leisen Klatschen unter und kam weit draußen im Teich wieder nach oben. Als er schließlich zurück ans Ufer kam, trocknete er sich ab. Everett zitterten die Beine, und sein Mund war trocken und heiß.

Die nächsten zwei Morgen wachte Everett zeitig auf, ging hinaus zum Teich und wartete zwischen den Bäumen. Der Doktor kam. Er zog sich aus und badete. Er trocknete sich ab, zog seine Shorts an und spazierte zurück zu seiner Hütte. Everett beobachtete ihn noch einige weitere Morgen, und immer war es dasselbe. Und immer stand er dort im Gebüsch versteckt und sah dem Doktor beim Baden zu. Everett verspürte eine seltsame Erregung und danach Scham. Als er an dem letzten Morgen zur Hütte zurückkam, hob Lizzy den Kopf und sah ihn an.

»Wo gehst du eigentlich jeden Morgen *hin*?«, fragte sie.

»Pinkeln«, sagte er. Er setzte sich auf sein Bett und zog die Turnschuhe aus.

»Du warst lange weg, Everett«, sagte sie.

Everett antwortete nicht. Das Bild der drahtigen Beine des Doktors tauchte vor seinem Auge auf und verschwand wieder. Er sagte: »Ich konnte nicht schlafen. Ich bin spazieren gegangen.«

Lizzy schien darüber nachzudenken, dann legte sie sich wieder hin und sagte: »Oh.«

Später beim Frühstück fragte der Doktor Everett, ob er mal in seiner Bude vorbeischauen wolle. »Bloß eine kleine Zusammenkunft«, sagte er. »Ich möchte gern jeden hier kennenlernen.«

Everett sah sich unter dem Rest der Gruppe um. Sein Vater war nicht da, er war in die Stadt gefahren, um Baumaterial zu kaufen. Seine Mutter lächelte aufmunternd. Sie sagte: »Natürlich tut er das gern. Stimmt's, Everett?«

Everett zuckte die Achseln. Er glaubte, dass der Doktor ihn unten am Teich beim Nachspionieren gesehen hatte und er darum zu ihm in seine Bude kommen sollte. Er suchte nach einem Grund, warum er nicht hingehen könnte, aber sein Kopf war leer.

Seine Mutter sagte: »Man könnte meinen, er sollte zu seiner Hinrichtung. Mach nicht so ein bedrücktes Gesicht, Ev.«

Und so klopfte Everett nach dem Frühstück an die Tür des Doktors, und als der herein rief, trat er ein. In dem Raum war es kühl und dunkel. Es brannte kein Feuer, obwohl Lizzy gesagt hatte, es habe eines gebrannt, als sie hergekommen war. Der Doktor saß in einem Liegestuhl, ein Buch in der Hand. Er legte das Buch weg, stand auf und zog für Everett einen Stuhl heran. In der Ecke des Zimmers stand ein großer Schreibtisch, über den Papiere und Zeitschriften verstreut waren. Die Regale an den Wänden enthielten Bücher und gerahmte Fotos, von denen viele den Doktor zeigten, der mit Leuten posierte, Männern wie Frauen, und auf allen schien der Doktor jeden Moment lächeln zu wollen. An der gegenüberliegenden Wand hing eine weiße Eule, die direkt auf Everett blickte, und obwohl er wusste, dass sie tot war, machte ihr Blick ihn nervös.

Der Doktor erklärte, es gebe keinen Grund sich zu fürchten, jeder im Camp habe schon auf dem Stuhl, auf dem Everett gerade saß, gesessen oder werde in Zukunft darauf sitzen. »Keine Bange. Wir sind hier weder Tyrannen noch Schwarzweißdenker. Dieser Ort ist eine Zuflucht vor der Welt, ein Ort, um den Mut zu finden, sich seiner eigenen vernünftigen Art über das zu versichern, was Zufall in uns ist. Ich interessiere mich für das Zufällige. Ich bin auch neugierig darauf, wie Gesellschaft funktioniert. Nimm eine Gruppe von Leuten und steck sie in ein Dorf, das aus nichts besteht, und lass diese Leute zusammenleben. Was geschieht? Das ist es, was mich interessiert. Ich bin kein Sozialwissenschaftler. Ich bin auch kein Hippie, der an freie Liebe oder Selbsterniedrigung oder das gedankenlose Schlucken von Drogen aus Spaß glaubt. Versteh mich nicht falsch, ich bin an Spaß genauso interessiert wie an Verzicht und Sublimierung, aber alle diese Dinge sind an diesem Ort viel leichter zu beurteilen als im Chaos der Großstadt. Und ich bin an Kommunismus interessiert. Nicht am Kommunismus einer zentral kontrollierten Regierung, sondern an den Machinationen einer Gemeinschaft. Wie nehme ich das, was besonders an mir ist, und teile es mit anderen? Nimm zum Beispiel deinen Vater. Seine Begabung liegt in seinen Händen und in seiner Fähigkeit, Dinge zu bauen, sich ein Wassersystem auszudenken, das der Gemeinschaft eine Dusche verschafft, und es dann zu bauen. Man muss doch sauber sein, nicht? Oder meine Frau Margaret. Ihr Talent ist die Gartenarbeit. Für die Tomate, die du zum Frühstück hattest, haben ihre Hände gesorgt. Verstehst du?«

»Ich hab keine Tomate gegessen.«

»Mag sein, aber du verstehst, was ich sagen will. Eine Begabung ist nicht besser als eine andere.«

An der Wand hinter dem Doktor hing ein Barometer. Und daneben hing ein Foto des Doktors auf einem Segelboot. Der Doktor stand mit verschränkten Armen da und hatte einen blauen Hut auf, und neben ihm stand Margaret und hatte ein Baby auf dem Arm, möglicherweise Big Billy. Everett hatte sich immer schon gewünscht, einmal zu segeln.

»Was ist mit dir, Everett? Was bringst du in dieses Camp mit?«

Everett sagte, das wisse er nicht genau. »Ich helfe meinem Dad«, sagte er.

»Du bewunderst ihn?«

Everett sagte ja.

»Gut. Das ist wichtig.« Der Doktor machte eine Pause, und dann sagte er, auch er bewundere Lewis. »Dein Vater ist ein feiner, feiner Mensch. Er ist jemand, der selbständig denkt, und er mag es nicht, eingeengt zu sein, und glaub mir, dieses Camp ist eine Art Einengung, stimmt's? Aber dein Vater nimmt es hin, weil er deine Mutter liebt, und das ist es, was ich bewundere. Seine Fähigkeit, seine eigenen Wünsche den Bedürfnissen deiner Mutter zu opfern. Du bemerkst das doch sicher. Und das, das ist das Größte, was jemand für einen anderen tun kann. Sozusagen sein Leben hingeben. Weiß Gott, diese Gemeinschaft hat ihre Fehler. Wir sind nicht autonom. Wir müssen immer noch Milch in der Stadt kaufen. Und Mehl. Und wenn sich deine Mutter das Handgelenk bricht, müssen wir sie rüber ins städtische Krankenhaus fahren. Wir leben nicht auf dem Mond, und wir können nicht so tun, als lebten wir auf dem Mond. Wir müssen in der Welt sein. Magst du Filme?«

Everett schaute auf. Die Frage war wie vom Mond herabgefallen. »Sie meinen Kino?«, fragte er.

»Ja, Kinofilme.«

Everett sagte, er sehe gern Kinofilme.

»Gut. Wir wollen einen Filmabend veranstalten. Sobald wir einen Projektor auftreiben können. Neulich habe ich zu jemandem, vielleicht zu deiner Mutter, gesagt, dass wir mehr Unterhaltung brauchen. Und Filme sind ein guter Anfang. Ich hätte hier sehr gern auch ein kleines Orchester. Deine Mutter hat mir gesagt, dass du Klarinette spielst. Verstehst du, was ich meine?«

Everett hatte allmählich begriffen, dass keine Antwort nötig war. Er nickte nur. Der Doktor fuhr fort: »Wir sind Reisende auf dieser Erde. Ist es nicht merkwürdig, dass die Wahrheit nicht einfach vom Himmel fällt? Zumindest glaube ich es nicht. Wir müssen uns durch den Wald den Weg zu ihr bahnen, und welcher Ort wäre dazu besser geeignet als dieser hier, wo wir von echtem Wald umgeben sind. Versteh mich nicht falsch, ich will damit nicht sagen, du musst da raus in den Wald gehen und dich zur Wahrheit durchhacken, aber es ist eine großartige Metapher für das, was wir hier zu machen versuchen.« An dieser Stelle schlug er sich mit einer Faust auf die Brust. Everett schrak zusammen. Er hatte keine Ahnung, was der Doktor sagen wollte, aber er vermutete, es stecke eine tiefe Weisheit darin, die er vielleicht eines Tages begreifen würde. Die Augen des Doktors waren leuchtend blau, und Everett, der nicht immer gut darin war, das Alter von Leuten über achtzehn zu schätzen, sah, dass der Mann vor ihm nicht so alt wie sein Vater oder seine Mutter war. Helles Licht drang aus seinen Augen. Er beugte sich zu Everett herüber und flüsterte vertraulich: »Und woran glaubst du?«

Everett zitterte. Er wusste nicht, ob es von der kühlen Luft im Zimmer kam oder weil Doktor Amos ihm auf irgendwie neue Art und Weise Angst machte. Der Doktor flüsterte immer weiter. Er sagte, dass Glaube nicht anachronistisch sei. Zum Glauben sei ungeheurer Mut nötig. Er sagte: »Ich habe neulich über die Scham nachgedacht. Sie ist etwas, was wir in unserem Leben nicht aufrechterhalten haben. Aber die Scham unterscheidet uns vom Hund oder der Katze oder der Kuh. Wenn wir ins Bad gehen, schließen wir die Tür hinter uns. Wenn wir Liebe machen, tun wir es in der Intimsphäre unseres Schlafzimmers. Wenn wir masturbieren, könnten wir Scham empfinden, aber nur, weil wir uns vorstellen, ertappt zu werden. Gesehen zu werden. Masturbierst *du*?«

Everett sah hinunter auf seine Hände und war sich bewusst, dass es eine richtige Antwort gab, aber er wusste sie nicht.

»*Ich* tue es«, sagte der Doktor. »Das überrascht dich vielleicht. Überrascht es dich?«

Everett schwitzte. Er wusste, wie der Penis des Doktors aussah, aber er konnte ihn sich nicht hart und in des Doktors eigener Hand vorstellen. Er hätte gern über etwas anderes geredet oder diese Zusammenkunft beendet, aber er wusste nicht, wie er das zustande bringen sollte.

»Natürlich überrascht es dich. Weil ich ein verheirateter Mann bin, in deinen Augen ein alter Mann bin. Allerdings sicherlich nicht *so* alt. Fünfunddreißig ist noch jung. Jedenfalls ist es dir peinlich, darüber zu reden. Du empfindest Scham. Vielleicht ist es Scham vor dir selbst, oder du schämst dich sogar für mich, weil du mich magst und ich hier trotzdem über Onanie rede. Die Geschichte von Onan solltest du kennen, da du immer wieder die Bibel gelesen hast. Sie ist eine warnende Geschichte, wenn auch nicht unbedingt wahr. Ist es nicht interessant, dass das so funktioniert? Du siehst mich an, als wäre ich verrückt.«

Everett fand seine Stimme wieder und sagte: »Nein.«

Der Doktor nickte. Er sagte, Everett solle sich selbst retten, weil niemand sonst es für ihn tun könne. Weder Jesus Christus noch Allah, Buddha oder irgendein anderer Mensch, der Gott zu sein behaupte. »Weder eine Theologie noch Gott können uns retten. Es gibt nichts, was uns rettet, außer uns selbst. Das sind Dinge, die dich vielleicht noch nicht interessieren, aber das werden sie irgendwann, und wenn nicht, dann sollten sie es. Sogar während wir reden, sollten sie es.« Er verstummte und wurde nachdenklich. Er sagte: »Letzte Nacht habe ich geträumt, dass alle Menschen, die es noch auf der Welt gab, sich auf einem Floß in einem riesigen Meer befanden. Es war nicht genug Platz auf dem Floß, und das Überleben hing davon ab, dass jemand anderer von dem Floß hinuntergeworfen wurde, ehe *du* hinuntergeworfen wurdest. Es gab viel Jammern und Gewalt. Babys wurden ins Wasser geschleudert. Mütter. Väter. Kinder.

Am Ende blieben die Stärksten übrig oder diejenigen, die sich durch Zufall in der Mitte des Floßes befanden. Ich wusste, ich würde nicht durchhalten, weil ich nicht stark genug war, und deshalb nahm ich ein Tau und band es um mein Handgelenk und knotete es an einen Teil des Floßes, und als jemand mich hinunterzuwerfen versuchte, war es nicht möglich. So überlebte ich. Und dann wachte ich auf.« Der Doktor machte eine Pause und sagte dann: »Der kluge Mensch hat Augen im Kopf, aber der Narr wandelt im Dunkeln. Und doch weiß ich, dass ihnen beiden ein einziges Schicksal zustößt. Was das Schicksal des Narren ist, wird auch mir zustoßen. Wir haben nur ein einziges Leben. Habe ich nicht recht?«

Er schaute Everett mit Augen an, die Minuten zuvor geleuchtet hatten, jetzt aber dunkler erschienen. »Hast du Vertrauen?«, fragte er, und Everett bejahte, ohne nachzudenken. Der Doktor lächelte und sagte, er könne jetzt gehen. Das sei alles. Everett stand auf und ging nach draußen und blieb auf der Veranda im hellen Sonnenlicht stehen. In der Ferne, hinter der Halle, sah er seine Mutter Wäsche aufhängen, und sie sang dazu. Es war dasselbe Lied, das der Doktor jeden Morgen sang, während er im Teich badete.

Und dann kam ein paar Tage später während der Mußestunden vor dem Abendessen die Familie Moll an. Sie fuhren in einem blau gestrichenen Bus vor, auf dessen Seiten verschiedene Fische aufgemalt waren. Es gab zwei Töchter, Shanti und Dee Dee, und Everett mochte vom ersten Moment an Shanti, die ältere, deren Stimme sanft und kaum hörbar war. Sie war arrogant und distanziert, und das gefiel Everett; er hatte das Gefühl, er und sie könnten dieselben Ansichten zu vielen Themen haben. Sie redete ihren Vater mit dem Vornamen an, Geoffrey, und sagte sogleich, sie werde nicht in der Hütte schlafen, die der Doktor der Familie angeboten hatte. Geoffrey ignorierte sie und sagte, sie hätten von einem Tankstellenbesitzer in der Stadt von der »Zuflucht« gehört. Er sagte, die Möglichkeit einer Kommune interessiere sie, und also wären sie da. Er stand im Schatten des Busses und drehte seinen kahlen Kopf hin und her, um das gesamte Anwesen in sich aufzunehmen. Der Doktor hatte sie begrüßt, ihnen die Hütte gezeigt und sie dann zum Abendbrot eingeladen. Geoffrey sagte, die Familie habe Nordamerika bereist – sie kamen aus England – und mache in verschiedenen Städten und Dörfern am Wege halt, in denen sie am Abend Theater spielten wie eine Wanderbühne aus elisabethanischer Zeit. Er gluckste in sich hinein, blickte um sich und sagte: »Diese wilde, launenhafte Welt.« Everett fand in dem Moment, dass er seiner Tochter Shanti ähnele; beide hoben sie leicht ihre Nasen, als hätten sie etwas Unangenehmes gerochen.

Nachmittags gelang es den Mädchen, sich dem Zugriff ihrer Eltern zu entziehen und sich den Byrd-Kindern am Teich anzuschließen. Dee Dee trug einen blauen Badeanzug, Shanti einen schwarzen. Es waren einteilige Anzüge, ganz und gar nicht wie Lizzys Bikini. Beide Mädchen hatten zunächst Angst vor dem Wasser, in dem dicht am Ufer Wasserpflanzen wuchsen.

»Ist das ungefährlich?«, fragte Dee Dee eines Nachmittags, und William rannte bis zur Taille hinein und wieder heraus. »Siehst du?«, sagte er und sah Dee Dee dabei direkt an. Shanti berührte die Wasseroberfläche vorsichtig mit einem Zeh. Sie zog eine Grimasse und sagte, sie sei an Swimmingpools gewöhnt, in denen das Wasser klar sei und man den Boden sehen könne.

»Nur ein paar Algen und Wasserpflanzen«, erklärte Lizzy. »Weil es ein Teich ist und kein frisches Wasser zufließt. Es ist nicht schmutzig.«

Shanti traute sich bis zu ihren Knöcheln hinein, dann drehte sie sich um und winkte Dee Dee, ihr zu folgen. Beide Mädchen wateten ins Wasser und schwammen dann zusammen bis zur Teichmitte. Everett tat so, als wäre er mit etwas an seinen Füßen beschäftigt, aber sein Blick folgte den Mädchen im Wasser, von denen Shanti Butterfly schwamm, während ihre Schwester in der Nähe Wasser trat. Ein paar Minuten darauf, als sie ans Ufer kamen, beobachtete Everett Shanti, die dastand, während ihr Wasser aus den dunklen Haaren und über die Stirn floss. Er sah ihre spitzen Hüftknochen und ihre kleinen, vom Badeanzug flach gedrückten Brüste.

Eines Abends gesellten sich die Molls beim Abendbrot zum Rest der Gruppe an dem langen Mitteltisch, und Everett saß plötzlich neben Shanti. Sie hielt ihre Ellbogen dicht am Körper, aß geziert und rührte Karotten und Reis kaum an. Sie esse gern Fleisch, vor allem Hammel, erklärte ihre Mutter. Der Doktor sagte, Fleisch sei hier eine Seltenheit. Was gegessen werde, komme vom Land, und die einzigen Tiere hier seien der Stier im Pferch, der auf eine Gefährtin warte, und die Ziege, die die Gruppe mit ein wenig Milch versorge. »Wir können doch nicht unsere Milchlieferantin verspeisen«, sagte er. »Und Schafe haben wir nicht. Aber wir haben daran gedacht, von den Blaines ein Stück die Straße hinauf eine Kuh zu kaufen. Das wäre gut für uns und den Stier. Und wir haben den Jungen, der zweimal die Woche Hühner bringt. Und manchmal Kaninchen.« Er sah Lizzy an.

Everett ahmte Shantis Methode nach, das Messer mit der rechten Hand und die Gabel mit der linken zu halten. Es war schwierig, aber es gelang ihm, eine Karotte zu zerstückeln und in seinen Mund zu befördern.

»Was ist das denn für ’ne aparte Art, mit dem Messer zu hantieren?«, fragte sein Vater grinsend.

Everett, dessen Gesicht heiß wurde, senkte den Kopf.

»Lass den Jungen in Ruhe«, sagte seine Mutter. Sie trug ein kurzes rotes Kleid und eine Perlenkette. Ihr Haar war nach oben gerafft, damit ihr langer weißer Hals zu sehen war. Sie hatte sich angewöhnt, sich zum Abendessen feinzumachen, als handelte es sich jedes Mal um ein Bankett. Meist stellte sie frisch geschnittene Wildblumen in leere Marmeladengläser, und immer zündete sie die Kerzenstummel an, die sie in einer der Vitrinen in der Halle gefunden hatte.

Everett wünschte sich, dass Shanti erkannte, wie schön und kultiviert seine Mutter sei. Und so, dachte er, könnte sie auch ihn bemerken und sich wünschen, seine Freundin zu sein. Er neigte sich zu ihr und sagte, seine Mutter habe gerade das achthundert Seiten dicke Buch eines russischen Autors ausgelesen. Shanti schien das nicht zu beeindrucken. Sie hob ihr Kinn; ihr kleiner dunkler Mund kaute auf einem winzigen Stück Karotte herum. Sie wandte sich ihrem Vater zu und sagte: »Geoffrey, wann wollen wir das Stück vorführen?«

»Wunderbar. Sie haben uns etwas zu zeigen?«, fragte der Doktor.

»Ja. Ja, gewiss doch. Das Stück, das wir vorstellen, ist ein Mischmasch«, sagte Shantis Vater. »Eine Tragiko-Komiko-Historiko-Pastorale.« Er zog die Augenbrauen hoch und sah Lewis an.

Everett spürte, dass sein Vater Mr. Moll nicht mochte. Sie schienen aufeinander sauer zu sein. Einmal hatte Everett sie am Abend am Kamin darüber streiten hören, ob Shakespeare seine Theaterstücke überhaupt selbst verfasst habe. Mr. Moll bestand darauf, er sei nicht der Autor, und Lewis fand, das sei naiv.

»Meine Tochter Lizzy ist Autorin«, sagte seine Mutter. »Sie schreibt ebenfalls Theaterstücke. Und Gedichte. Und etwas snobistische Prosa.«

»Ich bitte dich«, sagte Lizzy.

Shanti kicherte und machte ein Gesicht, als hätte sie auf etwas Schlechtes gebissen.

»Ich habe einige ihrer Sachen gelesen«, sagte Harris, »und sie sind recht reif.« Er redete selten, und ihn dies verkünden zu hören war eine ziemliche Überraschung. Everett sah Lizzy, wie sie trotzig ihre Mutter anstarrte, obwohl sie über Harris' Versicherung erfreut zu sein schien.

Shanti sagte, sie habe das Stück zusammen mit ihrem Vater verfasst. Es habe wahnsinnig viel Arbeit gemacht, sagte sie und sah Lizzy an. Ihre Nase sah aus wie ein kleiner Knopf. Everett hätte sie am liebsten berührt.

Der Doktor meinte, es wäre wundervoll, am Abend ein Theaterstück zu sehen. »Brauchen Sie zusätzliche Schauspieler?«

»Oh, absolut nicht«, sagte Mr. Moll. »Es ist nur ein simples Vier-Personen-Stück.«

Lewis hatte das Stück abgeschmackt genannt. Die Schauspieler seien wie erschöpfte Schwimmer, die sich aneinanderklammerten und ihre Kunst erdrosselten. Das waren zwar die Worte ihres Vaters gewesen, aber Lizzy plapperte sie jetzt nach. Everett fragte Lizzy, was *abgeschmackt* bedeute, und sie sagte: »Grauenhaft schlecht.« Sie lagen im Bett. Fish und William schliefen. Lizzy lag unter einem Lichtkegel und schrieb in ihrem Notizbuch.

Er sagte: »Dee Dee war gut.«

Lizzy gab zu, dass Dee Dee eine gute Kokette abgegeben habe, aber das sei einfach, denn das vierzehnjährige Mädchen sei auch im wahren Leben kokett. »Das ist keine Schauspielerei«, sagte sie.

In dem Stück war Shanti ein Junge gewesen, Dee Dee ein Mädchen, und Shanti hatte Dee Dee umworben, die aus ärmlichen Verhältnissen kam. Dee Dees Eltern, gespielt von ihren Eltern, hatten jegliche Beziehung verboten, weil Shanti kein Christ war. Es gab viel Streit und Tränen, und am Ende war Shanti Christ geworden, und die beiden Liebenden waren zusammen abgegangen. Everett hatte Shanti als Jungen recht glaubhaft gefunden, aber seine Gefühle beim Zuschauen verwirrten ihn, weil er Shantis Stimme hörte und Shantis Gang sah und ihm bewusst war, dass unter dem Flanellhemd und der dunklen Wollhose Shantis Körper steckte. Sie war eckig und dünn und hatte einen schmalen Oberkörper.

»Es ist nicht glaubwürdig«, sagte Lizzy, »dass jemand zum Christentum übertritt, bloß um zu vögeln.«

»Sie hatten keinen Sex«, sagte Everett. »Sie sind nur zusammen abgegangen.«

»Du weißt, was ich meine«, sagte Lizzy. »Außerdem war es grauenhaft geschrieben. Unbeholfen und hölzern.«

Everett lag auf dem Rücken und stellte sich einen Holzblock mit Worten darauf vor. Er dachte über Shanti nach, die einen Schnurrbart getragen und vorgegeben hatte, einen Penis zu haben. Was für eine Überraschung, keinen Penis zu finden, wenn er sie auszog. Und so steckte er sie in einen Rock und zog sie dann aus. Kurz bevor er einschlief, wurde sie zu einem Jungen mit einem Penis, der größer als Everetts war; sie stellten untereinander einen Vergleich an, und Everett verlor.

Am Tag darauf wäre Fish beinahe im Teich ertrunken. Es war später Nachmittag, und Lizzy und Shanti stritten sich über Komödie und Tragödie. Lizzy sagte, die besten Geschichten seien eine Mischung aus beidem, und Komisches steigere nur das Tragische. Everett lag mit geschlossenen Augen auf einem großen flachen Felsen in der Nähe des Teiches und hörte zu. Er bewunderte, wie seine Schwester mit Worten umging, und ihre Fähigkeit zu argumentieren. Irgendwann sah sie Shanti an und sagte: »Du denkst, mit Spötteleien kann man eine Auseinandersetzung gewinnen. Das ist dumm. Ich bin bereit, mir ein gutes Argument anzuhören, aber von dir ist keines gekommen.«

Shanti sagte, das Stück vom Abend zuvor sei ein gutes Beispiel für eine Komödie gewesen. Es habe nichts Tragisches darin gegeben. Alles sei gut ausgegangen.

Lange Zeit antwortete Lizzy nicht. Dann sagte sie, das Stück sei eine Schwarzweißgeschichte. »Keine schlechte«, räumte sie großzügig ein. »Trotzdem war ihr Ziel zu belehren.«

»Natürlich«, sagte Shanti. »Was denn sonst?«

Sie lagen nebeneinander auf ihren Bäuchen. Lizzy trug einen leuchtend blauen Bikini und Shanti ihren schwarzen Einteiligen. Everett sah ihre Hintern und Rücken und die Neigung ihrer Hälse, wenn sie die Köpfe hoben, um zu sprechen. Die Kordel ihres Oberteils hatte Lizzy gelöst. In letzter Zeit war sie ihm ungeduldig mit den kleineren Jungen erschienen, die in diesem Moment unten am Teichufer waren und aus Steinen einen Damm bauten.

Eine Stimme drang in Everetts Kopf, sanft und leise. »Ich will den Ausguck sehen. Bringst du mich da rauf?«

Dee Dee stand neben ihm. Er sah ihre Füße und Knöchel, und als er aufblickte, hatte er ein langgestrecktes Bild von ihr: dicke Beine, Schritt, runder Bauch, kaum ausgebildete Brüste, die Unterseite ihres Kinns. Sie ging bis zum Waldrand und schaute zu ihm zurück, und er stand auf und folgte ihr. Die Sonne stach auf seine Schultern ein, Shantis Stimme stocherte immer weiter in der heißen Luft herum, und er hörte Fish vergnügt über irgendetwas kreischen.

Der Ausguck lag ungefähr eine Meile im Waldesinneren. Ein schmaler Pfad führte auf einen großen Felsen, von dem aus man das Camp im Norden überblicken konnte. Im Süden, weit weg, konnte man die Dächer der größeren Gebäude der

Stadt sehen. Manchmal gingen die Kinder hinauf zum Ausguck, um Vögel zu beobachten und Eichhörnchen nachzujagen, oder wurden abends von ihrem Vater dorthin geführt, um die Sternbilder zu betrachten. Dee Dee hatte davon gehört, war aber noch nicht dort gewesen.

Eine Weile ging Dee Dee vor ihm den Pfad entlang. Während Everett ihr folgte, wurde er ihre Figur gewahr und wie sehr sie sich von ihrer Schwester unterschied. Und als kennte sie Everetts Gedanken, sagte sie plötzlich, ihre Schwester sei langweilig. »Sie denkt, sie hat immer recht.«

»Vielleicht hat sie recht«, sagte Everett.

»Du magst sie einfach«, sagte Dee Dee.

»Stimmt nicht«, sagte Everett.

Dee Dee blieb stehen und drehte sich zu Everett um. Sie grinste. »Wirklich nicht? Warum beobachtest du sie dann ständig?« Sie hatte die Hände in die Seiten gestemmt. In einer Papiertüte hatte sie Lakritzeschnüre. Ihr kleiner Mund und die runde Neigung ihrer nackten Schultern. Sie war barfuß und trug Shorts über ihrem blauen Badeanzug. Er zuckte die Achseln und schob sich an ihr vorbei und ging den Rest des Weges voran, wobei er schnell lief, was Dee Dee zu rennen zwang.

»Hey«, rief sie, aber er ignorierte sie. Der Weg wurde schmaler, und die Zweige der Büsche zerkratzten ihm die Arme. Moskitos flogen auf und landeten auf seinem Nacken und Rücken. Er schlug nach ihnen und lief weiter.

Am Ausguck angelangt, drehte er sich um und sah Dee Dee den Pfad heraufkommen. Als sie schließlich bei ihm war, atmete sie heftig, und in ihrer Stimme lag Panik. »Du Schwein«, sagte sie. Ihre Arme waren zerkratzt, und ihre linke Gesichtshälfte war blutig, wo vermutlich ein Ast sie unter dem linken Auge getroffen hatte.

Er streckte die Hand aus, berührte den Kratzer an ihrer Wange und zeigte ihr das Blut. Sie beleckte ihre Finger und rieb sich das Gesicht, dann setzte sie sich hin und stützte das Kinn auf die Knie. Everett setzte sich neben sie. Er sagte, er habe die »Zuflucht« vom ersten Tag an gehasst. Er hasse die Moskitos nachts in seinen Ohren und das miese Essen und die langen leeren Tage. Er sagte, sie habe Glück, weil sie bald wieder in ihren Bus steige und wegfahre.

»Ach ja?«, sagte Dee Dee. »Um wohin zu fahren? An einen anderen Ort mitten im Nichts.« Sie sagte, sie könne nicht warten, bis sie achtzehn sei, und sie würde von zu Hause weggehen. Sie drehte sich herum, fixierte Everett und sagte: »Du bist Shanti völlig schnuppe. Sie lacht über dich. Sagt, du riechst nach Scheiße. Sie hat zu Hause einen Freund. Er ist sechsundzwanzig. Ein Schauspieler. Deshalb reisen wir. Um Shanti von Bryson zu trennen.«

Everetts Brust fühlte sich hohl an. Er sagte kein Wort.

»Jedenfalls ist sie schrecklich langweilig«, sagte Dee Dee. »Und frigide.«

Everett hob den Blick und betrachtete Dee Dees Mund. Sie kaute ihre Lakritze und redete trotzdem.

»Sie lässt niemanden ran. Nicht mal Bryson. Sie *bewahrt* sich.« Sie grinste, hob ein Ende der Lakritzeschnur in die Höhe und streckte sie in die Richtung von Everetts Mund. »Hier«, sagte sie.

Er nahm sie zwischen die Zähne. Dee Dees Mund kam näher. Neugierig beobachtete er sie dabei, wie sie die rote Lakritzeschnur in sich hineinfutterte, und dann war sie da, an seinem Mund, und küsste ihn. Ihr kleiner Mund hatte sich plötzlich geöffnet und bot ihm ihre Zunge dar. Die Sonne stand leuchtend hinter ihr. Sie wich zurück, stand auf und hievte ihn hoch, so dass er ihr gegenüberstand. Sie schob ihre Shorts nach unten und den Badeanzug zur Seite, nahm seine Hand und legte sie sich in den Schritt. »Steck deinen Finger rein.«

Er war unbeholfen, deshalb leitete sie ihn. Sie standen sich gegenüber. Dee Dee beobachtete seine Augen, küsste ihn aber nicht noch einmal. Sie presste sich gegen seine Hand und schloss die Augen. Ihre Lider flatterten. Ihre Gesichtsmuskeln waren in Bewegung, und dann sagte sie ohne eine Warnung: »Okay«, stieß seine Hand weg und brachte ihre Kleidung wieder in Ordnung. Er versuchte, sie zu küssen, nicht weil er sie begehrte, sondern weil er sich dazu verpflichtet fühlte. Sie wandte ihr Gesicht ab und ging einen Schritt rückwärts, wobei sie ihren Kopf zur Seite neigte, als dächte sie darüber nach, was sie sah.

»Nett«, sagte sie. »Du bist sehr nett.«

Auf dem Rückweg hinunter zum Teich und den anderen Kindern hörte Everett Dee Dees Schritte und ihre raschen kurzen Atemzüge hinter sich. Der menschliche Körper war ein Schleier mit Löchern, und er hatte seinen Finger in eines von Dee Dees Löchern gesteckt. Er hatte ihr nicht wehgetan. Sie war noch immer hinter ihm, redete dann und wann, kaute auf der letzten ihrer Lakritzeschnüre herum und klagte über die Insekten und die Hitze. In ihrem Gesicht war der Kratzer, gewissermaßen noch ein Loch. Er schämte sich. Am liebsten hätte er sich umgedreht und Dee Dee gesagt, dass es ihm leidtue, aber es war ihm nicht so richtig klar, was genau ihm leidtat. Sie hatte ihn um Hilfe gebeten. Sie hatte seinen Finger genommen und in sich hineingesteckt, und er hatte überhaupt nichts Erotisches gespürt. Es hatte sich alles nur wie eine Art Experiment angefühlt, als führten sie eine wissenschaftliche Untersuchung durch. So ist das also, hatte er irgendwann gedacht, und dann war ihm klar geworden, dass das nicht sein konnte, nicht alles sein konnte, weil er keine Erektion hatte und auch weit davon entfernt war, eine zu bekommen. Dee Dees Unbeschwertheit war so anders als seine quälende Sicht auf das Geschehen. Er hätte genauso gut eine Karotte oder Gurke gewesen sein können. Sie hatte ihn im Grunde nicht nötig gehabt, auch wenn sie ihn sehr nett genannt hatte. Aber auch das schien falsch zu sein.

Als sie auf die Lichtung herunterkamen, von der aus sie bald einen Blick auf den Teich haben würden, hörte Everett Geschrei und dann eine Stimme, die »Fish, Fish, Fish« rief. Ein Spiel, dachte er zuerst, und dann, weil die Stimme durchdringend und panisch war, stellte er sich vor, Fish habe sich verletzt oder irgendeine unschuldige Übeltat begangen. Übeltaten lagen in der Familie. Und dann, als er auf die Rasenfläche kam, sah er Lizzy nahe am Ufer. Sie war auf ihren Knien und prügelte auf eine Gestalt ein, und dann rief sie etwas. Weiter seitwärts stand Shanti. William lief gerade über die Steine und durch die Bäume aufs Camp zu.

Ein Hitzeflimmern wie eine Fata Morgana auf dem Highway im Sommer hatte sich über die Szene gelegt. Everett ging in diesen gazeartigen See hinein und durch ihn hindurch. Fish lag auf dem Rücken. Lizzy hatte ihren Mund auf seinen gelegt. Und dann presste sie seinen Brustkorb zusammen und blies ihm wieder Luft in den Mund. Everett fand sich plötzlich neben Lizzy wieder und blickte auf Fishs toten Körper. Er war tot, weil Everett Dee Dee mit dem Finger gefickt hatte. Und jetzt war Dee Dee dort drüben und hielt die Hand ihrer mageren Schwester. Dee Dees fettes, bleiches Gesicht. Der Zwickel ihrer Shorts, leicht verdreht, und ihre pummeligen Schenkel. Everett zitterte. »Fish«, flüsterte er. »Atme, Fish.« Und sein kleiner Bruder schlug die Augen auf, und aus seinem Mund floss Wasser, eine Suppe aus Rotz und Tränen und dem dunklen Teich selbst. Fish hustete und spie und rang nach Luft und spuckte noch einmal, und dann setzte er sich auf und sagte Lizzys Namen, und sie nahm ihn in die Arme, und er drückte sich an ihre Brust.

Es hatte eine Zeit gegeben, da war Mrs. Byrd glücklicher gewesen, unbeschwert und sorgenfrei, aber als Fish geboren war, versank sie in Düsternis und überließ ihn Lizzy, die zu jung war, um sagen zu können: Nein, es ist nicht mein Kind. Und sie fuhr weg, manchmal für lange, und wenn sie schließlich wiederkam, konnte sie sich nicht mehr an die Geburtstage der Kinder oder daran erinnern, wo der Salzstreuer aufbewahrt wurde. Und doch verlor sich die Schwermut für kurze Zeit, und während dieses vorübergehenden Auftauchens aus der Traurigkeit war die Mutter für ihr Baby da und sorgte für es, und Lizzy war eine Zeit lang frei.

In den ersten zwei Jahren hatte es eine Frau namens Minny gegeben, die ins Haus kam und Fish an den Tagen versorgte, an denen Lizzy in der Schule war. Minny war stattlich und alt und trug feste lohfarbene Schuhe und litt an Ödemen. Ständig drückte sie ihren fetten Daumen in ihr teigiges Fleisch und zeigte den Kindern, wie der Eindruck sich hielt. Sie kam von irgendwoher aus dem Ausland, wo fettige Suppe in großen Bottichen gekocht wurde. Fish mochte sie nicht, er wollte Lizzy haben oder seine Mutter, aber Mrs. Byrd war verschwunden. Sie war, wie ihr Vater es ausdrückte, von den schwarzen Hunden verschluckt worden, und sie kam nur ab und zu aus ihrem Schlafzimmer, um zu sehen, wie die Dinge in der Küche standen, oder um ihr blasses Gesicht in das Zimmer zu stecken, in dem sich die Kinder versammelt hatten, um nach der Schule fernzusehen. Ihr bleicher, schöner Kopf, ihre grauen Augen, ihr schlaff gewordenes Haar, weil sie nicht mehr richtig badete.

Everett rollte sich oft neben seiner Mutter zusammen und las, während sie schlief. Und wenn sie aufwachte, kämmte er sie stumm.

Die Arbeitsstelle des Vaters war einen kurzen Fußweg von zu Hause entfernt. Er kam zum Mittagessen heim und versuchte, Mrs. Byrd zu überreden, etwas zu sich zu nehmen. Sie setzte sich mit ihm an den Küchentisch und betrachtete das Essen auf ihrem Teller, und dann schob sie ihn weg. Er deckte sie in ihrem Bett zu, bevor er wieder ging, und sagte ihr, sie solle schlafen und dass, wenn sie aufwache, es auf der Welt sicherlich heller wäre.

Und eines Abends dann, als Lizzy gerade Fish versorgte und am Küchentisch mit in Scheiben geschnittenen Birnen fütterte, kam ihre Mutter von einem abendlichen Ausgang zurück. Sie war mit einer Freundin zu einem Vortrag eines Doktors der Philosophie und Religion gegangen. Lizzy hörte sie das Haus betreten und erkannte am Klang der Stimme ihrer Mutter und der Art, wie sie in die Küche tänzelte, dass sich etwas Bedeutendes ereignet hatte. Ihre Mutter lebte für wichtige Dinge, und wenn sie sie fand, wurde sie flatterig und atemlos. Mrs. Byrd bückte sich, um Fish auf den Kopf und dann Lizzy auf die Wange zu küssen, und sagte, der Doktor sei absolut toll gewesen.

»Toll«, sagte sie noch einmal.

Lizzy nahm den Geruch ihrer Mutter wahr, eine Mischung aus Zigarettenrauch, Parfüm und frischer Luft.

»Dieser Mann. Er sprach über, über« – sie gestikulierte, als versuchte sie, einen Geist aus der Luft einzufangen –, »er sprach über die Sterblichkeit und dass ich nur mir gehöre und niemand sonst.« Sie machte eine Pause, zog eine leichte Grimasse, vielleicht für Lizzy, die unwillkürlich skeptisch guckte, und sagte: »Mir geht's gut. Wirklich.« Sie kniff Fish in die Wange und quiekte: »Wer ist deine Mammi?« Fish blinzelte und kaute versonnen, als würde eine Antwort von ihm erwartet. Aber die Mutter war bereits verschwunden, in das Zimmer nebenan, wo Lizzy sie mit dem Vater reden und reden hörte, und sie überlegte, wie lange es her war, dass ihre Mutter das letzte Mal so gewesen war.

In dieser Nacht hörte Lizzy, in ihrem Bett liegend, ihre Eltern miteinander flüstern, dann war alles still, und dann schrie ihre Mutter auf. Zuerst dachte Lizzy, ihre Mutter rufe sie vielleicht um Hilfe, und war schon dabei aufzustehen, doch als sie die Füße auf den Boden setzte, stieß ihre Mutter ein lautes Jaulen aus und dann mehrere Schreie, und Lizzy kroch zurück in ihr Bett und presste ihren Handballen gegen den harten Knochen in ihrem Schritt.

Und dann schreckten sie die Schreie ihrer Mutter noch einmal mitten in der Nacht auf und holten sie aus einem Traum, in dem sie Fish als Kreisel immerzu im Kreis drehte, und er kreischte vor Vergnügen, und als sie aufwachte, hörte sie das Kreischen nebenan, und ihr wurde klar, dass ihre Eltern noch einmal Sex miteinander hatten. Am Morgen machte ihr Vater für alle Rühreier und sang »Summertime«, und als er zu der Zeile »and yo' ma is good lookin'« kam, drehte er sich herum und grinste und zeigte mit dem Spatel auf Lizzy, die ihren Kopf schüttelte und sich wegdrehte.

An dem Tag, an dem Fish beinahe ertrunken wäre, war ihre Mutter den Weg zum Teich hinuntergerannt und hatte Fishs Namen gerufen, aber als sie dort ankam, blickte Fish, von Lizzy gewiegt, bereits um sich. Ihre Mutter war verstört, ungestüm. Sie packte Lizzys Handgelenke und schrie: »Was ist passiert?« Lizzy begann, es ihr zu erklären, aber ihre Mutter riss ihr Fish aus den Armen und drückte ihn an ihre Brust. William, der nicht so schnell laufen konnte wie seine Mutter, war nach ihr angekommen und stand etwas abseits, erstaunt, dass Fish am Leben war. Lizzy bekam die Bestürzung ihrer Mutter, ihre Wut zu spüren, als die sich vorbeugte und sie anzischte: »Was hast du dir dabei *gedacht*?« Und dann drehte sich ihre Mutter um und schritt den Weg hinauf, und Lizzy sah ihren Rücken und Fishs kleinen nassen Kopf, das Kinn auf ihre Schulter gelegt.

An dem Abend fuhr ihr Vater nach dem Abendessen mit William und Everett in die Stadt Eis essen. Lizzy ging zur Hütte ihrer Eltern. Ihre Mutter und Fish lagen auf dem Bett, und Fish schlief, den Kopf gegen den Unterarm seiner Mutter gelehnt. Ihr anderer Arm mit dem Gipsverband ruhte auf ihrem Bauch, was sie verletzlich erscheinen ließ, aus dem Gleichgewicht geworfen. Lizzy blieb in der Tür stehen und fragte: »Ist mit ihm alles in Ordnung?«

Ihre Mutter drehte sich ein wenig herum, als wollte sie die Entfernung zwischen sich und ihrer Tochter ermitteln. Sie sagte: »Mach die Fliegentür zu. Die Moskitos.«

»Es war schrecklich, Mum. Er hat nicht mehr geatmet. Und ich hab alles getan, was man mir beigebracht hat, Atemwege freimachen, Herzdruckmassage, aber es schien alles so hoffnungslos. Ich dachte nicht, dass es klappen würde.«

»William hat mir gesagt, er sei tot. Er kam rauf in die Halle gerannt und sagte, Fish ist ertrunken. Deshalb glaubte ich bis zu dem Augenblick, als ich dort war, Fish wäre *wirklich* tot. Stell dir das vor, Lizzy. Stell dir vor, wie ich mich gefühlt habe.« Sie setzte sich auf und schob Fish von sich weg. »Was hast du in dem Moment gemacht, Lizzy? Wie ist das passiert?«

Lizzy sagte, sie habe sich mit Shanti unterhalten. Sie hätten sich über das Theaterstück gestritten, über Komödie und Tragödie. Sie sprach das Wort *Tragödie* aus und hielt inne, weil sie wusste, dass es keine vernünftige Entschuldigung gab, die ihre Mutter akzeptieren würde. »Vielleicht könntest du einmal versuchen, dir *meine* Gefühle vorzustellen. Ich habe nicht *versucht,* ihn zu ertränken.«

»Nein, aber heute am Wasser gehörte er dir. Du hast ihn dorthin mitgenommen. Er ist vier Jahre alt, und er wäre beinahe ertrunken. Unter deiner Aufsicht.«

Eine Lampe brannte am Nachttisch. In ihrem Licht sah sie den langen Hals ihrer Mutter, die spitze Nase, die Silhouette von Brust und Brustwarze. »*Meine* Aufsicht? Dann nimmst du ihn nächstes Mal. Er ist *dein* Kind, nicht meines. Anstatt dich mit diesem dämlichen Doktor zu unterhalten, kannst *du* dich um Fish kümmern. Und was ist mit Dad? Ich seh doch, was hier passiert.« Sie weinte, aber das wusste sie nur, weil sie die Tränen auf ihrem Gesicht spürte. Sie wischte sie mit der Hand weg, drehte sich abrupt um und ging. Ihre Mutter rief mehrmals hinter ihr her, aber Lizzy ging immer weiter, hinaus in die Dämmerung der Lichtung und auf ihre eigene Hütte zu.

Am nächsten Morgen beim Frühstück saß ihre Mutter am entgegengesetzten Ende des Tisches nahe beim Doktor, Fish an ihrer Seite. Für Fish zerkleinerte sie die Eier mit einer Gabel, beugte sich zu ihm und widmete ihm die größte Fürsorge. Lizzy aß rasch und ging hinaus, wobei sie ihren Vater an der Tür traf, als er gerade hereinkam. Er sagte zu ihr guten Morgen, und sie antwortete nur widerwillig, weil sie über seine Ignoranz verärgert war.

Als sie später traurig auf der Veranda ihrer Hütte saß, bemerkte sie Raymonds Pick-up, der in der Nähe der Halle parkte. Sie hielt Ausschau nach ihm, doch er tauchte nicht auf, also schlenderte sie hinauf in Richtung Küche, und als sie gerade hineingehen wollte, flog die Fliegentür auf, und da war er. Er blieb stehen, zog den Mund auf der einen Seite leicht in die Höhe und sagte: »Lizzy.«

Seine Stimme und die Art, wie er ihren Namen so gelassen

sagte, öffnete etwas in ihr, und sie sagte, dass Fish am Tag zuvor unten am Teich beinahe ertrunken wäre und dass alle ihr die Schuld gäben, und vielleicht stimme es ja auch, dass es ihr Fehler war. Sie verstummte, sah Raymond an und sagte: »Warum lächelst du so?«

»*Ist* er denn tot?«, fragte Raymond.

»Nein.«

»Also, du hast ihn gerettet. Gut für dich. Wenn *ich* ertrinken würde, hätte ich dich gern in der Nähe.«

Als Raymond an ihr vorbei auf seinen Pick-up zuging, folgte sie ihm und fragte: »Wo fährst du hin?«

»Zum Golfplatz. Arbeiten.«

»Hat mir Spaß gemacht. Oben in deinem Haus.«

Er nickte. »War schön.« Dann sagte er, dass Nelson manchmal etwas Falsches sage. Er könne ein Arschloch sein.

»Oh«, sagte sie. »Fand ich nicht.« Sie beugte sich zu ihm und machte dann einen Schritt zurück. »Wir könnten uns vielleicht mal wiedersehen. Mit oder ohne Fish. Er *muss* ja nicht mitkommen. Verstehst du?«

Raymond hatte sich gegen den Pick-up gelehnt. Ein Bein angewinkelt, den Stiefel gegen die Tür gestemmt. Er musterte Lizzy und sagte, dass sie wahrscheinlich Eltern habe, die nicht wollten, dass sie mit jemandem wie ihm gesehen würde.

»Bist du gefährlich?«, fragte sie, machte eine Faust und boxte ihn in den Bauch, nicht fest, aber fest genug, um die Drahtigkeit seines Körpers, sein festes Fleisch zu fühlen. Sie lachte, als wollte sie ihr Erstaunen über diese plötzliche Kühnheit verbergen.

Er antwortete, das sei er wirklich nicht. Gefährlich. Er hob eine Hand und schien sie an der Schulter, am Arm oder vielleicht an der Hüfte berühren zu wollen. Dann fiel die Hand nach unten, und er nickte, stieg in seinen Pick-up und winkte ihr, als er zurücksetzte. Sie stand reglos da und überlegte, wie nahe dran er gewesen war, sie zu berühren.

Den ganzen Nachmittag passte sie auf Fish auf. Ihr Vater war am frühen Vormittag mit der Mutter zum Krankenhaus gefahren, damit sie einen kleineren Gipsverband bekäme. Lizzy hatte sie wegfahren sehen, ihre Mutter auf dem Beifahrersitz redend und lachend, als hätten Lizzys Worte am Abend zuvor und die Bedeutung hinter diesen Worten keinen Eindruck auf sie gemacht. Es gab am Nachmittag ein kurzes Gewitter, währenddessen Fish auf Lizzys Bett ein Schläfchen machte, die Arme über den Kopf nach oben gestreckt, die Stirn schweißnass. William und Everett hatten ein altes Monopoly-Spiel gefunden und waren damit in der Halle beschäftigt. Everett war ihr glücklich erschienen, und dafür war sie dankbar.

Die Molls waren an diesem Tag abgereist, früh, bevor alle anderen wach waren, und später am Morgen hatte Everett seiner Schwester, als sie allein im Sand am Teich lagen, von seinem Erlebnis mit Dee Dee erzählt. Er sagte, es sei seine Schuld, dass die Familie weggefahren sei. Lizzy war über Everetts Ehrlichkeit nicht erstaunt, aber es verblüffte sie, wie offen er ihr die Geschichte erzählte, wie sachlich, als sei das, was ihm passiert war, ganz und gar nicht sexuell. Vielleicht, dachte sie dann, hatte er nicht kapiert, was Dee Dee von ihm gewollt hatte. Sie sagte, die Molls seien abgereist, weil ihnen die »Zuflucht« nicht gefallen habe. Es habe nichts mit ihm und Dee Dee zu tun. Der Morgen war kühl, der Himmel grau. Lizzy rauchte, und sie und Everett redeten, unter eine Decke gekuschelt. In diesem Moment hatte sie ihren Bruder über alles geliebt.

Während sie jetzt Fish auf dem Bett neben sich schlafen sah, hörte sie das Familienauto zurückkommen, dann hörte sie die Türen zuschlagen und ihre Eltern an ihrer Hütte vorbeigehen.

Sie erschienen nicht zum Abendessen, und als Fish nach seiner Mutter verlangte, brachte Lizzy ihn zur Hütte ihrer Eltern hinauf. Sie trat ohne anzuklopfen ein. Ihre Mutter lag auf dem Bett, ein feuchtes Handtuch über Stirn und Augen gebreitet. Ihr Vater saß in einem Sessel und beugte sich hinüber zur Lampe auf dem Beistelltischchen. Über seine eigene erhobene Stimme hörte er Lizzy nicht und bemerkte sie nicht. »Du gibst dich Hirngespinsten hin, Norma«, sagte er. »Vielleicht hau ich ihm einfach eins in die Schnauze.«

Fish rief: »In die Schnauze, hau ihm in die Schnauze«, rannte zu seinem Vater und sprang ihm auf den Schoß. »Wem? Wem?«, fragte er. Lewis legte seinem Sohn einen dicken Finger auf den Mund. Er sah zu Lizzy herüber und sagte: »Nächstes Mal klopfst du an, okay?«

Lizzy stand noch immer in der Tür. Sie verdrehte die Augen und sagte: »Himmelherrgott. Wer bin ich denn? Das Kindermädchen?«

Ihre Mutter stöhnte. Das Handtuch noch immer über den Augen, sagte sie zu Lewis, sie habe sich gestern danebenbenommen. Die Möglichkeit, dass Fish gestorben sein könnte, habe sie so erschreckt, dass sie Lizzy beschuldigt habe. Sie sagte, sie habe ihre Angst auf Lizzy abgewälzt. Sie rief nach Fish. »Komm her«, sagte sie.

Lizzy warf einen Blick zu ihrem Vater hinüber, der ihre Mutter, wie es schien, mit äußerster Nachgiebigkeit betrachtete. Der Streit, den sie gehabt hatten, in dem er einem Mann, wahrscheinlich dem Doktor, eins in die Schnauze hatte hauen wollen, schien vergessen. Lizzy begriff, dass ihre Eltern, selbst wenn sie Streit hatten, eine Gemeinschaft waren. Und sie war nur ihre Tochter. Sie empfand tiefe Traurigkeit, großes Mitleid mit sich selbst. Sie ließ Fish bei ihren Eltern, ging zurück zu ihrer Hütte und zog sich um: Jeans und Flanellhemd. William saß auf dem

Fußboden und betrachtete seine Gläschensammlung, in die er Insekten und Würmer, Gras und Blätter gesteckt hatte. Er war in letzter Zeit ein Sammler wie Emma Poole geworden, der er manchmal überallhin folgte. Lizzy hatte gesehen, wie er mit Emma redete, ihr Fragen stellte, ihr seine Insektensammlung zeigte. Everett lag auf seiner Pritsche und beobachtete Lizzy. Er hatte Shorts an, und seine nackten Beine waren lang und knochig, und seine Füße erschienen im Spiegel über der Kommode viel zu groß. Er hatte die Füße seines Vaters geerbt. Sie waren leicht gebogen wie Schaufeln.

»Wo gehst du hin?«, fragte Everett. »Kann ich mitkommen?«

Lizzy band ihr Haar zu einem Pferdeschwanz und schüttelte den Kopf. »Ich bin müde, Ev. Ich will sowieso bloß einen Freund besuchen.« Ihr waren bis zu diesen Worten ihre Absichten nicht bewusst gewesen. Erst danach, als sie die Worte ausgesprochen hatte, wurde ihr klar, dass sie genau das wollte: mit dem Fahrrad hinauf zum Golfplatz fahren und Raymond treffen. Sie fragte Everett, ob das für ihn okay sei.

»Ja«, sagte er. »Ich glaube, ja.«

Sie sagte, er solle mit Harris oder jemand anderem Schach spielen. Sie sagte, sie wäre nicht lange weg.

Als sie hinauf zum Golfplatz radelte, sah sie Rohrkolben im Straßengraben stehen und kleine Vögel, die neben ihr dahinflatterten, und sie fühlte die Wärme der Abendsonne in ihrem Nacken. Lizzy dachte an ihre Mutter, wie sie auf dem Bett lag, das feuchte Tuch auf der Stirn, den Arm nach hinten geworfen, als fiele sie, und die schwache Verteidigung, die sie geboten hatte. Ihre Mutter reagierte nur, wenn etwas ihr Leben allzu dicht zu streifen und ihr Wohlgefühl zu beeinträchtigen drohte: Fish, der ertrank, ihr Mann, der sie irgendeiner Untreue bezichtigte, Lizzy, die sich ihr widersetzte.

Der Golfplatz war nicht weit von der »Zuflucht« entfernt, und sie merkte, dass sie überhaupt nicht überlegt hatte, ob Raymond mit der Arbeit fertig sei oder ob sie ihn dabei unterbreche. Er erwartete sie nicht, und er hatte sie eigentlich auch nicht eingeladen, und das erfüllte sie mit einer gewissen Erregung. Vielleicht würde er ihr sagen, sie solle umkehren und nach Hause fahren. Vor ein paar Tagen hatte sie sich den Pick-up der »Zuflucht« geliehen und war in die Stadt gefahren, weil ihr Vater wollte, dass sie selbständiger werde, und Everett war mitgefahren, und sie hatten im Safeway Lebensmittel eingekauft. Später waren sie hinunter zum Kai am Canadian Tire gefahren und hatten sich auf eine der Bänke in der Nähe der Hausboote gesetzt. Eine Gruppe Männer war an sie herangetreten. Die Männer waren betrunken, und einer, älter als die anderen, hatte Bier oder Geld oder irgendetwas von Wert gefordert. Er hatte das Wort *Wert* benutzt, und Lizzy hatte in sein dunkles, leicht verwüstetes Gesicht geblickt und an Raymond gedacht und sich gefragt, ob Raymond diesen Mann wohl kenne. Aber dann hatte sich der Gedanke verflüchtigt.

Sie hatte in letzter Zeit geschrieben. Ihre Briefe an Cyril waren zu Briefen an sie selbst geworden, und als sie diese Tatsache vor ein paar Tagen Harris gegenüber erwähnt hatte, hatte er sie ermutigt. Er gab ihr Anregungen, sagte zu ihr, dass die reale Welt viel zu bieten habe und dass es gefährlich sei, zu flüchtig oder romantisch zu sein. Zuerst hatte sie gedacht, er spreche über das Sich-Verlieben in eine bestimmte Person, aber dann hatte sie begriffen, dass Harris Sprache und Wörter meinte. Er hatte gesagt: »Nenne die Dinge beim Namen. Wenn ein Schnürsenkel blau ist, sage, dass es ein blauer Schnürsenkel ist. Oder spiele mit irgendeiner Variante davon. Und, natürlich, lüge. Man muss lügen, um alles klarer zu machen.« Darüber hatte sie sich gewundert und war zu dem Schluss gekommen, sie müsse nicht lügen. Sie hatte etwas über ihre Mutter geschrieben, über das knochenfarbene Kleid, das ihre Mutter gern trug, und die Knöpfe, die selbst wie kleine Knochen aussahen, und über die Form der Knochen ihrer Mutter in dem Kleid. Und über den Knochen im Handgelenk ihrer Mutter, der brach, als sie die Treppe hinunterfiel. »Wie schön, sich das Knacken der Elle meiner Mutter vorzustellen.«

Das Clubhaus war erleuchtet, und drinnen saßen zwei Männer an einem kleinen runden Tisch und tranken. Als Lizzy durch die großen Fenster schaute, meinte sie Raymond zu sehen, aber es stellte sich heraus, dass es ein anderer jüngerer Jugendlicher war, der die Tische abwischte. Sie stand neben ihrem Fahrrad in der Nähe von Raymonds Pick-up und überlegte, ob sie einen Fehler gemacht hatte. Sie wollte gerade auf ihr Fahrrad steigen und wieder nach Hause fahren, als Raymond auftauchte. Er schien nicht besonders erfreut zu sein, deshalb sagte sie, als er näher kam: »Ich hätte nicht kommen sollen.«

Er blickte hinter sich und hinauf zum Himmel, und dann sah er sie wieder an und sagte: »Hat das jemand zu dir gesagt?«

»Nein«, sagte sie, »aber es ist komisch, dass ich hier stehe und auf dich warte. Ich meine, wir hatten das nicht vor.«

Ohne zu fragen, nahm er ihr Fahrrad, legte es auf die Ladefläche seines Pick-up und stieg ein. Zaghaft, als erwartete sie noch immer, ausgeschimpft zu werden, stieg sie ein und schloss die Wagentür, die quietschte und dann einrastete.

»Neuer Tag, neues Glück«, sagte Raymond. Er drehte sich zu ihr herum und sagte, dies sei eine Überraschung. Und eine schöne obendrein. Dann erzählte er ihr, dass er früher für eine ältere Frau, die rosa Röcke trug, als Caddie gearbeitet habe, aber inzwischen habe sie einen Texaner geheiratet und lebe in den Staaten. Er sagte, es sei seltsam, weil er von Golf nichts verstehe. Er sei ein Packesel gewesen, weiter nichts. Er sagte, sein

Bruder Marcel habe behauptet, die Frau habe es wahrscheinlich auf kleine Jungs abgesehen gehabt. »Du weißt schon.«

Wie sie da so saßen und sich nicht rührten, war das Fahrerhaus des Pick-ups wie ein kleines Zimmer, und Lizzy fühlte sich geborgen, während sie Raymonds Stimme in diesem Zimmer lauschte. Sie fragte, wo Marcel jetzt sei.

»Er wohnt in Montreal. Er ruft mich manchmal an und hält mir Vorträge über das Leben. Er ist Anwalt, deshalb meint er, das ist seine Aufgabe.« Er sagte, Marcel möge keine Weißen. Lizzy schaute Raymond an, als wollte sie sehen, ob das ein Witz sei. Sie konnte es nicht erkennen.

Die beiden Männer, die im Clubhaus getrunken hatten, kamen auf den Parkplatz heraus, und ihre Golfschuhe klapperten auf dem Pflaster. Raymond wartete, bis sie weg waren, dann zog er einen Joint aus seiner Brusttasche. »Rauchst du?« Das Streichholz flammte auf und beleuchtete sein rechtes Auge.

Sie schüttelte den Kopf.

»Nie oder bloß jetzt nicht?«, fragte er.

»Habe ich noch nie«, sagte sie und wurde verlegen.

Er streckte ihr den Joint hin und sagte, sie solle mal probieren. Es sei nichts, sagte er, nur ein leichtes Schwirren im Hirn. Um abzuheben.

Sie nahm den Joint, hob ihn an den Mund, und dann zog sie daran und stieß den Rauch hustend wieder aus.

»Behalt ihn so lange drin wie möglich«, sagte er und machte ihr ein Zeichen, es noch einmal zu versuchen. Sie tat es und schloss diesmal die Augen, um sich zu konzentrieren, war sich der Erwartungen bewusst und der Notwendigkeit, einen kleinen Schlüssel zu entdecken, mit dem sie ihre Sehnsüchte befreien könnte. Und dann, als wollte sie eine Peinlichkeit abwerfen oder vielleicht die leeren Räume füllen, die ihrer Meinung nach bestehen könnten, begann sie zu reden. Sie erzählte Raymond, dass sie heraufgekommen sei, um ihn zu sehen, weil sie nicht wusste, wohin sonst sie gehen sollte. Sie sei auf ihre Mutter wütend gewesen und habe nicht bei ihrer Familie bleiben wollen, und deshalb sei sie jetzt hier. Sie sagte, dass ihre Mutter nie mit ihr spreche. Immer spreche sie mit ihr durch jemand anderen. So sei das immer schon gewesen.

Sie machte eine Pause. Sagte: »Oh Mann. Scheiß auf meine Mutter.«

»Okay«, sagte er, und er lachte und sagte zu ihr, er habe einen Witz gemacht. Er nahm eine Pinzette aus der Brusttasche seines Hemds und hielt damit das letzte Stück des Joints fest. Er sagte, letzte Nacht habe er sich mit Nelson bekifft, und alles sei sehr komisch gewesen. Er könne Lizzy einen kleinen Beutel besorgen, säuberlich abgepackt, frisch. »Ich hab ’n prima Lieferanten. Einen fünfundsiebzigjährigen Mann, der in der Stadt wohnt. Weißer. Angesehener Bürger. Besaß mal ’n Geschenkartikelladen. Jetzt verkauft er prima Shit an die Kids. Verrückt.« Er sog Rauch aus dem kleinen Jointstummel, der noch übrig war, und bot ihr einen letzten Zug an, aber sie winkte seine Hand weg mit dem Gedanken, dass dies nicht das war, was sie sich vorgestellt hatte. Das Gras tat ihr nicht gut. Sie fühlte sich ein bisschen benommen, aber das war vielleicht ihre Panik. Raymond war auf seinem Sitz nach unten gerutscht, so dass sein Kopf oben auf der Rückenlehne ruhte. Sein rechtes Bein hatte er angehoben und den Stiefel auf das Armaturenbrett gelegt, und sie merkte, dass er weit weg war. Sie war enttäuscht. Sie sagte, sie sollte zurück. Sie müsse zurück. Sie machte die Wagentür auf und wartete, dass er sie aufhielt, aber er sah sie nur an. Dann sagte er, wahrscheinlich sei sie nicht so high wie er, und er könne noch einen anzünden, um ihr zu helfen. Oder, sagte er, sie könnten raus auf den Golfplatz gehen. Das mache er nachts gern, wenn alle weg seien und die Tiere herauskämen.

Er sagte, Tiere seien schön. Er nahm sein Bein herunter, öffnete die Tür und sagte: »Gehn wir.« Er schlenderte den Fairway hinunter, und Lizzy trottete zögernd hinter ihm her. Es war inzwischen stockdunkel, und die Büsche waren schwarz, und das Gras zu ihren Füßen war schwarz; sie konnte nur den Himmel über sich sehen, der sich auf viel zu viele Sterne öffnete, die schwebten und fielen.

»Was für Tiere?« Sie rannte ein wenig, um Raymond einzuholen.

Er legte sich in das kurze Gras eines Greens und sagte, sie solle sich zu ihm legen. »Keine Angst«, sagte er.

Sie lachte und sagte: »Ich hab keine Angst.« Und während sie das sagte, begann sie ruhiger zu werden.

Sie lagen nebeneinander und blickten hinauf in den Himmel. Lizzy hörte Raymond atmen, und obwohl sie am liebsten den Kopf herumgedreht und ihn angesehen hätte, tat sie es nicht. Er begann zu reden. Er sagte, er habe seinen Vater kaum gekannt, und seine Mutter sei gestorben, als er sechs war. Seitdem habe seine Oma ihn aufgezogen. Er liebe seine Oma. Sie sei da, und manchmal glaube er, sie könne immer da sein, aber er wisse, dass das unmöglich sei. Er sagte, letztes Jahr habe ihm ein Vetter erzählt, dass sein Vater in Winnipeg wohne, und deshalb sei er mit dem Bus dorthin gefahren und habe nach ihm gesucht. »Das war ganz leicht. Hat mich 'ne halbe Stunde gekostet. Hab 'n paar Leute gefragt, wo Tom Seymour wäre, und sie führten mich direkt zu einer Bar hinter der Main Street.« Er sagte, dann habe er eine Zeit lang bei seinem Vater gelebt, aber das sei furchtbar gewesen. Sein Vater habe ihn bestohlen und kein Interesse gehabt zu reden und eine Freundin namens Clara, die dachte, Raymond wolle seinen Vater nach Kenora heimholen. »Deshalb hat sie mich nicht sehr gemocht. Ich bin 'n paar Wochen geblieben und dann zu meiner Oma zurückgefahren.«

Sie sagte: »Als dein Bruder zu dieser Familie kam, war er da in irgendwelchen Schwierigkeiten?«

Raymond antwortete zunächst nicht, und Lizzy dachte, vielleicht habe sie etwas Falsches gesagt. Dann sagte er: »Es war keine große Sache. Es wurde beschlossen, dass er woanders leben sollte. Die Regierung hat ihre Pläne.« Er schwieg eine Weile. Dann fragte er, ob sie Basketball spiele. Sie antwortete nein, sie sei nicht gut in Sport.

Er sagte, er sei ein guter Aufbauspieler, und wenn sie in derselben Mannschaft wären und sie stünde bloß ein bisschen frei, wenn sie auch nur eine Hand frei hätte, würde er ihr den Ball zuspielen. »Exaktes Passspiel«, sagte er. »Das hat mein Trainer immer zu mir gesagt.«

Der Klang von Raymonds Stimme, die sich erhob und dann wieder leiser wurde, ließ Lizzy erschauern. Sie hatte Raymond gehört und bemerkt, dass er, selbst wenn er sprach, sich unbehaglich dabei fühlte. Und darum versuchte sie, ein Gleichgewicht in der Unterhaltung herzustellen, indem sie von ihrer Mutter sprach. Sie sagte, ihre Mutter sei in letzter Zeit anscheinend unglücklich, und das mache ihren Vater unglücklich. »Sie sind völlig miteinander verflochten.« Dann sagte sie, sie habe in letzter Zeit allzu reichlich Gelegenheit gehabt, Erwachsene zu beobachten, und sie habe festgestellt, dass die meisten Erwachsenen haben wollten, was sie nicht hätten oder haben könnten, und anderen Leuten wehtäten, um es zu bekommen. Sie sagte, wenn sie älter und verheiratet sei oder aber einen Liebhaber hätte, würde sie nicht schwach sein. Sie sagte: »Wäre es nicht richtig, wenn jemand betrogen wird, dass er dann seine Interessen durchsetzt?«

Raymond griff nach ihrer Hand. Sie machte sie auf und umfasste seine, umschloss sie mit ihren Fingern. Sie zitterte.

Er fragte, ob ihr kalt sei, und sie sagte nein, nur manchmal zittere ihr Körper, wenn er glücklich sei. Sie sagte, sie würde gern weglaufen, wie er es getan habe.

Er sagte, er sei nicht weggelaufen. Sein Onkel habe ihm die Hütte gegeben, damit er sie immer im Frühling und Sommer benutzen könne. Er sagte, weglaufen bedeute, alles, was man kennt und versteht, zu verlassen und sich einen Ort zu suchen, der vollkommen unbekannt sei, wo man ein anderer Mensch sein könne. »Das möchtest du doch nicht.«

Lizzy dachte, wie klar und wahr sich das anhörte, und sie war überrascht, dass er das Wissen hatte, diese Worte auszusprechen. Sie wollte gerade etwas sagen, als er sie küsste. Er hatte sich plötzlich auf einen Ellbogen aufgerichtet und sich über sie gebeugt, und sein Mund war auf ihrem, und dann war er damit fertig, legte sich wieder neben sie und schaute hinauf in den Himmel.

Eine Weile war er still, und Lizzy dachte, vielleicht sei er eingeschlafen, aber dann drehte er sich zu ihr herum, nahm ihren Kopf in seine Hände, und diesmal war seine Zunge in ihrem Mund, und sie überlegte, ob sie sich losreißen solle, tat es aber nicht, und seine Hände waren um ihren Hals und fuhren an ihren Armen auf und ab, und er machte Geräusche, und sie atmete tief, damit sein Geruch für den Rest der Nacht bei ihr bliebe. Sie küssten sich lange, und Raymond berührte ihre Brüste durch ihr Hemd, und sie ließ es zu.

Dann sagte sie, es sei für heute Abend genug, sie fühle sich wie eine Tasse, die überläuft, und sie wolle nichts verschwenden. Sie gingen zurück zum Wagen, ohne sich zu berühren. Lizzy war Raymond ein paar Schritte voraus und sich des Schweigens zwischen ihnen bewusst, hatte aber den Eindruck, dass dieses Schweigen in Ordnung sei. Er rauchte eine Zigarette, während er sie zur »Zuflucht« zurückfuhr, und bot ihr hin und wieder einen Zug an, den sie gern annahm, dankbar dafür, dass sie auf die Weise beschäftigt blieb. Noch immer zitterte sie ein wenig und dachte, es komme vielleicht von der Feuchtigkeit des Grases in ihren Kleidern.

Kurz bevor sie aus dem Pick-up stieg und er ihr Fahrrad von der Ladefläche hob, sagte sie, dass es am Wochenende in der »Zuflucht« ein Tanzfest gebe. Er solle doch kommen, sagte sie. Und Nelson auch. Und jeder sonst, den er mitbringen wolle. Er solle doch auch zum Abendbrot kommen.

Er sagte, er sei im letzten Sommer bei einem Tanzfest dabei gewesen, er wisse also davon. Außerdem habe es der Doktor gern, wenn er zum Abendbrot oder zum Tanzen komme. »Er hat gern ein oder zwei Indianer um sich.« Er lächelte und sagte, dass er wohl kommen würde.

Sie dachte, vielleicht wolle er ihr einen Gutenachtkuss geben, aber das passierte nicht, und es störte sie nicht. Er stieg einfach in seinen Pick-up, winkte zum Abschied und war weg.

Im Bett, später, starrte sie in die Dunkelheit und berührte ihre Kehle, wo Raymonds Hand gelegen hatte. Er hatte Schwielen an den Fingern, und seine Hände waren groß, und sie hatten ihren Hals umfasst, und sie hatte seine Kraft gespürt. Sie wollte erzwingen, von ihm zu träumen, in die Schatten zu sinken und ihn dort zu finden. Aber es gelang ihr nicht. Sie träumte stattdessen, dass sie hinter einem Mann herging, dessen Gesicht sie nie sah, der sie einen gewundenen Pfad entlangführte, der dicht mit Zweigen zugewachsen war. Schließlich gelangten sie auf eine Lichtung, auf der es Schatten und Sonnenlicht gab, und sie wusste, als sie aus dem Traum erwachte, dass an dem Ort Gefahr geherrscht hatte.

Am Samstagabend wurden nach dem Abendbrot die Möbel in der Halle zurückgeschoben und bunte Lichter über die Wandecken und die Decke gespannt. In dem Raum roch es noch immer nach Bratwurst vom Abendessen, aber jemand, vielleicht Mrs. Byrd, hatte Kerzen angezündet und sie in niedrigen Gläsern auf die Fensterbänke gestellt, und der Wachsgeruch der Kerzen überdeckte schließlich den Essensgeruch. Ian, ein junger Mann, der gerade letzte Woche mit seiner Freundin Jill angekommen war, besaß eine Plattensammlung. Jill und Ian trauten sich als Erste auf die Tanzfläche und tanzten zu »Love Train«. Dann gesellte sich Mrs. Byrd zu ihnen und glitt zu »Some Kind of Wonderful« allein über das Parkett. Sie trug einen weißen Faltenrock und ein weites, dünnes orangefarbenes Oberteil. Um ihren neuen Gips hatte sie ein buntes Tuch geschlungen, und sie tanzte mit geschlossenen Augen, die Arme leicht nach oben gestreckt. Sie war barfuß. Lizzy beobachtete ihre Mutter und empfand Beschämung und Neid zugleich. Sie fragte sich, ob sich ihr Vater sehen lassen werde.

Fish spazierte auf die Tanzfläche, und Lizzy ging ihm hinterher. Das brachte alle übrigen Erwachsenen und Kinder dazu, ihnen zu folgen, außer Big Billy, der in einer Ecke saß und Schokoladenkuchen mampfte. In einem Moment seltener Hingabe tanzte und hüpfte William im Raum umher. Irgendwann hatte zu den Klängen von »Free Ride« Emma die Arme um Franz' Nacken gelegt, und Mrs. Byrd tanzte mit dem Doktor, eine Hand gegen seine Brust gestemmt, die andere um seine Taille gelegt. Sie blickte in sein Gesicht hoch und redete, und ihre weißen Zähne blitzten.

Margaret kam mit einer Platte mit rohen Karotten und Brokkoli und einem Petersiliendip herein. Sie stellte die Speisen auf den Tisch und ging hinüber zu Lizzys Mutter, tippte ihr auf die Schulter und spannte ihr ihren Mann aus. Mrs. Byrd ließ ihn ohne Umstände los, bewegte die Füße jedoch weiter zur Musik, und es erschien Lizzy, als mache sich ihre Mutter keine Gedanken darum, dass sie unverhohlen in aller Öffentlichkeit mit dem Doktor flirtete. Lizzy fasste den Entschluss, ihren Vater suchen zu gehen. Sie fand ihn in seiner Hütte, ein Buch im Schoß, aber er schien nicht zu lesen. Die Musik schwebte leise über die Lichtung. Sie ging zu ihm, ergriff seine Hand und zog ihn in die Höhe und sagte: »Komm, Daddy, wir tanzen.« Er sagte, daran sei er nicht besonders interessiert, und sie sagte: »Das solltest du aber«, hakte ihn unter und führte ihn zur Hüttentür hinaus. Sie sah Raymonds Pick-up am Rand der Lichtung stehen, und ihr klopfte das Herz.

Als sie in die Halle kam, saß er dort zusammen mit Nelson, einer dicken Frau, die älter war als er, und einem jungen Mädchen. Die vier saßen auf Stühlen dicht an der hinteren Wand. Sie winkte ihnen zu, und Raymond winkte zurück. Dann führte sie ihren Vater auf die Tanzfläche. »Entspann dich«, sagte sie und legte ihm die Arme leicht um den Nacken, und sie tanzten zu Marvin Gaye. Er sagte, dass ein bisschen Woody Herman schön wäre, und gerade in dem Moment kam ihre Mutter vorbei und sagte: »Hi, Lewis«, und Lizzy überließ ihr ihren Vater.

Sie hatte bemerkt, dass Raymond ihr beim Tanzen zusah, und so ging sie zu ihm und sagte: »Da bist du also.«

»Ja«, sagte er. Er stellte ihr das junge Mädchen vor, sagte, sie heiße Lee und sei seine Nichte. »Und das hier ist ihre Mutter, Reenie, meine Schwester.« Er machte eine Bewegung zu der dickeren Frau hinüber, die ein Kruzifix um ihren Hals trug, das aus Altmetall gehämmert zu sein schien. Sie sagte »Hi« zu Lizzy, dann lachte sie und drehte den Kopf weg. Lizzy dachte, sie sei möglicherweise nervös. Lizzy sagte, sie habe einen Bruder, Everett, der etwa in Lees Alter sei. Er sei vierzehn. Sie zeigte auf die Tanzfläche, auf der Everett und William in der Nähe ihrer Eltern tanzten. Lizzy griff nach Raymonds Hand und sagte: »Komm.« Er folgte ihr, und als sie in der Mitte des Raumes angekommen waren, bewegte sie sich um ihn herum, während er von einem Fuß auf den anderen trat. Sie sagte, sie sei froh, dass er hier sei.

»Ich bin kein guter Tänzer«, sagte er. »Mit einem toten Baum wärst du besser bedient.«

Nelson hatte ein Bier aufgetrieben und stand am Rand des Raumes. Reenie und Lee tanzten und kicherten, wobei sie ihre Münder mit den Händen verdeckten. Es war heiß in dem Raum, und Lizzy roch ihren eigenen Schweiß und die matte Süße des Parfüms, das sie sich in der Vorfreude auf Raymonds Kommen aufgesprüht hatte. Sie hatte ihn noch nie in der Öffentlichkeit berührt, und als jetzt ein langsamerer Song lief, nahm sie seine Hände und legte sie sich um die Taille und lehnte ihren Kopf an seine Brust. Sie redete nicht, weil sie dann den Kopf hätte heben müssen, um sich verständlich zu machen, und sie hätte den Klang seines Herzens in ihren Ohren verloren. Ihre Mutter stand an der Seite, eine Hand in die Hüfte gestemmt, und beobachtete sie. Als das Lied zu Ende war, nahm Lizzy Raymond bei der Hand und ging mit ihm zu den Stühlen, wo Reenie und Lee bereits wieder saßen. Sie erbot sich, Lee mit Everett bekannt zu machen, aber Lee schüttelte den Kopf. Reenie gluckste in sich hinein. Ihre großen Hände hielt sie gefaltet im Schoß.

An der gegenüberliegenden Wand sah Lizzy Harris aus einer Taschenflasche trinken. Er bemerkte Lizzy, hob die Flasche in die Höhe und lächelte. Lizzy winkte ihm. Sie sagte zu Raymond, sie werde wieder tanzen, ja, sie werde die ganze Nacht lang tanzen, und wenn er sie sehen wolle, müsse er zu ihr auf die Tanzfläche kommen. Okay? Und sie drehte sich um, leicht widerstrebend, nahm Fish auf den Arm und betrat die Tanzfläche. Seine Augen leuchteten. Er trug eine kurze Hose, und sie fühlte seine festen, kühlen Beine, und das erinnerte sie an Raymonds Hand auf ihrer Brust vor ein paar Abenden. Die Kraft seines Mundes auf ihrem. Sie drehte sich um und sah, wie Raymond sich zu Nelson hinüberbeugte und ihm etwas zuflüsterte. Er sah direkt zu ihr herüber. Sie lächelte.

Bis spät in die Nacht tanzten sie. Nelson schaffte es schließlich, mit Reenie und Lee auf die Tanzfläche zu kommen. Irgendwann saß er an einem der Tische, redete mit Everett und fuchtelte mit den Händen, als lege er seine Ansicht über etwas dar. Bei den langsameren Songs tanzte Lizzy mit William und dann wieder mit Raymond, wobei sich seine Rückenmuskeln gegen ihre Hand pressten, und dann mit Ian, der ihr immer wieder mit der Hand über den Arm oder die Schulter strich. Er sagte, sie sehe gut aus, das habe er eigentlich nie zur Kenntnis genommen. »Der Junge da. Dein Verehrer?«, fragte er. Er kam näher und versuchte, sie in die Arme zu schließen, aber sie schlüpfte weg und ging dorthin, wo Everett mit Nelson saß, zog ihren Bruder auf die Tanzfläche und legte ihm die Handgelenke auf die Schultern. Everett sagte zu ihr, Nelson sei nett und spiele gern Schach, genau wie er. »Ach ja?«, sagte Lizzy. »Wie schön für dich.« Später bat sie der Doktor um einen Tanz; sie bewegten sich langsam, auf Armeslänge voneinander entfernt. Der Doktor hatte sein Hemd zur Hälfte aufgeknöpft, und sein knochiger Oberkörper war zu sehen. Er neigte sich zu ihr wie ein großer weißer Vogel und lehnte sich dann zurück und bewegte seine Hüften, als zeige er ihr seinen Unterleib zur Begutachtung vor. Lizzy hätte am liebsten gelacht, aber sie verkniff es sich, weil sie wusste, dass sie ihm dann erklären müsste, warum sie lachte. Einmal, als sie sich nach Raymond umblickte, sah sie ihre Mutter mit ihm reden und eine Hand nach ihm ausstrecken, als wollte sie ihn auf die Tanzfläche ziehen. Er saß, und sie stand und beugte sich zu ihm hinunter, und Lizzy stellte sich vor, dass Raymond ihr in den Ausschnitt sehen könne, und das machte sie plötzlich wütend. Er sah, dass Lizzy sie beobachtete, und schüttelte den Kopf. Seine Mutter richtete sich auf und trat zurück.

Sie fand Lizzy wenig später. Fing sie in der Nähe des Bierfasses ab, legte ihr eine Hand auf die Schulter und sagte: »Ist das der Junge?«

»Wovon redest du, Mutter?«, fragte Lizzy.

Ihre Mutter sagte, er sei hübsch, nicht? Sie sagte, es freue sie zu wissen, dass ihre Tochter einen guten Geschmack habe. »Und lass dir von den Leuten nichts anderes einreden«, sagte sie und glitt davon, anscheinend zufrieden mit sich.

Und dann, am Ende des Songs, kam Raymond zu ihr. Er sagte, Nelson und Lee wollten gehen. »Schon?«, fragte sie. Sie nahm seine Hände und versuchte, ihn auf die Tanzfläche zu führen, aber er zog sie weg. In dem Moment fand sie sich selber schrecklich, und deshalb sagte sie: »Okay.« Dann sagte er, er käme am nächsten Tag vorbei, so gegen Mittag. Sie könnten ja zusammen in die Stadt fahren. Oder in der Gegend herum. Er hob die Hand zu einem angedeuteten Winken und drehte sich um. Lizzy umkreiste den Raum, plötzlich einsam, auf der Suche nach jemandem. Sie fand Fish, und sie gingen hinüber zu einem Stuhl und setzten sich, Fish auf ihrem Schoß.

Auf der anderen Seite des Raumes tanzten ihre Eltern. Ihre Mutter drückte ihr Gesicht an die Brust ihres Vaters. Er sprach ihr ins Ohr, redete und redete, und dann lächelte sie und riss sich von ihm los. Sie erspähte Lizzy und kam zu ihr, beugte sich über sie und berührte Lizzys Schläfe mit ihrem Mund. »Kannst du die Jungs ins Bett bringen? Jetzt, wo dein Freund gegangen ist?« Ihre orangefarbene Bluse, die Oberseiten ihrer Brüste; Lizzy sah, was Raymond vermutlich gesehen hatte. Und dann ging ihre Mutter, ohne eine Antwort abzuwarten, zu Lewis, ergriff seine Hand, und beide gingen hinaus. Lizzy sah sie weggehen, sie war merkwürdig traurig und eifersüchtig, und es verwirrte sie, wie mühelos ihre Mutter Raymond ihren Freund nennen konnte.

William war bereits zur Hütte vorgegangen. Ian und Jill tanzten langsam zu irgendeinem französisch klingenden Lied mit einem Akkordeon im Hintergrund. Harris hatte sich in einen traumähnlichen Zustand gesüffelt und klopfte mit seiner Hand den Takt auf die Armlehne seines Rollstuhls. Emma war schon vor langer Zeit mit Franz verschwunden.

Nach dem letzten Song übergab Lizzy Fish an Everett und bat ihn, den Kleinen nach oben zu tragen und zu Bett zu bringen. Sie ging zu Harris und sagte zu ihm, sie werde ihn zu seiner Hütte schieben. Er sagte, sie solle ihn nicht bemitleiden. Sie fuhr ihn aus der Halle und den Weg hinauf. Im Mondlicht sah sie Harris' Hinterkopf, seine schmächtigen Schultern, seine im Schoß verschränkten Hände.

Er sagte, er müsse seine Flasche ausleeren. Ob sie beim Bad vorbeifahren könnten.

Sie schob ihn hinauf zur Außentoilette und dachte, wie förmlich er sei, dass er es ein Bad nannte, wo es das doch ganz und gar nicht war. Es war ein Kabuff mit zwei Löchern. Ein Scheißhaus. Die Tür war offen, und es herrschte der Gestank, der Lizzy stets deprimierte, und sie atmete durch den offenen Mund.

Harris zog an seinem Rollstuhl die Bremse und stemmte sich hoch. Er griff nach seiner Flasche und nahm sie fest in die Hand.

»Moment«, sagte Lizzy und packte ihn am Arm, als er loshinkte.

»Ich komm schon zurecht«, sagte er und schloss die Tür hinter sich.

Sie ging auf dem Weg nach unten und wartete. Ein Moskito landete auf ihrem Nacken, und sie schlug danach. Lange Zeit später ging die Tür auf, und Harris strauchelte und fiel beinahe nach vorn in die Dunkelheit. »Himmelherrgott«, sagte er.

Als er wieder im Rollstuhl saß, seufzte er und sagte: »Hätte mich fast umgebracht.« Es war wie der Schrei eines kleinen Vogels.

An Harris' Hütte stellte Lizzy den Rollstuhl unter der Markise ab und half ihm die Treppe hinauf.

»Komm mit rein«, sagte er. »Bitte.«

Sie führte ihn am Arm nach drinnen. Er zündete eine Lampe an und setzte sich schwer atmend auf einen Stuhl. Er machte eine Handbewegung zum Schreibtisch in der Ecke. »In der Schublade sind eine Flasche Scotch und zwei Gläser. Trink einen mit mir. Ich habe den ganzen Abend getrunken, aber es wäre schön, dabei Gesellschaft zu haben.«

»Das finde ich nicht«, sagte Lizzy. »Ich muss zurück zu meinen Brüdern.«

Harris winkte ab. »Sie kommen schon zurecht. Everett ist ein großer Junge.« Dann sagte er: »Er ist anders, Everett.«

»Wovon reden Sie?« Sie ging die Flasche holen.

»Vielleicht weiß er es noch nicht, aber ich sehe es. Es gibt einen klar umgrenzten Kreis, in dem wir alle leben, aber Everett steht am Rand dieses Kreises, drauf und dran hinauszuspringen.«

»Er ist einfach nur Ev«, sagte Lizzy. »Redet nicht viel, aber weiß alles, was vor sich geht.«

Harris zuckte die Achseln, verfolgte aber das Thema nicht weiter. Er nahm Lizzy den Scotch aus der Hand, drehte den quietschenden Korken heraus und goss zwei Gläser ein. »Hier.« Er reichte ihr ein Glas und trank dann von seinem.

Lizzy betrachtete ihr Glas und trank dann. Der Schnaps brannte auf ihrer Zunge, lief ihr in den Rachen, und sie musste husten.

»Das tut dir gut«, sagte er. »Setz dich.«

Er gestikulierte hinüber zu einem zweiten Stuhl am Schreibtisch, und sie setzte sich mit übereinandergeschlagenen Beinen und nahm das Zimmer in sich auf, das jetzt in düsterem, flackerndem Licht lag. Da standen die beiden Betten, beide gemacht. Es gab ein Bücherregal, einen Schreibtisch und einen Tisch mit Emmas Schmetterlingsutensilien. An der gegenüberliegenden Wand stand ein Kleiderschrank und daneben eine Staffelei mit Pinseln und daneben ein zweiter Schreibtisch mit einer Schreibmaschine und sonst nichts.

»Du fragst dich, wo meine Frau ist«, sagte Harris.

Lizzy antwortete nicht.

»Es ist in Ordnung. Alles ist in Ordnung. Wir haben dieses Arrangement, das jedermann klar sein muss. Obwohl sie immer hierher zurückkommt, damit sie mir helfen kann. Heute Abend, fürchte ich, hat sie mich vergessen. Oder?« Er guckte in sein Glas, das leer war, und goss sich nach. »Highland Scotch«, sagte er. »Schmeckt nicht so stark nach Moschus wie der Lowland.« Er trank. »Genau der richtige Retter.« Dann lächelte er und sagte, es sei bedauerlich, dass ein Mädchen ihres Alters Zeuge der idiotischen Schwächen von Erwachsenen sein müsse. »Ich liebe meine Frau«, sagte er. »Und ich brauche sie.« Er zeigte auf seine Beine. »Was sollte ich denn sonst tun mit diesen nutzlosen Beinen? Ein Mädchen wie dich engagieren? Du bist übrigens eine ziemlich gute Tänzerin.«

Lizzy fragte sich, ob er gleich weinen werde, und sie überlegte, was sie dann täte. Sie dachte, sie würde sich ängstigen, aber das tat sie nicht. Er beugte sich vor und betrachtete sie bedächtig. Seine Nase war plötzlich groß. Seine Brille war ein wenig verrutscht. Er nahm wieder einen Schluck und sagte dann: »Ich höre, du liest die Romane, die ich dir gegeben habe, von Anfang bis Ende. Deine Mutter hat mir gesagt, sie sei stolz darauf, obgleich ich sicher bin, dass es Lesenswerteres gibt.« Er machte eine Pause, musterte sie und sagte dann, dass er nicht fragen werde, was sie darüber denke, weil es völlig egal sei, er werde sowieso nichts ändern. »Im Moment bin ich wie eine träge Motte, die gegen eine verloschene Laterne stößt.« Er trank und sagte dann, er scheine seine Muse etwa zur selben Zeit verloren zu haben wie die Fähigkeit zu laufen. »Ich wurde geliebt«, sagte er. »Und ich habe wiedergeliebt, heftig, aber jetzt flattere ich wohl nur noch nutzlos im Wind umher. Komisch.«

Lizzy antwortete nicht. Sie dachte, sie sollte gehen, war aber auch neugierig. Dieser gebrechliche Mann mit seinen dürren Beinen und seinen ungeschickten Händen war so anders als der Mann, der in dem Roman *Leer und seine Frauen*, den Harris ihr neulich gegeben hatte, wütete und herumschimpfte. Es war die Geschichte eines Immobilienmaklers, Richard Leer, der jede Frau, der er begegnet, sei sie jung oder alt, so lange bequatscht, bis sie mit ihm ins Bett geht. Vielleicht würde Harris versuchen, sie zu verführen, obwohl sie ihm mühelos entkommen könnte. Die Möglichkeit faszinierte sie. Sie wollte, dass er jammerte. Sie wollte ihn zurückweisen.

Er bewegte seine verkrümmten Finger, als versuchte er, einen schwer fassbaren Gedanken vom Boden aufzuheben. Er sagte, es war einmal ein Mann, der unternahm mit seiner Frau eine lange Reise nach Südeuropa und dann übers Mittelmeer nach Ägypten und weiter nach Tansania. Das sei noch nicht lange her gewesen. Drei Jahre, vielleicht zwei. Die Frau des Mannes sei unglücklich gewesen; sie habe an Schwermut gelitten, sei unzufrieden gewesen, habe gewünscht, etwas in den Händen zu halten, was sie noch nicht gehabt hatte. Er sagte, das sei nicht ungewöhnlich, vor allem, wenn man älter werde und die Dunkelheit an den Wegrändern entdecke. Er sagte, der Mann habe gedacht, er könne seine Frau von ihrem Kummer heilen, und Reisen könne diese Heilung herbeiführen. Eines Nachmittags saßen sie beide in Ägypten in einer Stadt namens Assuan auf einem kleinen Balkon und beobachteten, wie sich eine Schar Männer mit Pferden unten in dem Hof versammelte. Es gab viel Geschrei und Gekeife, und dann wurde ein Hengst herbeigeführt, den man eine der Stuten besteigen ließ. Als der Hengst fertig war, sprang einer der Männer auf den Rücken der Stute, und ein anderer zog einen Schuh aus und schlug die Stute auf das Hinterteil, und die Stute lief wie verrückt die Straße hinunter und kam dann zurück. Es folgte eine Zeremonie, und dann wurde der Vorgang mit einer anderen Stute wiederholt. Der Mann und die Frau sahen dem eine Weile zu, und dann verschwanden die Männer und die Pferde, und es schien, als hätte sich die Szene niemals wirklich ereignet, als hätten sie sich die Pferde und die Männer und das Geschrei nur eingebildet, obwohl Pferdeäpfel unten auf dem Kopfsteinpflaster lagen.

Harris schwieg, während er sich wieder Scotch eingoss. Hob das Glas in die Höhe und neigte sich darüber, als wäre er eine Hummel, die über einer frisch geöffneten Blüte schwebt. Lizzy sah den Schatten seines Mundes durch den Boden des Glases; auch die Kerzenflamme spiegelte sich darin. Harris erinnerte sich, dass das Tageslicht damals rasch geschwunden war. Es dunkelte, als wäre plötzlich ein Vorhang zugezogen worden. Der Frau war kalt, und so begab sich das Paar in sein Zimmer und zündete eine Kerze an und trank etwas Wein und aß ein Stück Pita und teilte sich die gekochten Eier, die es auf dem Markt gekauft hatte. Die Frau ging zeitig zu Bett, und der Mann blieb in dem Sessel sitzen und beobachtete sie im Schlaf unter dem Moskitonetz, und dann schließlich, weil auch ihm kalt war, legte er sich ins Bett neben sie, und sie wurde wach und sagte, sie habe von den Pferden geträumt.

Harris schwieg. Lizzy überlegte, ob er drauf und dran sei einzuschlafen, aber er machte nur eine Pause. Er sagte: »Am nächsten Tag flogen sie nach Tansania, und dort begegneten wir Franz.« Die Kerzenflamme auf dem Schreibtisch flackerte und brannte dann wieder ruhig. Harris rutschte auf dem Stuhl herum, sah sein leeres Glas an und dann Lizzy und sagte, er werde noch etwas trinken. Er sagte, die Geschichte, die er erzähle, sei lang und habe noch keinen Schluss. Während er sich Scotch eingoss, sagte er, seine Frau sei auf seinen Erfolg eifersüchtig gewesen. »Es war, als wäre ich irgendwie gesalbt worden, oder vielleicht war es einfach Zufall, dass ich Erfolg hatte, und plötzlich lag mir die Welt zu Füßen, und Emma erkannte den Mann nicht wieder, den sie geheiratet hatte. Oder sie mochte nicht, wozu ich geworden war. Oder sie wollte haben, was ich hatte. Ich weiß es nicht.« Er sagte, sie habe sich Kinder gewünscht, und als sich das als unmöglich erwies, erwachte ihr Interesse an Insekten. An Käfern. Dann sagte er: »Sieh dir deine Mutter an. Vier Kinder wie vier Romane, deren Schlüsse noch zu schreiben sind. Wunderbar. Emma hätte das gefallen.«

Und dieser Gedanke schien ihn zu verjüngen, und er richtete sich auf und sagte, der Mann und die Frau hätten sich in Tansania gestritten. Sie stritten sich, sobald sie aufwachten, und sie stritten sich das Frühstück über und weiter in den Tag hinein. Es ging dabei um afrikanische Politik oder um die Wirksamkeit von Malariatabletten oder ob die Fische genügend durchgebraten seien oder nicht oder um Geld. Belanglose Meinungsverschiedenheiten, sagte er. Aber hinter dem Streit lag eine tiefe Traurigkeit, als wüssten sie beide, dass die zunehmende Gehbehinderung des Mannes ein Symptom von allem Falschen in der Ehe war. »Plötzlich war sie im Vorteil«, sagte er. »Und sie war gnadenlos.«

Er sagte, sie seien hinüber nach Sansibar geflogen und mit einem Leihwagen nach Chwaka gefahren, wo sie in einer heruntergekommenen Villa wohnten, die in ihrer Glanzzeit das Anwesen einer deutschen Familie gewesen sei. Inzwischen gehörte sie der Regierung und war total baufällig. Ratten hatten sich in den Matratzen eingenistet, die Fenster waren kaputt, und die wenigen noch vorhandenen Stühle waren wacklig und unbenutzbar. Es gab nur weniges zu essen, und sie behalfen sich mit Fischen, die ihnen ein Mann aus dem Dorf brachte.

Harris sagte, man habe unmöglich vorhersagen können, dass eine Entscheidung wie seine und Emmas, eine Woche in Chwaka zu verbringen, das ganze Leben ändern würde, aber genau das sei eingetreten, und erst im Nachhinein könne man die Beweismaterialien sichten und verstehen. Oder manchmal auch nicht verstehen. Er sagte, dass sie an einem Nachmittag am Wochenende, als er und Emma am Strand saßen, einen Deutschen kennengelernt hätten, der in einem Haus oberhalb der Küste gewohnt habe. Der Mann lud sie zum Abendessen ein. Emma nahm die Einladung sehr bereitwillig an, und das erstaunte Harris, weil sie gewöhnlich verschlossen und ungesellig war. Er konnte nicht zu Fuß zu dem Haus gehen, und der Deutsche, Franz, holte sie mit dem Jeep ab und fuhr sie zu seiner Villa, die schön und gepflegt war und zu der auch die nötige Köchin, ein Gärtner, eine Hausbar und ein herrlicher Blick aufs Meer gehörten. In einem großen Raum unmittelbar hinter einem breiten Korridor hatte Franz einen Wintergarten mit Pflanzen und ausgestopften Tieren. Die Tiere waren nicht alle groß, im Gegenteil, meistens waren es Eidechsen und Vögel, und alle waren malerisch in Bäume und auf Felsen montiert, so dass die Wirkung völlig surreal war. Harris sagte, es war, als ginge man in eine Fotografie hinein. Franz sei auf seine ausgestopften Tiere sehr stolz und Emma natürlich bezaubert gewesen. Schließlich sammele sie ja Schmetterlinge.

Harris machte eine Pause, trank und sagte dann, es sei faszinierend gewesen, der Auflösung einer Ehe zuzusehen. Diese letzten Züge. Er sagte, Liebe solle man nicht als selbstverständlich hinnehmen. »So oft ist sie eine zum Scheitern verurteilte Unternehmung, und üblicherweise nimmt ein Außenstehender dieses Verhängnis bereits wahr, bevor die Beteiligten das Gemetzel auch nur ahnen. Franz erkannte es sofort. Und geschickt, als wäre er jemand, der später vielleicht gern seine Unschuld beteuern würde, verführte er meine Frau.«

An dieser Stelle verstummte Harris. Lange Zeit schloss er die Augen, und dann öffnete er sie wieder und sagte, er wisse, die Perspektive sei schief in dieser Geschichte, aber würde Lizzy denn mit ihm Geduld haben? Bitte? Auf jeden Fall sei es nicht nötig, dass sie der Geschichte genau folge, und sei es nicht interessanter, an den Fäden der Geschichte arbeiten zu müssen? Er sagte, es gebe Momente, in denen ihn Wut und Scham überwältigten und er seine Frau als Hure betrachte. Aber, sagte er, es gebe auch Neugier und eine gewisse makabre Objektivität. »Während all das geschah«, sagte er, »stellte ich mir vor, eine Geschichte über einen Krüppel zu schreiben, dessen Frau sich einen Geliebten zulegt, und die drei, die beiden Männer und die Frau, leben zusammen und fügen sich im Grunde ganz mühelos in die Alltäglichkeiten ein, zusammen zu essen und zu verreisen, aber eigentlich sprechen sie nie über das, was wirklich vor sich geht. Mein eigenes Leben stellte das Material für meinen nächsten Roman dar.« Er sagte, er sei ein Puppenspieler. Damit verdiene er seinen Lebensunterhalt. Er frage sich allerdings, ob er sich nicht die ganze Zeit getäuscht habe und ob im wahren Leben, seinem Leben, dem Leben von Emma und Franz und selbst in Lizzys Leben sie nicht alle Puppen seien, die von irgendeinem höheren Puppenspieler an Fäden gezogen würden, einem boshaften und gelangweilten Gott, der über die Schwächen seiner Puppen lächelt. »Vielleicht ist das alles. Eine Art Glück oder Verderben. Oder nicht einmal das, weil das zu großzügig ist. Glück schließt die Möglichkeit von Segen, Hoffnung, Erlösung ein. Ich habe mich von alldem freigemacht.« Er lachte leise. Nicht glücklich. Und dann sagte er, es sei bedauerlich, dass sie, in ihrem jugendlichen Alter, sich die planlosen Grübeleien eines enttäuschten Krüppels anhören müsse. »Ich will dir die Hoffnung nicht rauben.«

Und dann war er still, und Lizzy wartete, aber er sagte nichts mehr, obwohl er mehr versprochen hatte. Sie hatte seiner lauter und leiser werdenden Stimme zugehört und sich gefragt, ob die Geschichte, die er erzählte, wahr sei oder ob er sie in ihrem Interesse zurechtgestutzt habe, um zu versuchen, ihr etwas über ihre Eltern oder sogar über sie selbst zu erzählen. Harris hatte sie den ganzen Abend beim Tanzen beobachtet und sie mit Raymond gesehen, und obgleich er nichts gesagt und sie ihn nach nichts gefragt hatte, hätte sie doch gern gewusst, ob er sie auf irgendeine Weise zu beschützen versuchte. Im Licht der Kerzenflamme sah Lizzy, dass sich seine Augen geschlossen hatten und ihm sein Glas aus der Hand geglitten war. Sie nahm das Glas und stellte es auf den Tisch, und dann stand sie da und betrachtete Harris, und da sie wusste, dass sie ihn nicht auf seinem Stuhl sitzen lassen durfte, rüttelte sie ihn wach und sagte: »Harris, du solltest zu Bett gehen.« Sie trat einen Schritt zurück, und dann drehte sie sich um und verließ die Hütte.

Ein Viertelmond stand direkt über der Baumgrenze. Sein mattes Licht ermöglichte es Lizzy, den Weg zum Außenklo zu finden. Sie setzte sich und fragte sich, wie es möglich sei, dass ältere Leute alles komplizierten, was einfach und klar sein sollte. Was in ihr nachhallte, war Harris' Verwendung des Wortes *Puppe*. Es war wie ein Schlag ins Gesicht gewesen, und sie hätte am liebsten protestiert, hatte es aber nicht getan.

Als sie aus dem Außenklo kam, traf sie auf dem Weg nach unten den Doktor, der dastand und den Himmel beobachtete. Er wandte sich ihr zu und sagte, ein Himmel wie dieser – und hier hob er eine Hand zu den Sternen über ihnen – lasse die Unsterblichkeit möglich erscheinen. Er fragte Lizzy, ob sie an ewiges Leben glaube.

Sie zuckte die Schultern und trat zur Seite. Der Mond stand hinter dem Kopf des Doktors und beleuchtete den Weg und die Bäume. Sie sagte: »Ich sollte in meine Hütte zurückkehren.«

Der Doktor schien sie nicht zu hören. Er sagte, er habe sie aus Harris' und Emmas Hütte kommen sehen. »Du warst bei Harris«, sagte er. Dann sagte er, Harris fehle es sowohl an Überzeugung als auch an Glauben, und er leide an mangelndem Selbstbewusstsein. »Das widerfährt Menschen manchmal. Wir schwimmen dahin, nehmen unser Glück als selbstverständlich hin, und plötzlich beginnen wir zu sinken.« Das *s* des letzten Wortes pfiff aus seinem Mund.

Lizzy kannte das jugendliche Gesicht des Doktors, und plötzlich wurde sie sich seiner Eitelkeit und der Nachtgeräusche und der späten Stunde bewusst. Sie sagte: »Meine Mutter liebt meinen Vater. Sie ist krank gewesen, und er weiß, was sie braucht.«

Der Doktor nickte, als wäre ihre Äußerung vollkommen logisch. »Natürlich weiß er das.« Er zögerte, und dann sagte er, er habe Lizzy mit dem Indianerjungen gesehen. Er sagte, er mache sich Sorgen um sie. Es scheine, dass ihre Eltern sich keine Sorgen machten oder sich für ihre Entscheidungen nicht verantwortlich fühlten, und deshalb gebe er ihr einen Rat. Er sagte, sie solle vorsichtig sein. Sie sei ein wunderschönes junges Mädchen und könne besseren Umgang haben als mit diesem Raymond Seymour. Ob sie das wisse.

»Worüber redest du?«, sagte Lizzy. »Du kennst ihn doch gar nicht.«

»Und ob ich ihn kenne«, sagte der Doktor und gab ihr mit einer Geste zu verstehen, dass sie weitergehen könne. Sie zögerte, und dann schritt sie an ihm vorbei. Er sagte gute Nacht, und sie sagte ebenfalls gute Nacht, und dann ging sie rasch den Weg zu ihrer Hütte hinauf.

Sie trat ein und hörte das Atmen ihrer Brüder. Als sie sich im Dunkeln auszog, flüsterte eine Stimme: »Wo bist du gewesen?« Es war Everett. Er setzte sich auf, und sie sah seine Silhouette im matten Licht.

Lizzy ließ sich auf ihrer Bettkante nieder. »Der Doktor war da draußen«, sagte sie. »Er hat sich die Sterne angesehen.«

Sie legte sich hin. Lange war es still, und dann sagte Everett: »Schläfst du?«

»Nein, du lässt mich ja nicht.«

»Ich bin nicht müde.« Dann sagte er: »Mum hat mit Dad getanzt.«

»Ich weiß, ich hab's gesehen.«

»Das ist gut.«

»Hmmm.«

»Raymonds Bruder Nelson ist nett. Er hat ein Gewehr, und er schießt Ratten unten auf dem Müllplatz. Er will mich mal mitnehmen. Er hat mir einen Plan gezeichnet, damit ich weiß, wie ich zu seiner Hütte komme.«

»Du wirst Nelson nicht besuchen.«

Everett war still, dann sagte er: »Hast du Raymond gern?«

»Nein. Aber ich habe sein Auto gern.«

»Mum ist nicht sehr glücklich, stimmt's?«

»Mach dir um sie keine Gedanken.«

Dann war es lange still, und Lizzy war fast eingeschlafen, als Everett sagte: »Ich möchte nicht alt sein.«

»Schlaf jetzt«, sagte Lizzy. Und sie hörte nichts mehr, als sie zur Seite und dann nach unten sank, und ein Licht flackerte kurz durch ihren Traum, und dann verlosch es.

Auf der Lichtung vor der Halle schaukelte William seinen kleinen Bruder. Lizzy hatte ihn gebeten, auf Fish aufzupassen, und das hatte er seit dem Vormittag getan, als Lizzy begonnen hatte sich zurechtzumachen. Sie hatte geduscht und sich die Beine rasiert und verschiedene Röcke und Shorts und Tops anprobiert. Everett hatte in der Hütte auf dem Bett gelegen und ihr geholfen, hatte weggesehen, wenn sie aus den Kleidern schlüpfte, und dann sein Urteil geäußert, wenn sie fertig war. Er hatte einen guten Geschmack, und sie hatten sich auf einen mit Fransen besetzten weißen Rock geeinigt, der ihre Oberschenkel halb bedeckte, und ein schlichtes schwarzes T-Shirt, das nicht allzu eng war. Er sagte, er an ihrer Stelle würde das rote Kleid ihrer Mutter anziehen, das ärmellose mit dem Reißverschluss auf dem Rücken. Sie sagte, das sei ein Kleid für einen Abend in der Großstadt, und das hier sei todsicher nicht die Großstadt, und außerdem landeten sie vielleicht am Müllplatz und würden Ratten schießen. Sie zog Gummilatschen an, sah an sich hinunter und sagte, sie hasse ihre Füße. »Ich wollte, ich hätte Mums Füße.«

Sie strich ihren Rock glatt und musterte ihre braunen Beine. Es war kurz vor dem Mittagessen. Sie ging nach draußen, setzte sich auf die Treppe und wartete.

Ihr Vater ging vorbei, taxierte sie und sagte: »Hey, schön, gehst du angeln?«

»Raymond holt mich ab.«

Ihr Vater blinzelte zum Himmel hinauf, als suche er dort nach einer Offenbarung, und fragte dann: »Der Junge mit den Hühnern?«

»Er ist kein Junge.«

»Ich fürchte, das stimmt.« Er sah sie an und sagte, sie solle eine Jacke mitnehmen, es sehe nach Regen aus. »Vergiss nicht, wer du bist«, sagte er und ging hinunter in Richtung Küche. Lizzy sah ihm nach und dachte, wie zerbrechlich er doch wirke. Sein Hals schien zu dünn zu sein, und sein Rücken war leicht gebeugt.

Sie sah, wie der Rest der Gruppe die Halle betrat. William und Fish, ihre Mutter in rosa Shorts, die ihr zu klein waren, Ian und Jill, die aussahen, als kämen sie direkt aus dem Bett, und dann Emma, die den Rollstuhl ihres Mannes schob, als wären sie ein normales Paar. Harris sah sie und winkte, und Lizzy hob eine Hand zum Gruß. Emma blickte über ihre Schulter zu Lizzy, beugte sich dann nach unten und flüsterte Harris etwas ins Ohr. Lizzy fühlte sich befangen, war nicht sicher, ob Harris sich an ihre spätnächtliche Unterhaltung überhaupt erinnerte. Er war ziemlich betrunken gewesen.

Sie blieb das ganze Mittagessen über auf der Treppe sitzen, obwohl sie Hunger verspürte, denn sie hatte keine Lust, sich in eine peinliche Lage zu bringen, indem sie sich der Gruppe anschloss. Sie ging in die Hütte und betrachtete ihr Gesicht in dem kleinen Spiegel, der neben ihrem Bett hing. Sie warf einen Blick auf ihren Busen. Sie zog ihr T-Shirt aus, hakte den BH auf und zog ihn aus. Zog das T-Shirt wieder an. Sah wieder in den Spiegel und war mit dem Anblick zufrieden. Sie ging wieder nach draußen. Beobachtete eine Ameisenstraße, die über die unterste Stufe verlief und unter der Treppe verschwand. Sie überlegte, ob Raymond, wenn er ihr unter das T-Shirt griffe und ihre nackte Haut entdeckte, denken werde, sie sei zu leicht zu haben. Die Tür der Halle ging auf, und heraus kamen William und Fish, die sich auf die Erde kauerten und mit neu gefundenen Stöcken im Sand herumstocherten. Lizzy wusste, wenn Fish sie sähe, käme er herbeigerannt, würde auf ihren Schoß klettern und seine schmutzigen Hände gegen ihr sauberes T-Shirt drücken, deshalb stand sie auf und spazierte die Zufahrt in Richtung Hauptstraße entlang mit der Überlegung, dass sie Raymond auf seinem Weg zur »Zuflucht« anhalten werde. Als sie an der Hauptstraße ankam, hielt sie inne und schaute nach Osten und dann nach Westen. Ein Wagen fuhr vorbei, ein dunkelroter Cutlass, wie ihn ihr Vater früher in Calgary gefahren hatte. Der Fahrer hupte, und Lizzy winkte. Sie blieb auf dem Seitenstreifen stehen. Binnen einer halben Stunde waren drei Fahrzeuge vorbeigekommen, zwei von ihnen Holztransporter mit einem Sog hinter sich, der ihr den Rock hochwehte und Haar und Gesicht vollstaubte. Sie verließ den Seitenstreifen und kletterte hinunter in den Straßengraben, wo sie sich auf einen Stein setzte. Ein kleiner Frosch hüpfte vorbei.

Inzwischen hatte der Wind aufgefrischt, und sie hörte von der »Zuflucht« her ein Fahrzeug den Weg heraufkommen. Sie überlegte einen Moment, ob sie Raymond verpasst habe, aber dann kam der Kleintransporter des Camps in Sicht, ein weißer verrosteter Halbtonner ohne Frontverkleidung. Der Wagen fuhr auf den Seitenstreifen, und ihr Vater beugte sich herüber und rief aus dem Beifahrerfenster, ob sie in die Stadt wolle. Er hole ein paar Bretter, und wenn sie nicht länger warten wolle, könne sie ihn begleiten.

Lizzy erhob sich, ging zu dem Wagen und stieg ein. Ihr Vater legte den ersten Gang ein und scherte auf die Straße aus. Er steuerte mit der linken Hand, und seine Rechte lag auf seinem Schenkel, und über den Lärm des Motors hinweg schrie er, er habe sich gestern Abend beim Tanzen den Rücken verrenkt. Er zwinkerte Lizzy zu und sagte: »Deine Mutter liebt das Tanzen. Es hat tatsächlich mal ’ne Zeit gegeben, da habe ich gedacht, sie würde nach Las Vegas abhauen, um eine dieser Tänzerinnen zu werden, die die Beine in die Luft werfen, du weißt schon, was ich meine, und wenn sie jetzt die Gelegenheit dazu bekommt, ist das gut. Wirklich gut. Verstehst du?«

Lizzy schnitt eine Grimasse und drehte sich weg.

Während ihr Vater auf dem Holzplatz seine Bestellung bezahlte, stand Lizzy auf dem asphaltierten Parkplatz gegen den Pick-up gelehnt und sah einem jungen Mann bei der Arbeit mit einem Gabelstapler zu. Er wusste, dass sie ihn beobachtete, und fuhr noch hemmungsloser, und als er von dem Gabelstapler herunterstieg, um eine Ladung auszurichten, sah er zu Lizzy herüber und nickte. Sie schaute weg. Als sie wieder hinsah, kam er auf sie zu. Er sagte, sein Name sei Chuck. »*How much wood would a woodchuck chuck if a woodchuck could chuck wood?*«, sagte er und lachte. »Das hat mein Dad immer zu mir gesagt. Und wie steht's mit dir?«

»Mein Dad hat das nie gesagt«, antwortete Lizzy.

»Ich meine, dein Name.«

Lizzy musterte ihn und sagte dann: »Lizzy.«

»Thin Lizzy«, sagte Chuck. »Meine Lieblingsband. Wartest du auf jemand?«

»Hmm-mm.«

Chuck blickte sich um. Er nahm seine Mütze ab und zog sein T-Shirt hoch, so dass sein Bauch zu sehen war, und wischte sich mit dem Stoff über das Gesicht. Eine Haarlinie zog sich von seinem Nabel nach unten. Seine Gürtelschnalle war breit, und darauf stand »Chuck«. Er zog das T-Shirt herunter und fragte, ob sie gern angle.

»Nicht besonders«, sagte sie.

»Wahrscheinlich noch nie ausprobiert«, sagte er.

»Kann sein.«

»Wie kannst du dann wissen, ob dir's Spaß macht oder nicht?«

»Vermutlich 'ne Vermutung.«

Chuck schnipste mit den Fingern. »Komm mit mir angeln. Ich nehm dich Samstagmorgen mit. Wir fahren früh los, du kannst so viele Zander fangen, wie du willst, und dann bring ich dich heim. Ich besorge Bier, du kannst die Fische behalten. Ich filetier sie dir sogar.«

»Samstag hab ich zu tun.«

»Wie sieht's mit Sonntag aus?«

»Da muss ich zur Kirche.«

»Das ist 'ne Lüge. Bist du verheiratet?«

»Was soll das denn heißen?«

Er kniff die Augen zusammen. Sagte dann: »Hast du 'n Mann? Einen, der dich an der kurzen Leine hält?«

»Ja. Raymond Seymour.« Sie sagte es so schnell, so sachlich, dass es sie selber überraschte und, so schien es, Chuck ebenfalls.

»Seymour? Bist du seine Squaw?« Chuck lachte und sagte: »Mannomann.«

Lizzy hätte am liebsten zurückgenommen, was sie verraten hatte. Sie hatte nicht erwartet, dass dieser Junge mit seinem kugelrunden Kopf Raymond kennen würde, und selbst wenn, hätte sie nicht diese Antwort erwartet. Sie fuhr sich mit der Hand zum Mund und strich ein paar Haarsträhnen nach hinten, die lose an ihrer Wange herabhingen, und sagte: »Du kennst ihn?«

»Klar. Bin mit ihm zur Highschool gegangen. 'ne Zeit lang. Bis er abging. Jetzt wohnt er mit seinem Bruder zusammen, der auf der Müllkippe arbeitet.« Ein Auge schloss sich und ging wieder auf. »Nein, nein, nein, Lizzy. Du kannst was Besseres haben. Ich fahr mit dir raus auf den See.«

Ihr Vater trat aus dem Depot und kam herüber, sah Chuck an und dann Lizzy und stieg in den Pick-up. »Schätze, ich muss los«, sagte Lizzy und schob sich an Chuck vorbei. Sie roch ihn, eine Mischung aus frisch geschnittenem Fichtenholz und Schweiß, und sie mochte es, weil es ein Zeichen von etwas war, vielleicht von Arbeit und Kraft und Bauchmuskeln und der Behaarung seines Körpers. Sie konnte sich vorstellen, ihre Nase in die Feuchte seiner Achselhöhlen zu bohren. Ihr Vater ließ den Motor an, fuhr auf den Ladeplatz und sagte, als wäre er gefragt worden: »Lass die Finger von dem, der hat nichts als Sägemehl zwischen den Ohren.«

Sie fuhren zu dem Hot-Dog-Stand, zu dem Raymond Fish und Lizzy mitgenommen hatte, um eine Cola zu trinken, und sie blickte sich um, als erwartete sie, ihn wiederzusehen. Aber es waren nur zwei alte Männer da, die rauchten, und eine junge Mutter, die ihren Sprössling anschrie.

Ihr Vater setzte sich ihr gegenüber und sagte: »Also, kleine Lizzy, sag mir, was geht in deinem Kopf vor.«

»Ich weiß es nicht.«

»Gefällt's dir hier?«

»Eigentlich nicht.«

»Hätte ich nicht gedacht. Aber wir können nicht immer kriegen, was wir wollen. Sieh dir mich an.«

Sie hatte keine Lust, über ihn und seine Enttäuschung zu reden. Diese grandiose Idee von der »Zuflucht« und dem Traum vom Seelenheil ihrer Mutter, dem Doktor als einem Führer auf eine höhere Ebene, einer Hoffnung für die Familie. Und dann die Leere, die faulen Menschen, das dürftige Essen. Am Abend zuvor waren es kleine Portionen Mais gewesen, die aus welken Kolben gekratzt, in Hühnerbrühe gekocht und als Eintopf serviert worden waren. Trockene Scheiben Weißbrot, das aus den Restecontainern stammte.

Lizzy stülpte ihren Mund über den Strohhalm und saugte langsam an ihrer Cola. Ihre Beine klebten vor Hitze und Schweiß, und sie stellte sie nebeneinander und schlug sie dann wieder übereinander. Eine Gummilatsche baumelte an ihren Zehen.

Sie fühlte sich matt und unruhig und erinnerte sich an Chucks nackten Bauch. Ein Flattern zwischen ihren Beinen. Sie rutschte auf ihrem Hocker herum. Ihr Vater redete, aber wichtige Wörter kamen nicht vor. Etwas über den Doktor, und dann sagte er: »Everett«, und dann: »Was denkst du darüber?«

»Worüber?«

»Diese Vorträge, diese Reden, die er hält, mit denen er Kinder in seine schmuddelige Bude lockt und Gott weiß was macht, und alles im Namen der Gemeinschaft. Bist du da gewesen?«

»Ja. Einmal.«

»Tatsächlich? Wo bin ich da gewesen? Wo ist deine Mutter gewesen? Warum wolltest du in die Bude des Doktors? Er hat dir nichts, absolut nichts zu bieten.«

»Woher weißt du das, Dad? Du hast doch nie richtig mit ihm geredet.«

»Das muss ich nicht, man muss nur dreißig Minuten zuhören und weiß Bescheid. Der Mann hat keine Ahnung, was ein Schraubenschlüssel ist oder wofür ein Hammer da ist. Was braucht ein Mensch zum Überleben? Die Worte, um über irgendeine olle, abgedroschene Idee zu reden, oder die Hände, um einen Generator auszuwechseln, der den Strom erzeugt, mit dem dein Ofen geheizt oder dein Brot gebacken wird? Worte kann man nicht essen.«

»Vielleicht sind die Ideen des Doktors nützlich.«

»Das ist Quatsch. Er möchte aus jedem eine Kopie von ihm selber machen. Ich habe zu ihm gesagt, er solle nie wieder eines unserer Kinder in seine Bude bitten, es sei denn, ich würde ebenfalls eingeladen. Ich war wütend, das kann ich dir sagen, als ich hörte, dass Everett bei ihm war.«

»Mum wusste es.«

»Das glaube ich nicht. Sie würde solches Gewäsch nicht ertragen.« Dann sagte er, dass an dem Abend, als sie in die Hütte gekommen sei, er sich gerade alles von der Leber geredet habe. »Hätte nicht sagen sollen, was ich gesagt habe. Und dann Fish, der meinen Blödsinn gehört hat. Und du.« Er machte eine Pause. »Ich liebe deine Mutter. Und sie liebt mich.«

Einmal hatte Lizzy am späten Nachmittag den Doktor aus der Hütte ihrer Eltern kommen sehen, er war gut gelaunt die Treppe hinuntergesprungen, als wäre es eine Freude für ihn, Hausbesuche zu machen. Lizzy hatte sich umgedreht und war weggegangen, weil sie ihm nicht begegnen wollte; sie hatte sich geschämt und sich vorgestellt, dass sie, wenn sie mit dem Doktor spräche, zugeben würde, dass sie und ihre Mutter ähnlich dächten. Jetzt sah sie ihren Vater an. Sein breites Kinn, die Art, wie er es nach vorn schob, als könnte Entschlossenheit allein alle Probleme zerstreuen. Er sah sehr gut aus. Manchmal, wenn sie ihn allzu genau betrachtete, wurde sie traurig. Ihr Vater hob beide Hände, als wäre er ein Zauberkünstler, und sagte, William mache ihm Sorgen. So entschlossen, wie er Emma nachschleiche. »Er sitzt einfach da und beobachtet. Ich habe keine Ahnung, was er denkt. Du?«

Lizzy schüttelte den Kopf. Sie empfand heftige Sehnsucht nach William, der offenbar nicht wusste, was er wollte.

Ihr Vater sagte, er möge dieses Land hier. »Dieses viele Wasser, die Seen, auf denen man sich verirren kann. Schöne, tiefe, schwarze Seen, die sich unendlich hinziehen.«

»Du bist nie *auf* den Seen, Dad«, sagte Lizzy.

»Oh, das werde ich eines Tages. Bald.« Er setzte sich in Richtung Pick-up in Bewegung und sagte: »Vielleicht sollten wir für immer hierherziehen.«

Lizzy antwortete nicht. Sie wusste, dass es nicht stimmte, wie vieles von dem, was ihr Vater sagte. Ließ ihn reden.

Sie fuhren die Main Street hinunter und dann die 71 hoch und am Sägewerk vorbei. Drei Jungen auf Fahrrädern fädelten sich in den Verkehr ein und hielten dann an, um Steine auf das Highwayschild zu werfen. Lizzy winkte, und sie winkten zurück, und dann zeigte ihr einer den Stinkefinger.

An der Abzweigung zur »Zuflucht« stand ein Polizeiwagen und daneben ein junger Polizist. Lewis verlangsamte das Tempo und bog in die schmale Straße ein. Unten, nahe der Lichtung, sah Lizzy Raymonds Pick-up stehen. Sie sah noch einen Polizeiwagen und eine Gruppe Menschen auf der Lichtung neben dem Speisesaal beisammenstehen. Und dann kam ihre Mutter den Weg herauf dem Pick-up entgegengerannt, und sie weinte und rief immer wieder Fish beim Namen, und als sie näher kam, sagte sie, was Lizzy schon befürchtet hatte. Fish war verschwunden.

In der Halle hing eine Landkarte, und die Karte war in Quadrate unterteilt, und wenn ein Quadrat durchsucht war, wurde es farbig gekennzeichnet von einem dicklichen Polizeibeamten, der sich auch in einem kleinen braunen Buch Notizen machte und die Sucher befragte, von denen viele Freiwillige aus der Stadt waren.

Mrs. Byrd saß bleich und mit hilflosem Gesicht auf der Treppe ihrer Hütte und wartete. Lizzy sah sie, und dann entdeckte sie Raymond am Rand der Lichtung und ging zu ihm. Er ergriff ihre Hand und sagte, es komme alles wieder in Ordnung. Er sagte es so zuversichtlich, so voller Klarheit, dass ein Gefühl der Erleichterung Lizzy für einen kurzen Augenblick überwältigte. Aber das ging vorüber. Einer der Polizeibeamten war ein rothaariger Mann namens Vernon, der, wenn er nicht die Suche leitete, Lizzy beobachtete und ihr Fragen stellte, woher sie sei und warum sie hier lebe und ob sie ein Hippie oder irgend so was sei. »Was reden Sie da?«, sagte Lizzy und drehte sich um. Der dritte Polizist war Constable Hart. Er war ein älterer Mann mit Specknacken, und er war der Diensthabende, der jeden aus dem Camp verhörte. Als Hart Lizzy vernahm, fragte er sie nach ihrer Beziehung zu Fish, wann sie ihn zuletzt gesehen habe und ob Fish allein gewesen sei. Er saß so weit vorn auf der Stuhlkante, dass Lizzy ständig die Vorstellung hatte, gleich falle er herunter. Er fragte nach Raymond. Was sie über ihn wisse. Wann er an diesem Tag zur »Zuflucht« gekommen sei. Er schien weniger daran interessiert, Fish zu finden, als jemandem an dem Verschwinden ihres Bruders die Schuld zuzuschieben. Lizzy mochte ihn nicht.

»Ich war mit meinem Vater in der Stadt«, sagte sie. »Ich kann mich nicht erinnern, Fish gesehen zu haben, als ich wegging. Jedenfalls hat niemand Schuld. Fish streift gern durch die Gegend. Er ist neugierig.«

Lizzy hatte das Gefühl, ihr Brustkorb sei hohl. Sie schluckte, um dieses hohle Gefühl loszuwerden, aber es wollte nicht weggehen, und sie wusste, es kam daher, dass Fish tot sein könnte. Als sie dies Hart in der Ecke der Halle erzählte, sah er sie an und sagte: »Warum sagst du das?« Er sagte, viele Leute überlebten im Wald. Selbst ein Kind könne überleben. Es müsse allerdings schnell gefunden werden. Worüber man sich Sorgen machen müsse, seien die Insekten. Sie könnten einen Menschen zum Wahnsinn treiben. Dann fragte er, ob Raymond Seymour ihr Freund sei.

Lizzy nickte.

»Fester Freund?«

Sie schüttelte den Kopf. Sie fragte, was das mit ihrem verschwundenen Bruder zu tun habe.

Hart gab keine Antwort. Er nickte und schrieb sich etwas auf. Er fragte, was Raymond hier in der »Zuflucht« tue.

Lizzy blickte sich um. Drüben trug der Dicke etwas auf der Landkarte ein. Der Doktor beugte sich dicht zu ihm vor, und sie redeten miteinander. Alle anderen waren draußen auf der Suche. Sie wandte sich wieder Hart zu und sagte: »Er kommt oft her. Er bringt uns Lebensmittel. Was wollen Sie damit sagen?«

»Gar nichts.« Mit seiner linken Hand tätschelte er Lizzys Knie. »Keine Sorge«, sagte er. »Wir finden deinen Bruder.«

Raymond weigerte sich, von Hart vernommen zu werden. Er sagte, er würde mit jedem reden, nur nicht mit Hart. Das teilte er dem Beamten namens Vernon mit, und Vernon ging hinüber zu Hart. Sie berieten sich eine Weile in der Ecke. Als Vernon zurückkam, sagte er: »Okay, lass uns miteinander reden.«

Lizzy war mit William in der Küche gewesen, und als sie herauskam, sah sie Vernon mit Raymond sprechen. Später, draußen, ging sie zu Raymond und sagte, sie wolle mit ihm auf die Suche gehen. Sie sollten paarweise gehen, und ob er mit ihr suchen gehen wolle. Er fuhr sich mit der Hand über den Kopf und blickte sich um und sagte, klar wolle er mit ihr gehen, kein Problem.

Sie hatten Leuchtkugeln und Taschenlampen, Funkgeräte und Wasser und Trillerpfeifen bei sich. Die Quadrate waren klein und mit gelbem Klebeband markiert, und Lizzy hörte andere Suchtrupps im Wald rufen. Es wurde hallo gerufen, und es wurde Fishs Name gerufen. Der Einzige, der nicht suchte, war Harris, der in der Halle blieb, Kaffee trank, den Kopf schüttelte und auf Neuigkeiten wartete.

Sie durchkämmten den Wald. So lautete die Anweisung. Wenn ihr dichtes Gebüsch oder einen umgestürzten Baumstamm seht, geht hin, hebt ihn hoch, guckt hinein, schaut drunter. Fish könnte gefallen sein, er könnte sich hingelegt haben und schlafen, er könnte sich etwas gebrochen haben. Lasst nichts aus, dreht alles um.

Raymond bewegte sich umsichtig, sein Blick schweifte von einer Seite zur anderen, und Lizzy ging hinter ihm und rief wieder und wieder Fishs Namen, und Raymond sagte ihr kein einziges Mal, sie solle damit aufhören. Sie hatte Raymonds Stiefel im Blick, seinen Rücken und das blaukarierte Hemd, das er trug, seine langen Haare. Wäre er eher zu ihrer Verabredung gekommen und wäre sie nicht mit ihrem Vater in die Stadt gefahren, wäre Fish nicht verschwunden. Das war alles so unsinnig, dass sie dachte, es könne wahr sein. Sie sagte: »Du hast dich verspätet.« Er wandte sich um und musterte sie, dann drehte er sich wieder nach vorn und ging weiter durch den Wald. Sie sagte: »Ich habe gewartet und gewartet.«

Ohne sich umzudrehen, sagte er, dass er gekommen sei. Vielleicht nicht zu der Zeit, zu der sie ihn erwartet habe, aber er sei gekommen. Und sie sei nicht da gewesen. Dann sagte er, er habe es schade gefunden, dass sie nicht da war. Er stoppte, und sie blieb neben ihm stehen. Vor ihnen lag ein Sumpf. Moskitos stiegen auf und umschwärmten sie. Lizzy wurde ängstlich und wedelte mit den Armen, aber Raymond schien die Insekten nicht zu bemerken. Er blickte auf den Sumpf und an dessen Rändern entlang, und Lizzy fühlte sich hilflos und begann zu weinen. Raymond sagte, Fish sei absolut nicht in Gefahr. »Das passiert immer wieder. Marcel, Nelson, ich, als wir klein waren, haben wir uns alle irgendwann im Wald verlaufen. Und sieh uns an. Wir haben überlebt. Er kommt klüger zurück.«

»Wirklich?«, sagte Lizzy, und dann sagte sie »Oh«, und ihr brach die Stimme.

Als die Dunkelheit hereinbrach, wurde die Suche für den Tag abgebrochen, und alle versammelten sich in der Halle. Ihr Vater stand auf und redete. Er dankte allen für die Hilfe. Er sagte, mit so vielen Leuten draußen im Wald müssten sie Fish zwangsläufig finden. »Fish geht es gut«, sagte er. »Er ist auf alles neugierig. Er wird es als ein Abenteuer ansehen. Es wird etwas sein, wovon er erzählen kann. Wir werden es ›Der Tag, an dem Fish verschwunden ist‹ nennen.« Er machte eine Pause. Ihre Mutter weinte still vor sich hin, Everett an ihrer Seite. Ihr Vater sah sie und seine anderen Kinder an. Dann wandte er sich an Constable Hart und sagte, der Versuch herauszufinden, wer verantwortlich sei, werde nicht helfen, Fish zurückzubringen. Niemand werde zum Sündenbock gemacht. Verzweiflung und Schuldzuweisungen seien jetzt nicht hilfreich. Seine Schultern waren gebeugt, und er wirkte müde und wütend. Er holte tief

Luft und atmete langsam aus und sagte, auf der Lichtung werde ein Lagerfeuer angezündet. Das solle ein Leuchtsignal für Fish sein. Es müsse die ganze Nacht unterhalten werden, von je zwei Leuten, die in Zwei-Stunden-Schichten bis zum Morgengrauen arbeiteten. Dann bat er um Freiwillige, und Lizzy sagte, dass sie und Raymond die erste Schicht übernähmen. Sie drehte sich zu Raymond um, der nickte.

Sie saßen auf Hockern nebeneinander am Feuer. Die Funken stoben ins Dunkel, verblassten und verglommen. Der Himmel über ihnen war klar, und wenn man sich vom Feuer entfernte und nach oben blickte, konnte man die Sterne sehen, hell und zahlreich. Lizzy fragte sich, was Fish wohl denke oder ob er überhaupt fähig sei zu denken oder ob er nur verängstigt sei.

»Er wird Angst haben«, sagte Raymond. »Aber er wird auch schlafen.«

Lizzy sah die Konturen von Raymonds Gesicht im Feuerschein, die Neigung seiner Schultern. Er war anders als die Jungs aus der Stadt. Seine Hände waren rau, seine Fingernägel schmutzig. Und sein leichtes Hinken, seine kleinen Ohren, der Leberfleck am Hals und sein Mund mit der Narbe auf der Oberlippe. Sie wusste, wie er schmeckte. Sie fragte sich, ob er über ihren gemeinsamen Abend auf dem Golfplatz nachgedacht habe; ob er sie geküsst und berührt hatte, weil er es wollte, oder aus irgendeinem Pflichtgefühl heraus, weil sie zu ihm gekommen war. Den Ellbogen hatte er auf seine Knie gestützt. Er trank Kaffee aus einem Metallbecher. Er rauchte und betrachtete das Feuer, wobei er gelegentlich aufschaute, wenn ein Laut aus dem Wald kam.

»Was denkst du?«, fragte sie.

Als er nach langem Schweigen endlich antwortete, sagte er: »Was du eigentlich wissen willst, ist doch, ob ich gerade über dich nachdenke. Stimmt's? Tja, hab ich. Darüber, wie lieb du zu deinen Brüdern bist. Und was für Glückspilze sie sind. Und ich habe darüber nachgedacht, wie jung du bist. Und dann habe ich mich gefragt: Was tut Raymond Seymour gerade?«

»Ich bin siebzehn«, sagte sie deutlich und mit Nachdruck. Sie fühlte sich durch seine Bemerkung beleidigt und sagte, sie sei kein schutzloses Kind.

»Das habe ich nicht gesagt. Und ich weiß, dass du kein Kind bist. Jedenfalls küsst du nicht wie ein Kind. Ha.« Er puffte sie mit dem Ellbogen gegen die Schulter und sah ihr ins Gesicht. Sie begriff, dass er sein Unbehagen überspielte, indem er rabiat wurde.

Das Feuer knackte, ein Scheit zersprang. Er sagte, Hart mache ihm Angst. Nicht bloß ein bisschen, sondern große Angst. »Ich wollte nicht mit ihm reden, verstehst du? Deswegen hast du mich mit dem anderen Bullen reden sehen.«

Sie sagte: »Als mein Dad von einem Sündenbock sprach, hörte sich's so an, als würde jemandem die Schuld zugeschoben.«

»Kenne das Wort nicht.«

»Wenn zum Beispiel Fish verschwindet. Wessen Fehler ist es? Wem gibt man die Schuld daran?«

Raymond schnalzte mit der Zunge und streckte die Hände zum Feuer aus. »Hart is'n Arschloch, okay? Ich weiß es.«

Sie fragte Raymond, warum Vernon mit ihm gesprochen habe. »Er machte so ein ernstes Gesicht.«

»Er wollte wissen, wie viel Zeit ich mit Fish verbracht hätte. Wann. Wo. Dumme Fragen. Was er eigentlich wissen wollte, war, ob ich auf kleine Jungs steh.«

»Scheiße. Was für ein Blödmann«, sagte Lizzy. »Darf ich?«, fragte sie, und ohne eine Antwort abzuwarten, legte sie Raymond ihren Arm um den Nacken und lehnte ihren Kopf gegen seine Schulter. Seine Wolljacke fühlte sich an ihrer Haut rau an, aber Lizzy bewegte sich nicht. Lange saßen sie schweigend da.

Sie dachte, wenn Fish etwas zugestoßen wäre, dann würde man Raymond die Schuld zuschieben. Sie sagte: »Mach dir wegen Vernon keine Gedanken. Ich weiß, was wahr ist und was nicht.«

Eine Tür schlug zu, und wenige Augenblicke später erschien ihr Vater. Er kauerte sich neben sie ans Feuer. »Deine Mutter dreht durch. Wir andern auch.« Er blickte zum Himmel hinauf, warf einen Blick auf seine Uhr und sagte, Lizzy solle zu Bett gehen. Er dankte Raymond für seine Hilfe und sagte, er könne nach Hause fahren. »Ich halte Wache, bis Ian und Jill kommen. Ich habe deine Mutter endlich dazu bewegen können, sich hinzulegen und auszuruhen. Geht.« Er winkte ihnen hinterher.

Lizzy begleitete Raymond den Weg hinauf zu seinem Pick-up. Ihre Schultern berührten sich, und sie legte ihm den Arm um die Taille. »Mein Kleiner«, sagte sie. Sie dachte, sie sehe ihn im Dunkeln lächeln. Raymond stieg ein, kurbelte das Fenster herunter und blickte sie an, während er den Motor anließ. Lizzy fragte, ob er am Morgen wiederkäme. Er zögerte, und dann sagte er, er wisse nicht, ob man ihn hier haben wolle.

»Ich ja«, sagte Lizzy. »Ich will dich hier haben.« Sie trat von dem Pick-up zurück, hob eine Hand in die Höhe und ließ sie wieder an ihre Seite sinken. Dann war er weg.

Sie fand ihren Vater Kaffee trinkend in der Halle. Er sagte: »Er sollte sich unter etwas Laub und Gebüsch verkriechen und das T-Shirt über den Kopf ziehen, damit die Insekten nicht an ihn rankommen.« Er streckte die Hand aus und zog Lizzy dicht an sich heran. »Herrgott, Lizzy«, sagte er. »Himmelherrgott.«

In der Körperwärme ihres Vaters fühlte sie, wie sie schläfrig wurde. Sie nickte ein und schrak hoch, und ihr Vater sagte, sie solle in die Hütte schlafen gehen oder sich auf die alte Couch am Kamin legen. Sie setzte sich aufrecht hin und sagte, es gehe ihr gut.

Ihr Vater sagte, Raymonds Herkunft liege ganz woanders.

»Ach ja?«, sagte Lizzy. »Und was ist, wenn mir diese Herkunft gefällt?«

»Du kennst sie nicht, Lizzy. Du kennst *ihn* nicht. Dir wird immer und immer wieder gesagt, du bist dies und du bist das, und allmählich denkst du, vielleicht bin ich dies oder das. Sei einfach vorsichtig, mehr sag ich nicht.«

Ihr Vater stand auf, zog sie hoch und führte sie zu der Couch. Sie schlief sofort ein. Als sie aufwachte, wurde der Himmel schon heller, und sie war allein. Sie ging nach draußen und fand ihren Vater, der neben einem Baum stand und die Kettensäge an ein Seil band, das von einem Ast herabhing.

»Das ist es«, sagte er. »Das ist die Lösung. Fish liebt das Kettensägengeräusch. Wenn man sie anwirft und laufen lässt, wird er sie hören und nach Hause kommen.« Und er nahm die Anlasserschnur in seine rechte Hand, hielt mit der Linken die Kettensäge im Lot und zog an der Schnur. Die Säge stotterte und setzte aus. Ein zweiter Zug, und der Motor knallte und sprang an, und das Getöse erhob sich in die Luft und hallte auf der Lichtung wider.

Leute kamen aus ihren Hütten. William und Everett, Franz und dann Emma tauchten auf, sahen sich um und gingen wieder in ihre Behausungen. Der Doktor und seine Frau kamen heraus, Margaret in Morgenmantel und Hausschuhen. Die Kettensäge rasselte das Frühstück hindurch, ein Hintergrundgeknatter, das William ängstigte, der nichts mehr gegessen hatte, seit Fish verschwunden war, und an dem Morgen nur an einem Stückchen Toast nagte. Der Doktor hielt es für unmöglich, dass Fish dem Geräusch der Säge folgen könne. Ihm werde es so vorkommen, als käme das Geräusch aus allen Richtungen. Fish werde im Kreis laufen.

»Unsinn«, sagte Lewis. »Er wird schon kommen.«

Er lag in einem Loch. Keinem tiefen Loch wie im Klo, wo ein Mann mit langen Armen wohnte, sondern einem Loch, geformt wie ein Teller, mit Raum für seinen Po und seinen Rücken. In dem Loch im Klo wohnte ein Mann, der sich Fliegen hielt, und die Fliegen prallten immer gegen Fishs nackten Po. »Hallo, Fliegen«, sagte er dann immer. Und das Auge der einen Fliege war glänzend und schwarz, dunkel wie das Loch. Die Fliege stieg hoch und fiel runter und prallte gegen sein Bein und dann gegen seinen Po. Dann war da eine zweite Fliege und noch eine, eine ganze Familie wie seine, mit Brüdern und einer Schwester, groß und klein, und einer Mutter und einem Vater. Eine Babyfliege landete auf seinem Finger. »Wo ist denn deine Mutter?«, fragte Fish.

Als er das erste Mal Wörter las, war seine Mutter sehr glücklich. Sie rief die Familie herbei, und er las für sie, und alle klatschten in die Hände und sagten: »Wow, hört mal, wie Fish liest. Ein Vierjähriger! Was für ein Genie!« Aber abends in der Hütte, wenn er müde war, las ihm seine Schwester Lizzy vor. Er legte sein Ohr an ihren Brustkorb, gegen den weichen Stoff ihres Hemds, und ihre Stimme war in ihr und außerhalb von ihr, und er sah die Wörter an den Rändern ihrer Hände, die das Buch hielten, und sein Ohr war an ihren Brustkorb gepresst, wie das Ohr des Doktors an den Brustkorb seiner Mutter an dem Nachmittag in dem Nagelschuppen, wo Lewis seine Hämmer und Sägen aufbewahrte. Der Doktor, der sich nach vorn beugte. Die Finger seiner Mutter im Sonnenlicht. Fingerknöchel und Handgelenke. Fingerknöchel und Handgelenke. Das

Sonnenlicht. Der Wind hinter ihm. Der Doktor, der den Brustkorb seiner Mutter abhörte. Sie hatte die Augen geschlossen und flüsterte etwas, und dann leckte der Doktor sie, einmal, zweimal, und seine Mutter zog den Doktor an den Ohren und sagte: »Oh.« Und Fish fragte, ob sie krank sei.

Die Augen seiner Mutter, wie der Himmel am Morgen. Sie sagte seinen Namen: Fish, wie scharfes Hundegebell, und stieß den Doktor weg und hob ihr Hemd vom Boden auf. Es lag neben der Kettensäge. Ihr Brustkorb wich nach hinten, und sie knöpfte ihr Hemd zu und kniete sich hin und umfasste ihn, und er roch das Benzin in dem Schuppen und spürte die Hitze ihrer Wange, und sie sagte, mit ihr sei alles in Ordnung. »Okay? Der Doktor sagt, ich bin fast gesund.«

Der Doktor, der den Weg hinunter in den Wald geht. Verschwunden. Seine Mutter, die ihn bei der Hand hält. Sie gingen den Weg hinauf. Sie sagte, Doktor Amos sei nicht immer ein Doktor-Doktor, aber heute war er es, und nun gehe es ihr besser. Verstand er das? Ihre Fingerknöchel in seiner Hand. Ihr Handgelenk dort. Sie hatte es sich gebrochen. Die Stufe vor ihrer Hütte war kaputtgegangen, und sie fiel, und knacks machte ihr Handgelenk, und sie fuhr ins Krankenhaus und kam zurück mit einem Gipsverband, schwer und weiß. Das scheiß Holz war verfault. Das hatte Dad gesagt. Er hatte eine neue Treppe gebaut, mit den Nägeln aus dem Nagelschuppen. Dad machte Sachen heil. Das war sein Job. Vielleicht konnte Dad ja auch Mutters Brustkorb heil machen. Und später, am Abend, Lizzy, die ihm vorlas mit ihrer Stimme in ihrem Brustkorb, und er fragte, ob Dad Mutters Brustkorb heil machen könne. Lizzys Stimme ging rauf und runter. Er befand sich in einem Tunnel. Sie fragte, was er da rede. Er sah die Unterseite ihres Kinns. Er würde seine Schwester heiraten. Die Haut an der Rückseite ihrer Beine war weich. Und unter ihren Armen. Er mochte den Geruch ihrer Arme und ihres Nackens. Sie stibitzte ihm Bonbons aus der Küche. Aß die Erbsen von seinem Teller. Vor dem Schlafengehen flüsterte sie, die Erbsen seien mit dem Löffel weggelaufen, und dann nahm sie ihn in ihre Arme und rannte mit ihm. Er schlief bei ihr, und am Morgen roch ihr Atem scharf. Wieder hatte Lizzy gefragt, was er da rede, aber er antwortete nicht.

Das Geräusch des Windes. Und dann nichts. Der Boden des Lochs war nass und kalt. Er stand auf und guckte in das Loch. Er bückte sich und schaufelte noch mehr Blätter hinein. Und dann legte er sich wieder hinein. Er schlief. Und erwachte. Er stand auf und pinkelte ein Stück seitlich von dem Loch. Das Loch war sein sicherer Ort. Nichts kam an ihn heran, wenn er in dem Loch blieb. Er schloss die Augen und öffnete sie wieder. Die Blätter bewegten sich. Der Himmel bewegte sich. Er dachte an seinen Vater. Er würde sich Sorgen machen. Und seine Mutter würde sich Sorgen machen. Und Lizzy. Lizzy hatte er am liebsten. Dann Lewis. Und William. Ihn mochte er auch. Obwohl er nie zuließ, dass Fish mit ihm spielte, weil er noch zu klein war. Und so hängte sich Fish an seinen Vater. Sie bauten Sachen. Etagenbetten für Everett und William. Eine Pumpe mit einer schwarzen Rohrleitung, die vom Teich und unter der Küche hindurch zu dem Waschbecken hinaufführte, wo Doktor Amos' Frau sich die Haare wusch und andere Frauen mit weißen Beinen, die unten aus ihren Kleidern ragten, Kartoffeln fürs Abendbrot wuschen. Und eine Außendusche mit einem Regenfass, wo er mit Lizzy duschte und Lizzy aus dem Schlauch warmes Wasser auf sein Haar und auf ihr Haar laufen ließ und dann ihren Körper einseifte und zu ihm sagte, er solle sich waschen, was er dann auch tat.

Kurz bevor er sich verlaufen hatte, hatte er auf der Treppe vor der Hütte gesessen, und ein Frosch war unter die Hütte gehüpft. Er war ihm nachgekrochen und hatte seinen Kopf in die Dunkelheit gesteckt, dann war er ins Helle zurückgekommen. Er stieg die Treppe hinauf, von der seine Mutter gefallen war und sich das Handgelenk verknackst hatte. *Knacks.* Und dann war Doktor Amos gekommen und hatte sie ins Krankenhaus gebracht, und Doktor Amos hatte Haare im Gesicht und Haare in den Ohren und in seiner Nase, und Doktor Amos kniete sich hin und sah ihm in die Augen. Die Lippen des Doktors waren rosa, aber nicht besonders, nicht anders als die Lippen seiner Mutter oder Dads. Lizzy hatte dicke Lippen. Manchmal sagte Lizzy »Fish« ganz sanft und drückte ihm ihre Lippen auf die Wangen, den Mund und die Ohren. Lizzy hatte weiche Lippen. Er setzte sich auf die Treppe und hielt nach William oder Everett oder seiner Mutter Ausschau, aber auf der Lichtung gab es nur das Licht und einen Schmetterling. Er stand auf und ging zur Küche und sah in den Kühlschrank. Margaret war da. Sie malte ihre Fingernägel rosa. Sie fragte ihn, was er tue, und er sagte, er mache einen Ausflug, und sie sagte: »Na klar. Viel Spaß.«

Er nahm sich eine Mohrrübe. Ein Stück Schokolade. Schloss die Kühlschranktür und ging nach draußen und den Weg hinauf. Es wehte ein lauter Wind, der die Bäume bewegte, und auf dem Weg tanzten die Schatten der Blätter. Er versuchte, nicht auf die Blätter zu treten. Es war schwierig. Der Weg bog seitwärts ab, kam aber immer wieder zurück, und dann befand er sich auf einem großen Felsen, auf dem es aufwärts ging, und der Weg war verschwunden, aber der wäre sicher dort drüben, und so stieg er auf dem Felsen nach oben und fand Blaubeeren, ganz viele. Seine Mutter liebte Blaubeeren. Sie wanderte immer hinauf in die Felsen und zwischen die Bäume, um nach Stellen zu suchen. Das hier war eine große Stelle.

Er nahm die Schokolade heraus und lutschte daran. Dann

aß er die Mohrrübe. Er kletterte über den großen Felsen hinweg und suchte nach dem Weg. Er war verschwunden. Er setzte sich hin. Er blickte zum Himmel hinauf und in die Bäume, und er hörte den Wind und Stimmen im Wind. Dann setzte er sich in Bewegung. Er ging Hügel hinauf und hinunter und durch Büsche, und manchmal blieb er stehen und horchte, und dann ging er weiter. Irgendwann setzte er sich hin und begann zu weinen, und als er mit Weinen fertig war, grub er sich sein Loch.

Der Wind rauschte in den Bäumen, und etwas rief *Fish… Fish… Fish*. Er stand auf und rannte zwischen den Bäumen hindurch zu der Stelle, wo Lizzy ihn rief. Dann fiel er hin und schrammte sich das Knie auf. Seine Hose war zerrissen, und er sah Blut, aber Lizzy rief noch immer, und so stand er wieder auf und rannte los. Er fand Lizzy. Sie saß auf dem Baum. Sie war eine große Amsel, die *Fish… Fish… Fish* rief. Er setzte sich hin. Er hatte Durst. Er lehnte sich gegen den Felsen und beobachtete den Vogel. Der Himmel war inzwischen grau, und der Vogel war schwärzer, und der Wind wehte noch immer durch die Bäume. Dann war Lizzy in der Dusche und goss ihm warmes Wasser auf die Beine. Er öffnete die Augen. Es war dunkel, und seine Hose war nass und warm. Er hatte sich eingepinkelt, das passierte auch William manchmal am Morgen. Er zog seine Hose und seine Unterhose aus. Legte sie aufeinander. Der Himmel war dunkel. Der Wald war dunkel. Der Wind war weg, und Lizzy war verschwunden. Er weinte. Er weinte lange und hörte dann auf. Er machte die Augen auf und sah ein Tier neben sich. Das Tier war ganz still. Es hatte sich zusammengerollt und rührte sich nicht, und als er das Tier anredete, lag es einfach da, und als er das Tier knuffte, wurde es zu seiner Hose und Unterhose. Er stand auf und lief los, in die Dunkelheit hinein. Er lief, bis er hinfiel, und wo er hinfiel, war es sehr weich, und so blieb er einfach liegen. Insekten waren dort, und sie bissen ihn in den Po und in die Beine und den Hals und die Arme. Er lehnte die Stirn gegen seine Knie und wartete darauf, dass Lizzy ihn fand.

Am Morgen kamen Fliegen. Eine Fliege war ihm bis an den Mundwinkel gekrochen. Er verscheuchte sie, und dann stand er auf und lief los. Er hatte einen Schuh und seine Hosen verloren und versuchte, sie zu finden, aber sie waren weg. Nach einer Weile blieb er stehen und legte sich unter einen dicken Baum, wo der Boden nackt und weich war, und schlief ein. Als er wach wurde, fühlte er sich glücklich. Die Sonne war warm, die Vögel sangen. Er stand auf und lief los. Er fand einen Pfad, und der Pfad ging bergauf und bergab. Die Blätter und Bäume spendeten wieder Schatten, aber es ging kein Wind. Den Wind mochte er nicht. Dann hörte er das Summen einer Biene. Er setzte sich auf. Die Biene war über ihm und überall um ihn herum. Er lauschte. Dann stand er auf und folgte dem Summen der Biene. Er lief immer ringsherum. Er sah wieder, dass er keine Kleider anhatte, und er fürchtete, sein Vater wäre traurig, und seine Mutter würde sagen, er solle sein Hemd und seine Hose und die Unterhose suchen gehen. Er lief und lief, und die Sonne schien ihm auf den Rücken, und ein Schatten war vor ihm, und er trat dem Schatten auf den Fuß, und als er nach unten schaute, sah er seine Füße und die Kratzer an seinen Beinen und seinen nackten Bauch, und er hörte die Säge und einen Laut, als redete jemand. Die Stimme sagte *Komm, komm*, und das tat er denn auch.

Lizzy wartete darauf, dass Raymond wiederkam, aber am frühen Vormittag, als alle schon eine Reihe von Stunden gesucht hatten, gab sie das Warten auf und ging mit Everett in den Wald. Sie liefen nebeneinander. Das ferne Geräusch der Kettensäge war ein beharrliches Winseln, als summte einem ein Moskito im Ohr.

Sie dachte an die Wörter, die Fish in letzter Zeit gelernt hatte: *Kupplung* und *Schössling*. Es gab die Kupplung an Raymonds Pick-up, und hier gab es den Schössling, der Lizzy den Arm zerkratzte. Sie sah ihn auf dem Rücken liegen und in den Himmel schauen, der schwarz war und viele helle Löcher hatte, und aus den Löchern kamen Insekten, die auf seinen Ohren und Wangen und Armen und auf seiner Brust landeten, und die Insekten fraßen ihn auf. Er öffnete den Mund, um zu rufen, aber es drang kein Laut hervor, nur das Geräusch seines Atems, ein und aus, ein und aus.

Das Trillern einer Pfeife in der Nähe. Eine Stimme rief. Es war Franz. Lizzy und Everett bahnten sich den Weg zu ihm. Emma war bei ihm, und Franz hatte einen Turnschuh in der Hand. Er gehörte Fish, orange mit schwarzen Streifen. Es war alles, was er gefunden hatte. Mehr gab es nicht.

Lizzy nahm den Schuh und blickte sich um, und dann presste sie die Finger gegen die Innensohle. Der Schuh war feucht, vielleicht vom Tau. Der Schnürsenkel war nicht aufgebunden. Sie ließ sich gegen Franz sinken, boxte ihm auf Arme und Brust und schrie ihn an. Der Turnschuh sei nutzlos, nutzlos, schrie sie. Everett stand daneben und sah seine Schwester wild um sich schlagen. Franz hielt Lizzy in den Armen, und Emma trat hinüber zu Everett und legte den Arm um ihn.

Zu viert gingen sie zurück zur Lichtung. Dort war niemand. Die Kettensäge drehte sich kreischend um sich selbst. Franz ließ Lizzy sich setzen, und Emma brachte ihr Tee, und jemand hüllte sie in eine Decke. Sie kuschelte sich zitternd hinein.

Später, als sich alle wieder auf die Suche gemacht hatten, sehnte sie Raymond herbei. Sie zwang ihn mit aller Kraft in Gedanken herbei, aber es funktionierte nicht. Schließlich gab sie es auf, ging hinaus und setzte sich auf die Treppe. »Fish ist tot«, sagte sie sich. Die Kettensäge stotterte und ging aus. Das Benzin war ihr wohl ausgegangen. Sie hing an ihrem Ast, endlich stumm, und drehte sich nutzlos im Kreis.

Und dann öffnete sich der Wald auf den Pfad, der am Außenklo vorbei hinauf zum Ausguck führte. Den Weg herunter kam ein kleiner nackter Junge, der nur einen Schuh anhatte. Es war Fish. Mit schmutzigem Gesicht schlenderte er herbei, ging zur Hütte seiner Eltern und setzte sich auf die unterste Treppenstufe. Und dann rannte Lizzy zu ihm hin, und er blickte hoch und sah sie. Er stand auf und lächelte.

Eines Abends nahm Lewis seine Kinder und fuhr mit ihnen zum Abendbrot in die Stadt. William hatte sich gewünscht, dass sie den Pick-up nähmen, da konnten sie auf der Ladefläche sitzen. Lewis fuhr langsam, blickte immer wieder in den Rückspiegel, sah Fish auf Lizzys Schoß und rief aus dem Fenster William zu, er solle sich hinsetzen, sonst falle er noch runter und schlage sich den Kopf auf dem Pflaster ein. Die Kinder freuten sich aufgeregt auf das Restaurantessen und darüber, dass sie mal von der »Zuflucht« wegkamen, und Everett hatte bereits auf einen Zettel geschrieben, was er bestellen wollte: Flatiron-Steak, Rootbeer, Pommes frites und Schokoladeneis. Lewis hatte einen Blick auf die Liste geworfen und gesagt: »Was ist, wenn sie kein Flatiron-Steak haben? Wenn's Filet Mignon ist?« Er sah seine Kinder im Rückspiegel und hörte ihre Stimmen sich erheben und dann davonfliegen, und er dachte, wie vergänglich alles sei.

Eine kurze Zeit lang, nachdem Fish verschwunden und dann wiedergekommen war, in jener Woche, bevor Norma abreiste, hatten sie ungezwungener, offen und ehrlich und ohne an Sex zu denken oder sich zu streiten miteinander reden können. Norma hatte darüber gesprochen, wie dumm es war, dass sie sie alle in dieses Camp mitgenommen hatte, was hatte sie sich dabei gedacht, und sie sprach davon, dass Fish beinahe gestorben wäre und dass sie, nachdem Fish zurückgekommen war, gesehen habe, was für ein furchtbarer Mensch sie sei. Sie sei keine gute Mutter. Sie sei viel mehr an ihrer Freiheit als am Wohlergehen ihrer Kinder interessiert gewesen. Sie sagte, sie sei verrückt gewesen, ein vollkommen anderer Mensch. Sie erhob sich auf einen Ellbogen, das Mondlicht fiel durch das Fenster auf ihre nackte Schulter. Sie trug ein weißes Unterhemd mit schmalen Trägern, und Lewis sah ihre Haut schimmern. Der Gipsverband war ihr an diesem Tag abgenommen worden, und ihr Arm war dünn und sah verletzlich aus. Lewis rührte sich nicht. Er wartete. Sie sagte, der Doktor habe angeboten, mit ihr zu schlafen, aber sie habe abgelehnt. »Ich war wie eine Jungfrau. Berühre mich hier und hier und hier, aber keine Penetration. Mache ich dir Angst, Lewis?« Und ohne auf eine Antwort zu warten, sagte sie, sie habe sich den Doktor als Heiligen erhalten wollen. »Meine Vorstellung von ihm. Das wollte ich.«

»Ihr habt euch also nicht geküsst«, sagte Lewis. Seine Stimme war leise, und er wiederholte die Feststellung, als könnte er so eine Tatsache daraus machen.

»Warum fragst du das immer wieder? Möchtest du, dass es wahr ist?«

Dann hob sie ihre mageren Schultern, drehte sich zu ihm herum und sagte, ja, sie hätten sich geküsst, und er habe sie berührt, und er habe sie nackt gesehen, wenn auch nur kurz. »Oh, Lewis. Im Werkzeugschuppen. Stell dir das vor. Der Benzingeruch, der Johnson-Motor zu unseren Füßen, Dichtungsringe, Öl, Schmiere, und ich ziehe meinen BH aus. Es war, als wäre ich wieder dreizehn und zeigte Mickey Ketler meine Brüste.«

»Warum erzählst du mir das?«

»Da gibt's noch etwas, was ich dir erzählen muss. Wir wurden von Fish unterbrochen.«

Lewis begann, den Kopf zu schütteln. »Norma. Norma. Was zum Teufel hast du getan?«

»Ich habe ihm gesagt, es ist alles in Ordnung. Ich bin ziemlich sicher, dass er eigentlich nichts gesehen hat.«

Lewis schloss die Augen.

»Es war nicht *ich*. Verstehst du?« Sie streckte die Hand aus, um sein Gesicht zu berühren. Ihre Hand fiel matt gegen seine Brust und blieb dort liegen.

»Und jetzt? Bist du jetzt *du*?«

Sie schwieg lange, und er dachte, vielleicht sei sie eingeschlafen, aber dann sagte sie, sie wisse es nicht. Es scheine ihr alles außer Kontrolle zu sein. Er brauche sich aber keine Sorgen zu machen, mit dem Doktor sei sie fertig. Sie hätten sich geküsst, mehr nicht.

Und dann sagte sie in einer anderen Nacht, sie könne nicht atmen. »Erinnerst du dich, wie ich in Calgary nach Fishs Geburt am liebsten jemanden oder etwas zusammengeschlagen hätte? Und du hast mich von den Kindern weggebracht, weil du es gefährlich fandest? Ich will nicht sagen, diesmal ist es genauso ernst oder gefährlich, aber ich sehe rot, Lewis. Der Tag, an dem Fish verschwand? Ich sollte eigentlich auf ihn aufpassen, und ich bin zur Halle gegangen, um mir etwas zu holen. Ich weiß nicht mehr, was ich wollte, aber ich habe mich verspätet. Es fand da eine hitzige Debatte über irgendeinen antiken Philosophen statt, und ich habe eine Zeit lang mitgemacht, nicht lange, zumindest kam's mir nicht sehr lange vor, aber als ich zurückkam, war er weg. Das verzeihe ich mir nicht.« Sie sagte, kurz zuvor sei sie zur Hütte der Kinder gegangen und habe gesehen, dass Fish schlief. »Alles ist so unkompliziert, wenn ein Kind schläft, findest du nicht auch? Ich habe mir gewünscht, er würde weiterschlafen.«

Sie sagte, sie habe daran gedacht, für eine Weile wegzufahren. Sie werde ihre Schwester in Chicago besuchen. Auch Saul Bellow wohne in Chicago. Wusste er das? Sie hatte Bellow gelesen. Sie hatte *Herzog* mit sich herumgetragen, als wäre das Buch ein Geschenk, als hätte Mr. Bellow sich hingesetzt und einen

Roman für Norma Byrd geschrieben. Das Buch war zu ihrer Bibel geworden, und eines Nachts las sie ihm im Licht einer Taschenlampe die Stelle vor, wo Herzog die kleinen Knochen seines Töchterchens an sich drückt. Ihr Gesicht wurde weicher, und Lewis fragte sich, wieso diese Frau, die er geheiratet hatte, mehr Liebe für ein Kind empfinden konnte, das nicht real war, als für ihr eigen Fleisch und Blut. Sie sagte, sie würde Saul Bellow heiraten, wenn er darum bäte. »Würdest du mich das tun lassen, Lewis?« Ihr Mund verzog sich zu einem Lächeln. Sie hatte sie beide mit einem unmöglichen Verlangen gequält.

In der Nacht vor ihrer geplanten Abreise setzte er sich in seinen Jeans auf den Bettrand und sagte, er wisse nicht, was er tun solle. Er sagte, es gebe zu viele Fragen. Er wolle, dass sie bleibe; er fragte, was passieren müsse, damit sie bei der Familie bleibe. Er stand auf, ging vor ihr auf die Knie und hielt sie bei den Händen.

»Bitte mich nicht, Lewis«, sagte sie. »Das bist nicht du.« Sie berührte seinen Nacken und fuhr ihm mit der Hand über das Rückgrat. »Es geht nicht um dich«, sagte sie. »Du solltest nicht Verantwortung übernehmen. Ich schäme mich. Ich möchte diesen Leuten nicht mehr gegenübertreten. Möglicherweise geht's euch allen ohne mich besser hier. Ich erwarte weder Mitleid noch Vorwürfe, Lewis. Verstehst du mich?«

»Ich versuche es«, sagte er und drückte sein Gesicht an sie und sagte nichts mehr.

In der Nacht wollte sie Sex. Sie wollte ihn in sich haben. Wäre das okay? Ohne eine Antwort abzuwarten, kam sie auf seine Bettseite und setzte sich neben ihn, so dass sich ihre Schenkel berührten. Sie trug einen hellblauen Slip und ein altes T-Shirt von Lizzy. Sie legten sich auf den Boden, auf eine Decke. Norma drehte sich auf den Rücken und streckte ihre Beine über Lewis' Schultern, weil das für sie die lustvollste Stellung war, und als sie kam, gab sie nur ganz leise Töne von sich wie das verhaltene Blöken eines Lammes, und als Lewis kam, presste er sein Gesicht gegen Normas Hals, wo der Kragen des T-Shirts lag, und er roch dort die Spuren seiner Tochter. Sein Schmerz überraschte ihn, und Normas Tränen überraschten ihn, und später, als er wach lag und auf Normas Atem lauschte, tat es ihm leid, dass er so leicht allem nachgab, worum er gebeten wurde.

Am nächsten Morgen fuhr Lewis Norma früh zum Busbahnhof. Ehe sie von der »Zuflucht« wegfuhren, fragte er sie, ob sie sicher sei, dass sie den Kindern nicht auf Wiedersehen sagen wolle. Sie stand in einem leichten Regen am Wagen und schüttelte den Kopf. Sie sagte, wenn sie das täte, sei sie außerstande wegzugehen. Es würde ihr das Herz brechen. »Sage ihnen«, sagte sie, »dass ich sie wahnsinnig liebe.«

»Wie sollen wir es hier den nächsten Monat ohne dich aushalten?«

»Oh, Lewis. Ich geh doch nicht für immer. Ich *komme* wieder.«

Beim Abschied auf dem Busbahnhof hatte sie sich an ihn geklammert, und in dem Moment fühlte er in seinem Inneren, wie sich etwas löste, und es war ihm richtig erschienen, sie zu hassen.

Später am Tag hatte er Lizzy die Neuigkeit mitgeteilt. Er führte sie in seine Hütte, ließ sie sich setzen und sagte ihr, dass ihre Mutter das Camp für eine Weile verlassen habe. »Etwas quält sie«, sagte er. Es regnete noch immer leicht, und obwohl Vormittag war, hatte man den Eindruck, es herrsche Abenddämmerung kurz vor der Dunkelheit. Lewis stand an dem kleinen Tisch in der Ecke der Hütte und blickte beim Sprechen Lizzy direkt ins Gesicht. »Sie ist nach Chicago gefahren, um eine Zeit lang bei ihrer Schwester zu bleiben. Fishs Verschwinden hat ihr den Rest gegeben. Sie braucht etwas Zeit.«

»Konnte sie nicht mal auf Wiedersehen sagen?«

»Sei nicht böse, Lizzy, ich weiß, es ist hart, aber sei nicht böse.«

»Oh nein, warum sollte ich *böse* sein? Es ist ja sowieso immer alles nach ihrem Kopf gegangen. Aber wie willst du Fish erklären, dass seine Mutter weg ist? Oder Everett und William? Erwarte nicht, dass *ich* das tue.«

»Natürlich nicht, ich bitte dich um gar nichts. Ich sage es dir nur zuerst, weil du älter und beherrscht und stark bist. Okay? Sie möchte dir nicht wehtun. Sie braucht nur etwas Zeit, einen sicheren Ort, um mit allem ins Reine zu kommen.«

»Aber *dies hier* war doch der Ort«, sagte Lizzy. »Genau hier. Deshalb sind wir doch *hergekommen*. Was machen wir jetzt?«

»Uns bleibt hier noch etwas Zeit. Wir warten hier, bis sie zurückkommt. Sie wird zurückkommen. Sie ist früher schon weggegangen und immer zurückgekommen.«

Lewis war plötzlich sehr müde, von seinem Optimismus erschöpft. Er dachte an Fish. Und an William, der seit Fishs Verschwinden unter furchtbaren Albträumen litt, nachts aufwachte, nach Luft rang und schrie, so dass Lizzy Lewis holen musste, damit er mit ihm redete, bis er wieder einschlief.

Er ging nach draußen und lief durch den Regen und traf die Jungs in ihrer Hütte an. Er setzte sich zu ihnen und erklärte ihnen, dass ihre Mutter nach Chicago zu ihrer Schwester Anna gefahren sei und bald wiederkomme. William wollte wissen, wie bald, und Lewis sagte, er wisse es nicht genau, vielleicht in einer Woche oder so. Everett hatte sich die Mitteilung seines Vaters angehört und fragte dann, warum sie nicht alle abgereist seien und warum seine Mutter nicht auf Wiedersehen gesagt habe. Das war eine Kritik, und Lewis ging nicht drauf ein. Er sagte, ihre Mutter werde erholt, mit einer neuen Sicht auf die Dinge zurückkommen. »Das ist gut so«, sagte er.

Das Restaurant, das Lewis ausgesucht hatte, gehörte zu einem Hotel, und es gab einen Aufzug, in dem Fish vor dem Essen auf und ab fahren musste. Lizzy und William gingen mit ihm mit, während Lewis und Everett sich hinsetzten und die Speisekarten studierten. Es gab Beefsteak mit Pilzen und Salat. Everett hob den Kopf und sagte, das gehe in Ordnung. Seine Augen waren dunkel und eingesunken von fehlendem Schlaf.

»Wir sind Könige heute Abend«, sagte Lewis. Er bestellte sich ein Bier. Everett bat um eine Cola. Lewis erzählte, als Kind sei er in ein Restaurant in Vancouver unten am Hafen mitgenommen worden, und er habe Fisch bestellt und ihn nicht gemocht. »Der Kopf war noch an dem Fisch, stell dir das vor, und er lag auf meinem Teller, und ich dachte, er wär noch am Leben. Er starrte mich an. Mein Vater hat die Augen gegessen.«

»Ich weiß, Dad. Die Geschichte hast du schon mal erzählt.«

»Ach ja? Na ja. Deswegen ist ein Steak ungefährlich. Unmöglich, dass der Bulle mit Hufen und allem auf deinem Teller landet. Als ich vierzehn war, dachte ich eine Weile daran, Vegetarier zu werden. Das dauerte insgesamt zwei Wochen. Meine Mutter weigerte sich, mir Essen zu machen.« Er musterte Everett. »Vermisst du sie?«

Everett schüttelte den Kopf und sagte, er fühle sich okay.

»Das ist gut.«

Fish kam herein, sein Bruder und seine Schwester hinter ihm. Er kletterte auf die Bank neben Everett, legte seine Fäuste auf den Tisch und sagte: »Schokomilch.« Lizzy setzte William zwischen sich und Lewis. Sie war nachdenklich, schweigsam, und als Lewis sie aus der Reserve zu locken versuchte, ignorierte sie ihn. Sie bestellten, das Essen kam, und sie aßen alle schnell und gierig, als kämen sie von einer langen Reise, auf der es wenig zu essen gab. Nachdem er fertig war, legte Lewis sein Besteck hin, bestellte Kaffee und sagte, dass die Stille, in der das Essen gekommen und dann verzehrt worden war, ein Vergnügen sei. »Ein wahres Vergnügen«, sagte er noch einmal und neigte den Kopf. »Ich finde es sehr schön, mit meinen Kindern hier zu sitzen.« Er legte William die Hand auf den Kopf und sagte, manchmal versäume er es, ein wachsames Auge auf die Dinge zu halten, und so habe er den Überblick verloren, aber er habe die besten Absichten, ab jetzt gut auf seine Kinder aufzupassen.

»Mum?«, fragte Fish.

»Ach Schätzchen. Du weißt doch, dass sie für kurze Zeit weg ist. Wie eine Vogelmutter, die ausgeflogen ist, um nach Würmern zu suchen, um ihre Kleinen damit zu füttern. Sie wird wiederkommen.«

»Mit Würmern?«

»Natürlich.«

Fish grinste und sah Lizzy an, die die Nase rümpfte.

»Scheißlüge.« Das war Everett. Er hielt seine Gabel in der Hand. Auf seinem Teller lag ein Häufchen Pilze, die er von dem Steak gekratzt hatte. Ein verschmierter Klecks Ketchup neben den Pilzen.

»Ev«, sagte Lizzy.

»Scheißlüge«, sagte Fish. Er blies Luftblasen in seine Schokomilch.

»Passt auf, was ihr sagt«, sagte Lewis. William saß neben ihm, ein unerschütterlicher kleiner Junge, schon dick an Nacken und Taille. Er hatte die Hände seines Vaters, den Mund seines Vaters. Der Junge ging unter im Gewühl der Familie. Er war ein Zuhörer; er beobachtete und dachte nach. Nie würde er unüberlegt wie seine Mutter handeln, dazu war er zu umsichtig. Lewis blickte auf ihn herunter. »Alles okay?« William nickte. Er hatte einen Hamburger gegessen und das Essiggemüse und den Salat aussortiert und daneben auf den Teller gelegt. An der Seite seines Kopfes hatte er eine winzige kahle Stelle.

»Was ist das denn?«, fragte Lewis und berührte sie.

William entzog sich ihm und deckte die kahle Stelle mit einer Hand zu.

»Groß wie ein Dime«, sagte Lewis.

Fish hatte das Wort *Scheiß* entdeckt und benutzte es, um daraus Zusammensetzungen zu bilden: *Scheißlüge, Scheißtasse, Scheißgabel.* Lizzy langte hinüber und legte ihm die Hand über den Mund.

Everett war wütend.

»Ev«, sagte Lewis. Er dehnte den ersten Buchstaben des Namens aus, und dann schloss er ihn mit einem raschen Absturz ins *v* ab, als wäre er in einer Sackgasse gelandet. Normalerweise hatte der Junge das gern.

Diesmal aber nicht. Er sagte: »Du bist ein Lügner, Dad. Das machst du immer, denkst dir Sachen aus, damit wir uns alle besser fühlen.«

»Brrr«, sagte Lewis. »Nicht jeder hier ist vierzehn oder älter.«

»Fish? William?« Everetts Stimme war schnell und bitter. »Sie wissen, dass Mum weg ist. Sie wissen, dass sie uns nicht liebt. Scheiß auf den Doktor und seine blöden Ideen.«

»Scheißaufdendoktor«, sagte Fish. Er griff nach seinem Strohhalm und schloss die Lippen um ihn.

Einen Augenblick war Lewis sprachlos. Er holte tief Luft. Schließlich sagte er, ihre Mutter habe weder ihn noch ihre Kinder betrogen. »Sie liebt euch. Absolut. Keine Frage. Sie ist nur mit sich nicht glücklich. Sie ist weggegangen, und irgendwann wird sie euch alle so vermissen, dass sie wiederkommt. Sehr bald, glaube ich.«

»Mein Gott, Dad.« Das war Lizzy, die empört den Kopf schüttelte.

Lewis beachtete sie nicht. Er sagte, es sei ein warmer Abend, und sie könnten einen Spaziergang hinunter zum Kai machen und auf den See blicken.

Sie gingen nach draußen, und Everett folgte mürrisch der Gruppe. Sie spazierten hinunter zum Kai und setzten sich auf eine Bank, während Lewis die letzten Reste des blutroten Sonnenuntergangs kommentierte.

»Seht euch das an«, sagte er, und sie schauten alle hin.

Einige Tage später schlenderte Lizzy am Abend hinaus zur Hauptstraße, stellte sich mit Blick auf den entgegenkommenden Verkehr auf den Seitenstreifen und streckte ihren Daumen in die Luft. Gleich der erste Wagen nahm sie mit. Am Steuer saß eine Frau, die am Rushing River campte und nach Kenora zum Einkaufen gefahren war. Als Lizzy in den Wagen stieg, versuchte sie, ihre Stimme zuversichtlich und selbstsicher klingen zu lassen, obwohl sie nicht zuversichtlich war. Als sie das Schild nach Bare Point sah, bat sie die Frau anzuhalten. Sie dankte ihr, lief die Schotterstraße hinauf, vorbei an den Häusern des Reservats und hinein in den Tunnel aus Bäumen, der zur Abzweigung zu Raymonds Hütte führte. Es war halb zehn Uhr, und die Sonne ging allmählich unter; es blieb ihr noch eine Stunde Licht. Sie würde vor Einbruch der Dunkelheit zu der Hütte gelangen, und später konnte Raymond sie zurückfahren. Er fehlte ihr. Sie hatte ihn nur einmal gesehen, seitdem Fish im Wald verschwunden war. Raymond war am nächsten Tag wiedergekommen und hatte alle in der Halle um den kleinen Jungen versammelt gefunden. Er hatte außerhalb der Gruppe dagestanden, und Lizzy war es so vorgekommen, als wollte er an der Freude nicht teilhaben oder als verstünde er sie in gewisser Weise nicht. Er schien müde und uninteressiert zu sein und war verschwunden, ehe sie mit ihm reden konnte.

Die Straße, auf der sie ging, war schmal, und bei jedem Schritt wirbelte Staub auf und ließ sich auf ihren Laufschuhen nieder. Moskitowolken schwebten über ihr, und gelegentlich fanden und umkreisten sie einige und stiegen dann wieder in die Luft. Sie hörte Vögel im Wald und andere Geräusche, die vielleicht von größeren Tieren stammten. An Angst dachte sie nicht, denn wenn sie das zugelassen hätte, wäre alles möglich an diesem Ort, der ihr unbekannt war. Sie hörte ein Fahrzeug näher kommen, und als es hinter ihr aufschloss, trat sie in den Straßengraben, um es vorbeizulassen. Es hielt, und durch das Fahrerfenster musterte sie ein Mann mit einem Cowboyhut aus Stroh und fragte, ob sie mitgenommen werden wolle. Das Gesicht des Mannes war im Schatten, und sie konnte seine Augen nicht sehen. Sie schüttelte den Kopf. Sie sagte, sie gehe gern zu Fuß. Als verstünde er ihr Unbehagen, nahm der Mann seinen Hut ab, und sie sah, dass er ziemlich alt war. Er sagte, er heiße Joe und wohne im Reservat und fahre rauf nach Bare Point. Sie könne mitfahren oder zu Fuß gehen, es sei ihre Entscheidung. Sie kletterte aus dem Graben auf die Straße, ging zur Beifahrerseite herum und stieg ein.

Der Mann sagte nichts weiter, ja, er sah sie eigentlich überhaupt nicht an. Lizzy warf einen flüchtigen Blick auf ihn und stellte fest, dass an seiner rechten Hand ein Finger fehlte und dass sein Gesicht tiefe Falten hatte. Sie sagte, sie sei ihm dankbar, dass er sie mitnehme, und ihr sei nicht klar gewesen, dass die Straße einfach so weitergehe. Der alte Mann nickte, als hätte sie etwas Tiefgründiges gesagt, über das er nun nachdenken solle. Er sagte: »Straßen« und nickte wieder. Sie fuhren um eine Kurve, und er bremste und hielt vor dem Feldweg, der zu Raymonds Hütte führte. Sie stieg aus und schloss die Wagentür, und erst nachdem er weg war, wunderte sie sich darüber, dass er ihr Ziel gekannt hatte. Sie stieg die Steigung zur Hütte hinauf, und es kam ihr so vor, als habe sie gerade einen Traum gehabt, in dem ein alter Mann namens Joe vorkam, der ihr gegeben hatte, was sie sich gewünscht, worum sie aber nicht gebeten hatte. Raymonds Pick-up war vor der Hütte geparkt. Es stand noch ein zweiter Wagen da, neben dem ein Hund lag. Lizzy sagte: »Hey, Hundi«, ging um den Hund herum, zögerte an der Tür und klopfte dann. Als die Tür aufging, stand Nelson da, das Licht einer Öllampe im Rücken und das Gesicht im Schatten. Er sagte ihren Namen und trat einen Schritt nach hinten, und sie blickte in den Raum, in dem Raymond mit zwei Männern saß. Die zwei Männer tranken Bier, und Raymond hob, als er sie sah, zustimmend den Kopf, sagte aber nichts. Einer der Männer, der gesprochen hatte, verstummte und sah sie an.

»Hi«, sagte Lizzy. »Ich bin mal vorbeigekommen.« Sie zuckte die Schultern.

Nelson zog sie hinein, drückte ihr ein warmes Bier in die Hand und stellte sie den Männern, Lionel und Gary, vor. Er setzte sich und zündete sich eine Zigarette an. Keiner redete, und schließlich sagte Nelson: »Ist okay, wegen ihr braucht ihr euch keine Sorgen zu machen.«

Sie setzte sich in eine Ecke des Zimmers, die nackten Knie dicht beisammen, und hatte das Gefühl, dass sie zu feingemacht wäre in ihrem kurzen Rock mit dem Trägertop und dass man ihr nicht traute. Sie sagte: »Tut mir leid, ich kann auch gehen.« Raymond sagte, sie solle bleiben. Er werde sie dann nach Hause fahren.

Dann wandte sich der Mann namens Lionel von ihr ab und sagte, sie seien ein Haufen Arschlöcher, nicht wahr, weil sie's immer noch zu nichts gebracht hätten und nichts weiter wollten, als sich mit den Weißen gleichzusetzen. »Mit ihrem Geld«, sagte er. »Immer reißen sie sich den Arsch auf für Geld. Für Geld. Für Geld. Deswegen müssen wir uns organisieren. Sollten wir hier umgebracht werden, will ich wissen, dass ich alles gefordert habe. Ich will aufrecht sterben. Ich will nicht bloß ein Stück Brot verlangen und dann erschossen werden, ohne auch nur das zu kriegen.«

Der andere nickte und sah dann Raymond direkt an und sagte, große Dinge würden dort oben im Anicinabe Park passieren. »Wir wollen, dass ihr euch uns anschließt. Ihr beide«, sagte er und drehte sich zu Nelson herum.

Nelson, der seine Füße auf einen Stuhl vor sich gelegt hatte, trank und antwortete nicht. Lionel sagte, Richter Nottingham müsse verdammt noch mal weg. Das wäre eine der Forderungen. »Und wir bekommen keine Forderungen erfüllt, bis nicht 'ne Menge Weiße da draußen aufhorchen und sagen: ›Tja, Scheiße, seht euch diese Rothäute an. So langsam kommen sie dahinter, wie's in ihren Köpfen aussieht, und sie kapieren allmählich, was zum Teufel vor sich geht.‹«

Raymond grinste und sah zu Lizzy hinüber. Eine Weinflasche hing an einem Strick über dem Tisch, und eine Kerze steckte in der Flasche. Eine Motte stieß gegen sie. Draußen schlug der Hund kurz an und war dann still.

Gary stand auf. Er sah Raymond an und ging nach draußen, gefolgt von Lionel. Raymond ging ebenfalls hinaus, und Lizzy hörte Garys Stimme und dann Lionels, aber von Raymond hörte sie kein Wort. Nelson saß noch immer da. Er sagte: »Pass auf. Ray lässt sich in diese Scheiße reinziehen.« Er stellte seine Flasche auf den Tisch und sagte: »Und dein Bruder?«

Zuerst war Lizzy nicht klar, was Nelson meinte, und sie begann: »Was …«, und dann lachte Nelson und sagte, er habe sich verlaufen, als er sieben war. »Bin drei Tage im Wald rumgerannt und hab geheult wie 'n kleines Baby. Mein Bruder Marcel hat mich gefunden, mir einen Schlag auf den Kopf gegeben und gesagt, ich wär blöd. Hab meine Lektion gelernt.«

Wieder bellte der Hund, heftig diesmal, und dann sprang ein Motor an und schnurrte im Leerlauf, und schließlich hörte man den Wagen wegfahren.

Als Raymond zurückkam, machte er Lizzy ein Zeichen, nach

draußen zu kommen. Sie folgte ihm, und sie stiegen in den Pick-up, und Raymond kurbelte das Fenster herunter. Die beiden saßen da und blickten über die Kühlerhaube des Pick-ups in die Finsternis. Raymond streckte eine Hand aus, legte sie ihr in den Nacken und zog Lizzy dicht an sich, und sie sträubte sich nicht. Ihr Kopf ruhte auf seiner Schulter. Jenseits der Windschutzscheibe, vom Licht in der Tür umrahmt, sah sie Nelson, der zu dem Pick-up herüberschaute und dann aus dem Blickfeld verschwand. Als wäre das ein bestimmtes Signal, beugte sich Raymond vor und drehte mit seiner Linken den Zündschlüssel herum, und dabei fühlte sie die Bewegung seines Körpers an ihrem Oberkörper.

Sie dachte an ihren Vater, der allein schlief. Sie dachte an das rote Kleid ihrer Mutter, das in Lizzys Hütte in ihrer Reisetasche lag. Vor einiger Zeit hatte sie es eines Abends spontan an sich genommen. Sie hatte sich vorgestellt, dass Raymond das Kleid gefallen würde, die Form ihrer langen Beine unterhalb des Saums. Sie fühlte eine Dringlichkeit auf sich lasten, wie sie vielleicht ihre Mutter verspürt hatte, bevor sie abgereist war; das Gefühl, dass Gefahr oder etwas Unvermeidliches und Verhängnisvolles unmittelbar bevorstehe und dass gehandelt werden müsse. Es war, als beträte man eine Lichtung und wüsste, dass von all den vielen einzuschlagenden Richtungen nur eine gewählt werden könne. Sie erzählte das Raymond. Sie erklärte ihm das Bild des weiten, offenen Raumes und der zu treffenden Entscheidungen, während man diesen Raum durchquerte.

Raymond sagte: »Vielleicht gibt es nur einen einzigen Weg, und das ist alles. Keine Entscheidung. Schon mal daran gedacht?«

»Ich möchte nicht denken. Ich möchte fühlen und dann handeln. Oder vielleicht handeln und dann fühlen. Denken macht alles viel zu kompliziert. So wie jetzt, ich denke viel zu viel.

Nächstes Mal werde ich nicht so viel reden.« Sie lachte schwach und sagte: »Meinst du, es gibt ein nächstes Mal?«

Im Laufe der folgenden Woche sah sie ihn fast jeden Abend. Er holte sie ab, oder sie traf ihn draußen auf dem Highway, wo sie im Straßengraben wartete, bis sie den einen Scheinwerfer seines Pick-up herankommen sah, und sie hatte das Gefühl, sie triebe ins dunkle Weltall hinaus, an einen neuen, beschwerlichen Ort, zu dem andere vorher schon gelangt sein mochten, an dem aber keine Wegweiser zurückgelassen worden waren, um sie zu leiten. Eines Abends machten sie in der Stadt halt, um Kondome zu kaufen. Sie hatten darüber diskutiert, wer reingehen und sie kaufen solle, und widerwillig hatte sie sich dazu bereit erklärt, weil er sagte, dass ihn in der Stadt jeder kenne und es allzu offensichtlich sei. Und so stand sie am Ladentisch, und ein älterer Mann nahm ihr Geld entgegen und sah sie an und dann weg und musterte sie erneut leicht grinsend, wie ihr schien. Sie trug das rote Kleid ihrer Mutter. Sie hatte sich draußen neben der Straße umgezogen, war aus ihren Jeans und dem T-Shirt geschlüpft und hatte es angezogen, während sie auf Raymond wartete. Der kurze Moment, in dem sie fast nackt im Straßengraben gestanden hatte, hatte sie schwindlig gemacht. Das Kleid war eng, und der Mann hinter dem Ladentisch guckte auf ihre Brüste. Draußen vor der Schaufensterscheibe sah sie im Dunkeln Raymond im Fahrerhaus des Pick-ups sitzen. Er zündete sich eine Zigarette an; das kurze Aufflammen des Streichholzes und dann das Glimmen. Außerdem kaufte sie einen Schokoriegel und eine kleine Dose Babymilch, um resolut und anständig zu erscheinen, als wäre sie eine Hausfrau, die nur eine Besorgung machen wollte. Sie wurde rot, nahm ihr Wechselgeld und verließ den Laden.

Sie fuhren hinauf zum Müllplatz. Nelson arbeitete dort, und

Raymond hatte den Schlüssel zu dem Vorhängeschloss, mit dem das Tor gesichert war. Der Platz lag nördlich der Stadt, es ging vorbei an engen Straßen und in den Wald geschlagenen Wegen, die die Arbeiter des Elektrizitätswerks angelegt hatten, und einen zerfurchten Fahrweg hinunter zu einem zwei Meter hohen Maschendrahtzaun. Raymond stieg aus dem Pick-up und öffnete das Vorhängeschloss, zog die Kette heraus und stieß das Tor auf. Seine Silhouette, seine schmächtige Gestalt, bewegte sich im Lichtstrahl des Scheinwerfers hin und her. Im Radio lief ein Song von Pink Floyd, der Lizzy Herzschmerzen machte, und sie wusste, was immer sie sich wünschen könnte, sie würde es bekommen.

Die Straße, die auf den Müllplatz führte, war holperig, und der Pick-up rüttelte und schleuderte sie hin und her. Raymond hielt am Rand der Grube, die sich unter ihnen öffnete. Der eine Scheinwerfer durchdrang die Dunkelheit, und sein Licht fiel auf der anderen Seite zwischen die Bäume. Raymond schaltete den Motor aus. Er sagte: »Willst du was Komisches hören?« Und ohne eine Antwort abzuwarten, erzählte er, dass ihn im letzten Jahr auf der Highschool sein Biolehrer, Mr. Schneider, geschlagen habe. Ein einziges Mal habe er sein Biologiebuch vergessen, und Schneider sei mit einem Lineal zu ihm gekommen und habe ihm damit einen Schlag auf den Kopf versetzt. »Er hat gesagt, ich würde einen prima Müllkutscher abgeben. Und dann hat er die Klasse angesehen und gefragt, ob er nicht recht hätte, und ein paar Kinder lachten, aber keiner sagte etwas. Ich hab überlegt, ob ich aufstehen und rausgehen soll oder ihn vielleicht an den Ohren packen und mit dem Kopf gegen den Schreibtisch knallen, denn ich bin größer als Schneider und hätte es tun können, aber ich hab's nicht getan, und später hab ich mich gefragt, warum nicht, was hat mich aufgehalten.« Er zuckte die Achseln und sagte, es sei komisch, weil Schneider recht hatte. Hier sei er nun und sitze an der Müllkippe.

»Na und«, sagte Lizzy. »Das gibt ihm nicht das Recht. Du hättest ihn verdreschen sollen.«

»Jaja, hätt ich tun sollen. Und dann wär ich verhaftet worden.«

»Wurde er verhaftet, weil er dich geschlagen hat?«

Raymond lachte und sah zu ihr rüber. »Los, komm«, sagte er und ergriff ihre Hand.

Sie schlenderten den Pfad hinunter zu der Stelle, wo die Planierraupe stand. Raymond stieg auf das Trittbrett, streckte seine Hand aus und sagte: »Komm her.« Ihr Kleid war zu eng. Sie hatte Turnschuhe an, das wäre kein Problem gewesen, aber sie konnte ihre Beine kein Stück heben. Schließlich zog sie das Kleid über ihre Hüfte nach oben und kletterte auf das Trittbrett. Sie trug weiße Unterwäsche und sagte zu Raymond, er solle nicht hingucken. Die Kabine war klein, mit wenig Platz für zwei, deshalb setzte sich Lizzy auf eine Seitenkonsole, während Raymond die Raupe startete. Ein Steuerrad gab es nicht, nur eine Reihe von Hebeln, die Raymond vor- und zurückbewegte. Während die Raupe hinunter in die Grube kroch, fiel ihr Punktscheinwerfer auf den Boden vor ihnen und holte den Müll und das Gewusel von Ratten ans Licht.

»Mein Bruder und ich kommen manchmal her, um Waschbären zu schießen!«, schrie Raymond. »Nachts ist es einfach. Leichte Ziele, nicht?«

Er brachte ihr bei, die Raupe zu fahren. Ließ sie sich zwischen die Hebel setzen und zeigte ihr, wie man vorwärts- und rückwärtsfährt und wendet. Sie steuerte die Raupe aus der Grube heraus und hielt direkt vor dem Pick-up, der halb unter ihnen wie ein Spielzeug wirkte. Später, wieder im Pick-up, wo das matte Licht des Armaturenbretts sein Gesicht erhellte, sah sie seine Zähne aufblitzen und wieder im Dunkel verschwinden, und der flüchtige Eindruck von etwas Tierischem und Barbarischem durchzuckte sie. Sie drückte ihm eine Hand auf den Mund.

Er sagte, sie sollten in die Stadt fahren und etwas trinken. Später könnten sie dann zur Hütte fahren. Nelson sei nach Winnipeg gefahren, sie wären also allein dort.

»Du trinkst doch nicht«, sagte sie.

»Stimmt. Aber das kann sich ändern. Nur heute Abend.«

Lizzy sagte okay, wenn er es wolle. Sie lehnte sich zurück und sagte, es gefalle ihr, wenn sie ihm gefalle. Dass er in der Öffentlichkeit mit ihr gesehen werden wolle. »Wem möchtest du mich zeigen?«, fragte sie. Dann sagte sie, es ginge ihr genauso. Auch sie wolle mit ihm angeben. Sie tippte ihm mit dem Zeigefinger auf die Stirn und sagte: »Ich liebe das hier«, und dann berührte sie sein Kinn und seinen Mund und sagte: »Und das und das.« Er hielt an einer Bar an der Main Street. Dann parkte er unten am Kai, und sie gingen zu Fuß hinauf, an einer Terrasse voller Leute vorbei und um die Ecke zum Haupteingang. Sie setzten sich in eine Ecknische mit Blick auf die Leute. Lizzy bestellte ein Bier und Raymond einen Whisky pur. Lizzy sah ihn an, als er bestellte, und zog die Augenbrauen hoch.

Eine Band spielte Countrymusic, und Lizzy fragte Raymond, ob er tanzen wolle.

Er schüttelte den Kopf.

Lizzy grinste. Sie zerrte an Raymonds linker Hand. »Komm schon.«

»Wenn ich betrunken bin«, sagte er.

»Es ist dir peinlich.«

Sie saßen da und beobachteten die Leute und die Tanzenden, und Lizzy ergriff Raymonds Hand und spielte mit seinen Fingern, bis er sie in ihre flocht. Sie sagte, ihre Mutter habe früher so ein Spiel mit ihr gespielt, als sie jünger war, bei dem sie Lizzy ihre Hände falten ließ und aufforderte, die Augen zu schließen und ihre Finger zu zählen, um zu sehen, ob sie alle zehn finden könne. Manchmal fand sie neun, manchmal elf, selten zehn. »Ich hab's nicht geschafft.« Sie zögerte und sagte dann: »Sie ist weggefahren. Das hat sie früher schon öfter getan. Wir wachen auf, und sie ist weg. Sie hinterlässt kein Briefchen, kommt nicht und sagt auf Wiedersehen. Es ist, als hätte sie keine Kinder. Mir macht's nichts aus, aber meine Brüder tun mir leid, sie sind zu jung, um es zu begreifen.«

Raymond sah sie an und sagte dann: »Du hast noch immer einen Vater.«

Lizzy lächelte und begann dann zu lachen. »Ich Dummkopf«, sagte sie, und dann: »Ich hab dich gern.«

Ein Mädchen mit einer Schottenmütze ging an ihrer Nische vorbei, sah Raymond an und blieb stehen.

»Hi, Raymond«, sagte sie.

Raymond hob den Kopf und sagte ihren Namen: »Alice.«

Alice sah Lizzy an und dann wieder Raymond. Sie lächelte, und in dem Lächeln spürte Lizzy eine mögliche Bedrohung.

»Wie geht's dir denn?«, fragte Alice. Sie trug enge Jeans, die unter dem Knie weit wurden, und eine Weste über einem karierten Hemd. Sie sah aus wie ein Cowgirl. Mund und Augen waren klein.

»Ganz gut«, sagte Raymond.

Alice nickte. Sie sagte nichts weiter, aber sie machte keine Anstalten wegzugehen. Schließlich sagte sie, es sei lange her.

»Kann man so sagen«, sagte Raymond.

Dann streckte Alice Lizzy die Hand hin und sagte: »Ich heiße Alice. Alice Hart.«

Ihr Händedruck war schwach und etwas verrutscht, und Lizzy dachte, dies könnte ein Mädchen sein, das Raymond ziemlich gut gekannt hatte. Sie nannte ihren Namen und zog die Hand zurück.

»Du bist nicht von hier«, sagte Alice.

»Die ›Zuflucht‹«, sagte Lizzy. »Von da bin ich.«

Alice nickte, und dann leuchteten ihre Augen auf, und sie sagte: »Onkel Earl hat mir von dir erzählt. Von deiner Familie. Es war dein kleiner Bruder, der sich verlaufen hat, stimmt's?« Sie schien glücklich, Lizzy auf diese Weise eingeordnet zu haben. Sie sagte, ihr Onkel Earl sei der diensthabende Polizist bei der Suche gewesen. Sie sah Raymond nicht an, als sie das sagte, aber irgendwann wandte sie sich ihm wieder zu und sagte, sie werde heiraten. Vielleicht nächsten Monat.

»Wirklich«, sagte Raymond. »Das ist schön.«

»Natürlich ist das schön. Willst du mir nicht gratulieren?«

»Ich schätze, das kommt drauf an«, sagte Raymond.

»Auf was?«

»Darauf, wen du heiratest.«

»Vernon.« Die Winkel ihres kleinen Mundes zogen sich nach oben. »Er ist hier, verstehst du.« Sie blickte über ihre Schulter, dann wandte sie sich wieder Lizzy zu. »Ray und ich, wir haben uns auf der Highschool kennengelernt. Stimmt's, Ray? Sehr gute Freunde.« Sie wartete, als wäre noch etwas hinzuzufügen. Dann teilte sie Lizzy mit, Vernon sei Constable bei der Polizei. Genau wie ihr Onkel. »Aber dann weißt du das ja. Vernon hat deinen Bruder suchen geholfen, stimmt's?«

Lizzy nickte und sagte, sie erinnere sich an ihn.

Alice wurde nachdenklich, beugte sich zu Raymond herunter und fragte ihn, ob er einen Joint habe. Oder einen halben. Oder ein paar Krümel. »Hast du was?«, fragte sie.

Er sagte nein. Er sagte, sie solle doch den Polizisten Vernon fragen. Wahrscheinlich habe er massenhaft erstklassigen beschlagnahmten Shit.

Alices Mund verzog sich zu einer hübschen Schnute. »Musst dich nicht lustig machen.« Und sie drehte sich um und ging weg und verschwand durch die Menge auf der Tanzfläche.

Lizzy sah Raymond an. »Sie nennt dich Ray«, sagte sie.

»Stimmt.« Er trank den Rest des Whiskys, und als die Kellnerin vorbeikam, bat er um noch einen. Er musterte Lizzy.

Lizzy lächelte kurz.

Raymonds Whisky kam. Er trank ihn auf einen Zug, schnitt eine Grimasse und stellte das Glas ab.

»Sie war deine Freundin?«, fragte Lizzy.

Raymond schien über diese Frage nachzudenken, als wäre er sich seiner Antwort nicht sicher. Dann sagte er: »Eine Weile. Letzten Herbst.«

Lizzy berührte Raymonds Finger. »Deine Hände. Sie zittern.«

Er stand auf, griff in seine Jeanstasche, nahm etwas Geld heraus und legte es auf den Tisch. Er ging hinaus, und Lizzy folgte ihm den Hügel hinunter zum Pick-up, wobei sie in ihren Schuhen leicht stolperte, außerstande, mit ihm Schritt zu halten.

»Hey«, rief sie.

Raymond antwortete nicht. Er stieg in den Wagen und saß einfach da. Selbst als Lizzy eingestiegen war, machte er keine Anstalten, den Motor anzulassen. Saß nur da und blickte durch die Windschutzscheibe auf den Hafen vor ihnen. Die Wasserflugzeuge, die Schiffe im Hafenbecken, die Treibstofffässer.

»Was ist los?«, fragte Lizzy. »War es Alice?«

Er ließ den Motor an und fuhr den Hügel hinauf, an der Bar vorbei und die Second Street hinunter. Sie überquerten die Kreuzung in der Nähe des Baseballfeldes. Hinauf, vorbei am Gefängnis, und hinunter auf das flache Stück in Richtung von Raymonds Abzweigung. Lizzy sagte, sie wisse nicht, was da in der Bar passiert sei, aber Alice interessiere sie nicht. Kein Stück. Alice heirate sowieso, und allzu klug sei sie ihr nicht vorgekommen, aber ihr mache Angst, sagte sie, dass Raymond vielleicht nicht den Unterschied zwischen ihr und Alice kenne. »Verstehst du? Was siehst du, wenn du mich ansiehst? Ein weißes Mädchen? Denn wenn das alles ist, was du siehst, dann gibt's ein Problem.«

»Das ist nicht alles.« Er sagte, Alice sei seine Freundin auf der Highschool gewesen. »Ihr Vater war nicht glücklich drüber, aber es war mir scheißegal. Alice war das Mädchen, das mit dem Finger auf Raymond Seymour gezeigt hat. Ich war damals nicht sehr aufgeweckt.« Er kramte in der Brusttasche nach seinen Zigaretten. »Willst du?«, fragte er Lizzy. Sie nahm eine und wartete. Er strich ein Streichholz an und hielt es ihr mit zittriger Hand hin. Sie hielt seine Hand, als sie sich zu der Flamme vorbeugte.

»Hart hat mir gesagt, ich soll die Finger von Alice lassen«, sagte er. »Ich hab's versucht, aber sie kam immer wieder zurück. Und ich war nicht dran interessiert, sie wegzuschicken. Und dann fand uns Hart eines Abends. Steckte uns in seinen Polizeiwagen und setzte Alice zu Hause ab. Ich saß hinten im Wagen. Ich bin in den Wagen gestiegen, verstehst du, und als ich mal drin war, kam ich nicht mehr raus.« Er öffnete sein Fenster und schnippte die Asche seiner Zigarette weg. Lange sagte er nichts, und Lizzy dachte, das sei vielleicht schon das Ende seiner Geschichte. Sie hätte gern eine Frage gestellt, tat es aber nicht. Sie begriff, dass dies eine traurige und private Geschichte war, und sie wurde selber bekümmert, empfand Mitleid mit ihm.

Raymond sagte: »Hart bringt mich also raus zu meinem Boot und steckt mich in mein Boot. Er steigt ein, und ich steige ein. Einfach so. Vielleicht denke ich, wir fahren einfach raus, und er redet mit mir. Pah.«

Und wieder schwieg er. Und wieder wartete Lizzy. Nur redete Raymond diesmal nicht weiter. Er warf die Zigarette weg. Der

Wagen kroch jetzt. Der Tunnel der Bäume, die Ecken, hinter denen das Versprechen auf etwas lag, und dann nichts als ein weiterer Tunnel und noch mehr Bäume und eine weitere Ecke.

»Er hat mich auf einer Insel abgesetzt«, sagte Raymond. »Und dann ist er weggefahren, und ich hab neun Tage auf der Insel gewartet, bis endlich ein Lastkahn vorbeikam. Ich weiß noch, dass ich dachte, ich darf nicht zulassen, dass ich verrückt werde. Am Ende bin ich nur noch im Kreis gegangen und habe mit mir selber geredet, mit meinen Brüdern, meiner Großmutter. Ich wusste, viel länger würde ich es auf einer kleinen Insel nicht aushalten, auf der es nichts zu essen und keinen Schutz gab. Ich *wurde* verrückt. Jedenfalls bin ich aus dem Boot gestiegen und freiwillig auf die Insel gegangen und habe Hart wegfahren lassen. Das war das Schlimmste. Ich habe mich nicht gewehrt.«

»Du hast das doch nicht einfach *geschehen* lassen.«

»Nein?«

»Du hast es angezeigt«, sagte sie.

»Oh ja. Klar. Ich bin ins Polizeirevier gegangen und habe meine Anzeige gemacht, und dann haben sie Constable Earl Hart verhaftet, und er hat einen Riesenprozess gekriegt und sitzt immer noch im Gefängnis. Noch jetzt, wo wir miteinander reden. Du verstehst es nicht. Es gibt zwei Arten von Gesetzen, eines für euch und eines für meine Leute.«

»Aber du hättest es jemandem erzählen können. Nelson. Deiner Großmutter. Dem Vertrauenslehrer in der Schule.«

»Nelson war nicht da. Ich hab's ihm erzählt, aber viel später.«

»Das ist nicht richtig, Raymond. Weiß es Alice?«

»Sicher weiß sie's.« Er sagte, über seine Rettung sei in der Lokalzeitung geschrieben worden. Sie müsse es wissen.

»Und nichts? Sie hat nichts gemacht?«

»Du hast sie doch gesehen«, sagte er.

»Oh, Raymond.« Sie legte ihm die Hand auf die Schulter. »Armer Kerl«, sagte sie. Und sie rutschte auf dem Sitz rüber und legte ihre Arme um ihn, während er fuhr. »Möchtest du weinen?«

Nein, sagte er, das wolle er nicht. Er saß da, unbeirrbar und entschlossen.

Stattdessen fing sie an zu weinen. Nicht laut, aber ihre Augen füllten sich mit Tränen, und sie sagte, sie liebe ihn. Ob er das wisse. Sie wisse es. Sie liebe ihn. Sie sagte nichts weiter, bis sie an seiner Hütte ankamen.

Im Dunkeln fand Lizzy zwei Kerzenstummel und zündete sie an. Dann ging sie zu Raymond und küsste ihn, und als sie sich löste, sagte sie, sie wolle hierbleiben, in diesem Zimmer, in dem die Kerzen seien und die Fenster. Sie zog ihre Schuhe aus und blickte an sich hinunter und sah, dass das Kleid, das sie trug, übertrieben war. Es kam ihr vor, als spiele sie etwas, als sei alles in ihrem Leben nicht ernst zu nehmen. Raymond ging ins Schlafzimmer und kam mit einer Wolldecke zurück. Er legte sie auf den Boden und zog seine Stiefel aus. Es waren Cowboystiefel, ausgetreten, und seine Socken hatten Löcher. Er zog die Socken aus und warf sie in die Ecke.

»Musik wäre schön«, sagte Lizzy.

Raymond sah sich um, als würde etwas, das Musik hervorbringen könnte, wie durch Zauber erscheinen. Dann sagte er: »Okay« und ging mit seinen nackten Füßen nach draußen. Lizzy hörte ihn den Pick-up öffnen, und dann lief das Radio, und Musik tönte durch die Tür herein. Die blecherne Stimme eines Rundfunksprechers und danach die Doobie Brothers, die »China Grove« sangen.

Lizzy schlüpfte aus ihrem Kleid und zog die Unterwäsche und den BH aus. Sie löschte eine der Kerzen, und die Schatten breiteten sich in dem Zimmer aus. Sie legte sich auf die Decke.

Der Fußboden war hart, die Decke kratzig. Ihre Brüste waren zu klein. Sie richtete sich auf, nahm das Kleid und legte es sich unter, dann streckte sie sich wieder aus. Das Kleid war kühl und weich an ihrem Po und ihrem Rücken. Sie setzte sich wieder auf. So wirkten ihre Brüste voller. Sie presste ihre Beine zusammen und legte sie seitlich auf den Boden, so dass ihre Füße unter ihren Schenkeln klemmten, fast wie bei einer Prinzessin. Aber das kam ihr nicht richtig vor, und so legte sie sich wieder hin und hob ein Bein an, so dass es am Knie leicht gebeugt war. Als Raymond wieder hereinkam, betrachtete er sie lange von Kopf bis Fuß.

Er ließ den Blick über ihren Körper nach unten und wieder nach oben schweifen. »Du bist nackt«, sagte er. »Ich geh raus, um nach Musik zu suchen, und als ich zurückkomme, bist du nackt. Wie funktioniert das?«

»Mit Glück, schätze ich.«

»Ist die Musik okay?«, fragte er. Er hatte sich nicht von der Tür wegbewegt. Dann sagte er, sie könne sich noch immer entscheiden. Sie könne sich anziehen, und er werde sie zur »Zuflucht« zurückfahren. »Ich will keinen Ärger.«

»Bin ich für dich Ärger?«

Er verlagerte sein Gewicht auf den anderen Fuß und sagte: »Ich bin's. Ich bin der Ärger.«

Sie schüttelte den Kopf. »Nein, nein, bist du nicht. Komm.«

»Bist du sicher?«

»Ja, ich bin sicher.«

»Willst du das Licht?« Er nickte zur Kerze hinüber. Und dann beugte er sich, ohne auf eine Antwort zu warten, über den Tisch und blies, und es war augenblicklich dunkel.

In der Nacht wachte sie auf und hörte es regnen. Es lief Musik; die Klänge kamen von weither, lückenhaft und schwach über den Lärm des Regens hinweg. Raymond schlief neben ihr. Sie streckte die Hand aus und schüttelte ihn und sagte seinen Namen, und dann stand sie auf und tastete sich zum Tisch vor. Sie fand die Streichhölzer, strich eines an und hielt es an eine Kerze. Der Docht fing Feuer und loderte auf. Raymond lag neben der Decke auf dem Rücken, ein Arm nach hinten geworfen. Lizzy ging zur Tür, und das Licht flackerte hinter ihr. Kurz sah sie ihren eigenen Schatten, schwankend und lang gezogen. Er hatte ihren Kopf in seinen Händen gehalten und mehrere Male gefragt, ob es ihr gut gehe. Sie hatte ja ja gesagt, und dann waren ihre eigenen Hände überall gewesen, und ein Windstoß war hereingefahren und eine Tür wild hin und her geschwungen, und sie hatte ihn fest an ihre Brust gedrückt. All das fühlte sie jetzt viel deutlicher als in dem Moment, als sie miteinander geschlafen hatten. Sie stieß die Tür auf, streckte die Hand hinaus und fühlte den Regen, dann rannte sie durch den Matsch zum Pick-up und schaltete das Radio aus, indem sie den Schlüssel aus dem Zündschloss zog, dann griff sie zu dem Plastikbeutel, der ihre Jeans und das T-Shirt enthielt. Als sie wieder nach drinnen kam, war Raymond wach.

»Ich muss nach Hause«, sagte Lizzy. Sie hatte ihre Unterwäsche und den BH gefunden und schlüpfte in ihre Jeans. Sie zog sich das T-Shirt über den Kopf.

Raymond stand auf, ging hinüber zu der offenen Tür, blieb darin stehen und pisste hinaus in den Regen. Dann zog er sich an und fragte, ob sie etwas trinken wolle, bevor sie losführen. Tee oder Kaffee? Er könne den Herd anmachen. Sie sagte nein, man würde vielleicht nach ihr suchen, und sie sollten losfahren.

Sie fuhren die glitschige Straße hinunter, und der Pick-up rutschte beinahe in den Straßengraben. Raymond fluchte und steuerte heftig gegen. Im Scheinwerferlicht sah man den fallenden Regen, und Lizzy kam es vor, als wäre die Welt aufgeschwemmt und wütend, als schwebte sie irgendwo zwischen Himmel und Erde, als wäre das, was oben in der Hütte passiert war, eine Tat ohne große Bedeutung, bloß ein Schnipsel in der Geschichte der Welt.

»Geht's dir gut?«, fragte sie. »Du bist nicht enttäuscht?«

»Überhaupt nicht«, sagte er. »Nicht im Geringsten.« Er nahm ihre Hand.

Als sie an dem Fahrweg ankamen, der zur »Zuflucht« führte, hatte der Regen aufgehört. Lizzy bat Raymond, sie am Highway aussteigen zu lassen, so wäre es leiser. Er fuhr auf den Seitenstreifen, drehte sich zu ihr herum und sagte: »Hey«, zog sie an sich und küsste sie auf den Mund.

»Oh«, sagte sie. »Du.«

Dann stieg sie aus und drehte sich im letzten Augenblick um, gerade noch rechtzeitig, um seine Rücklichter verschwinden zu sehen. Während sie in der stockdunklen Nacht den Weg hinunterging, hob sie eine Hand an ihr Gesicht und fand Raymond an den Spitzen ihrer Finger, ein angenehmer, glatt polierter Duft, nicht unähnlich dem warmen Geruch, der Fish entströmt war, als er vom Teich heraufgekommen war, sich hingelegt und in der Sonne hatte trocknen lassen.

Wenn Lewis nicht schlafen konnte, setzte er sich in einen Sessel am Fenster, das auf die Lichtung blickte, und kramte sich durch die Spinnweben in seinem Kopf, obwohl er wusste, dass alle glänzenden und bedeutsamen Gedanken der Nacht im Licht des Tages zu neurotischem Unsinn zusammenschrumpfen konnten. Da er weder trank noch rauchte, hielt er seine Hände beschäftigt, indem er strickte. Norma hatte nie gemocht, dass er strickte, sie fand es weibisch, oder vielleicht passte es nicht zu ihrer Vorstellung, wie ihr Mann sein sollte, aber jetzt, wo sie weg war, stand es ihm frei zu stricken – tagsüber oder abends, auf der Veranda, in der Halle oder jetzt in der Nacht, wenn er schlaflos am Fenster saß. Er strickte blind, er musste nicht auf seine Arbeit schauen. Er strickte Mützen für seine Kinder, Kappen, die wie Kippas auf ihren Köpfen sitzen würden. Everett hatte er seine bereits gegeben; der Junge hatte sie genommen, etwas zweifelnd angesehen, sie aufprobiert, wieder abgenommen und danke gesagt. Lewis hatte nicht bemerkt, dass er sie trug.

Eine Woche nach Normas Abreise war ein Brief angekommen. Sie erzählte von Chicago und der Hitze und dass sie mit ihrer Schwester zu einem Baseballspiel gegangen sei. Sie schrieb: »Erzähle es nicht den Jungen, Lewis, sie werden sonst schrecklich neidisch.« Sie schrieb, die Last, die sie in der »Zuflucht« gefühlt habe, sei jetzt weg. Alles sei leichter, selbst die Luft sei leichter. »Vielleicht bin ich eine Großstadtpflanze«, schrieb sie. Sie vermisse die Kinder, schrieb sie, und Lewis solle nicht vergessen, sie herzlich von ihr zu grüßen. »Besonders William«, schrieb sie. »Ich habe sehr viel über seine Zurückhaltung nachgedacht, das Schneckenhaus, in das er sich verkriecht. Er erinnert mich an mich.« Dann teilte sie Lewis mit, dass sie ihn liebe. Darüber, wann sie zurückkäme, schrieb sie nichts.

Er hatte den Kindern erzählt, dass ihre Mutter geschrieben habe und sie vermisse. Fish blickte auf und fragte: »Wann ist eine Woche um?«, und Everett sagte: »Die ist schon lange rum, Blödmann.« Fish machte ein bestürztes Gesicht. »Sei nicht so grob zu ihm«, sagte Lewis. Er nahm Fish in seine Arme, kitzelte ihn und sagte: »Kommt, meine süßen kleinen Hühnchen«, das war ein Satz aus einer Geschichte, die Norma gern erzählte. Fish schnappte nach Luft und sagte: »Noch mal«, und so erzählte Lewis seinen Jungs die Geschichte noch einmal.

Er hatte daran gedacht, sie anzurufen. Eines Abends hatte er am Telefon in der Halle gestanden und die Nummer gewählt, es einmal klingeln lassen und dann aufgelegt. Er kannte Norma und wusste, dass sein Anruf verzweifelt klingen würde, ihr das Gefühl gäbe, sie werde verfolgt, und das könnte sie noch weiter von der Familie entfernen. Stattdessen beschloss er, einen zwanglosen Brief zu schreiben, aber als er damit fertig war, las er ihn noch einmal durch und fand, dass er gleichgültig klang, als brauche die Familie sie nicht, als kämen sie jetzt viel besser zurande, wo sie weg war, und so zerriss er ihn.

Lizzy hatte kein Interesse an dem Brief ihrer Mutter gezeigt, als Lewis ihr davon erzählt hatte. Neuerdings war sie unzugänglicher geworden, und er wusste, dass sie wieder viel mit Raymond zusammen war. In letzter Zeit hatte er fast jeden Abend beobachtet, wie sie aus ihrer Hütte kam und den Weg hinaufging, der zur Hauptstraße führte. Um eins oder zwei kam sie stets wieder zurück, und er hatte sie auf Zehenspitzen die Treppe hinauf und durch die Tür ihrer Hütte schleichen sehen, und dann wurde zwangsläufig eine Kerze angezündet, und er sah ihre Silhouette sich hin und her bewegen. Einmal hatte er kurz gesehen, wie sie sich entkleidete, wobei sie die Arme über den Kopf hob, als sie ihr T-Shirt auszog. Er hatte weggeschaut, um ihre Intimsphäre zu wahren, und als er sich Augenblicke später wieder umgedreht hatte, war die Hütte dunkel gewesen. Er hatte mit ihr über Raymond gesprochen, aber das war nicht gut gelaufen. Er hatte sich hilflos und erdrückt gefühlt. In seinem Interesse war er zu schroff gewesen. Sie hatte seinen Rat zurückgewiesen und über ihre Mutter gesprochen, darüber, wie egoistisch sie sei, und gesagt, dass sie, Lizzy, jetzt ihr eigenes Leben führe und dass dieses Leben Raymond einschließe. Er sei lieb und nett, hatte Lizzy gesagt. Es gebe keine bösen Absichten, und selbst wenn, gehe es Lewis nichts an.

Wenn Norma da gewesen wäre, hätte sie Lizzy gefragt, ob sie Sex mit dem Jungen habe, und wenn, ob sie sich schütze. Norma war gut in diesen Dingen. Sie war nicht prüde. Norma hatte kein Problem damit gehabt, ihre Brüste für den Doktor zu entblößen und dann darüber zu sprechen. Sie hatte immer zu schamloser Fröhlichkeit geneigt und von ihrer Möse und Lewis' Schwanz gesprochen, als handelte es sich um Haustiere. Lewis mochte das nicht. Sex war für ihn etwas Ernstes und konnte durch allzu vieles Reden kaputt gemacht werden.

Lewis zog die Diskretion seiner Gedanken vor. Vor einiger Zeit hatte er größeres Interesse an Emma Poole empfunden, und es gab Zeiten, des Nachts, da stellte er sich vor, Sex mit ihr zu haben. Ihre strenge Stimme, ihre Ansprüche, ihre Bedürfnisse, all das erregte ihn und machte ihm Angst. Er fühlte Begierde und Irritation in einem. Verblüfft war er eines Nachts, als er sich Emmas dünne Arme vorstellte, wie sie rückwärts aufs Moos im Wald sanken, dass er Norma stattdessen sah, und ihn befiel heftige Einsamkeit. Er hatte sich gegen den Fensterpfosten gelehnt und gierig geatmet, um das Gespür für die Welt außerhalb von ihm wiederzugewinnen.

Emma Poole dagegen schien Lewis wirklich nicht zu mögen. Sie hatte ihn einmal während einer Diskussion über politische Fragen als passiv-aggressiv bezeichnet und gesagt, seine Hände seien immer zu Fäusten geballt, sein Geist schlaff. Und sie hatte hinunter auf seinen Schritt geblickt, als wäre der Zusammenhang augenfällig. Eine halb fertig gestrickte Kappe lag in seinem Schoß. Normalerweise ignorierte sie ihn einfach, und das war es, was Lewis deprimierte. Er wurde oft ignoriert. Neuerdings aber hatte er sich öfter mit Margaret unten im Garten unterhalten. Es hatte eines Tages angefangen, als Fish mit seinem Spielzeugbagger im Garten in der Erde graben wollte und Margaret Bohnen pflückte, während ihr Sohn Billy mit einem großen Stein eine Blechdose platt klopfte. Margaret hatte ihm zugeflüstert, ihr Sohn habe ein Essproblem, er sei fett, und sie hatte das so sachlich und doch so sorgenvoll geäußert, dass Lewis sie plötzlich in einem ganz anderen Licht sah. Sie war nicht länger die komplizenhafte Partnerin des Doktors, die es ihm gestattete, auf die Jagd nach anderen Frauen zu gehen, und ihn dazu anfeuerte, sondern hatte sich in eine Mutter verwandelt, die nachts wach lag und sich um ihr Kind sorgte. Er hatte den Kopf gehoben und gesagt: »Nein, das finde ich nicht«, und sie sagte: »Du klingst wie Amos. Wie die meisten Männer. Die immer vor der Realität die Augen verschließen.« Sie sagte, sie habe medizinische Fachzeitschriften gelesen, und es gebe klare Anzeichen dafür, dass ihr Sohn dahin neige. »Die ersten zwei Jahre nach seiner Geburt wollte er die Brust nicht loslassen, er war unersättlich. Er kennt keine Grenzen. Es ist, als fehlte seinem Körper der Regler, der ihm sagt, wann er genug hat.« Sie lag jetzt auf den Knien und beschäftigte sich mit ihren Fleischtomaten. Lewis sah ihr rundes Gesicht, das Tuch, das ihr Haar bedeckte, ihre breiten Schultern. Sie war eine große, stattliche Frau. Stehend überragte sie jeden in der »Zuflucht«. Norma hatte einmal gewitzelt, im Bett würde sie sicher den Doktor unter sich begraben. Lewis betrachtete sie und überlegte, wie sie wohl nackt aussehe. Für eine große Frau wirkten ihre Brüste unerhört klein. Er stellte sich eine in seiner Hand vor. Fish kam zu ihm und zog ihn an einem seiner Hemdsärmel. Er musste pinkeln.

»Mach's im Garten«, sagte Margaret. »Das Ammoniak tut der Erde gut.«

Lewis gab ihm mit einem Nicken zu verstehen, dass er gehen solle, und das tat er, zielte auf die Steine, die den Weg einfassten, Steine, die Lewis an einem heißen Nachmittag kurz nach der Ankunft der Familie verlegt hatte. Er hatte aus Abneigung gegen die Planlosigkeit, Lässigkeit und Mattigkeit des Camps nach einer Aufgabe gesucht und so etwas wie einen Steingarten angelegt, der niemandem sonst Vergnügen bereitete, so schien es, nicht einmal Margaret, die das Werk, als er fertig war, betrachtet und »Ach, Steine« gesagt hatte.

In letzter Zeit hatte Lewis es sich zur Gewohnheit gemacht, hinunter in den Garten zu schleichen und sich mit Margaret zu unterhalten, oder sich mit ihr in der Halle zu treffen, wo sie miteinander Tee tranken, oder manchmal setzte sich Lewis in die Küche und sah ihr beim Backen zu, während sie plauderten. Sie war komplizierter, als er es sich vorgestellt hatte. Eines Nachmittags, während es in der »Zuflucht« still war, hatte Lewis sie auf der Treppe ihrer Hütte beim Flicken einer Jeans gefunden. Er hatte sich auf die Stufe darunter gesetzt, und sie begann über ihren Mann und die »Zuflucht« zu reden. Sie sagte, woran Amos glaube, sei die Freiheit in der Arbeit, in der Liebe und im Spiel. Freiheit sei essentiell. Sie sagte, sie sei sich immer noch nicht sicher, was das heiße, aber sie glaube, an Amos' Freiheitsidee sei etwas Wahres. Sie sagte, sie sei nicht in der Spirale sexueller Lust gefangen wie ihr Mann und deshalb in gewisser Weise freier als er. Sie sagte, im letzten Jahr sei ein junger Mann namens Kyle in die »Zuflucht« gekommen und habe sich in sie verliebt. Sie lächelte flüchtig. Sie schloss ihre Augen und öffnete sie wieder und sah Lewis an. »Kyle sagte es mir, und ich sagte es Amos, und Amos sagte, es sei in Ordnung. Ich könne mit ihm schlafen; es würde den Jungen vielleicht befreien.« Sie sagte, Kyle habe die ganze Zeit im Freien zugebracht und meditiert. Er habe kaum gegessen, nicht gebadet und unaufhörlich über seine Visionen geredet. »Ich persönlich glaube, er hatte einen Sonnenstich«, sagte sie. Auf jeden Fall habe sie kein Interesse daran gehabt, mit Kyle zu schlafen. Sie liebe ihren Mann. Sie sagte, das Problem mit dem Sex sei, dass die Leute ihn als eine Form der Rettung ansähen. Das sei er nicht. Sie sagte: »Nimm zum Beispiel meinen Mann und deine Frau.«

Lewis starrte sie an.

»Machen wir uns nichts vor, wir wussten es beide«, sagte sie.

»Richtigen Sex haben sie nicht gehabt.« Lewis' Reaktion war so schnell, so nachdrücklich, dass sie unecht erschien. Er fühlte, dass er sich in etwas geirrt hatte, und er fragte sich jetzt, ob es Margaret gleichgültig gewesen sei, dass ihr Mann Norma verführte. Er sagte, Norma habe ihm erzählt, die Affäre, wenn man sie so nennen könne, sei intellektuell und spirituell gewesen.

Margaret lächelte und sagte, in letzter Zeit habe sich ihr Mann verändert. Er trage sich inzwischen mit Vorstellungen, wie Christus zu sein. »Er glaubt, er wäre über Streit erhaben.« Dann sagte sie, Norma sei zwar eine schöne Frau, aber sie habe sich von ihr nie bedroht gefühlt. »Man bedauert mich«, sagte sie. »Tu das nicht. Ich weiß, wo ich stehe.«

Lewis blickte hinaus auf die Lichtung, und ihm wurde klar, dass Margaret genauso arrogant war wie ihr Mann. Der Doktor hatte über Normas Abreise nie ein Wort verloren, und Lewis kam es so vor, als sei es ihm gleichgültig. Das hatte ihm zunächst gefallen, aber dann hatte ihn der Gedanke geärgert, dass Norma als so entbehrlich angesehen werden sollte. Inzwischen konnte er den Anblick des Doktors nicht mehr ertragen.

Als Margaret über Norma und ihren Mann gesprochen hatte, hatte er Zuneigung für sie empfunden. Wie praktisch sie erschien; ihre Tüchtigkeit und Ehrlichkeit, selbst ihr überlegenes Auftreten zeugten davon, dass sie komplex genug war, um Dinge in gewisser Weise zu begreifen. Er hatte sich ganz kurz gefragt, ob sie ihn anziehend finde oder ob sie wie Emma Poole der Meinung sei, sein Geist sei schlaff.

Und als er jetzt nachts am Fenster darauf wartete, dass Lizzy zurückkam, stellte er sich vor, er läge neben Margaret. Sie wäre bereit und ruhig, und ihre langen Beine hielten ihn umklammert. Er stand auf, blickte auf die nasse, dunkle Lichtung hinaus und masturbierte, während er Normas Namen flüsterte.

Beim Frühstück am nächsten Morgen saß er neben William und bemerkte, dass die kahle Stelle an dessen Kopf zur Größe eines Quarters angewachsen war. Da er den Jungen nicht ängstigen wollte, sagte er, er werde in die Stadt fahren, und vielleicht wolle er ihn begleiten. Nur er, niemand sonst. William war begeistert; er kletterte in den Wagen und ließ während der Fahrt den Wind über seine Hand streichen. Lewis sprach mit ihm, sagte, die kahle Stelle an seinem Kopf sei seltsam, nicht wahr, und vielleicht sollte ein Arzt einen Blick draufwerfen, nur um sicherzugehen. Er hatte in letzter Zeit das Gefühl gehabt, er und seine Kinder stünden am Rand eines Abgrunds und er hätte nicht genug Arme, um sie zurückzuhalten, und das Beunruhigende daran war nicht so sehr, dass sie fallen könnten, sondern dass er irgendwie ihren Sturz verursachte. William war stur und sagte, die kahle Stelle sei kein Problem. Er sagte, er werde sich den ganzen Kopf kahl rasieren, da würde sie niemand bemerken.

»Tut es weh?«, fragte Lewis und strich seinem Sohn mit der Hand über den Kopf.

William sagte nein.

Lewis sagte, sie würden mal schnell beim Krankenhaus vorbeifahren, nur für eine kurze Konsultation. Es werde nicht lange dauern.

Der diensthabende Arzt besah sich William und sagte, der Junge sei gestresst oder schlecht ernährt oder beides. Er fragte, ob sich in letzter Zeit in seinem Leben etwas Schlimmes ereignet habe. Er fragte William, ob ihn etwas quäle. Der Arzt sah dem Jungen ins Gesicht, wobei sich ihre Knie fast berührten, während Lewis im Hintergrund saß. William schüttelte den Kopf. Er dachte nach, und seine dunklen Augen wichen dem Blick des Arztes nicht aus. Der Arzt fragte, ob er da oben genug zu essen bekomme, und während er »da oben« sagte, senkte sich seine Stimme, als wären Vater und Sohn aus einem üblen Ort heruntergekommen. Der Arzt wandte sich an Lewis und sagte, sein Sohn solle viel Schlaf bekommen. Er solle zum Reden ermuntert werden. Er solle mehr grünes Gemüse essen. Es gebe die Naturwissenschaften, und es gebe Voodoo, sagte er, aber die Naturwissenschaften seien sinnvoller. Er schrieb ein Rezept für eine Salbe aus und reichte es Lewis.

Sie fuhren zu einer Apotheke, in der Lewis das Rezept zubereiten ließ, und dann gingen sie auf einen Markt, und Lewis kaufte Brokkoli und grüne Erbsen, Mais und Karotten. Er stieg wieder in den Wagen, und William deutete mit seiner Nase aus dem Fenster.

Lewis beugte sich hinüber, blickte durch das Beifahrerfenster und sah Raymond singend oder Selbstgespräche haltend vorbeigehen. Lewis beobachtete ihn einen Moment lang, dann sagte er zu William, er solle sich nicht vom Fleck rühren, er sei gleich wieder da. Er stieg aus und rief Raymonds Namen. Raymond blickte zur Seite und stutzte. Er nickte ihm zu. Dann setzte er sich wieder in Bewegung. Lewis lief neben ihm her und sagte: »Hast du einen Moment Zeit?«

Raymond blieb stehen und drehte sich um.

Seine dunklen Augen fanden Lewis, dann wichen sie ihm aus.

»Du und Lizzy«, sagte Lewis.

Raymond nickte.

»Sie verbringt viel Zeit mit dir«, sagte Lewis. »Liebst du sie?«

Augenblicklich wusste er, dass das falsch war. Der Junge konnte nicht wissen, ob er sie liebe. Es fiel ihm schwer genug, sich selber zu lieben. Und so machte Lewis einen Rückzieher und entschuldigte sich. Er sagte, darum gehe es nicht, er mache sich nur Sorgen, dass Lizzy wehgetan werden könne, und das wolle er nicht, kein Vater wolle das. Er sagte, er wisse, dass Raymond eine Großmutter im Reservat habe, Lizzy habe es ihm erzählt, und er denke, seine Großmutter mache sich bestimmt auch um Raymond Sorgen. Oder? Und wenn er älter sei und Kinder habe, werde er alles über diesen Teil des Vaterseins erfahren, nicht sehr lustig, wirklich, und so sagte Lewis nicht, dass er Lizzy nicht sehen dürfe. Aber.

Er hörte auf zu reden.

Raymond schaute auf seine Füße, und dann sah er Lewis wieder an.

»Ich werde ihr nicht wehtun«, sagte er. »So was habe ich nicht vor. Sie weiß es.«

Lewis nickte. Er hob das Kinn, als wollte er noch etwas hinzufügen, aber dann hielt er inne und sagte nur: »Okay, gut« und streckte Raymond seine Hand hin, als hätten sie einen Handel abgeschlossen. Raymond sah auf Lewis' Hand, nahm sie, und sie schüttelten sich kurz die Hände und ließen gleichzeitig los. Lewis drehte sich zu dem Wagen um und sah, dass William sie beobachtete, das Gesicht ausdruckslos gegen die Seitenscheibe gepresst.

Eines Morgens, als Raymond auf dem Weg zur Arbeit auf dem Golfplatz am Anicinabe Park vorbeifuhr, sah er Polizeiwagen und Barrikaden am Eingangstor, und er erinnerte sich an den Besuch von Gary und Lionel oben in seiner Hütte. Die Besetzung des Parks war Teil ihres Plans gewesen, und nun wurde sie durchgeführt. Einige Tage später stellte er am Nachmittag seinen Pick-up ein Stück vom Eingangstor entfernt ab, stand in der Sonne und beobachtete die Geschehnisse. Vier Polizeiwagen parkten an der Straße, und mehrere Polizisten patrouillierten entlang der Barrikade. Hinter dem Tor standen zwei Männer mit bunten Halstüchern, umgehängten Gewehren und Patronengurten kreuzweise über der Brust.

Am Abend teilte er Nelson mit, dass er sich dem Protest anschließen werde. Er wolle nicht bloß aus der Ferne zusehen. Er habe gehört, am besten gelange man von Bare Point aus mit einem Boot in den Park. Er werde heute Nacht dorthin fahren, und Nelson könne ihn begleiten, wenn er wolle.

Nelson lachte. »Sei nicht blöd, Raymond. Du gerätst da bloß in einen Schlamassel. Ist Lizzy nicht aufregend genug?«

»Hier geht's nicht um sie.«

»Du hast sie noch nicht mal gefickt. Stimmt's?«

»Verpiss dich. Du denkst, alles dreht sich bloß um Sex. Das stimmt aber nicht.«

»Ich bin Pazifist. Ich glaube nicht an Gewehre.« Er hob eine Hand, zeigte Raymond seine dicke Faust und sagte: »Aber ich könnte dich grün und blau schlagen.«

Raymond drehte sich um und ging. Er hörte Nelson rufen, er

habe bloß einen Witz gemacht, aber Raymond ging nicht zurück. Er fuhr hinunter zum Highway, stellte den Pick-up auf dem Seitenstreifen ab und schaltete den Motor und die Scheinwerfer aus. Die Fenster waren heruntergekurbelt, und die Nachtgeräusche wehten über den Highway. Als sie klein gewesen waren, waren sie, bevor Nelson weggebracht wurde, immer hinaus in den Wald zu einer verlassenen Hütte gegangen und hatten auf großen nackten Steinen Feuer gemacht und sich dort ausgetobt. Einmal rannten sie in der drückenden Hitze eines Sommertages nackt durch den Wald, lachten und jagten sich gegenseitig. Irgendwann packte Nelson Raymond und setzte sich auf ihn. Raymond zappelte, um sich zu befreien, aber Nelson hielt ihn fest. »Hast ja ’n Ständer«, sagte Nelson und boxte Raymond gegen die Brust, so fest, dass er später einen blauen Fleck bekam. Ein andermal fiel er vom Dach der Hütte und landete auf dem Rücken, und ihm blieb einfach die Luft weg. Während er keuchte und um sich schlug, im Glauben, er müsse sterben, kniete sich Nelson neben ihn. »Alles in Ordnung. Tief Luft holen, das ist alles. Du wirst nicht sterben.« Und er hatte recht gehabt.

Und dann wurde Nelson weggebracht, und die Traurigkeit war absolut und vollkommen, und es gab Tage, da ging Raymond hinaus zu der verlassenen Hütte und stellte sich vor, Nelson käme zurück. Er hatte damals nicht gewusst, dass Nelson zehn Jahre lang weg sein würde oder dass er, als er zurückkam, nicht wiederzuerkennen wäre.

Raymond fuhr mit seinem Wagen nach Bare Point, machte sein Boot los und steuerte hinaus auf den See. Er näherte sich im Dunkeln der Anlegestelle des Parks, schaltete den Motor aus und ließ sich ans Ufer treiben. Ein Mann mit einem Gewehr trat aus dem Dunkel und rief ihn an. Raymond sagte, wer er sei und warum er hier sei, und wurde zu Gary geführt, der an einem Feuer saß, ein Gewehr zu seinen Füßen.

Gary sagte, er erinnere sich an den Abend mit seinem Bruder Nelson. Und er erinnere sich an das weiße Mädchen.

»Ich bin allein«, sagte Raymond. »Ich möchte helfen.«

Gary musterte ihn von oben bis unten und sagte, er solle sich setzen. Er sagte, die Polizei versuche, sie auszuhungern. »Sie haben heute vier von unseren Leuten verhaftet, als sie den Park verließen.« Er fragte Raymond, ob er ein Fahrzeug habe.

Raymond sagte, er habe einen Pick-up, er habe ein Gewehr, und er habe ein Boot.

Gary nickte und zündete sich eine Zigarette an. Dann ging er von Raymond weg und redete mit den anderen Männern.

In dieser Nacht legte sich Raymond unter einen Picknicktisch in der Nähe eines der Feuer, um die sich die Männer zum Reden versammelt hatten. Hin und wieder schlief er, während die Gesprächsfetzen um ihn herumwehten. Manchmal war das einzige Geräusch in der Nacht das Knacken des Holzes im Feuer. Er wünschte, Nelson wäre mitgekommen. Sie würden sich in diesem Moment unterhalten, nur sie beide, sich Witze erzählen und so tun, als wüssten sie Dinge, die sie nicht wussten. Es war ein gutes Gefühl, ihn um sich zu haben, und manchmal oben in der Hütte, wenn Nelson es nicht merkte, beobachtete Raymond ihn genau, als wäre er ein Fremder; dieser Mensch, der eine andere Welt gesehen hatte, der Dinge wusste und nie von der Vergangenheit sprach oder davon, was geschehen war. Er schien es Raymond nicht zu verübeln, dass er derjenige war, der hatte bleiben dürfen.

Kurz vor Morgengrauen wurde Raymond wach und stellte sich ans Feuer. Nach einer Weile kam Gary zu ihm und sagte, er habe eine Aufgabe für ihn. Er gab ihm ein Bündel Geldscheine, das mit einem Gummiband zusammengehalten wurde, und steckte ihm eine Einkaufsliste in die Tasche. Er sagte, jeder müsse etwas tun, und dies sei Raymonds Etwas. Er fragte nicht, ob Raymond diese Aufgabe übernehmen wolle, er instruierte ihn nur. Er sagte, Raymond solle nicht alles in einem einzigen Laden kaufen, weil das Verdacht erregen könne. Lebensmittel hätten Vorrang. Einige Vorräte seien vor zwei Tagen per Bus aus Winnipeg herbeigeschafft worden, aber dann habe die Polizei den Parkzugang mit Stacheldraht abgeriegelt, und von draußen durfte niemand mehr herein. Raymond würde die Lebensmittel mit dem Boot heranschaffen müssen. Die Erwachsenen erhielten inzwischen nur eine einzige Mahlzeit am Tag. Die Kinder bekämen zweimal täglich zu essen, morgens und abends.

Raymond fragte sich, wo die Kinder waren. Er hatte nur eines gesehen, ein Baby an der Brust einer jungen Frau. Er steckte das Geld in seine Hosentasche, während er zu dem Mann neben ihm aufschaute. Dann ging er hinunter zu seinem Boot, schob es vom Strand ins Wasser und stieg ein. Als er Devil's Gap erreichte, waren die Geräusche der Männer verstummt, und er hörte nur noch die Wellen gegen sein Boot klatschen. Die Lagerfeuer am Ufer flackerten und verschwanden dann.

Das Tagebuch hatte tief hinten in der obersten Schublade der Kommode in der Hütte seiner Eltern gelegen, in ein Seidentuch gewickelt, ein kleines Notizbuch mit schwarzem Ledereinband, der auf der Innenseite ein Datum trug. Everett war eines Abends darauf gestoßen, als er nach Streichhölzern suchte, um die Lampen anzuzünden, und er hatte es heimlich und mit schlechtem Gewissen gelesen.

Der Inhalt war intim und mutig. Seine Mutter schrieb, sie habe für den Mann das rote Kleid angezogen und getanzt und sich vorgestellt, sie sei eine andere. Sie habe sich auf den Schoß des Mannes gesetzt, und sie hätten sich geküsst. Ein anderes Mal habe sie auf einem Stuhl gesessen und geraucht, während der Mann zu ihren Füßen hockte und sie streichelte, und ihm den Rauch ins Ohr geblasen.

Everett suchte nach seinem Namen und fand ihn etwa in der Mitte des Tagebuchs, wo sie schrieb, sie mache sich Sorgen um ihn, weil er keine Freunde habe, und sie frage sich, ob sie ihn nicht vielleicht zu stark an sich gebunden habe. Sie schrieb: »Everett sieht mich manchmal seltsam an, und ich sage seinem Vater, er soll mit ihm etwas unternehmen, Hockey spielen oder boxen oder ringen, aber Everett ist nicht interessiert. Er liegt auf dem Bett und sieht mir zu, wie ich mich zur Arbeit fertigmache, und fragt nach den Ärzten und Schwestern, und wir tratschen und lachen. Ich liebe ihn.« Sie schrieb, Fish lasse sie Traurigkeit empfinden. Es sei nicht Fishs Schuld, aber er sei einer zu viel. Sie habe drei zu viel, vielleicht seien alle zu viel, denn wenn sie keinen von ihnen hätte, stünde es ihr frei wegzugehen. Sie schrieb, Lizzy sei keine Last, Everett aber schon.

Ihm gefiel, dass er eine Last war. Er dachte, wenn er gewusst hätte, dass er eine Last ist, wäre er ihr noch mehr zur Last gefallen, so dass sie zu bleiben gezwungen gewesen wäre. Sie hatte ihn geliebt. Das war eine Überraschung, etwas, das er gespürt haben mochte, aber nie richtig verstanden; diese geschriebenen Worte, die Empfindungen, verwunderten und deprimierten ihn. Er verstand nicht, wie sie sich entschlossen haben konnte wegzugehen, wenn sie ihn doch liebte. Ihm fiel wieder ein, dass seine Mutter ihn ein paar Tage, bevor sie wegging, in die Arme geschlossen hatte, als hätte sie bereits gewusst, dass sie wegginge. Sie hatte ihn umarmt, und er war sich ihres Körpers, ihres Geruchs und des Klanges ihrer Stimme eindringlich bewusst gewesen.

Er fragte sich, wer »der Mann« gewesen sei und wie es kam, dass seine Mutter sich von einem Fremden streicheln ließ. Sie hatte dem Mann Rauch ins Ohr geblasen. Seine Mutter war verrückt nach ihren Zigaretten. Wenn sie sich eine anzündete, hielt sie sie in die Höhe, und dann öffnete sie ihren Mund und zog und blinzelte, und manchmal stimmte sie ihr lautes Lachen an. Everett saß ihr dann gern gegenüber, weil er ihr tief in den Mund sehen und einen Schauer intimer Vertrautheit verspüren konnte. Der Mann war nicht der Doktor, dessen Hände fein und behaart und dessen Finger schlank waren. Es könnte der Chirurg aus dem Krankenhaus in Calgary gewesen sein, in dem seine Mutter arbeitete. Ein Dr. Thu. Ein Mann, von dem sie oft gesprochen hatte. Oder jemand, dem Everett nie begegnet war. In diesem Augenblick war seine Mutter bei Leuten, denen er nie begegnen würde.

Oder sie war tot. Seine Mutter *war* tot. Obgleich sein Vater sagte, sie habe geschrieben, hatte Everett den Brief nie gesehen, und nun stellte er sich vor, dass sein Vater gelogen haben könnte. Damit es ihm besser ginge. Harris hatte gesagt, sie werde zurückkommen. Sie hatten am Rand des Teiches gesessen. Manche Mütter seien so, sagte Harris. Sie flögen davon mit einer bestimmten Botschaft in den Klauen und kehrten mit einer anderen Botschaft zurück. Keiner besseren, nur einer anderen. Aber sie kehrten immer zurück. Harris sah Everett an. »Wie alt bist du?«, fragte er.

Nach Ansicht seines Vaters war Harris erfolglos, körperlich und emotional ein Krüppel und ein betrogener Ehemann. Everett fiel das wieder ein, als ihn der Mann nach seinem Alter fragte. In Harris' Worten lag wenig Trost. Und zu Everetts Antwort nickte Harris. Er senkte sein kleines Kinn und fragte, ob er Everett etwas vorlesen solle. In der letzten Zeit hatte er jedem, der zuhören wollte, *Gullivers Reisen* vorgelesen. Gewöhnlich spätnachmittags am Teich, wenn alle müde waren und es sich im Sand bequem machten, las Harris und lachte und ließ seinen Blick schweifen, als erwartete er, dass die anderen ebenfalls lachten, und manchmal taten sie es, aber nicht so begeistert wie Harris.

Everett sagte, er wolle eine Fahrradtour machen, nahm sein Handtuch und ging hinauf zum Camp. Er wollte zu der Hütte hinauffahren und wieder Raymonds Bruder Nelson besuchen. Er war schon einmal in der Hütte gewesen, Nelson hatte ihn eingeladen, und als er hinkam, hatten sie Schach gespielt, und dann waren sie zur Müllkippe gefahren, wo Nelson ihm beibrachte, wie man mit einem Gewehr schießt. Später hatten sie sich ein Bier geteilt, und Nelson hatte gefragt, ob Everett einen Joint rauchen wolle. Er hatte nein gesagt. Nelson rauchte und redete, und irgendwann sagte er, das seien die Bekenntnisse eines entschlossenen Sünders. Er hatte nicht aufgehört zu reden, und Everett hatte das Gefühl, als wären sie einander ebenbürtig, als sehe Nelson ihn als jemanden an, der es wert sei, dass er mit ihm Dinge teile.

Und so machte er sich jetzt auf den Weg, den Highway hinunter und dann die lange Straße entlang in Richtung Bare Point, dichter Wald auf beiden Seiten, und in dem Wald die Leiche seiner Mutter. Sie war von einem Autofahrer mitgenommen, erwürgt und im Wald abgeladen worden. Ein Vogel rief, und es war die Stimme seiner Mutter. Er trat schneller in die Pedale, bekam jetzt Panik, raste atemlos die schmale Straße zu Raymonds und Nelsons Hütte hinauf, wo er Nelson in der Nähe der Schaukel vor einem kleinen Feuer antraf, auf dem er sich Würstchen briet. Nelson zeigte keine Überraschung, als Everett erschien. Er sagte, er sei allein, Raymond sei mit seinem Boot draußen auf dem See. »Hunger?«, fragte Nelson.

Everett legte sein Fahrrad auf den Boden, stellte sich neben Nelson und sah ihm beim Essen zu, dann nahm er selbst ein Würstchen, briet es und aß es, wie es war, langsam kauend. Er sagte, er habe sich in der »Zuflucht« gelangweilt, und er hoffe, Nelson habe nichts gegen seinen Besuch. Er sagte, seine Mutter sei abgereist, und seitdem komme ihm die »Zuflucht« anders vor. Sein Vater sei anders. Er sei immer allein, und das mache Everett traurig, und deshalb versuche er, sich von ihm fernzuhalten. Auch Lizzy habe sich verändert. »Sie ist still und bleibt für sich«, sagte er. »Und sie denkt viel an deinen Bruder.« Er sagte, der Einzige, der sich nicht verändert habe, sei sein kleinster Bruder, Fish, jedenfalls soweit er das beurteilen könne.

Nelson ging nach drinnen und kam mit einer Flasche Whisky und zwei Gläsern zurück, goss Whisky in die Gläser und reichte eines Everett, der trank, ein bisschen ängstlich, aber neugierig auf etwas, was er noch nie probiert hatte. Er erschauerte, fand es eklig, trank aber trotzdem wieder. Der Whisky saß ihm in Hals und Brust, und dann schwebten alle traurigen Gedanken nach und nach davon und verschwanden.

Sie saßen am Feuer auf Gartenstühlen, die mit Fahrradschläuchen geflickt waren, und Nelson erzählte Everett, er habe in der letzten Nacht unten an der Quelle ein Stinktier geschossen, habe das kleine Ding mitten in den Kopf getroffen und draußen im Wald vergraben, damit der Fäulnisgeruch nicht zur Hütte heraufzog. »Hab's erwischt, ehe es spritzen konnte.« Er sagte, früher in Lesser habe er Vögel geschossen, unten am Fluss, er und Lawrence Neufeld. »Wir haben uns hingelegt und gewartet, und es ging darum, den Kopf wegzuschießen, ohne den Körper zu beschädigen. Ich war gut. Larry hat mich einen verdammten Teufelskerl genannt, und das war ich auch, und wir haben gelacht und noch ein bisschen weitergeschossen. Larry ist irgendwo auf 'ner Kirchenschule. B.C., glaub ich. Eine Zeit lang, vielleicht sechs Monate, wollte ich Prediger werden. Ich wurde getauft. Hatte 'ne Freundin, Dorothy Stoez, die die Frau eines Predigers sein wollte. Verstehst du? In der siebten Klasse hat uns Mr. Arndt eine Leiche gezeigt, einen jungen Burschen, vielleicht neunzehn oder zwanzig, der von einem Sendemast runtergefallen war. Hundert Meter, und er hatte nichts weiter als 'ne kleine Beule auf der Stirn. Wir latschten an dem Sarg vorbei, schlichen auf Zehenspitzen und guckten rein, und dann sind wir zurück zum Unterricht gegangen. Ich weiß nicht, was der Sinn der Sache war, aber ich erinnere mich noch an die Aufgabe. Ein Gedicht schreiben. Über irgendwas. Und so habe ich über Oma Seymour geschrieben. Sie lebt immer noch. Hat ein Haus im Reservat und wohnt mit Reenie und ihrer Familie zusammen. Sie wird ewig leben. Gottverdammt nicht kleinzukriegen. In dem Gedicht ging's um ihr Sterben. Pah. Komische Sache.«

Er machte eine Pause, zündete sich eine Zigarette an. Er sagte, als er hierher, nach Kenora, zurückgekommen sei, habe er gesehen, dass sich seine Großmutter überhaupt nicht verändert hatte. Sie war noch immer seine Oma, aber ihm gegenüber war sie es nicht mehr. Als wäre er weggegangen und zehn

Jahre lang jemand anderer gewesen und dann wiedergekommen, aber sie erkannte ihn nicht mehr. Verstehst du?

Er sagte, in Everetts Alter sei er ein ziemlich guter Bratschenspieler gewesen, habe im Gemeindeorchester draußen in Steinbach gesessen und sonntagmorgens in der Kirche gespielt, und alle Frauen seien in Ohnmacht gefallen, vor allem Mrs. Pauls, die zu ihren Ohrgehängen und hohen Absätzen immer etwas anderes trug. »Ich habe davon geträumt, was sie als Nächstes tragen würde. Dann bin ich zu einem Musikwettbewerb in Winnipeg gefahren, wurde aber abgeschossen. Kleiner Fisch kommt ins Haifischbecken. Danach hab ich nicht mehr viel gespielt.«

Everett fühlte die Wärme des Whiskys im Kopf und im Bauch. Nelsons Stimme war sanft, seine Augen waren dunkel. Sein Leben schien so viel größer zu sein als sein eigenes, und alles schien ihm leichtzufallen.

Nelson beugte sich vor und sagte in vertraulichem Ton: »In der Schule habe ich fünf Jahre Deutsch gelernt. Mr. Goertzen gab mir eins auf die Ohren, damit ich meinen Wortschatz erweiterte, während ich mich mit blödsinnigen Sätzen rumschlug. *Ich*. Verrückt. Ich und deutsch sprechen. ›*Na, sie sieht immer noch ein bisschen blass aus.*‹ My, she's still looking a little pale.« Er zögerte, sagte dann: »Blass aussehen. Ich *war* sehr blass. So blass, dass ich nicht mehr wusste, wer ich war. Das ist es, was ich gelernt habe.«

Er lehnte sich zurück. »Übrigens, deine Schwester hat hier irgendwann ein Kleid liegen lassen. Ein rotes.«

Everett sagte, das Kleid könnte seiner Mutter gehören.

Nelson machte eine Handbewegung nach drinnen. »Hol's dir. Du willst es doch bestimmt mitnehmen, wenn du zurückfährst.«

Everett stand leicht taumelnd auf. Nelson lachte leise. Everett ging ins Haus und fand das Kleid in einer Plastiktüte neben der Matratze. Er zog es heraus und roch daran. Zigarettenrauch und ein schwacher Duft nach Lizzy, aber vorwiegend seiner Mutter. Er atmete tief ein, dann stopfte er das Kleid wieder in die Tüte und trug sie nach draußen. Nelson stand im Gebüsch und urinierte. Er blickte über seine Schulter und rief: »Na, hast du es gefunden?«

Er zog den Reißverschluss hoch, drehte sich um und sagte, er habe es gestern gefunden. »Es ist ein Prachtstück.« Er sagte, früher sei er mit seiner Stiefschwester Emily deren Kleider einkaufen gegangen. »Mädchen haben es gut, findest du nicht, diese ganze Auswahl.« Er sagte, einmal habe er eines von Emilys Kleidern angezogen, nur zum Spaß.

Ein kühler Wind wehte den Hügel herauf. »Willst du reingehen?«, fragte Nelson, und ohne eine Antwort abzuwarten, ging er in die Hütte, setzte sich und goss sich noch ein Glas ein. Dasselbe tat er für Everett und sagte: »Trink aus.«

Everett warf einen Blick auf den Whisky und nippte dann daran. Bull kam vorbei und strich um seine Beine. Everett bückte sich und kraulte ihr den Kopf. »Wo kommt denn die Katze her? Gehört sie dir?«

»Ich hab sie auf dem Müllplatz gefunden, sie lief da rum und suchte nach Futter, und ich dachte, das ist doch kein Leben für eine Dame, und hab sie hergebracht.« Er lehnte sich zurück und lächelte Everett an, der lächelte zurück. Dunstige Hitze. Wind in den Bäumen.

»Wenn du zurückmusst, fahr ich dich«, sagte Nelson. »Ich hab das Auto von Reenie. Wir schmeißen das Rad in den Kofferraum. Einfach. Ganz einfach. Wie deutsch sprechen. *Ich*. Na los, sag's. *Ich*.«

»*Ich*«, sagte Everett.

»Bravo.«

»Mein Vater mischt gern Sprachen durcheinander«, sagte

Everett. »Streut 'n paar französische Wörter ein und bringt meine Mutter zum Lachen.«

»Na klar.« Nelson musterte Everett und sagte dann: »Sie wird schon wiederkommen.«

»Meinst du?«

»Ich bin sicher.«

Everett lächelte. »Bin ich betrunken?«, sagte er. »Ich glaube, ja.« Etwas in seinem Inneren war freigesetzt worden.

»Erstes Mal?«

Everett nickte.

»Oh, Mann.«

»*Ich*«, sagte Everett. Er lachte.

Nelson sagte: »Los. Probier doch mal das Kleid an.«

Everett blickte auf den Beutel in seiner Hand, auf Nelson, dann wieder auf den Beutel. Er nahm das Kleid heraus und hielt es in die Höhe. »Das hier?«

»Ja. Zieh's an. Das wird lustig.«

»Ich würde blöd aussehen im Kleid meiner Mutter.«

»Versuch's doch einfach mal.«

Everett stand auf, wankte und ging ins Schlafzimmer. Im Dämmerlicht des Raumes legte er das Kleid auf den Fußboden. Er bückte sich, um seine Turnschuhe aufzubinden, und fiel nach vorn auf die Matratze. Er fühlte sein Herz klopfen. Dann rief Nelson. Everett erhob sich und sagte: »Fast fertig.« Auf der Matratze sitzend zog er seine Schuhe und Socken aus. Als er sich das T-Shirt über den Kopf zog, verlor er das Gleichgewicht und fiel wieder nach hinten, dann gelang es ihm, es auszuziehen. Er stand auf, öffnete den Gürtel seiner Jeans und ließ sie herunterrutschen. Dann trat er sie weg und stand in seiner Unterhose da. Er dachte lange über seine Unterhose nach. Er hatte eine beginnende Erektion und sah an sich runter. Er zog seine Unterhose aus, hob das Kleid auf und öffnete den Reißverschluss. Er zog das Kleid an, wie er es bei seiner Mutter so oft beobachtet hatte. Es glitt mühelos über seine Schultern und Hüften, die Arme schlüpften hinein, und schon war er fertig angezogen. Sein Ständer war jetzt richtig hart. Er griff hinter seine Taille nach dem Reißverschluss und rief, dass er Hilfe brauche.

»Komm her«, sagte Nelson.

Everett kam rückwärts aus dem Schlafzimmer und blieb wartend stehen. Seine Erektion machte ihn verlegen, und er wollte nicht, dass Nelson sie bemerkte. Das Licht war schwach. Nelson trat hinter ihn, fasste nach der Zunge des Reißverschlusses und zog sie nach oben. Ein leises, insektenartiges Geräusch. Nelsons Hand an seinem Rücken.

»So«, sagte Nelson. »Zeig dich mal.«

Everett drehte sich herum, die Hände vor seinem Schoß.

»Na. Das ist doch gut. Sehr schön. Was meinst du?« Er machte eine Handbewegung zu dem Stuhl hin und sagte: »Setz dich.«

Everett setzte sich. Schlug die Beine übereinander, so dass sich sein rechter Fuß Nelson entgegenstreckte, der danach langte, einen Zehennagel berührte und sagte: »Bring doch nächstes Mal Nagellack mit, dann malen wir deine Zehen an. Rot. Oder irgendwas Tolles, Schrilles.« Er lachte.

Everett zitterte. Ihm war nicht kalt, trotzdem zitterte er, und es kam von tief drinnen.

»Hey, keine Sorge«, sagte Nelson. »Wir albern bloß so rum. Kein Grund zur Sorge. Es heißt nicht, dass wir schwul sind oder so was, wenn du das meinst.«

Everett sah Nelsons Mund vor sich und seine Hände, die durch die Luft flatterten. Nelson sagte, ein Freund von ihm, ein netter Mann, habe einmal gesagt, am glücklichsten sei der Mensch, den nichts erstaune.

Eine Bö fegte durch die offene Tür herein und strich Everett über den Nacken. Er schaute hinunter auf seine nackten Beine und betrachtete den Saum des Kleides. Er hörte das Locken in Nelsons Stimme und sah, wie Nelson ihn beobachtete, und war erstaunt. Er wollte nicht erstaunt sein, aber er war es, über seine Erektion, über Nelsons unbesorgte Art, über das hohle Gefühl in seinem Innern, das sich anfühlte, als wäre er hungrig, und doch kein richtiger Hunger war. Er war erstaunt über alle diese Dinge, und so wusste er, dass er nicht glücklich sein könne. Vielleicht hatte Nelson ihn getäuscht, oder er hatte sich selbst getäuscht. Er stand auf und langte nach dem Reißverschluss. »Bitte«, sagte er, drehte sich um und bat Nelson, den Reißverschluss zu öffnen. Er wolle sich umziehen und nach Hause.

Durch die einbrechende Dunkelheit fuhren sie hinunter in Richtung Hauptstraße. Auf Everetts Schoß lag die Plastiktüte mit dem Kleid. Sie fuhren in einem Schweigen, das Everett verwirrte. Er fragte sich, ob er etwas falsch gemacht habe, ob Nelson ihn noch möge. In der »Zuflucht« stieg Everett aus dem Wagen, und Nelson nahm das Fahrrad aus dem Kofferraum. Er neigte es Everett entgegen und sagte, sie hätten überhaupt nicht Schach gespielt. »Komm jederzeit wieder, dann spielen wir«, sagte er.

Everett stand da und blickte Nelson nach, dann sah er hinauf zum Himmel, der klar und voller Sterne war, und hatte das Gefühl, als stünde er ganz unten in einem tiefen Brunnen.

Die Nachricht von dem Indianerprotest im Anicinabe-Park erreichte die »Zuflucht« über Radio und Zeitung. Schon bald hatten die Protestierer gedroht, den Staudamm und die Zellstoff- und Papierfabrik in die Luft zu jagen. Auch die Stadt könne in Flammen aufgehen. Einer der Anführer der Besetzung stellte die Frage: »Was sind ein paar Häuser, wenn man jeden Freitag- und Samstagabend aufgrund von Bürgerwehraktionen gegen Ureinwohner Blut die Bürgersteige hinunterrinnen sieht?« Eines Morgens schlug der Doktor beim Frühstück die Zeitung auf und las aus einem Interview vor, das Gary Cameron, der Anführer der Besetzung, gegeben hatte. Cameron sagte, eines ihrer Ziele sei, den Park zurückzuerobern, der ihnen vor Jahren unter dem Hintern wegverkauft worden war, ein anderes sei, auf ihr Volk aufmerksam zu machen, das unter der schlechten Behandlung der Regierung, der Gerichte und der Polizei leide. Er sagte, die Ureinwohner seien es satt, zusammengeschlagen und in Handschellen gelegt und ins Gefängnis geworfen und in Polizeiwagen die Hauptstraße von Kenora rauf und runter vorgeführt zu werden. Häuser in den Reservaten seien Todesfallen. Es gebe keine Sozialdienste. Er habe eine Liste. Die Leute seien erschöpft und hätten die Schnauze voll, und nun ergriffen sie die Initiative.

Der Doktor legte die Zeitung hin. Lizzy bemerkte, dass er über den Protest keine Meinung geäußert hatte, dafür oder dagegen, aber sie wusste, wenn es um soziale Gerechtigkeit ging, stand er auf der Seite der Benachteiligten und zitierte gern aus Jesu Seligpreisungen.

An diesem Abend radelte sie hinauf zur Hütte, wo sie Nelson vorfand, der in der Schaukel saß, Bull im Schoß. Sie fuhr zu ihm, blieb mit gespreizten Beinen über dem Fahrrad stehen und fragte, ob Raymond zu Hause sei. Das war er nicht. Lizzy blickte auf die offene Tür und fragte, wann er nach Hause komme.

Nelson sagte, das wisse er nicht. »Er ist im Moment politischer Demonstrant oben im Park. Manchmal kommt er die Nacht über nach Hause, manchmal nicht.« Er zuckte die Achseln. Lizzy sah Nelson an, verlagerte ihr Gewicht auf ein Bein und schob die Hüfte vor. Sie trug Jeansshorts, Gummilatschen und ein T-Shirt und bemerkte, wie Nelson sich vorbeugte, als wollte er sie inspizieren. Er sagte, Raymond könne jeden Moment zurück sein. Oder er könne in einer Woche zurückkommen. Er sagte, sein Bruder sei naiv. Er habe die Gerechtigkeit, Proteste und Gewehre entdeckt.

»Raymond ist zu klug, um eine Dummheit zu machen«, sagte Lizzy.

Nelson lachte. Er sagte, Raymond laufe Gefahr, beim Golfplatz gefeuert zu werden, deswegen habe *er* den Job übernommen. »Ich stemple jetzt an seiner Stechuhr.« Er lächelte und betrachtete Lizzy von oben bis unten. »Ich werde zu Raymond«, sagte er.

»Schätze, das würde dich also zu meinem Freund machen«, sagte sie lahm. »Ich bin sowieso bloß wegen einem Kleid hier«, sagte sie. »Ich hab's hier liegen lassen.«

»Sieh dich um, klar.« Nelson wedelte mit einer Hand herum.

Sie ging ins Schlafzimmer und kam zurück in den Hauptraum, in dem Nelson inzwischen auf einem Stuhl saß und auf sie wartete. Sie setzte sich in einiger Entfernung von ihm auf einen Hocker und sagte, das Kleid sei weg.

»Dein Bruder hat's wahrscheinlich mitgenommen. Er hat mich ein paar Mal hier oben besucht«, sagte er.

»Was?«

»Everett. Lustiger Kerl. Erinnert mich an mich selbst in diesem Alter. Verstehst du?« Nelson wirkte langsam und schläfrig, als sei er dabei gewesen, sich zu betrinken.

»Er ist hier raufgekommen. Wie denn?«

»Wie du. Mit dem Fahrrad. Einmal hatte er das Schachspiel dabei. Beim Tanz hat er gesagt, er spielt gern Schach, und deshalb hab ich ihn hierher zum Schachspielen eingeladen und ihm den Weg aufgezeichnet. Sehr interessierter Junge. Schwierig. Versteht vieles. Nicht versaut.«

»Er hätte sich verirren können, ob mit Wegskizze oder ohne.«

»Hat er aber nicht. Menschen überraschen uns manchmal, nicht wahr? Hältst du mich für versaut?«

Lizzy schüttelte den Kopf. »Ich hab nicht gesagt, du wärst versaut.«

»Okay. Aber das ist keine Antwort auf die Frage.«

»Ich glaube nicht. Du bist vielleicht ein bisschen traurig. Das ist das eine.«

»Das stimmt. Traurig. Raymond sagt, ich sollte mit jemandem reden.« Er lächelte kurz und sagte dann, wenn Raymond zurückkäme, würde er ihm sagen, dass sie vorbeigekommen sei. Er sagte: »Du kannst jederzeit herkommen. Ich bin nicht gefährlich.«

»Wirklich? Warum bist du nicht oben bei der Besetzung?«

»Ich? Ich glaub nicht an diesen Scheiß. Wirst sehen, nach all den Drohungen und dem Gerede werden sie ihre Gewehre abliefern und in ihre Hütten zurückkehren. Auch in dreißig Jahren wird sich nichts geändert haben.« Er stand auf, beugte sich zu Lizzy vor und sagte: »Raymond hat diese große Vision, aber glaub ja nicht, dass du in dieser Vision irgendwo vorkommst. Verstehst du?«

»Ich glaube, das stimmt nicht.«

»Nein? Hat er dir gesagt, du wärst seine Freundin?«

Lizzy schwieg. Sie erinnerte sich, wie Raymond sie in diesem

Zimmer in den Armen gehalten hatte, sie beide auf der Wolldecke, und er sie gefragt hatte, ob es ihr gut gehe. Sie war sich jetzt unsicher und spürte Raymonds Abwesenheit und Nelsons Gefühlskälte. Sie sagte: »Hat er dir etwas erzählt?«

»Nee, er hat mir gar nichts erzählt. Ich kenne Raymond nicht mal richtig. Ich bin bloß der verlorene Bruder. Aber deshalb kann ich Dinge sehen, die du nicht sehen kannst, und ich sage dir, lass dich nicht allzu sehr hinreißen. Vielleicht wollte er einfach ein weißes Mädchen.«

Lizzy starrte ihn einen Augenblick lang an, dann drehte sie sich um, ging zu ihrem Fahrrad und stieg auf. Als sie sich umblickte, stand Nelson in der Tür. Sie rief: »Everett kommt nicht mehr hier rauf. Lass die Finger von ihm.« Nelson starrte in die Ferne, nicht auf sie, sondern auf etwas jenseits von ihr, und er antwortete nicht auf ihre Worte, doch sie sah, wie sich sein Kopf bewegte, als duckte er sich vor einem Schlag.

Als in dieser Nacht alle schliefen, sagte in der Stille ihrer Hütte Lizzy zu Everett, dass er Nelson nicht wieder besuchen dürfe. Sie sagte: »Ich habe mit Nelson gesprochen und es ihm gesagt. Was hast du dir *gedacht*?« Lizzys flüsternde Stimme wurde lauter. »Du weißt nichts von Nelson. Er hat nichts zu bieten. Er ist ein Schwätzer. Er denkt sich Sachen aus. Er kann fies sein.«

Everett zögerte, sagte dann: »Er ist zu mir nicht fies gewesen. Er spricht mit mir und macht, dass ich mich gut fühle.«

»Ich liebe dich. Ich bin beunruhigt. Und ich möchte mich nicht beunruhigen, weil ich dann Herzschmerzen kriege. Verstehst du?« Schließlich sagte sie: »Was hast du mit Mums Kleid gemacht?«

Es entstand eine Pause, und Everett fragte: »Warum?« Dann sagte er: »Ich hab's in Dads Hütte zurückgelegt.«

Lange Zeit war es still, und dann sagte Lizzy: »Schlaf jetzt.«

Stille. Fishs leises Schnalzen beim Öffnen und Schließen seines Mundes.

Dann: »Lizzy?«

»Hmmm.«

»Findest du mich sonderbar?«

»Red keinen Unsinn.«

»Bin ich schlecht?«

»Du bist erst vierzehn, Ev. Nein, natürlich nicht.«

»Aber du glaubst, Nelson ist schlecht.«

»Das habe ich nicht gesagt. Ich habe gesagt, er ist *fies*. Er kann gefühllos sein.«

»Er hat gesagt, er kannte einen Mann in Winnipeg, der einen Aufzug bediente, einen von diesen alten, wo man durch die Roste sehen kann. Er hat gesagt, dorthin würde er mich mal mitnehmen.«

»Ach ja? Das ist wunderbar, Ev.«

»Er hat bei dem Mann 'ne Weile gewohnt. Er hat boxen gelernt.«

»Vielleicht quatscht er einfach ein bisschen viel.«

»*Ich* glaube nicht. Du machst dir zu viele Sorgen.«

»Es gibt vieles, um das ich mich sorgen muss.«

»Du bist nicht meine Mutter.«

Lizzy ließ ein ganz leises Brummen hören, dann war sie still. Everett hörte sie atmen, und er wusste, dass sie schlief. Lange lag er da und blickte hinauf in die Dunkelheit. Draußen bewegte sich ein Tier an der Hütte entlang. Ein Stinktier vielleicht oder ein Bär. Sein Vater hatte am Tag zuvor drüben am Rand der Lichtung einen Schwarzbären gesehen und die Kinder gewarnt. Beeren gab es keine mehr, die Nächte wurden kälter, der Bär suchte nach Abfällen. Everett schlief ein im zwiespältigen Gefühl, ertappt und entkommen zu sein.

Am folgenden Morgen traf Lizzy Franz und sagte, sie würde gern mit ihm hinauf zum Anicinabe-Park fahren. »Wenn du fährst«, sagte sie. »Falls du noch fährst.« Er war tags zuvor hinaufgefahren und mit der Nachricht zurückgekommen, dass es dort ein riesiges Polizeiaufgebot gebe und dass jeder, der in den Park zu gelangen versuche, durchsucht werde. Er sagte Lizzy, er wolle nach dem Frühstück losfahren und würde sich freuen, wenn sie ihn begleitete. Lizzy trug ein gelbes Strandkleid mit schmalen Trägern über den nackten Schultern, und Franz sagte, sie sehe sehr hübsch aus. Sie sagte nichts und drehte sich weg und legte ihren Arm auf das heruntergekurbelte Wagenfenster. So redete Franz mit ihr. Einmal war sie zu einem nächtlichen Snack in die Küche gegangen und hatte dort Franz getroffen, der am Tisch saß und Brot und Butter aß, ganz allein im Dunkeln, ein Messer in der Hand. Nach ein paar Gesprächsfloskeln hatte er sie gefragt, ob sie einen Freund habe. Das war die Art Frage, die ein Mann gern stellte, als spielte er ein Spiel, in dem es eine Steinmauer gab, sie auf der einen Seite und er auf der anderen, und er fragte, ob er hinüberklettern und ihr Gesellschaft leisten dürfe. Sie wusste auch, dass manche Männer gern Landkarten studierten und davon träumten, fremde Länder zu besuchen, Länder, die verboten waren, und dass es sie erregte, wenn sich die Möglichkeit bot, in diese Länder eingeladen zu werden.

In jener Nacht in der Küche hatte sie sich rasch ein Sandwich gemacht und war wieder gegangen, die im Licht glitzernde Klinge von Franz' Messer vor Augen. Jetzt, während sie neben ihm saß, wurde sie sich ihrer Neugier, was ihn betraf, bewusst. Dann redete Franz, und die Stille schwand und mit ihr Lizzys schlechte Laune. Er sagte, die Besetzung sei eine gute Sache, die Regierung sei faschistisch, und er finde es völlig richtig, wenn die Indianer ein paar Häuser in die Luft sprengten, um auf sich aufmerksam zu machen. »Sie werden unterdrückt«, sagte er. »Und sie wollen sich Gehör verschaffen. Wer wollte das nicht?« Er sagte, eine solche Unterdrückung würde es in Europa niemals geben.

Der Parkeingang war mit sechs Polizeiwagen versperrt. Zwei Beamte mit Gewehren. Einer von ihnen näherte sich ihrem Wagen. Lizzy erkannte Vernon. Er beugte sich herein, um mit Franz zu sprechen, und sah Lizzy. »Miss Byrd. Auf Sightseeingtour?«, fragte er. Er bewegte sein Gewehr. Hielt es höher, als wollte er sichergehen, dass Lizzy es auch sah. »Wenn ja, ist das nicht der richtige Ort. Da drin haben wir einen Haufen Indianer mit Gewehren und Molotowcocktails, die die Stadt in Schutt und Asche legen wollen. Ich würde vorschlagen, Sie fahren zurück zu Ihrer Kommune.« *Kommune* sagte er langsam, als wäre das ein seltsames und unheilvolles Wort.

»Franz ist aus Deutschland, und er möchte ein paar Fotos machen.«

»Ich weiß, dass er aus Deutschland ist«, sagte Vernon. »Ich erinnere mich an Ihren kleinen Bruder. Wie *geht's* Fish?«

»Er ist in guten Händen«, sagte Lizzy. Sie starrte durch die Windschutzscheibe auf das Tor und den Park dahinter, als könnte sie einen Blick auf Raymond erhaschen.

Vernon sagte: »Es ist nicht klug, hier raufzukommen. Es weckt den Anschein, als hätten Sie Verständnis für die Indianer. Gestern haben drei Kommunisten aus Winnipeg versucht, mit einem halbautomatischen Gewehr hier durchzukommen. Alle Spinner kommen jetzt aus ihren Löchern. Sie möchten doch wohl nicht zu denen gezählt werden.«

Lizzy gab keine Antwort. Franz hob seine Kamera und sagte, ihn interessiere es, Geschichte festzuhalten. »Sie zum Beispiel«, sagte er. »Dürfte ich von Ihnen ein Foto machen?« Vernon blickte zunächst amüsiert, als wäre er nicht sicher, wie er auf den Wunsch reagieren sollte, dann lächelte er und sagte: »Kein Problem.«

Er nahm neben seinem Streifenwagen Aufstellung, einen Arm auf dem Dach des Fahrzeugs, ein Bein leicht gebeugt, das Gewehr über der Schulter.

Lizzy stellte sich hinter Franz, der Vernon bat, das Gewehr in beiden Händen zu halten. »Ist es geladen?«, fragte Franz, und als Vernon grinste und »Natürlich« sagte, machte Franz rasch zwei Fotos.

Vernon machte einen Schritt nach vorn und sagte: »Das reicht« und winkte sie weg. Er blieb vor Lizzy stehen und sagte mit einem Nicken zum Park hin: »Ist Ihr Freund Seymour da drin?«

Lizzy zuckte die Achseln. »Keine Ahnung.«

»Seien Sie vorsichtig«, sagte er. Und ging weg.

Am Tag darauf sah Lizzy die Zeitung auf dem Tisch in der Halle liegen und griff danach. Darin war ein Foto von einer Gruppe Demonstranten, etwa zwölf Leute, die ihre Fäuste und Gewehre in die Luft streckten und, der Bildunterschrift zufolge, die Hymne der Amerikanischen Indianerbewegung sangen. Lizzy besah sich das Foto genau und meinte, einen der Männer wiederzuerkennen, die oben in der Hütte von Raymond und Nelson gewesen waren.

Sie legte die Zeitung weg, nahm Fish auf den Arm und schlenderte zum Teich. William folgte ihnen, einen Stock hinter sich herschleifend. Lizzy setzte sich ins Gras, während die Jungen im Schilf am Teichrand nach Fröschen suchten. In der Nacht war sie verängstigt und atemlos aus einem Traum erwacht, in dem Raymond mit dem Rücken zu ihr dagestanden hatte. Sie war um ihn herumgegangen, um einen Blick in sein Gesicht zu werfen, aber da waren nur Schatten, und er schien sie nicht zu sehen. Als sie miteinander geschlafen hatten, hatte er nahe bei ihr gezögert und sie von oben bis unten beschnuppert. Es waren keine Worte gefallen, nur sein Atem war zu hören gewesen, während er sich über ihr bewegte. Vielleicht hatte Nelson recht, und in Raymonds Vision kam sie nicht vor. Sie nahm eine Zigarette aus ihrer Tasche und zündete sie an. Fish kam aus dem Schilf zu ihr herauf und sagte: »Du rauchst.«

»Stimmt«, sagte Lizzy und tippte ihm liebevoll auf die Nase.

Seine Augenbrauen gingen nach oben. Sein Mund zog sich zusammen. Er drehte sich um und betrachtete den Teich. Dann setzte er sich zwischen Lizzys Beine und drängte sich gegen ihren Oberkörper. Lizzy hob den Kopf, als sie den Zigarettenrauch ausstieß. Sie stellte sich vor, Raymond bewundere ihren Nacken. Fish lehnte heiß an ihr. »Geh schwimmen«, sagte sie.

Er rührte sich nicht. Er summte vor sich hin und strich über den Flaum auf ihren Armen.

Sie drückte die Zigarette aus. Everett war gekommen und hatte Harris an das Teichufer gerollt, und nun hatte Harris seinen Rollstuhl so herumgedreht, dass er ihr das Gesicht zuwandte, und sie hatte ihn dabei ertappt, wie er heimlich nach ihren Beinen und Brüsten schielte. »Geh«, sagte Lizzy und gab Fish einen kleinen Schubs. Er richtete sich schwankend auf, lief hinüber zu Everett und setzte sich neben ihn in den Sand. »Ev«, sagte er.

Harris rief, er wolle vom Teichrand weggerollt werden. Lizzy stand auf und ging zu ihm.

»Tut mir leid«, sagte er. Seit der Nacht nach dem Tanz hatten sie eigentlich nicht wieder miteinander geredet. Es war, als wenn es nach der Vertraulichkeit zwischen ihnen nichts mehr zu sagen gäbe und sie wieder Fremde wären. Es hatte so ausgesehen, als gingen sie sich aus dem Weg. Eine Tür hatte sich geöffnet und war dann zugeschlagen worden, und in mancher Hinsicht kam sie sich schlecht vor.

»Es muss dir nicht leid tun«, sagte sie. »Dazu hast du keinen Grund. Du brauchst jemanden, der dir hilft, also helfe ich dir. Wo ist Emma heute Morgen?«

»Sie ist schon früh malen gegangen. Sie mag das Morgenlicht.«

Lizzy löste die Bremsen und drehte den Rollstuhl herum, so dass Harris' Füße durch den Sand schleiften. Sie fragte sich, ob es ihm wehtue, sagte aber nichts.

»So okay?« Sie hatte Harris so platziert, dass sein Gesicht der Sonne zugewandt war. Sie zog die Bremsen an. Er beobachtete den Himmel.

Zu Fish sagte sie, sie gehe in die Hütte lesen. Wollte er Dad besuchen, oder wollte er bleiben?

»Bleiben«, sagte er.

»Geh nicht ins Wasser ohne Ev.« Sie wandte sich an Everett. »Ist das in Ordnung?«

»Okay.«

Auf ihrem Rücken und den Schultern bekam sie wieder einen Ausschlag. Winzige Pickel, so etwas wie Akne, die sie nicht loswurde. Ihre Mutter hatte sie einmal gefragt, ob sie nicht anfangen wolle, die Pille zu nehmen, aber Lizzy hatte sich geweigert. Sie zog ihre Shorts über ihren Badeanzug, nahm ihr Hemd und ging den Weg hinauf durch die Lichtung und vorbei am Außenklo und dem Garten, in dem die Frau des Doktors mit ihren Gemüsebeeten beschäftigt war. Ihr Vater stand daneben, die Hände in den Taschen, und redete. Er sah Lizzy nicht, und sie rief oder winkte nicht. Sie ging an der Halle vorbei und stellte sich vor, sie höre das schrille, helle Lachen ihrer Mutter.

Stattdessen hörte sie die Stimme des Doktors, tief und lispelnd, und dann Franz' »teutonischen Akzent«, so hatte ihr Vater sich einmal ausgedrückt, als er sich über den Deutschen lustig gemacht hatte. »Hör dir den teutonischen Akzent an«, hatte er gesagt, und er hatte den Mann mit einem fein getunten Mercedes-Benz verglichen.

Als sie am Rand der Lichtung Vernon neben seinem Pick-up stehen sah, wurde ihr klar, dass er sie schon eine Weile beobachtete. Sie blieb stehen, und als er winkte, ging sie zu ihm und sagte: »Was ist los?« Sie hatte einen Schreck bekommen und gedacht, Raymond könne etwas Schreckliches zugestoßen sein. »Nichts ist los«, sagte er. »Ich hab heut frei und kam vorbei und dachte, mal sehen, was das kleine Hippiemädchen so treibt.«

Lizzy sagte nichts, und sie reagierte auch nicht auf das anscheinend spöttische Flirten in seiner Stimme. Sie bemerkte, wie nackt sie um den Bauch herum war und wie winzig ihr Badeanzugoberteil erscheinen musste, deshalb schlüpfte sie in ihr Oberhemd und knöpfte es zu.

»Sie sind so ernst«, sagte er und grinste. Er trug keine Uniform, sondern Jeans und ein hellblaues Hemd mit kurzen Ärmeln. Das Hemd war in die Hose gestopft. Auf seinen rechten Unterarm war eine Gewehrpatrone tätowiert. Seine Hände waren groß. »Kommen Sie, wir machen eine Spazierfahrt«, sagte er.

Sie zuckte die Achseln und sagte, sie sei nicht angezogen, um irgendwohin zu fahren.

»Nur eine Spazierfahrt. Ich habe gestern Raymond gesehen, im Park. Ich erzähle Ihnen alles über ihn.« Er grinste.

»Erzählen Sie es mir hier.«

Er schüttelte den Kopf, wies auf seine Uhr und sagte, er bringe sie in einer Stunde zurück. »Vertrauen Sie mir«, sagte er. »Ich bin Polizist.«

Lizzy schaute zu ihrem Vater und Margaret zurück, dann ging sie zur Beifahrertür herum und stieg ein. Während er in Richtung Stadt fuhr, erzählte er von dem Haus, das er gerade gekauft hatte, einem Bungalow mit zwei Schlafzimmern und einem fertigen Hobbyraum. Er sagte, es sei ein gutes Gefühl, Hausbesitzer zu sein. Er schlug sich einmal, zweimal auf den Brustkorb. Lizzy betrachtete die Tätowierung auf seinem Unterarm. Sie fragte, ob er Zigaretten habe.

»Rauche nicht«, sagte er. Sein rechtes Handgelenk hing über dem Steuerrad. Die Luft, heiß und feucht, drang durch die offenen Fenster herein. Lizzy spürte, wie Schweiß zwischen ihren Brüsten herunterrann. Sie befühlte ihre Oberlippe. »Was ist mit Raymond?«, fragte sie.

Vernon parkte in einer Seitenstraße und zeigte auf ein graues Haus. »Das ist es.« Er schaltete den Motor aus. »Die Küche schmeiß ich raus, bau mir ’ne schöne Insel und stelle Kirschholzschränke und einen neuen Herd rein. Der Vorbesitzer war eine alte Frau. Wollen Sie ’n Bier?«

Lizzy schüttelte den Kopf.

»Kommen Sie.« Er stieg aus und ging auf das Haus zu. Rief zu ihr zurück: »Das Bier ist kalt.«

Lizzy sah ihn nach drinnen verschwinden. Was Vernon anging, war sie neugierig, und sie fragte sich, ob das an seiner Beziehung zu Alice lag. Oder vielleicht war es etwas Undurchsichtigeres, vielleicht seine Verbindung zu Constable Hart. Sie fragte sich, ob Vernon wisse, was Hart Raymond angetan hatte. Sie fühlte sich seltsam schuldig, als sie ausstieg und den Weg hinaufging. Drinnen roch sie alten Teppichboden. Sie ging durch den Flur und betrat die Küche. Vernon nahm ein Bier aus dem Kühlschrank, setzte sich auf einen Hocker mit Blick in den hinteren Garten. »Hey«, sagte er, als wäre dies genau das, was sie sich beide wünschten. Er schob ihr einen Hocker hin, und sie setzte sich, während er zum Kühlschrank ging, ein zweites Bier herausnahm und ihr reichte. Sie war sich bewusst, dass er groß war und ihr oben ins Hemd hineinsehen konnte. Sie beugte sich leicht zurück, legte eine Hand an ihren Hals und trank, und dann sagte sie: »Danke« und blickte sich um.

Die Schränke waren von den Wänden gerissen worden, und die Spüle war weg, und Holzspäne lagen auf dem Boden. In dem Raum roch es nach Schimmel und Staub. Bretter mit Nägeln lehnten an einer Wand. Sie sah auf ihre nackten Füße.

»Ach ja, ich wollte Sie warnen«, sagte Vernon. »Geben Sie auf Nägel acht.« Er deutete auf ihre Füße und sagte, ihr Spann sei wirklich sehr hübsch. Er streckte einen Finger in die Luft, schloss die Augen und bewegte die Hand, als zeichnete er ihren Fuß nach.

»Werden Sie nicht komisch«, sagte Lizzy. Sie schnitt eine Grimasse.

»Ich mag Füße«, sagte Vernon und bückte sich, berührte ihren Fuß und sagte: »Da.«

»Bitte nicht«, sagte Lizzy. Sie drehte sich von ihm weg, und dabei wurde ihr klar, dass sie noch immer ihr Badeanzugunterteil unter den Shorts anhatte und dass ihr Po noch feucht war. Ihre nackten Beine erschienen ihr viel zu lang und viel zu nackt. Sie presste sie zusammen. Sie fragte, wo Alice sei.

»Was wissen Sie von Alice?« Vernon lächelte.

»Sie werden sie heiraten. Das hat sie gesagt.«

»Das stimmt. Und wann hat sie das gesagt?«

Lizzy sah Vernons blonde Augenbrauen und die Sommersprossen auf seiner Nase und der Stirn. Er schwitzte. An den Achselhöhlen war das Hemd nass. Sie konnte ihn riechen, ein leichter Körpergeruch, nicht unangenehm, aber sehr eigentümlich. »Eines Abends in der Bar. Sie war da und kam zum Plaudern rüber und sagte, sie und Vernon würden heiraten. Das sind Sie doch, oder?«

»Aber wir sind nicht verheiratet. Wenigstens noch nicht. Vielleicht auch nie. Dinge ändern sich, stimmt's?«

»Weiß sie das?«, fragte Lizzy. Sie fühlte Vernons Angeberei schwinden.

Er wischte sich übers Gesicht. »Sie weiß, was sie wissen will.«

»Komisch. So scheinen alle zu leben. Ohren und Augen zu. Sag mir nicht, ob's wehtun wird. Ich will's nicht wissen.« Sie deutete mit dem Bier auf Vernon. »Sie wäre bestimmt begeistert, wenn sie wüsste, dass ich hier in diesem Haus war.«

»Sie muss es ja nicht erfahren.«

Lizzy schnitt eine Grimasse. »Versuchen Sie, mich zu verführen?«

»Ich weiß nicht. Würde es funktionieren?« Er sagte, sie habe die schönsten Augen, echte Schlafzimmeraugen und weit auseinander, und er machte mit erhobener Hand einen Schritt vorwärts, als wollte er etwas an ihrem Gesicht oder vielleicht an den Augen überprüfen, und er packte sie am Kinn und beugte sich vor und küsste sie, grob und schnell. Sie legte ihm eine Hand auf die Brust und stand auf. Mit dem Rücken zur Wand. Als er sprach, war seine Stimme ruhig. Er sagte, es tue ihm leid, er habe sich verschätzt.

Lizzy wiederholte das Wort *verschätzt* und nickte. »Ich auch«, sagte sie. Und dann sprach sie über Raymond. Sie sagte, sie sei in ihn verliebt. Er sei ein besserer Mensch als sie. Sie sagte, sie versuche nicht, Vernon von ihrer eigenen Güte zu überzeugen, aber manchmal trete Güte in einem Menschen zutage, und das sei bei Raymond der Fall. Sie sagte, letztes Jahr habe Constable Hart Raymond auf eine Insel geschafft und dort zurückgelassen, nach neun Tagen sei er dann von einem vorbeifahrenden Lastkahn gerettet worden. »Aber Sie kennen ja die Geschichte«, sagte sie.

Vernon schüttelte den Kopf. Er sagte, Raymond Seymour sei mit seinem Boot gekentert, auf die Insel gelangt und fast gestorben. Hart habe nichts damit zu tun. Es sei nichts als eine riesige Lügengeschichte, und sie sei naiv, wenn sie sie glaube.

»Ich glaube sie«, sagte sie. Sie warf einen Blick in das Wohnzimmer und die beiden Schlafzimmer dahinter. »Ich hoffe, Sie haben es gut hier. Mit Alice.« Sie stellte ihr Bier auf dem Fußboden ab. Sagte, sie werde nach Hause trampen. Okay? Er zuckte die Achseln. Sie drehte sich um und ging hinaus in der Erwartung, Vernon werde ihr folgen und ihr anbieten, sie nach Hause zu fahren, aber das tat er nicht. Sie ging an seinem Pick-up vorbei und den Weg hinauf über den Hügel und hinunter in die Stadt, und unmittelbar östlich des Kinos nahm eine Frau in einem Wohnmobil sie mit und fuhr sie nach Hause.

Raymond kaufte Cornflakes, Milchpulver, Babymilch, Äpfel, zwanzig Dosen Maispüree, sechs Pfund lose Wienerwürstchen, ein Dutzend Brote, Eier, Ahornsirup, Margarine, Trockenspiritus, vier Kanister Benzin, zehn Stangen Zigaretten und fünfzehn Kartons .22er Patronen. Er kaufte Toilettenpapier und Wegwerfwindeln. Er packte die Einkäufe auf die Ladefläche seines Pick-ups und deckte sie mit einer blauen Plane zu, die er mit Seilenden festband, die er hinter der Sitzbank gefunden hatte. Er fuhr aus der Stadt hinaus und durch das Reservat und weiter nach Bare Point, wo er alles auslud und am Boden seines Bootes verstaute.

Er fuhr im Dunkeln los und näherte sich der Anlegestelle auf der Rückseite des Parks, ohne eine Lampe einzuschalten. Als er die Stelle umfuhr, die an Coney Island vorbeiführte, schaltete er den Motor aus und verharrte still auf dem Wasser. Ein Feuer brannte am Ufer. Gestalten versammelten sich darum und gingen wieder weg. Das Wasser klatschte gegen den Rumpf seines Bootes. Er hörte Stimmen und sah das Licht eines Polizeibootes weiter links. Er hob den Motor aus dem Wasser und ließ ihn einrasten. Er griff zu einem Riemen und ruderte durch den Kanal auf die Anlegestelle zu. Der Bug des Bootes fuhr scharrend über den Sand, und er stieg aus dem Boot ans Ufer. Zwei Männer tauchten auf und zogen das Boot hinauf, um es zu sichern. Dann wurden die Vorräte ins Lager geschleppt.

Gary war zufrieden. Das sagte er. Dann gab er Raymond eine neue Liste und ein weiteres Geldbündel und sagte ihm, die nächste Ladung solle er in einigen Tagen bringen, und er solle sich nicht in der Nähe des Parks blicken lassen. Gary hockte sich mit knackenden Knien neben ihn. Er ächzte. »Nicht die aufregendste Arbeit, aber notwendig. Du bist genau der Richtige.« Er gab Raymond einen Klaps auf die Schulter, griff in seine Tasche und zog seine Zigaretten heraus und gab Raymond eine. Er blieb hocken, und Raymond setzte sich, die Knie an die Brust gepresst. Sie rauchten und blickten hinaus auf den dunklen See. Lichter strahlten drüben auf Coney Island. Das Aufblitzen des Scheinwerfers eines Polizeibootes. Ein Mann rief etwas und dann Stille. Gary drückte seine Zigarette aus und zündete sich eine neue an und begann zu reden. Es hatte nicht den Anschein, als wendete er sich in irgendeiner Weise an Raymond, sondern eher, als hätte er ein Selbstgespräch begonnen oder eine Ansprache an irgendeine größere Menschenmenge. Er sagte, feige Leute hätten ihre Tricks. Sie seien nicht real. Seien nicht geerdet. Er sagte, er habe große Sympathie für die Weißen, die in ihrem Wissen, wie mit den Indianern umzugehen sei, begrenzt seien, und es sei nicht die Schuld der Weißen, dass sie ignorant seien, aber manchmal müsse man sie anschreien, um ihre Aufmerksamkeit zu bekommen. Wie jetzt, mit der Besetzung. Man müsse die Leute aufrütteln. Der Indianer sei ein Sklave, sei immer schon ein Sklave der Invasoren gewesen und würde nie begreifen, dass er ein Sklave sei. »Wir müssen den Ort wiederfinden, woher wir kommen«, sagte er. Er sah Raymond an, als wäre der plötzlich zu einem einzelnen Gesicht in einer größeren Menge geworden, und sagte: »Und du, Raymond. Auch du musst diesen Ort finden. Du musst dieses Bedürfnis nach der größeren Welt aufgeben. Dieses weiße Mädchen, das Leben da drüben.« Er stand auf, zertrat seine Zigarette mit dem Stiefelabsatz und sagte zu Raymond, es sei Zeit.

Auf der Fahrt zurück nach Bare Point kam ein starker Westwind auf und führte schwere Wolken und den Geruch nach

Regen mit sich. Die Wellen waren hoch und schlugen gegen den Bug und schleuderten Wasser über die Dollborde ins Boot. Raymond drehte das Heck in den Wind und hielt aufs Ufer zu. Im Schutz der Küste ließ er sich treiben und fuhr langsam weiter, während er Wasser aus dem Boot schöpfte. Er trug nur eine dünne Jacke, und das Wasser hatte ihn völlig durchnässt. Er begann zu zittern. Das Geräusch seines Motors stieg in die Luft und wurde schnell mitgerissen und sonst wo hingetrieben. Als er in Bare Point ankam, machte er das Boot auf der Leeseite des Kais fest, ging hinauf zu seinem Pick-up und drehte den Zündschlüssel herum und wartete auf die Wärme des Gebläses, während er seine Hände rieb und Wasser an ihm herabtroff und sich zu seinen Füßen sammelte.

Er erinnerte sich an Garys Worte, dass er den Ort finden müsse, woher er gekommen sei. Raymond hatte nicht verstanden, was er damit sagen wollte. Und er hatte nicht gefragt.

Als Raymond vierzehn war, lud ihn sein Onkel Jackson für einen Teil des Winters zu sich in den Norden ein. Er verbrachte die Tage damit, Fallen zu kontrollieren und zu lernen, wie man Schlingen auslegt. Er lernte, wie nützlich es ist, Bisams zu häuten und Mark aus den Knochen zu saugen, und er lernte, dem Tier dankbar zu sein, das er getötet hatte. Er erfuhr, dass Wölfe von Karibudärmen angelockt werden, und er lernte, dass man mit Schlingen auch Füchse oder Kojoten und manchmal auch Elche fangen konnte. Es gab Augenblicke, wenn er die Fallen abritt, da dachte er an zu Hause. Er vermisste Kenora, und er vermisste seine Großmutter, und er vermisste die Möglichkeit, in die Stadt zu gehen und sich einen Film anzusehen oder einen Hamburger zu kaufen. Abends spielte er mit seinem Onkel Karten, und danach saßen sie, ohne zu reden, vor dem Ofen, und während sein Onkel rauchte, wartete Raymond. Oder er bildete sich ein zu warten, obwohl er nicht hätte sagen können, worauf genau er wartete.

Als Raymond und sein Onkel Ende Dezember einmal mit dem Motorschlitten unterwegs waren, um die Fallen zu kontrollieren, gerieten sie in einen Schneesturm. Der Sturm kam gegen Mittag auf, und am Nachmittag war die Sicht gleich null. Raymond saß hinter seinem Onkel, das Gesicht gegen dessen Parka gepresst, und Wind und Schnee wehten unter seine Kapuze und in den Nacken. Irgendwann hielt der Motorschlitten, und sein Onkel stieg ab, blieb im heulenden Wind stehen und beugte sich dann Raymond entgegen und sagte, sie würden hierbleiben. Er zeigte auf den Boden, fiel auf die Knie und begann zu graben. Raymond machte mit, und gemeinsam gruben sie einen Tunnel in den Schnee und höhlten am Ende des Tunnels einen Raum aus. Das dauerte ungefähr eine Stunde, und als sie fertig waren, schwitzte Raymond. Sie krochen durch den Tunnel in den Raum, der groß genug war, um darin zu sitzen. Mit der Flinte, die er immer bei sich hatte, bohrte Jackson ein Luftloch, indem er den Lauf mit einem Stück Stoff zustopfte, um ihn nicht zu ruinieren, und nach oben ins Freie stieß und leicht hin und her bewegte. Er lachte leise, als amüsiere er sich über seine eigene Erfindungsgabe oder sei erfreut, an diesen Ort gelangt zu sein. Er kroch durch den Tunnel zurück und verschloss die Öffnung mit losem Schnee und drückte ihn fest, und im selben Moment war das Geräusch des Windes weg und mit ihm das Licht. Raymond hörte, wie er seinen Parka auszog. Er sagte zu Raymond, das solle er auch tun und ihn sich unter den Hintern legen. Sie saßen im Schneidersitz da, und ihre Knie berührten sich. Raymond konnte seinen Onkel nicht sehen, aber er hörte ihn atmen. Sein Onkel strich ein Streichholz an, und in dem kurzen Aufflammen sah Raymond das Gesicht seines Onkels und dessen Zahnlücken, und er sah seine eigenen Hände. Mag sein, dass sein Onkel in Raymonds Augen Angst sah, denn er begann, etwas vor sich hin zu summen. Es war nicht besonders musikalisch, und Raymond erkannte keine Melodie, aber das Geräusch, das sein Onkel von sich gab, war tröstlich und trug ihn fort zu einem Ort, wo es keine Gefahr gab. Selbst als sein Onkel zu summen aufhörte, setzte sich das Geräusch fort, bis Ray irgendwann bemerkte, dass das Geräusch das Heulen des Windes über ihnen war, den man jetzt wieder hören konnte. Sie schliefen ein und wachten auf und schliefen noch ein wenig. Sein Onkel hatte in seinem Rucksack zwei Schokoriegel, und die aßen sie langsam. Sie nahmen Schnee und aßen ihn, indem sie ihn in ihren Mündern tauen ließen. Wenn sie pinkeln mussten, knieten sie sich mit gesenkten Köpfen hin und zielten gegen die Wände um sie her. Der Pissestrom erzeugte unmittelbar Wärme, die sich dann genauso schnell verflüchtigte.

Wenn Raymond nicht schlief, lauschte er dem Wind und dem Atmen seines Onkels, und manchmal stellte er Fragen, obwohl sein Onkel nicht zu längeren Antworten neigte. Als er fragte, ob sie sterben müssten, lachte sein Onkel. Er sagte, auf Sterben oder Nichtsterben komme es nicht an. Er schwieg, und schließlich sagte er, er habe zahlreiche Stürme überlebt, viele schlimmer als dieser. Er fragte Raymond, ob er Angst habe zu sterben. Raymond log und sagte nein. Sein Onkel lachte in sich hinein. Er sagte, aus Angst vor etwas gerate man in Panik. Er sagte, wenn ein Wolf sich in einer Falle fange, wie der, den sie neulich gefangen hätten, dann seien es die Panik und die Angst, die den Wolf töteten, nicht die Falle. Er sagte, einmal habe er das Bein eines Wolfs in einer Falle gefunden. Der Wolf war mit dem Hinterlauf hineingeraten und hatte die Muskeln und den Knochen durchgenagt und sein eigenes Bein amputiert, um am Leben zu bleiben. Sein Onkel sagte, sie würden vielleicht einen Finger oder einen Fuß durch Erfrierungen verlieren, aber das sei auch alles. Etwa um die Zeit begann Raymond zu frösteln. Sein ganzer Körper zitterte, und als er zu sprechen versuchte, rasselte seine Stimme im Einklang mit seinem klappernden Unterkiefer. Sein Onkel fragte, ob er seine Füße spüre. Raymond wackelte mit den Zehen in seinen Stiefeln und sagte, er fühle sie, auch wenn sie fast taub seien. Sein Onkel sagte, er solle sie aneinanderdrücken. Auch seine Hände. Er rückte näher an Raymond heran und legte seinen Arm um ihn und zog Raymonds Kopf an seine Brust. Er atmete ihm auf den Scheitel, und Raymond spürte die Wärme des Atems seines Onkels und roch ihn, eine Mischung aus Holzrauch, Schweiß und Fett. Schließlich zitterte er nicht mehr und schlief in den Armen seines Onkels ein. Als er aufwachte, war er allein. Licht fiel durch das offene Loch herein, und Raymond kroch hinauf ins Sonnenlicht, sah vor sich einen See aus Schnee, und in der Ferne, eine einzelne Linie auf diesem gleißenden See, stand sein Onkel mit erhobenem Kopf und sprach mit dem Himmel.

III
Die Lichtung

Im Jahr 1964, als Nelson Seymour zehn Jahre alt war, wurde er seiner Großmutter, die im Reservat nahe Kenora lebte, weggenommen und bei einer Mennonitenfamilie in einer Kleinstadt namens Lesser, südlich von Winnipeg, untergebracht. Zwei Weiße, ein Mann und eine Frau, kamen in einem blauen Ford Galaxy in das Reservat, um nach Raymond und Nelson zu suchen, aber nur Nelson war zu dieser Zeit zu Hause bei seiner Großmutter. Er wurde auf der Stelle mitgenommen. Seine Großmutter versuchte, die Leute aufzuhalten, aber ihre Bitten zeigten keine Wirkung. Der Mann nahm seinen Filzhut ab, hielt ihn gegen seine Hüfte und sagte: »Wo ist der andere Junge, Raymond?« Die Großmutter blickte zu Boden. Dann log sie und sagte, er sei weg, im Norden bei seinem Vater. Der Mann mit dem Filzhut blickte sich bei den Fahrrädern im Hof und der alten Schaukel um. Es war Herbst, und das Laub war von den Bäumen gefallen, und der Wind war schneidend und kalt. Der Mann schaute auf ein Blatt Papier in seiner Hand. »Hier steht, Raymond Seymour kommt zur Schule. Wie passt das zusammen?«

Die Großmutter hob ihren Blick zum Himmel, zuckte die Achseln und sagte, die Leute von der Schule irrten sich. Der Mann sah Nelson an. »Dein Bruder Raymond, wo ist er?«

Nelson sah seine Großmutter an, die ihn starr anblickte und nickte. Nelson ahmte ihr Nicken nach und begann dann zu weinen. Der Mann setzte seinen Hut auf, drehte sich um und ging mit dem weinenden Nelson hinaus zu dem Wagen, während die Frau ein paar von seinen Sachen zusammenpackte.

Die Großmutter schrie, Nelson gehöre ihr und wo sie mit ihm denn hinführen, aber sie bekam keine Antwort.

Später an diesem Abend war Raymond wieder zu Hause, und seine Großmutter erzählte ihm, dass die Leute von der Regierung Nelson mitgenommen hätten, und sie sagte, dass sie nicht wisse, wann er wiederkomme. Sie wisse nicht, wohin er gebracht werde, vielleicht zu einer weißen Familie, weil das vor einem Monat mit Elijah Prince passiert sei. Sie sagte, Nelson sei stark, stärker als Raymond. Ihre Hände lagen gefaltet auf dem Tisch und zitterten. Am nächsten Morgen brachte sie Raymond zu seiner Tante Donna, die ungefähr fünf Meilen entfernt außerhalb des Reservats lebte. Raymond blieb dort zwei Monate lang. Er ging in diesem Herbst nicht mehr zur Schule, und niemand stellte Fragen, und erst Jahre später erfuhr er, dass er zusammen mit seinem Bruder hätte weggebracht werden sollen und dies auch geschehen wäre, wenn die Behörden beschlossen hätten, seinetwegen wiederzukommen.

Im ersten Monat in seinem neuen Zuhause lief Nelson dreimal weg, wobei er es einmal fast bis Kenora schaffte, bevor die Polizei ihn aufgabelte. Ein anderes Mal, Mitte Januar, fand ihn sein Adoptivvater, als er zu Fuß auf dem Highway 59, unmittelbar außerhalb von Île des Chênes, unterwegs war. Auf der Rückfahrt nach Lesser sagte sein neuer Vater zu Nelson, er solle endlich dankbar sein für das, was ihm geschenkt worden sei. »Du hast eine Mutter und einen Vater, die dich lieben, du hast ein wunderbares Zuhause, Kleidung, Essen, du hast drei Schwestern, die alles für dich tun würden. Dein Name ist Nelson Koop, du bist jetzt mein Sohn, und ich bin dein Vater. Niemand wird dir etwas zuleide tun. Verstehst du das?«

Am Tag zuvor hatte es geschneit, und die Felder waren zugeweht, und überall herrschte ein reines Weiß, das in der Sonne blendete. Nelson sah aus dem Beifahrerfenster, betrachtete die

Felder und stellte sich vor, er würde in diese Leere hinausziehen. Nach dieser letzten Flucht lief er nicht wieder weg, obwohl er oft daran dachte. Zu Beginn des Jahres war er in die fünfte Klasse gesteckt worden und hatte sehr schlecht abgeschnitten. Nach der Hälfte des Schuljahrs wurde er in die vierte Klasse zurückgestuft, wo sich die Jungs über ihn lustig machten, aber ihm nicht zu nahe kamen, weil er für seine harten, raschen Fäuste bekannt war. Am ersten Schultag hatte ihm ein Junge namens Benjamin Senkiew einen Schlag versetzt und eine blutige Nase verpasst. Als Nelson am Tag darauf auf dem Korridor an Senkiew vorbeiging, fiel er über ihn her und boxte ihm ins Gesicht, bis er vom Sportlehrer weggezerrt wurde. Er erhielt eine Woche Unterrichtsverbot, und als er wiederkam, stellte er fest, dass man ihn weder verhöhnte noch mit ihm redete, und er gewöhnte sich an das Schweigen und den widerwilligen Respekt und den Hass, die ihn umgaben.

Im Herbst, als er vierzehn wurde, schloss er sich der Footballmannschaft an und wurde schnell für seine Rücksichtslosigkeit und die Gleichgültigkeit gegenüber seinem eigenen Körper bekannt. Er wurde langsam akzeptiert und ging eine Zeit lang mit Glenda Ratzlaff, einem langen, dünnen Mädchen, aber ihr Vater hatte etwas dagegen, und so blieb ihm nichts als die Erinnerung daran, wie ihre weichen Hände unter seinem T-Shirt nach oben geglitten waren, als sie in einer kalten Nacht hinter der Curlingbahn gestanden hatten.

Im Laufe der Jahre gab er die Erinnerung daran, wer er war und woher er gekommen war, auf, auch wenn es vorkam, dass er mitten in der Nacht aus einem Traum erwachte, in dem ihn jemand bei seinem falschen Namen gerufen hatte, sich aufrichtete und sagte: »Ich heiße Nelson Seymour.«

Seine neuen Eltern hatten nie verheimlicht, dass er adoptiert war und aus einem Reservat in Kenora kam; aber sein Wissen, seine Erziehung, seine Religion, all dies war von der Welt der Mennoniten und dem Glauben der Mennoniten durchdrungen, und in vieler Hinsicht war er eher ein Mennonit als ein Ojibwe. In einem Sommer mietete seine Familie ein Ferienhaus am Lake of the Woods, und als sie durch Kenora fuhren, überfielen ihn die Vertrautheit und die wohlbekannten Gerüche. Eines Morgens sehr früh ging er hinaus auf den Bootssteg des Hauses, in dem die Familie wohnte. Nebel schwebte über dem Wasser, und die aufgehende Sonne erschien wie eine schwache Lampe im Dunst. Ein Seetaucher rief und schwamm dann in Sicht, und der Geruch der Zellstoff- und Papierfabrik wehte über das Wasser. Ein Abgrund tat sich vor ihm auf, und er verspürte einen stechenden Schmerz in seinem Herzen. Später, als er ins Haus zurückging, machte Mrs. Koop gerade Kaffee. Sie trug ihren Badeanzug für ihr Morgenbad und hatte sich ein Handtuch um die Hüfte geschlungen. Sie drehte sich um und sah ihn an, als wartete sie darauf, dass er sprach, aber er erzählte ihr nicht, was er gesehen oder empfunden hatte.

Mit dreizehn war er getauft und in die mennonitische Brüdergemeinde Lesser aufgenommen worden. Er trug eine weinrote Chorrobe über seinem T-Shirt und den Shorts, und als der Pastor ihn untertauchte, hielt er Nelsons Hinterkopf fest. Sein Vater war sehr erfreut über seine Entscheidung, und seine Mutter lud Verwandte und Freunde zum Lunch ein, und nach dem Menü aus Reisauflauf, Mais und Jell-O-Salat spielte Nelson ein kurzes Stück auf der Bratsche für die Gäste, die ihn für seine Virtuosität lobten.

Und schließlich, in seinem letzten Jahr auf der Highschool, nach Jahren, in denen ihm andere Leute ihre Vorstellungen vom Leben aufgedrängt hatten, begann er seine eigenen Entscheidungen zu treffen. Er schmiss die Schule und nahm einen Job als Lastwagenfahrer in der Futterfabrik des Ortes an; so kam er an Geld. Er hatte eine Reihe von Freundinnen, von denen die letzte Joelle Picard war. Sie war so selbstsicher, so überaus nachsichtig mit ihm, dass er sich in einem edleren Licht zu sehen begann. Und eines Abends dann betranken sie sich beide, und Joelle nannte ihn in hänselndem Ton Indianer. Nelson beugte sich zu ihr vor, packte sie am Kinn und quetschte es, bis sie aufschrie. Währenddessen hatte er das Gefühl, außerhalb seiner selbst zu stehen und jemand anderem dabei zuzusehen, wie er Joelles Porzellankinn verdrehte, und er empfand eine Bestürzung, die ihn überraschte. Er sah Joelle nie wieder.

Im Monat darauf stahl er einen Pick-up und fuhr nach Westen, bis das Benzin alle war. Er trampte nach Hause und wurde von einem jungen Paar mitgenommen, das wissen wollte, woher er sei. Er sagte Kenora, und das Mädchen, das ihr braunes Haar zu Zöpfen geflochten hatte, drehte sich zu ihm herum, sah ihn lange an, grinste schließlich und bot ihm Haschisch an. »Es ist fabelhaftes Shit«, sagte sie. Als sie ihn in Winnipeg absetzten, stieg das Mädchen aus und umarmte ihn, indem sie ihre nackten Arme um seinen Hals schlang. Nelson stellte sich vor, er erwürgte ihren Freund und lebte für immer mit diesem schönen Mädchen. Der Gedanke erschien ihm nicht weit hergeholt.

Anfang Frühjahr ging er von zu Hause in Lesser weg und lebte in Winnipeg bei Abe, dem Bruder seines Adoptivvaters. Abe bediente den Aufzug im Bate Building an der McDermot. Er wohnte in einer Zweizimmerwohnung im zweiten Stock und bot Nelson die Couch im Wohnzimmer an, von wo er unten auf dem Bürgersteig Raufereien hören konnte, gigantische Auseinandersetzungen voller Flüche und Drohungen und wirkungsloser Schwinger. Eines Nachts gab es eine Schlägerei zwischen vierzehn Männern. Nelson beugte sich aus dem Fenster, um zuzusehen. Schließlich kam die Polizei und konfiszierte die Metallrohre und Brecheisen und Baseballschläger. Die betrunkenen Männer wurden in einen Polizeitransporter getrieben und weggefahren. Einer wurde in einem Krankenwagen abtransportiert.

Abe, der behauptete, Nelson habe keine Muskeln am Leib und in seinem Leben etwas Männlicheres nötig als eine weibische Bratsche, meldete Nelson in einem Sportstudio in der Princess an, wo er völlig planlos boxen lernte. Mit den anderen Boxern rannte er durch die Straßen der Innenstadt von Winnipeg und kehrte zum Seilspringen ins Sportstudio zurück. Er war kein eleganter Kämpfer, sondern hatte etwas Unfaires an sich, und es war diese Bösartigkeit, die ihm sein Trainer auszureden versäumte. Abends schlenderte Nelson die Albert Street entlang, vorbei an den Säufern, die an der Hintertür eines Hotels herumhingen. Viele Male sah er sich am Eingang zur Bar stehen, drauf und dran hineinzugehen, aber dann wandte er sich ab. Er wusste, irgendwann würde er nach Kenora reisen, um nach seiner Familie zu suchen. Er hatte Angst und fand alle möglichen Gründe, es nicht zu tun, bis er eines Nachmittags in Richtung Osten trampte und in der Stadt ankam, die er vor zehn Jahren verlassen hatte. Dort fragte er nach seiner Familie, und es dauerte nicht lange, bis er seinen Bruder Raymond fand, der in der Hütte in der Nähe von Bare Point wohnte. In der Woche darauf gab es im Haus seiner Großmutter ein Fest. Vettern und Onkel und Tanten kamen herbei, und seine Großmutter backte Blaubeerkuchen, und ein Festmahl kam auf den Tisch: Makkaronisalat, Bratfisch, Entensuppe, Klik, Tang, Kartoffelbrei und Piroggen. Nelson erzählte seinem Vetter Gerald, er habe in Lesser massenweise Piroggen gegessen, bloß hießen sie dort Verenika. Gerald sah ihn an und sagte: »Bist du darum so fett?« und lachte, und Nelson sah, dass Gerald ein Vorderzahn fehlte. Nelson wusste, dass ihm so etwas wie Liebe geboten wurde, aber sie fühlte sich hart und fremd an, und er wusste nicht, was er damit anfangen sollte. Er hatte an dem Tag seine Stiefmutter angerufen, um sie wissen zu lassen, wo er war, und Mrs. Koop hatte gesagt, dass sie ihn vermisse. »Wir alle vermissen dich«, sagte sie. »Die Tür steht offen.« Er sagte, das wisse er.

Spät am Abend sang seine Schwester Reenie mit klarer, heller Stimme ein paar Gospelsongs. Dann klimperte sie auf ihrer Gitarre herum und fragte, ob Hank Williams passend sei, und dann sang sie, ohne eine Antwort abzuwarten, »I'm So Lonesome I Could Cry«. Als sie damit fertig war, sagte sie: »Wir wussten nicht, wo du warst, Nelson, und sie wollten es uns nicht sagen. Wir haben einfach drauf gewartet und gewartet, dass du heimkommst. Zehn Jahre. Es ist unglaublich, nicht? Willkommen zu Hause.«

Nachdem er und Raymond in dieser Nacht zurück in die Hütte gefahren waren, lag er im Bett und horchte auf das Atmen seines Bruders und dachte darüber nach, dass ihn seine Großmutter nie richtig angesehen hatte, niemand ein Wort darüber verloren hatte, wo er gewesen war, oder auch nur danach gefragt hatte, und er war sich arrogant vorgekommen und hatte sich verloren und all diesen beschränkten Leuten überlegen gefühlt, die angeblich seine Familie waren. Er vermisste die Koops unendlich.

Er hatte einen Job auf dem Müllplatz gefunden, sein Bruder mähte den Rasen auf dem Golfplatz, und an den Abenden, nach Einbruch der Dunkelheit, saßen sie in der Stille der Hütte, und Nelson redete über das Boxen und wie er es genoss, wenn seine Faust im Gesicht eines Gegners landete. Eines Abends, ungefähr einen Monat nachdem Nelson zurückgekehrt war, erzählte ihm Raymond, dass er sich noch an den Tag erinnere, an dem er, Nelson, weggebracht wurde. »Ich komme von Charlie nach Hause – du erinnerst dich an ihn –, und du bist gerade weg. Oma erzählt mir, was passiert ist, und ich denke, du musst weiß geworden sein, kaum dass du in den Wagen gestiegen bist.« Sie saßen an dem Tisch. Irgendwo draußen bellte ein Hund. Raymond drehte sich herum und sah seinen Bruder an, aber im matten Licht der Kerze konnte er nur dessen Silhouette sehen. Er sagte: »Oma hat mich sofort für ’ne Weile rauf zu Tante Donna gebracht. Erst später hat sie mir erzählt, dass sie auch nach mir gesucht haben.«

»Ach ja? Hat sie das gesagt?« Nelson zündete sich eine Zigarette an, und in dem kurzen Aufleuchten sah Raymond deutlich seine Augen. »Vielleicht hat sie gelogen.«

»Warum sollte sie lügen?«

»Bist du eifersüchtig? Wolltest du, dass *du* auf diese Reise gehen könntest?«

»Ich wusste es nicht, das ist alles. Ich wusste es nicht.« Raymond griff nach Nelsons Zigaretten, und als wollte er irgendeine Gefühlsregung verbergen, sagte er: »Vielleicht hat Oma ja die Leute von der Regierung angerufen und sie gebeten, ihren Nelson mitzunehmen, weil er zu gerissen war und es nötig hatte, dass ein paar Weiße ihm ein bisschen was auf die große Klappe geben. Und sie hatten Erfolg.« Er grinste.

»Arschloch«, sagte Nelson.

Raymond trank Wasser aus der Schöpfkelle. Nelson wollte wissen, warum Raymond kein Bier trank, ob er den Geschmack nicht möge.

»Ach was«, sagte Raymond.

»Also was anderes? Vielleicht bist du zuckerkrank?« Nelson lachte.

»Kein Interesse, das ist alles«, sagte Raymond.

»Ich habe die Sonntage zu Hause gehasst«, sagte Nelson. »Ging morgens zur Kirche und kam dann zurück und habe Roastbeef und Mais und Kartoffeln gegessen, und am Nachmittag rührte sich nichts. Ich habe auf dem Gehweg gestanden und die Straße runtergeguckt. Da gab es Staub und ab und zu ein Fahrrad, und ich dachte, das Leben wär zu Ende.« Er sagte, Platz gebe es auch hier, aber dieser Platz sei anders und großzügiger. »Christentum, Gott, das war alles«, sagte er.

»Wie Reenie«, sagte Raymond.

»Schätze, ja. Sie nimmt es ernst.«

»Scheint so.«

»Ich hab's auch ernst genommen. Tu's noch immer in gewisser Weise. Ist mir auf den Rücken geschnallt wie 'n scheiß Ruder.« Er stand auf und nahm sich noch ein Bier und sagte, dass das Wasser tiefer sei, als man ihn glauben gemacht habe.

Raymond sah ihn an und sagte, dass er in Rätseln rede und was das bedeuten solle. »Wenn du meinst, du bist besser als wir, was willst du dann hier?«

»Das hab ich nie gesagt.«

»Du denkst es aber. Redest über dies und das und Boxen und Gott und benutzt große Wörter, die ich noch nie gehört habe, und erzählst uns, dass du Bratsche spielst, was zum Teufel das auch ist, und all die Bücher, die du gelesen hast, und all die Mädchen, die du gefickt hast, und was machst du jetzt? Schiebst auf einem Hügel Müll rum.«

»Scheiße. Hab nie gesagt, ich hätte viele Mädchen gefickt. Die Jungs mussten zum Bumsen sowieso nach St. Pierre und St. Adolphe fahren. Freundliche kleine katholische Mädchen.«

Raymond schwieg.

»Ich erinnere mich noch, wie's anfing«, sagte Nelson. »Ich heulte und heulte. Schließlich haben sie nachts Emily zu mir runtergeschickt. Das war meine ältere Schwester. Sie hielt meine Hand und redete und las mir vor und redete noch ein bisschen. Ich weiß nicht mehr, was sie gesagt hat, aber ihre Stimme war sanft und leise, und sie roch angenehm.«

Raymond sagte, Nelson habe Glück gehabt, dass er jemand

wie Emily Koop hatte, die seine Hand hielt. Er sagte, er habe eine Woche nichts gegessen, nachdem Nelson fortgebracht worden war, und dann sei eines Tages Oma zu Tante Donna, bei der er wohnte, herausgekommen und habe ihm Milch in den Schlund gegossen, bis er würgte und sich übergab. Sie habe es nicht böse gemeint, sagte er, und immer wieder gesagt, es sei zu seinem eigenen Nutzen, und dann, nachdem er sich ein zweites Mal übergeben hatte, habe sie ihn hingesetzt und Erdnussbutter von einem Löffel lecken lassen. Das habe sie mehrmals wiederholt, bis er anfing, wieder richtige Nahrung zu sich zu nehmen.

»Das wusste ich nicht«, sagte Nelson.

»Natürlich nicht. Wie solltest du? Du warst ja weg.«

»Das hast du gemacht?« Nelsons Stimme war leise und ruhig, sein Gesicht näherte sich dem von Raymond.

»Ich hab überhaupt nicht geweint. Nur nichts mehr gegessen.«

»Nicht geweint, hä? Ein harter Hund warst du.« Nelson streckte die Hand aus und boxte Raymond leicht gegen den Kopf.

»Du könntest mir beibringen, wie man boxt«, sagte Raymond. »Mir zeigen, wie ich meine Hände halten muss.«

Nelson schüttelte den Kopf und sagte, Boxen sei eine gefährliche Sache. »Lässt dich glauben, du kannst es mit jedem aufnehmen, überall. Das möchtest du doch nicht.« Dann sagte er, die Koops hätten ihm beigebracht, wie man sich umarmt. Mrs. Koop habe immer darüber genörgelt, dass er niemanden richtig umarme, dass er immer die Arme ausgestreckt an den Seiten halte, als wäre er ein totes Tier, und deshalb ließ sie ihn seine Arme um sie schlingen und zudrücken. »So«, sagte Nelson, langte nach Raymond und packte ihn im Nacken. Raymond wich zurück. Lachte und sagte: »Hau ab.«

Nelson lief ihm nach, sprang über den Stuhl und hechtete nach seinem Bruder. Packte ihn um die Taille und warf ihn auf den Holzfußboden. Raymond fiel hart, und die Luft blieb ihm weg, aber er holte mit dem Ellenbogen aus und versetzte Nelson einen Schlag in die Rippen, direkt unterhalb des Herzens. Nelson schrie auf und drückte Raymonds Schultern mit seinen Knien auf den Boden. Saß rittlings über ihm, den Hosenschlitz dicht an Raymonds Hals. Beide atmeten schwer. Nelson grinste. »Blas mir einen«, sagte er. Raymond wand sich und versuchte, sich zu befreien, dann bewegte er sich nicht mehr.

Nelson ließ seinen Bruder los, rollte sich zur Seite und lag auf dem Rücken, den Blick zur Decke gerichtet. Er langte nach einer Zigarette und zündete sie an. Es trat eine lange Stille ein, und es schien, als wollte keiner von beiden sie unterbrechen oder wisse auch nur, wie das geschehen solle. Dann sagte Nelson mit ruhiger Stimme: »Überraschung ist alles. So legst du einen auf die Matte. Vergiss das nicht.«

Sie teilten sich die Zigarette. Dann erzählte Raymond von der Highschool, von Alice, von der Insel und wie er von Alices Polizistenonkel zum Sterben zurückgelassen worden war. Er brauchte lange, um seine Geschichte zu erzählen. Er fügte Einzelheiten hinzu, die er vergessen hatte, die Farbe des Himmels, den Wind in der Nacht, das Heulen der Wölfe drüben auf dem Festland, den Hass in Earl Harts Augen. Er sagte, er habe keine Angst vor dem Tod gehabt und am neunten Tag gedacht, dass er wohl sterben müsse, und dann sei er gerettet worden. Er sagte, die Zeit auf der Insel habe ihm geholfen, die Bedeutungslosigkeit seines Lebens zu begreifen. Nicht dass er nicht leben wollte. Nein, im Gegenteil. Aber er habe erkannt, dass er sich nicht unterschied von diesem Baum oder diesem Fels oder jenem Vogel, den er getötet hatte, oder diesem Fisch, der aus dem Wasser emporschnellte, oder den Wolken über ihm.

Als Raymond geendet hatte, saßen sie zusammen in der Stille da, während die Kerzen auf den Tisch tropften. Dann sagte Nelson, er sei mit der Lehre aufgewachsen, dass es einen Gott gebe, der jeden zu retten bereit sei, der gerettet werden wolle. »Aber dann frage ich mich, was macht man mit einem Mann wie Hart? Kann er gerettet werden? Vielleicht blickt Gott nur herunter und lacht über das, was wir einander antun. Vielleicht interessiert es ihn nicht besonders.«

»Na ja, er hat die Welt geschaffen«, sagte Raymond. »Und ich glaube, es sollte ihn schon interessieren. Man macht nicht etwas und dreht sich dann um und sagt: ›Alles Mist, ich verbrenne es.‹«

»Du vielleicht schon.«

»Aber du wahrscheinlich nicht.«

»Weißt du, was ich denke? Du hast keine Ahnung.«

»Leck mich.«

»Okay, wie viele Tage, um die Welt zu erschaffen?«

»Für deinen Gott und deine Geschichte? Sieben.«

»Sechs. Arschloch. Am siebten Tag legte Gott die Hände in den Schoß und ließ sich einen blasen.«

Raymond lachte.

Nelson bezeichnete sich als blasphemisch, und Raymond sagte, er habe keine Ahnung, was das bedeute.

»Hast du die Geschichte von Joseph gehört?«, fragte Nelson. »Er wird von seinen Brüdern verkauft.«

»Joseph wer?«

»Scheiße. Ich erzähl sie dir irgendwann mal.«

Eine der Kerzen flackerte und ging aus. Draußen, unten am Bach, bewegte sich ein Tier, und die Nacht dämmerte dahin.

Als Raymond sich schließlich wieder in der »Zuflucht« blicken ließ, war es Sonntag, etwa eine Woche später. Er stand da in seinen Stiefeln und Jeans und einem roten Hemd mit Druckknöpfen, das ihm zu klein war, und Lizzy ging zu ihm. Er hatte sich einen kleinen, ziemlich ungleichmäßigen Schnurrbart wachsen lassen. Sie bemerkte es, sagte aber nichts. Er hatte ein Halstuch um, und sein Gewehr lag auf einem Gestell am Heckfenster seines Pick-ups.

»Willst du hier mal raus?«, fragte er. »Vielleicht eine Runde drehen?«

Sie hätte gern ja gesagt, aber die Mischung aus Verlangen und Wut verwirrte sie. Sie sagte: »Einfach so? Du verlässt mich, und dann kommst du wieder und meinst, alles ist noch genauso? Dass ich in dein Auto springe und mit dir durch die Gegend fahre?«

Er zuckte die Achseln, und in diesem Moment hätte sie ihm am liebsten eine geknallt, ihn etwas fühlen lassen. Er sagte, dass sie denken könne, was sie wolle, aber er habe sie nicht *verlassen*. »Sind wir verheiratet oder so was?«

Sie legte ihm eine Hand auf die Brust und schubste ihn, so dass er nach hinten taumelte. »Oder so was«, sagte sie. Sie sah sie beide schwankend am Rand eines Abgrunds, und sie begriff, dass die falschen Worte einen von ihnen abstürzen lassen könnten. Das wollte sie nicht. Sie ging herum zur Beifahrertür und kletterte in den Pick-up. Raymond stieg kopfschüttelnd und lächelnd ein.

»Ich hab keine Lust, mit dir zu streiten«, sagte sie, fläzte sich in den Sitz und sagte, er solle losfahren.

Sie fuhren durch die Stadt und dann westwärts auf der 71 auf die Grenze von Manitoba zu. Nach einer Weile drosselte Raymond das Tempo, bog in eine Seitenstraße ein, die zu einem kleinen See hinabführte, und parkte am Zugang zu einer Bootsrampe, die nicht mehr benutzt zu werden schien. Er zündete sich eine Zigarette an und warf das Streichholz aus dem Fenster. Während der Fahrt hatten sie nicht viel geredet, aber Lizzy hatte Raymonds Entschlossenheit wahrgenommen, selbst im Schweigen, und festgestellt, dass er älter erschien. Ihre Wut legte sich allmählich, und was blieb, war Resignation. Sie saß da, blickte starr geradeaus und sagte zu Raymond, sie fühle sich wie jemand, der sich in der Wüste verirrt habe, und dann sei er plötzlich mit Wasser in den hohlen Händen vor ihr aufgetaucht. Nur verschwinde das Wasser schnell, und sie sei sich nicht einmal sicher, ob es für sie bestimmt war. Sie sah ihn an. »Ich habe dich vermisst«, sagte sie.

Er sagte, sie habe da eine tolle Geschichte erzählt, wisse sie das? »Die Wüste, das Wasser. Wo holst du diese Sachen her?« Er streckte die Hand aus und berührte ihren Hinterkopf. »Ich habe dich auch vermisst.«

»Wirklich? Du sagst das nicht bloß, weil's von dir erwartet wird?«

»Ist das so? Wird das erwartet?« Er ließ die Hand an ihrem Nacken nach unten gleiten. »Vertrau mir«, sagte er.

»Du bist nicht in Schwierigkeiten, oder?«, fragte sie. »Als ich da oben war, am Park, hat euch die Polizei als Verbrecher hingestellt. Ich will nicht, dass dir was passiert.« Sie sagte, diese Männer, Lionel und Gary, seien vielleicht wie der Doktor in der »Zuflucht«, der einfach immer weiterrede, bis seine Vision vollkommen klinge. Vielleicht seien die Anführer der Besetzung genauso. Sie sagte, Erwachsene könnten ganz schön bescheuert sein. »Ich hab mir Sorgen um dich gemacht.«

Er schloss die Augen und sagte, er habe das Gefühl, es werde etwas Schlimmes passieren. »Verstehst du?« Er klopfte sich auf den Bauch. »Genau hier. Ich krieg kaum Luft.« Er sagte, das Gefühl habe er jetzt ungefähr eine Woche.

Lizzy legte ihm die Hand auf den Bauch. »Vielleicht ist es die Aufregung«, sagte sie. »Diese ganze Kraft.« Sie versetzte ihm einen leichten Boxhieb und lachte, aber er lachte nicht mit. Sie rutschte zu ihm hinüber, nahm sein Gesicht in ihre Hände und küsste ihn, und er ließ es geschehen. Sie riss sich los und betrachtete sein Gesicht, das Dunkle, zu dem sie keinen Zugang fand. Sie küsste ihn wieder, entschlossen jetzt, ja verzweifelt, und dann wich sie zurück und sagte, er habe sich verändert.

Er hob eine Hand und ließ sie auf seinen Schenkel fallen und sagte, dass er sich über gar nichts mehr sicher sei. Er sagte, er habe vor Kurzem geträumt, er sei ein kleines Tier auf einem Seil. Sie lachte. »Du dummer Junge«, sagte sie. »Es macht nichts.« Sie lehnte ihren Kopf gegen seine Brust. »Es ist alles in Ordnung.«

Auf der Fahrt zurück nach Kenora lehnte sie sich gegen die Beifahrertür. Sein Geruch war überall an ihr, in ihrer Nase, an ihren Fingern, ihren Brüsten, in ihr. Das Wohlgefühl machte sie schläfrig, und ihre Augen schlossen sich kurz, und vielleicht schlief sie ein. Raymond, der sich ab und zu herumdrehte, um nach ihr zu schauen, sah, dass sie wirklich schlief, weil ihre Finger leicht zuckten, und das gab ihm die Freiheit, sie zu beobachten. Sie hatte ihre Sandalen abgestreift, die Beine hochgezogen und sich auf die Unterschenkel gesetzt, so dass ihre Füße ganz dicht an seinem Oberschenkel lagen. Er sah die Knochen ihrer Füße, wie klein sie waren, ihre nackten Knöchel, und obwohl er sie gerade völlig nackt gesehen hatte, hatte er da nicht ihre Verletzlichkeit und ihren Optimismus gefühlt. Ihr Haar fiel dunkel über ihre linke Wange und warf einen Schatten auf ihr Kinn. Ihre Schultern waren mager und ihre Brüste klein, und er wusste, ihr Rückgrat ähnelte einer Säule aus Kieselsteinen, die in vollkommener Symmetrie angeordnet waren. Im Gras liegend hatte er erst vor einer halben Stunde ihre Schulter und ihren Rücken geküsst.

Nachdem sie sich geliebt hatten, hatten sie im Sonnenlicht gestanden, und Lizzy hatte nach der Plane gefragt, mit der die Ladefläche des Pick-ups zugedeckt war; was war darunter? Er zeigte ihr die Einkäufe. Er sagte, ihm sei von den Anführern der Besetzung aufgetragen worden, Lebensmittel zu besorgen und in den Park zu bringen. Er werde später dorthin fahren. Er sagte, die Polizei habe den Parkeingang abgeriegelt, und es gebe keine Möglichkeit, Lebensmittel hineinzubringen, aber dort gebe es Kinder, die Hunger bekämen. Er schwieg, als sei er sich der Worte, die er benutzte, nicht sicher, und dann sagte er, er bringe die Lebensmittel mit dem Boot dorthin.

Sie hatte sich nicht besonders überrascht gezeigt. Sie hatte die Plane hochgehoben und gesagt: »Windeln« und sich gefragt, ob der Sex sie weich gestimmt hatte.

Ungefähr auf halbem Weg zurück nach Kenora wachte Lizzy auf und setzte sich gerade hin. Ihre Wange war zerknittert, weil sie sich im Schlaf an die Tür gelehnt hatte. Raymond streckte die Hand aus und berührte ihr Gesicht. Vielleicht wegen Lizzys Zerstreutheit oder vielleicht aufgrund seines eigenen Glücksgefühls sah Raymond nicht das Fahrzeug und die aufleuchtenden Scheinwerfer hinter sich. Erst als das kurze Rülpsen einer Sirene ertönte, blickte er in seinen Rückspiegel. Zuerst begriff er nicht, dass der Streifenwagen ihn zum Halten aufforderte. Als er es endlich kapierte, bremste er und murmelte »Scheiße«, und dann sagte er es noch einmal, als er auf dem Seitenstreifen hielt.

»Wer?«, fragte Lizzy und drehte sich herum, um nach hinten zu sehen.

»Ein Polizist von hier.« Und Raymonds Hände begannen zu zittern, als der Polizist aus dem Streifenwagen stieg. Es war Earl Hart.

»Verflucht«, sagte Raymond.

Hart kam auf der Fahrerseite näher. Raymond setzte sich gerade hin, beide Hände am Steuerrad. Und dann stand Hart da, beugte sich leicht vor und sagte: »Mr. Seymour.« Er inspizierte die Fahrerkabine, erfasste mit einem Blick den Boden, die Gewehrhalterung, dann Lizzy. Ließ seinen Blick lange auf Lizzy ruhen und sagte dann: »Schön, schön.«

Raymond holte seine Zigaretten hervor und zündete sich nervös eine an.

»Dachte mir, dass du's bist«, sagte Hart. »Hab das Gewehr im Heckfenster gesehen und fand das verdammt dreist. Und ich habe mich gefragt, hat dieser Junge eine Lizenz für so eine Waffe und so weiter, und da dachte ich mir, zieh mal Erkundigungen ein. Vielleicht jemand Neues. Manche Leute haben nichts als Dusel, hä?« Raymond sah nur starr geradeaus.

»Wie heißen Sie noch mal?« Hart sprach mit Lizzy, ließ aber Raymond nicht aus den Augen.

Sie nannte ihren Namen. Vor- und Nachnamen.

»Richtig, richtig.« Er fragte, ob sie einen Ausweis dabeihabe.

Sie sagte nein.

»Nicht dabei.« Er nickte, als müsste er darüber nachdenken.

Raymond sprach gegen die Windschutzscheibe. »Ich hab nichts falsch gemacht.«

Hart gluckste in sich hinein. »Den größten Teil deines Lebens machst du alles falsch. Ich habe gehört, du hast da oben im Park deinen Spaß. Ziemlich großer Auflauf. Krieger spielen. Kleinen Kindern Angst einjagen. Musst dich fühlen wie 'n richtiger Mann. Was ist da hinten drin?« Er richtete sich auf und drehte sich um, lehnte sich gegen die Ladefläche und hob die Plane an einer Ecke an. Er ließ sie wieder fallen. »Wir wollen wohl 'n Geschäft aufmachen, was? Steigt aus. Beide.«

Lizzy langte nach dem Türgriff, aber Raymond sagte: »Nicht.« Sie drehte sich um und sah Raymond an, der nach seinem eigenen Türgriff fasste und sagte: »Bleib im Wagen.«

Hart trat zurück, um Raymond Platz zu machen, aber in diesem Moment drehte Raymond sich blitzschnell herum, riss die Füße hoch und trat gegen die Wagentür. Die Tür flog schwungvoll auf und erwischte Hart an Oberkörper, Taille und Schritt. Sein Gesicht zeigte Verblüffung, während ihm die Luft wegblieb und er umfiel.

Lizzy schrie auf.

Raymond stieg aus dem Pick-up und beugte sich über Hart. Er riss die Pistole aus Harts Halfter und schleuderte sie in den Straßengraben. Dann ging er hinüber zu dem Streifenwagen und griff hinein und schaltete den Motor aus und zog die Schüssel aus dem Zündschloss und warf sie quer über die Straße in den Straßengraben auf der anderen Seite. Als er zu dem Pick-up zurückkam, versuchte Hart gerade aufzustehen. Raymond ging um ihn herum und stieg ein. Er lehnte sich aus dem Wagenfenster und sagte: »Vorsicht, Ihre Füße.« Er legte den ersten Gang ein und fuhr davon.

Lizzy drehte sich herum und blickte aus dem Heckfenster und dann wieder zu Raymond und sagte: »Warum? Warum? Er hat dich nur aufgefordert auszusteigen, mehr nicht.«

»Das stimmt.«

»Er hatte überhaupt nichts weiter vor. Herrgott, Raymond.« Sie begann zu wimmern. »Und was jetzt?«

»Hör zu.« Er sah sie an. »Beruhige dich. Ich setz dich später an der ›Zuflucht‹ ab. Okay? Du bist ihm völlig egal. Mich will er kriegen. Jetzt noch dringender. Du bist irgendwo da drüben, mach dir also keine Sorgen. Du musst mich mit dieser Sache allein fertig werden lassen.«

»Ich bin Zeuge«, sagte Lizzy. »Du hast nichts Falsches gemacht.« Sie bekam einen Schluckauf, und der verursachte Geräusche, die wie Lachen klangen. Raymond ergriff ihre Hand.

Sie sagte, jetzt würde mehr als nur *ein* Polizist nach ihm suchen. War ihm das nicht klar? »Du kannst nicht einen Bullen angreifen und glauben, dass du einfach ungeschoren davonkommst.« Dann sagte sie, sie werde ihn nicht verlassen. Sie sollten zum Revier fahren und sich stellen, und sie werde als Zeugin für ihn aussagen. Da drehte Raymond sich zu ihr herum und sagte: »Ich brauche keine Zeugin. Keinen Zeugen. Hatte noch nie einen und brauch auch jetzt keinen.«

Sie saß aufrecht da und blickte starr geradeaus, als wollte sie das Licht messen, das schräg auf ihren Arm und auf das Armaturenbrett fiel, wo es den Staub aufleuchten ließ, der dort lag. Sie fühlte die Wärme der Sonne auf ihrem rechten Arm und stellte sich vor, sie sitze da, entspannt wie ein junges Mädchen auf einer Spazierfahrt übers Land. Das Licht in den Härchen auf ihrem Arm ließ sie noch goldener erscheinen, als sie in Wirklichkeit waren. Ihre Füße lagen auf dem Armaturenbrett, und ihre Beine waren angewinkelt und auf der Höhe ihrer Augen, und das Licht, das quer über ihren Arm und teilweise über ihren Oberkörper fiel, schien auch auf ihre Beine. Und so wurde sie von dem Licht gewärmt, das von der Sonne kam.

Nelson saß vor der Hütte in der Schaukel, und als sie anhielten, hob er den Kopf und sah zu ihnen hin. Sie kamen zu ihm, und Raymond sagte, er habe einen Bullen niedergeschlagen, Earl Hart, und Hart werde ihn wahrscheinlich holen kommen.

Er blickte über seine Schulter die Straße entlang und sagte, er denke, er sollte packen und abhauen.

Er ging zu dem Pick-up und nahm drei Flaschen Bier von der Ladefläche. Er fand einen Schraubenzieher im Fahrerhaus, hebelte damit den Kronkorken auf und reichte Lizzy die Flasche. Dasselbe tat er für Nelson. Dann öffnete er sein eigenes Bier, trank und sagte, es könne jeden Moment eine ganze Kolonne von Streifenwagen die Straße herunterkommen.

»Das glaube ich nicht«, sagte Nelson. »So wichtig bist du nicht.«

»Was soll ich machen?«, fragte Raymond. Er beugte sich vor zu seinem Bruder, der mit einer Hand wedelte und auf den Sitz neben sich klopfte und sagte: »Setz dich, entspann dich. Wenn er kommt, kommt er, aber er wird nicht kommen. Stimmt's, Lizzy?«

Lizzy kniff die Augen zusammen und blickte weg und dachte, dass sie wieder in der »Zuflucht« bei Fish und William sein sollte. Unten am Teich. Sich zum Abendbrot fertig machen. Margaret würde etwa jetzt nach ihnen rufen.

Nelson zündete eine Zigarette an und reichte sie Raymond. Sie saßen Seite an Seite, und Lizzy stand da, das Gesicht ihnen zugewandt. Raymond erzählte die Geschichte noch einmal, als würden sich die Tatsachen vielleicht durch die Wiederholung ändern, aber das taten sie nicht, und während er sprach, verschwand die Sonne hinter der Hütte und schließlich hinter den Bäumen. Und dann, als erwachte er aus einem tiefen Schlaf, richtete Raymond sich auf und sagte: »Wir müssen los. Jetzt.« Und er stand auf und ging in die Hütte. Als er zurückkam, setzte er sich wieder hin, und bei Einbruch der Dämmerung hatte er sein viertes Bier fast ausgetrunken. Er schien achselzuckend abgetan zu haben, was auf dem Highway passiert war, und die Unterhaltung hatte sich dem Thema Alkohol und seinen Tröstungen und Gefahren zugewandt. Raymond sagte, er sei kein fröhlicher Zecher, und es wäre klug, wenn Lizzy verschwände, ehe hier der Teufel los wäre. Nelson könne sie nach Hause fahren. Aber keiner machte irgendwelche Anstalten, sich zu erheben, und Lizzy begriff, dass sie außerhalb der Welt blieb, die diese beiden Brüder bewohnten.

Kurze Zeit versuchte sie, Raymond zu überreden, dass er sich stellen solle. Sie sagte, sie werde für ihn bürgen.

Nelson lachte und sagte: »Für ihn bürgen? Vielleicht könntest du eine Art Garantie abgeben, dass er sich benehmen wird und dass er keineswegs gefährlich ist und dass es auf der Welt besser aussähe, wenn wir mehr Jungs wie Raymond hätten.« Er hob seine Bierflasche und deutete damit auf Lizzy. »Was glaubst du, wer du bist?«

»Lass sie verdammt noch mal in Ruhe«, sagte Raymond.

Lizzy senkte den Kopf und stand auf. Seit die Sonne untergegangen war, war die Luft kühler, und Lizzy spürte die Kälte an ihrem Rücken. Sie zitterte und ging nach drinnen. Sie setzte sich, stützte die Ellenbogen auf den Tisch und sah zu, wie die Flamme in dem rauchigen Glas der Lampe sich schlängelte und flackerte. Sie hörte Raymond und Nelson sprechen, und ihre Stimmen wurden lauter und wieder leiser. Sie legte den Kopf auf ihre Arme und musste eingeschlafen sein, denn als sie die Augen öffnete, stand Raymond neben ihr. Er legte ihr seine Hände auf den Rücken und sagte, dass er sich Sorgen um sie mache. Er werde sie nach Hause fahren, okay? Sie stand auf und sah ihn an und sagte, er könne nicht fahren, er habe zu viel getrunken, und außerdem würde Hart nach ihm suchen. Sie werde allein nach Hause laufen. Er begann zu protestieren, aber sie winkte ab und sagte, es sei sicherer, zu Fuß zu gehen.

Sie ging nach draußen, an der Schaukel vorbei, in der Nelson noch immer saß. Er sah sie gehen, sagte aber nichts. Sie ging hinter dem Pick-up den Pfad hinunter und in den dunklen Korridor der Bäume hinein, der zur Hauptstraße führte, und dann die Straße entlang. Die Geräusche der Nacht waren überall um sie herum, das Huschen von Tieren in den Straßengräben, die Rufe von Nachtvögeln. Irgendwann sah sie den Lichtschein eines herannahenden Fahrzeugs. Sie schlüpfte in den Straßengraben und duckte sich, und als das Fahrzeug vorbeifuhr, bemerkte sie, dass es ein Polizeiwagen war. Sie sah die Rücklichter verschwinden und überlegte, ob sie dorthin zurückgehen sollte, wo sie hergekommen war, aber die Aussicht auf das, was sie dort vorfinden würde, machte ihr Angst, deshalb drehte sie sich um und marschierte weiter die Straße entlang auf die »Zuflucht« zu.

Hart kam von der Rückseite. Er hatte an dem Weg hundert Meter weiter unten geparkt, war aus dem Streifenwagen gestiegen und hatte sich durch den Wald hinauf zu der Hütte durchgeschlagen. Er näherte sich den Seymour-Jungs von hinten, während sie nebeneinander in ihrer schrottigen Schaukel saßen und ihr erbärmliches Gewehr bewunderten. Er drückte Raymond den Lauf seiner Pistole in den Nacken und sagte: »Langsam, Jungs. Keine plötzlichen Bewegungen.« Zu Nelson sagte er: »Leer das Magazin der Knarre aus und leg sie dann auf den Boden.«

Nelson wollte sich umdrehen, aber Hart schwenkte seine Pistole von Raymonds Genick weg und schlug sie Nelson quer über den Wangenknochen. Der fluchte. »Mach, was ich sage«, sagte Hart.

Nelson ließ die Patronen, die er in der Hand hielt, auf den Boden fallen und legte das Gewehr neben seine Füße. Dann wandte er sich von der Seite an seinen Bruder mit einer Stimme, die keine Angst, keine Wut erkennen ließ. »Das ist also Hart«, sagte er. Er drehte sich herum und sah den Mann mit der Pistole in der Hand. Im Dunkeln musterte er ihn von oben bis unten und lachte.

»Lass das«, sagte Raymond.

»Gehen wir.« Hart fuchtelte hinüber zu der Hütte, der offenen Tür. Sie gingen in einer Dreiecksformation auf die Hütte zu. Drinnen flackerte und tanzte die Flamme der Lampe, und in diesem Geflacker sah Raymond die Dunkelheit in den Winkeln des Raumes. Er bewegte sich auf seinen Bruder zu, der an der gegenüberliegenden Wand lehnte. Er war müde und hatte ein flaues Gefühl im Magen.

Hart hielt die Pistole auf Brusthöhe und bewegte sie hin und her, von einem zum anderen. Er fragte, wo das Mädchen sei.

»Welches Mädchen?«, fragte Nelson.

Hart schob sein Kinn in Raymonds Richtung vor. »Du kennst sie. Liz irgendwas. Bird.«

»Sie ist weggeflogen.« Das war wieder Nelson. Er stand einfach nicht still und hielt einfach nicht die Klappe, und das schien Hart nervös zu machen.

Hart sah sich um, wies auf das Schlafzimmer und sagte: »Was ist da drin?« Rückwärts bewegte er sich auf den Raum zu, blickte hinein und dann wieder auf die Jungen. »'n richtigen Palast habt ihr hier.«

Dann sagte er, Raymond habe am Nachmittag die falsche Entscheidung getroffen. Er sagte, er habe nichts weiter als ein Zeichen des Respekts gewünscht. Und was habe er jetzt davon? »Stecke in 'nem Scheißloch von Hütte und guck am Lauf einer Pistole lang.« Er sagte, er sei allein gekommen. »Wollte das selber erledigen. Auf meine Weise.«

Er sah Nelson an und fragte ihn nach seinem Namen.

»Geronimo«, sagte Nelson.

Hart nickte. Er langte runter an seinen Gürtel und klinkte die dort hängenden Handschellen auf und hielt sie in seiner linken Hand. Er sagte, er wolle sie Raymond anlegen. Er wolle keinerlei weiteren Ärger. Die Dinge könnten sich weiter verschlimmern oder aber besser werden. Er streckte die Hand mit den Handschellen aus und forderte Raymond auf, von der Wand vorzutreten und die Hände auf den Rücken zu legen. Er sagte: »Geronimo, du gehst rückwärts rüber zu der Tür.«

Keiner der beiden Jungs rührte sich. Ein tiefes Stöhnen stieg aus Raymonds Bauch in seinen Brustkorb hoch und drang aus seinem Mund. Es hörte sich an wie ein Boot, das knirschend gegen den Ankerplatz stößt, und als der Laut hervorbrach, drehte sich Nelson zu seinem Bruder um und sah, dass Raymonds Schultern zitterten und seine Brust sich hob und senkte.

Nelson ging auf seinen Bruder zu, der ihn wegwinkte. Nelson sagte zu Hart, dass sein Bruder nicht an Handschellen interessiert sei. Und wo würde er ihn denn überhaupt hinbringen? Wieder raus auf diese Insel? Er sagte, dass dieses Mal, ganz egal, wohin sein Bruder käme, er mitgehen werde. »Nehmen Sie mich mit«, sagte Nelson, bewegte sich gebückt auf Hart zu und streckte ihm seine Handgelenke hin. Hart war wachsam und wollte die Handschellen zuschnappen lassen, aber in diesem Augenblick schlug Nelson mit seiner linken Faust einen Haken und traf Harts Pistolenhand von außen an ihrer fleischigen Seite. Die Pistole ging los, und die Kugel drang durch die Decke, und die Pistole landete in einer Ecke des Zimmers. Nelson wollte mit der Rechten einen Jab gegen Harts Mund schlagen, erwischte ihn aber am Ohr, weil der Mann sich geduckt hatte und nach Nelsons Füßen trat. Nelson kippte um und fiel hart auf den Rücken und spürte, wie ihm die Luft wegblieb. Er hörte Raymond schreien und sah Harts Stiefel auf seinen Kopf zukommen, und er wusste, der Mann war schneller, als er gedacht hatte, und er würde dem Tritt nicht ausweichen können. Er wich zurück, um die Wirkung zu mildern, und Harts Absatz traf ihn am Kinn. Der Schmerz betäubte ihn kurz, dann rollte er sich zur Seite und kroch um die Beine des Tisches herum, wobei er die Lampe ins Wanken brachte, die jedoch stehen blieb und weiterbrannte, ein flackerndes und unheilvolles Licht, das lange Schatten warf. Hart jagte ihn, nannte ihn ein widerliches kleines Arschloch, auf das alle möglichen Leiden zukämen. Dann, als wäre er ein Zauberer, hatte er plötzlich einen Knüppel in seiner rechten Hand und ein Messer in der linken. Raymond kam heran, und Nelson sagte zu ihm, er solle sich raushalten. Nelson täuschte einen Schlag an und sprang zur Seite, sich der Stimme seines Bruders bewusst, die wie von weit her auf ihn herabtropfte. Er sah Harts flache Stirn und die runde Nase, die halb geschlossenen Augen, die wiederum seine fest im Blick hatten. Die beiden Männer umkreisten den Raum, auf der Hut vor den Bewegungen des anderen und dem Einsetzen von Angst; sie führten einen Tanz auf, der uralt und endgültig war. Nelson spürte keine Angst. Die Reinheit dieser Handlung, die Idee, die man auf diesen einen einzigen Zweck reduzieren konnte. Hart stieß mit dem Knüppel zu, und dann holte er mit dem anderen Arm aus und das Messer fuhr quer über Nelsons Brust und schnitt sie auf, direkt unter den Brustwarzen. Sein Hemd erblühte blutrot. Er blickte nach unten und sah das Blut und hörte sein eigenes leises Grunzen und das lautere »Ahhh« von Harts Stimme. Raymond gab einen Klagelaut von sich. Hart stürzte sich auf Nelson, seiner jetzt sicher, und stieß das Messer in die Richtung von Nelsons Hals, das Gesicht voller Vorfreude, als Raymond ihm plötzlich auf den Rücken sprang und die Arme um seinen Kopf schlang. Hart taumelte und brüllte vor Wut. Das Messer fiel zu Boden, und Hart schlug mit seinem Knüppel auf die schwere Klette ein, die an seinem Rücken hing. Nelson nutzte die Gelegenheit und langte nach dem Messer, gerade als Hart, der noch immer Raymond mit sich herumschleppte, auf ihn zustürmte. Nelson hielt das Messer vor sich, und Hart, blind durch Raymonds Klammergriff, fiel nach vorn, und die Klinge drang tief in seine Brust. Er gab ein langsames, langes Stöhnen von sich.

Raymond kam taumelnd auf die Beine und flüsterte mit krächzender, ängstlicher Stimme: »Hast du ihn getötet?«

»Ich weiß nicht. Er ist einfach aufs Messer gefallen.« Nelson besah seine eigene Brust. Blut hatte sein Hemd und die Hose durchweicht und tropfte auf den Boden. Er ging zur Spüle, nahm ein Handtuch und presste es auf die Wunde, dann band er sich ein T-Shirt um die Brust. Raymond stand bei Hart. Er hatte sich leicht gebückt und blickte hinunter auf den Körper, als schwanke er am Rand einer tiefen Schlucht und schätze ihre Tiefe ab. »Er atmet«, sagte er. Er kniete sich hin und berührte das Messer in der Brust des Mannes.

Nelson nahm sich einen Stuhl, setzte sich und beobachtete die Szene. Der Hinterkopf seines Bruders, der nach links verdrehte Fuß des Polizisten, das Blut auf dem Fußboden. Er saß da und atmete schwer. Raymond kam herüber an den Tisch. »Was jetzt?«, fragte er.

»Sie werden Spürhunde und Gott weiß was auf mich hetzen.« Er reckte seine Handflächen zur Decke, als flehte er einen gütigen Gott um Hilfe an. »Ich sitz in der Scheiße.«

»Er hat versucht, dich umzubringen«, sagte Raymond. »Er hat's. Versucht.«

Nelson sagte, er werde Kleider, Lebensmittel und Wasser zusammenpacken müssen. Er werde die .22er und etwas Munition mitnehmen. Er sagte, Raymond solle ihn an der Straße zur Müllkippe absetzen. »Ich versteck mich die Nacht über und such mir dann irgendeinen sichereren Ort«, sagte er. »Keine Sorge, ich lass mich nicht schnappen.« Er sagte, Raymond müsse Hart ins Krankenhaus schaffen. Niemand hätte ihn dann im Verdacht. Es sei nicht der beste Plan, aber es sei notwendig. »Wir dürfen ihn nicht sterben lassen. Wenn sie fragen, und das werden sie, sag ihnen, du hattest nichts damit zu tun. Kannst du das machen?«

»Sie werden mir nicht glauben.«

»Tu's einfach.«

Raymond sagte, dass er Nelson helfen wolle. »Ich komme zurück und helfe dir.«

Nelson schüttelte den Kopf. »Es ist besser, wir trennen uns. Wie gesagt, du hast nichts getan.«

Sie saßen da und sahen Hart atmen, und das Messer in seiner Brust hob und senkte sich. Raymond sagte, er habe gedacht, Nelson sei ein toter Mann. »Und wenn du tot wärst, wäre ich es auch.«

Nelson stand auf, ging aus dem Zimmer und kam mit einer silberfarbenen Reisetasche zurück, in die er Konserven und .22er Patronen und einen Pullover und Socken und etwas Obst und Brot packte. Er füllte mehrere Plastikflaschen mit Wasser, schraubte die Deckel zu und steckte sie in die Tasche. Er rief nach Bull, und als sie kam, nahm er sie hoch. Sie roch an seinem T-Shirt und krallte sich in seinen Arm. Er trug die Katze nach draußen und steckte sie in die Reisetasche. Sie wehrte sich und fauchte, aber er machte die Tasche zu und stellte sie auf die Ladefläche des Pick-ups. Als er zurückkam, hatte sich Raymond wieder über Hart gebeugt.

»Er atmet kaum noch«, sagte Raymond.

Zusammen trugen sie Hart hinaus zum Pick-up und legten ihn auf der Ladefläche auf die Plane, mit der die Einkäufe für den Park zugedeckt waren. Hart stöhnte, als sie ihn ablegten. Raymond kletterte hinauf und legte Hart anders hin. Er stopfte ihm Toilettenpapierrollen als Polster unter den Kopf. Er stieg wieder herunter, und sie standen da und blickten auf den Körper.

Hart ächzte vor Schmerz.

Raymond hob vorsichtig das Hemd seines Bruders hoch, wickelte das T-Shirt ab, das er sich um die Brust gebunden hatte, und besah sich die Wunde im Licht einer Taschenlampe. Der Schnitt war tief, und aus der Wunde sickerte Blut. Raymond band ihm wieder das T-Shirt um, zog es diesmal fester. Er ging ins Haus und kam mit einer halb vollen Flasche Whisky zurück und gab sie Nelson. Dann stieg er in den Wagen und drehte den Zündschlüssel herum.

Nelson saß neben Hart auf der Ladefläche des Pick-ups. Ihm tat seine Brust weh. Bei jeder Kurve und jedem Ruck saugte er Luft zwischen den Zähnen ein und schloss die Augen. Als er sie wieder öffnete, sah er die Sterne am schwarzen Himmel. Es gab sie in Massen, und einige waren bereits erloschen, das hatte er in Mr. Zeiroths Naturkundeunterricht in der neunten Klasse aufgeschnappt. Er wusste auch, dass alles Unbeseelte in diesem Augenblick seiner Notlage gegenüber völlig gleichgültig war. Die Felsen, die Bäume, ja selbst die Sterne. Nichts war ewig. Er war als junger Halbwüchsiger getauft worden. Er hatte es bereitwillig getan, im Glauben an die Ewigkeit. Er hatte seinem Stiefvater eine Freude machen wollen, und das war ihm gelungen, aber seine eigene Freude war ihm schließlich abhandengekommen. Nichts blieb. Er blickte auf Harts bulligen Körper und dachte, dass dieser Mann ihn mit Freuden getötet hätte. Der Wunsch war in seinem Gesicht und seinen Augen zu sehen gewesen.

An der Schotterstraße, die zum Müllplatz führte, hielt Raymond, und Nelson kletterte von der Ladefläche des Pick-ups. Er hatte das Gewehr unter den Arm geklemmt, hob die Reisetasche aus dem Wagenkasten und blieb am offenen Fahrerfenster stehen.

Raymond zündete sich eine Zigarette an und gab das Päckchen Nelson, der es in seine Jackentasche steckte.

»Hast du Feuer?«, fragte Raymond.

Nelson sagte ja.

»Du willst einfach verschwinden?«

Nelson zuckte die Achseln, dann ging er davon.

Das Letzte, was Raymond sah, war die Reisetasche, die hin und her schwang wie eine schwach leuchtende Laterne, und dann war auch sie verschwunden.

Am Morgen regnete es. Lizzy trug Fish huckepack den Weg hinunter zur Küche. Sie lief barfuß und hatte einen Regenschirm aufgespannt, und Fish quietschte und lachte, und Lizzy spürte seinen heißen Atem in ihrem Nacken. Sie hatte nicht viel geschlafen, vielleicht eine oder zwei Stunden. Bilder von Raymond neben seinem Bruder in der Schaukel. Und der vorbeifahrende Polizeiwagen. Und ihr langer Weg zurück zur »Zuflucht«, wo sie kurz vor Morgengrauen angekommen war. Sie war zu Fish ins Bett gekrochen, der kurz aufgewacht und dann wieder eingeschlafen war. Neben ihm liegend hatte sie sein Atmen registriert, und sie hatte gehört, wenn Everett und William sich rührten. Und dann hatte sie geschlafen und war von dem Geräusch plätschernden Wassers geweckt worden, und ihr war bewusst geworden, dass es regnete. Sie hatte sich gefragt, wo Raymond wohl sei.

Beim Frühstück saß sie dem Doktor und seiner Frau gegenüber. Mehrere Gäste hatten die »Zuflucht« bereits verlassen, unter ihnen Ian und Jill. Sie hatten den »fantastischen« Plan, nach Kalifornien zu fahren und dort auf einem Kollektivbauernhof zu arbeiten. »Eine Kommune in größerem Maßstab«, hatte Ian gesagt, und Jill hatte seine Hand gehalten und gegrinst. Dummköpfe, hatte Lizzy gedacht. Aber jetzt sah sie, dass Dummheit viele verschiedene Gesichter hatte. Lizzy hatte gehört, dass auch Emma und Franz abreisten, nach Toronto fahren und dann nach Berlin und von dort nach Tansania fliegen wollten. Harris war nicht Bestandteil ihrer Pläne. Er würde bleiben, wie auch die Byrds, und sie würden zusammen mit dem Doktor und seiner Familie die »Zuflucht« schließen.

Lizzy fragte sich, ob ihr Vater nicht eine Art Versagen empfand, weil alle guten Vorsätze vom Sommeranfang gescheitert waren. Es tat ihr im Herzen weh, weil sie merkte, dass ihr Vater noch immer überzeugt war, ihre Mutter werde zurückkommen, bevor alle abreisten.

Fish saß neben ihr und betrachtete unglücklich seine Rühreier. Er bat um Ahornsirup.

»Es gibt keinen Sirup mehr«, sagte Lizzy. »Iss jetzt.«

»Doch Sirup«, sagte Fish und blickte mit runden, klaren Augen zu ihr hoch.

Everett kam und schob Harris auf seinem Rollstuhl herein. Lizzy beobachtete sie und hatte das Gefühl, dass Harris einmal zu oft gedemütigt worden war, obwohl es ihn nicht zu stören schien, dass seine Frau bald abreisen würde. Sie guckte weg und kümmerte sich um Fish, der seinen Teller in die Mitte des Tisches geschoben hatte. »Hier«, sagte sie, löffelte ihm einen Klecks Erdbeermarmelade auf die Eier und schob ihm den Teller wieder unter die Nase. Er begann zu weinen. Sie gab ihm eine Scheibe Toast und Tee. Vorsichtig tunkte er den Toast in den Tee.

Everett rollte Harris an den Tisch, machte ihm einen Teller mit Eiern und Toast und einen Becher Kaffee zurecht und stellte beides vor ihn hin. Er setzte sich neben Lizzy und sagte: »Ein Polizist redet mit Dad. Sie stehen im Regen. Ich dachte, es würde vielleicht um Mum gehen, aber das stimmt nicht.«

Lizzy trat ans Fenster und sah hinaus, wo ihr Vater sich in die Tür eines Streifenwagens beugte, wobei er den strömenden Regen nicht zu bemerken schien. William war bei ihm, dicht an ihn geschmiegt, wie üblich in diesen Tagen. Ihr Vater richtete sich auf und rannte auf den Speisesaal zu, und William rannte auch, um mitzuhalten. Sie kamen herein, und Lewis näherte sich ihr mit besorgtem Gesicht.

Ihr Vater fuhr sie zum Polizeirevier, und während der Fahrt redete er. Er sagte, sie solle die Wahrheit sagen. Er wisse nicht, was die Wahrheit sei, und natürlich wisse er nicht, was in der letzten Nacht passiert sei, aber sie solle nicht mit der Wahrheit zurückhalten, wie viel sie davon auch wissen möge. Seine Stimme war ruhig, aber er war offensichtlich besorgt, und Lizzy sagte zu ihm, dass er sich keine Sorgen machen müsse, sie habe nichts getan. Er sagte, an alldem, an diesem Durcheinander, sei er schuld. Er hätte mit den Kindern nach Hause fahren sollen, als ihre Mutter abgereist war. Er sagte, er habe nicht aufgepasst, er sei egoistisch, zu sehr mit seinen eigenen Problemen beschäftigt gewesen. Als sie beim Revier ankamen, fragte Lewis, ob Lizzy wolle, dass er bei dem Gespräch dabei sei, aber Lizzy sagte nein, sie wolle das allein erledigen.

Die Frau, die Lizzy befragte, war eine Kriminalbeamtin, aber sie trug keine Uniform und hatte keine Pistole umgeschnallt. Sie hatte einen Rock und eine weiße Bluse an, auf deren Rücken, direkt unterhalb des Kragens, eine blaue Blume gestickt war. Sie sprach langsam und leise, aber sie lächelte nie. Sie wollte wissen, wo Lizzy am Tag zuvor war und mit wem sie zusammen gewesen sei. Sie wolle alle Einzelheiten: Zeiten, Orte, was gesagt worden war. Es stand ein Tonbandgerät da, und es lief.

Der Name der Frau war Thibault. Zuerst hatte Lizzy gemeint, sie habe »T.Bone« gesagt, aber dann war ihr klar geworden, dass es ein französischer Name war, und sie hatte ihn sich im Geist vorbuchstabiert. Als sie den Raum betreten hatten, hatte Miss Thibault auf einen Stuhl gezeigt und sich auf den anderen gesetzt und sich dann niedergebeugt, um etwas auf ein Blatt Papier zu schreiben. Lizzy sah, dass ihr Haar grau wurde. Manche Strähnen waren völlig weiß, während der Rest des Haars voll und schwarz war, aber es waren diese weißen Haare, die Lizzy faszinierten, als wären sie ein Zeichen von Milde.

Miss Thibault sah auf und fragte: »Wissen Sie, warum Sie hier sind?«

Lizzy schluckte und schüttelte den Kopf.

Miss Thibault nickte. Sie fragte, wie gut Lizzy Raymond Seymour kenne.

Lizzy antwortete, sie kenne ihn. Sie seien Freunde. »Warum? Ist ihm etwas zugestoßen? Ist er verletzt?«

Miss Thibault sagte: »Erzählen Sie mir, was gestern passiert ist. Wo waren Sie?«

Lizzys Hände zitterten. »Wir haben eine Spazierfahrt gemacht, und auf dem Rückweg hat uns ein Polizeiwagen auf dem Seitenstreifen halten lassen. Es war dieser Polizist. Hart. Er war wütend, und Raymond bekam Panik und hat ihn mit der Wagentür niedergeschlagen. Dann hat er seine Pistole in den Straßengraben geworfen. Er hatte Angst. Er hat die Pistole nicht mitgenommen. Und dann sind wir zu seiner Hütte gefahren.«

»Raymond Seymours Hütte?«

Lizzy nickte. Sie fragte noch einmal, ob Raymond verletzt sei.

Miss Thibault blickte von ihrem Notizbuch auf. »Warum sollte er verletzt sein?«

»Etwas ist doch passiert.« Sie sah sich in dem Raum um. »Warum bin ich denn hier?«

Miss Thibault beugte sich vor und berührte Lizzy am Arm. »Constable Hart wurde verletzt. Gestern spätnachts. Es gab einen Kampf in der Hütte. Mit einem Messer. Sie waren auch dort.«

»Nein. Nein. Ich war nicht mehr in der Hütte. Als der Polizist mich gesehen hat, war es Nachmittag.«

»Sie haben Constable Hart oben in der Hütte nicht gesehen?«

»Nein. Raymond hatte Angst, der Polizist könnte ihn holen kommen. Er mag Raymond nicht. Letztes Jahr hat er ihn auf einer Insel zurückgelassen, damit er stirbt, Raymond hatte also Grund, Angst zu haben. Raymond würde niemanden verletzen.« Sie begann zu weinen.

»Wirklich? Und trotzdem sagen Sie, er habe Constable Hart bewusstlos geschlagen und seine Pistole in den Straßengraben geworfen.«

»Nieder. *Niedergeschlagen* hat er ihn mit der Wagentür. Es war keine Absicht.« Sie wischte sich die Augen mit dem Handrücken. »Der Mann, Constable Hart, er war wütend. Es gab keinen Grund dafür.«

»Wieso das?«

»Raymond hat nichts getan.«

»Doch.«

»Davor. *Davor* gab es keinen Grund, dass der Polizist uns anhielt.«

»Also ist er unschuldig.«

Lizzy wollte nicht schon wieder weinen, weil sie wusste, das würde sie schwach erscheinen lassen, aber sie konnte nicht anders. Sie schüttelte energisch den Kopf und wandte sich ab. Sie sah Raymonds Gesicht vor sich, als er zu ihr sagte, sie solle im Wagen bleiben. Seine Augen waren so kalt und sicher gewesen. Sie sah jetzt Miss Thibault an und sagte, sie habe Angst.

»Natürlich haben Sie Angst.« Dann fragte Miss Thibault, um welche Zeit sie die Hütte verlassen habe.

»Kurz nachdem es dunkel wurde.«

»Sie sind nach Hause gefahren?«

»Gegangen. Ich bin zu Fuß gegangen.«

»Und Constable Hart haben Sie nach dem Vorfall auf dem Highway nicht mehr gesehen?«

Lizzy schüttelte den Kopf.

Es entstand eine lange Pause, während der Miss Thibault

etwas in ihr Notizbuch schrieb. Stimmen, gedämpft und unverständlich, schwebten auf dem Korridor vorbei.

»Kann ich ihn sehen?«, fragte Lizzy.

»Nein, das können Sie nicht.«

Lizzy biss sich auf die Lippe. »Hat er nach mir gefragt?«

Miss Thibault gab keine Antwort. Ihr Bleistift bewegte sich über die Seite, und dann blickte sie endlich auf. »Hatte er Sex mit Ihnen? Raymond Seymour?«

Lizzy hob ihr Kinn. »Warum? Warum ist das wichtig?«

»Ja oder nein?«

Lizzy nickte.

»Wie oft?«

Lizzy schloss ihre Augen und öffnete sie wieder. Miss Thibault war immer noch da. »Zwei-, dreimal.«

»Penetration?«

»Versteht man das nicht unter Sex?« Sie hatte das Gefühl, indem sie zugab, mit Raymond geschlafen zu haben, war es, als höbe sie einen Stein hoch und machte sichtbar, was darunter krabbelte. Für diese Frau schien die Frage absolut logisch zu sein, und für Lizzy schien in den Grenzen dieses Raumes jede Frage die Wahrheit zu erfordern. Sie war sehr müde und musste dringend pinkeln, aber sie hatte das Gefühl, wenn sie das zugäbe, wäre es eine anstößige Sache mehr. »Wir wollten es beide. Wir waren uns einig.« Ihre Stimme hörte sich für sie selbst leicht panisch an.

Miss Thibault nickte, schrieb wieder etwas auf, und Lizzy wusste, dass das Wort *Penetration* ein Fehler war. Es würde ein Gedankensprung gemacht werden: Wenn Raymond sie penetriert hatte, könnte er auch Hart mit dem Messer penetriert haben. Diese Polizistin würde den Unterschied nicht wahrhaben wollen. Sie wollte gerade protestieren, als Miss Thibault das Wort ergriff.

»Hat Nelson Seymour jemals versucht, mit Ihnen Sex zu haben?«

Lizzy war verängstigt. »Was wollen Sie damit sagen?«

»Nur was ich gefragt habe.«

»Nein«, sagte Lizzy. »Nein. Nichts dergleichen.«

»Hat sonst jemand aus Ihrer Familie Zeit mit Raymond oder Nelson verbracht?«

»Nein, nur ich«, sagte sie, und in diesem Moment hatte sie das Gefühl, sie habe eine hohe Mauer durchbrochen, die in der Ferne stand, eine Mauer, die unüberwindbar gewesen war, jetzt aber hinter ihr lag, und sie wusste, dass Everett sicher war. Sie sah Miss Thibault an und sagte, sie müsse mal auf die Toilette. Dürfe sie das?

»Natürlich«, sagte Miss Thibault. Sie führte Lizzy auf den Gang, und zusammen gingen sie eine Treppe hinauf, Miss Thibault leicht vorneweg, so dass die blaue Blume an der Rückseite ihrer Bluse direkt auf Lizzys Augenhöhe war. Und dann über einen zweiten Korridor und drei Stufen hinunter in eine höhlenartige Toilette, in der es nach Desinfektionsmitteln roch. Lizzy ging in eine der Kabinen und verriegelte die Tür. Sie zog Jeans und Höschen herunter und setzte sich, aber lange Zeit kam kein Tropfen. Sie spürte die Thibault vor der Tür der Kabine, und sie wusste, sie würde den Urin ins Wasser der Kloschüssel plätschern hören, und das machte ihr das Pinkeln unmöglich. Ihr tat der Bauch weh. Sie horchte auf den Regen draußen, aber sie befand sich tief im Innern des Gebäudes, und nichts aus der Welt draußen drang zu ihr.

Und dann sagte Miss Thibault: »Hier.« Ihre Stimme hallte in der gekachelten Toilette wider, und sie drehte einen der Wasserhähne an den Waschbecken auf, und als das Wasser aus dem Hahn strömte, begann Lizzy zu pinkeln. Es dauerte lange, und sie spürte die Erleichterung und ihre Hände auf den nackten Knien.

Ihr Vater erwartete sie, als sie in das Foyer des Polizeireviers herauskam. Er sprach kein Wort, brachte sie nur hinaus zu dem Pick-up und ließ sie auf dem Beifahrersitz Platz nehmen. Dann stieg er ein und fragte, ob es ihr gut gehe.

Sie nickte und sah hinaus auf den grauen Himmel. Der Regen hatte aufgehört.

Ihr Vater fuhr langsam die Main Street hinauf und dann links in die Second und vorbei am Kenricia Hotel und dem Kino und dann am Gefängnis, in dem nach Lizzys Vorstellung Raymond jetzt war. Sie erzählte ihrem Vater, was Miss Thibault ihr erzählt hatte, dass Hart von Raymond und Nelson niedergestochen worden war. Sie sagte, sie glaube nicht, dass das wahr sei. Sie sei am Nachmittag mit Raymond zusammen gewesen und danach oben in seiner Hütte, und sie wisse, dass es Ärger gegeben haben könnte, aber nicht solchen. Sie sagte, sie sei zu Fuß nach Hause gelaufen. »Raymond hat mich zu nichts gezwungen«, sagte sie.

»Du bist nach Hause gelaufen? Den ganzen Weg im Dunkeln? Warum hat Raymond dich nicht gefahren?«

Lizzy schüttelte den Kopf. »Er hat mich gefragt, aber ich wollte es nicht. Er war in Schwierigkeiten.«

Ihr Vater hatte diesen verdutzten, naiven Gesichtsausdruck, den er manchmal haben konnte. »Ich verstehe nicht, wie das passiert ist, Lizzy. Ich glaube dir, aber ich verstehe es nicht.«

Sie wusste, dass es vielleicht etwas gab, was sie ihrem Vater zum Trost sagen könnte, aber sie fand nicht die Worte. Sie drehte sich herum, um aus dem Fenster zu sehen, und erinnerte sich, dass, als sie jünger war, ihr Vater einen Sommer lang außerhalb von Calgary einen Sattelschlepper gefahren hatte, mit dem er Altmetall nach Vancouver brachte, und Lizzy hatte ihn bei mehreren Fahrten begleitet. Sie hatte die Nachtfahrten geliebt, die hohen Scheinwerfer, deren Licht vor ihnen auf die

Straße fiel und die Dunkelheit verdrängte, und bei jeder scharfen Kurve hatte sie sich vorgestellt, Tiere könnten mitten auf der Straße lauern. Aber nie war dort etwas anderes gewesen als die Straße, auf der ihnen Lkw mit ihren Begrenzungsleuchten entgegenkamen, und ihr Vater hatte mit seinen großen Händen am Steuerrad gesessen, starr geradeaus geblickt und mit ihr geredet, ihr weitschweifige Geschichten über eigentlich nichts erzählt, und sie hatte sich nie so sicher, so besonders gefühlt, weit weg von ihren Brüdern und ihrer Mutter, allein mit ihrem Vater. Jetzt war dieses Gefühl der Sicherheit weg, und mit ihm alle Gewissheit und Behaglichkeit. Sie dachte darüber nach, wer sie jetzt war und wer sie gewesen war, und sie fühlte Sehnsucht nach dem, was niemals wiederzuerlangen war.

Am nächsten Tag rief der Doktor Lizzy in seine Bude. Es war nach dem Frühstück, und sie ging an ihm vorbei, als er auf der Veranda stand und über sie hinwegblickte oder sie vielleicht auch direkt ansah. Sie erwiderte seinen Blick nicht, und er rief ihren Namen, und dann rief er ihn noch einmal, und als sie schließlich aufsah, nickte er und sagte, er würde gern mit ihr reden. Sie zögerte und sagte dann, es gebe nichts, worüber zu reden sei. Er widersprach. Er sagte, vielleicht könne er ihr irgendwie behilflich sein. Er kenne Raymond, er kenne die Kriminalbeamtin Thibault, und vielleicht könne er ihr helfen. Sie ging die Treppe hinauf und blieb in seiner Tür stehen, und dann trat sie in die Kühle seines Privatzimmers ein. Er schloss die Tür hinter sich und bat sie, Platz zu nehmen. Sie sagte, sie wolle stehen bleiben. Was er zu sagen wünsche? Er setzte sich auf seinen Stuhl, drehte ihn herum, so dass sein Gesicht ihr zugewandt war, stützte seine Hände in Zeltform unter sein Kinn und sagte, Miss Thibault sei zu ihm gekommen. Sie sei besorgt. Über Lizzys Geschichte, über Lizzys Umgang mit

Raymond. »Wenn es etwas Strafbares gibt, müssen wir uns damit befassen«, sagte er.

»Das einzige Strafbare ist, dass die Polizei Raymond festhält«, sagte sie.

Der Doktor lächelte. »Dieser Junge ist nichts für dich, Lizzy. Du bist besser als er. Du bist wie eine Geheimschrift. Und das interessiert mich. Vielleicht bist du deiner Mutter ähnlicher, als du glauben möchtest. Beide seid ihr zweifellos schön, aber in eurem Innern gibt es etwas Verhülltes und Undurchdringliches.«

»Ich bin nicht wie meine Mutter.«

Er lachte. »Aber natürlich bist du das. Und warum würdest du es nicht sein wollen? Sie ist eine attraktive, kluge Frau.«

»Ich glaube, wir sollten nicht über meine Mutter reden.«

Der Doktor sprach das Wort *Chaos* aus und wiederholte es noch einmal. Er sagte, Chaos sei nötig, denn es sei das Tor zur Veränderung. »Das Komische am Chaos ist, dass es sich unangemeldet einstellt, es braucht nur ein Attentat, einen durchdrehenden Richter, eine kleine Beleidigung, jemanden, der jemand anderem aufs Grundstück pinkelt. Ein kleiner Funken, und *puff* entsteht ein Mahlstrom. Dieses unbestimmte Etwas, so unbedeutend, dass wir es nicht erkennen können, bringt die ganze Erde, Fürsten, Armeen, die gesamte Welt aus der Fassung. Pascal. Wenn Kleopatras Nase kürzer gewesen wäre, sähe das Gesicht der ganzen Erde anders aus. Wir reden hier über Liebe, aber Liebe, Eitelkeit, Lust, sie verändern die Gestalt der Erde. Schau mal. Diese Besetzung des Parks, dieses wilde nächtliche Niederstechen von Hart, deine erträumte Liebe zu einem Banditen werden etwas verändern. Vielleicht hat es das schon getan. Dich zum Beispiel. Ist er schuldig?«

»Nein. Er ist *nicht* schuldig.« Sie antwortete so schnell, als hätte sie den Atem angehalten und darauf gewartet, dass sich die Frage klar aus dem Nebel des Unsinns herausschälen werde. Doch noch während sie dies sagte, sah sie Raymonds Stiefel nach vorn schnellen und Hart rückwärts auf die Straße fallen. Sie holte rasch Luft und sah den Doktor direkt an. »Und du«, sagte sie. »Du gibst vor, Raymond zu mögen, du lädst ihn zum Abendbrot ein, und dann plötzlich wendest du dich wie alle anderen gegen ihn.«

Der Doktor lächelte versonnen. Er sagte, sie sei in einem Alter, in dem alles schwarz oder weiß sei. Richtig oder falsch. Es gebe keinen Mittelweg, von dem aus sie die Welt betrachten könne. Eines Tages werde sie die Dinge anders sehen, doch im Moment verstehe er ihr Dilemma.

Lizzy fragte sich, ob er eifersüchtig sei. Auf sie. Auf sie und Raymond. Sie ging langsam zur Tür und sagte, er wisse nichts über sie. Er wisse nichts über Raymond. Dann drehte sie sich um und ging.

Everett nahm eine Wolldecke, schnitt Löcher in das eine Ende, zog Bindfäden hindurch und band leere Thunfischbüchsen daran. Er zog die Decke durch den Kot, den ein Hirsch in der Nähe der Hüttentür hinterlassen hatte, und legte sie sich um die Schultern wie ein Cape. Er schob das einzige Fahrrad des Camps die Straße zum Highway hinauf und machte sich auf den Weg. In einem Rucksack hatte er ein paar Tomatensandwiches, einige Kekse und eine Plastikflasche mit frischem Wasser, außerdem Streichhölzer und einen Schokoriegel. Für jeden Außenstehenden hätte er als Vagabund oder Herumtreiber aus mittelalterlichen Zeiten, als ein Vertreiber von Krankheit und Pestilenz oder aber im Gegenteil als Verkünder der Pestilenz durchgehen können, der mit lautem Geklapper daherkam. In einem der Bücher aus der Bibliothek des Doktors hatte er gelesen, wie man flieht und vermeidet, gefunden zu werden, einem Buch, das ein ehemaliger Marinesoldat mit einer großen Vorliebe für mögliche Invasionen marodierender Armeen geschrieben hatte. Ganze Hunderudel könnte man auf seine Fährte setzen, und er würde der Entdeckung entgehen. Die leeren Thunfischbüchsen waren dazu da, seine Fährte zu verwischen. Der Hirschkot ebenfalls. Sumpfige Wege wurden empfohlen. Oder schnell fließende Gewässer. Hier gab es keine Flüsse, aber einen fast trockenen Straßengraben, in dem Rohr und Schilf hoch wie seine Schultern wuchsen. Er stellte das Fahrrad im Gebüsch ab und ging barfuß durch den Graben, seine Turnschuhe in der Hand. Die Sonne schien warm auf sein Gesicht. Er kam aus dem Graben heraus und setzte sich hin und trocknete seine Füße mit einem Zipfel der Decke ab und zog seine Turnschuhe wieder an. Er stieg durch den Wald nach oben und blieb auf dem Scheitel des Felsens stehen, der auf den Müllplatz blickte. Möwen flatterten mit Geschrei auf und nieder. Der Bulldozer hockte da wie ein großes schlafendes Tier, die Schaufel in den Boden gestemmt. Everett stieg nach unten, und das Cape breitete sich hinter ihm aus, und die Thunfischbüchsen klapperten gegen den Fels.

Er hatte in der Nacht zuvor von seiner Mutter geträumt. Sie war nur mit einem T-Shirt bekleidet zu ihm gekommen, und er hatte ihren nackten Hintern sehen können und war mit einer Erektion und einem panikartigen Gefühl seines eigenen Todes aufgewacht. Während er in die Dunkelheit gestarrt hatte, hatte er sich Nelson vorgestellt, der rannte und rannte und um Hilfe rief. Beim Abendbrot hatte er zufällig seinen Vater sagen hören, dass die Polizei glaube, Nelson sei nicht weit gekommen. Dass er sich im Wald verstecke oder dass er verletzt oder gestürzt sei. »Muss große Angst haben«, hatte sein Vater gesagt.

Everett hatte rote Bete auf seinem Teller gehabt, die in die Spaghetti bluteten. Ihr Saft bildete eine Pfütze, und er brachte es nicht fertig, die Nudeln zu essen. Sein Vater redete über die Hunde und die Menschenjagd, als handelte es sich um eine Geschichte, die sich weit weg ereignete. Everett beobachtete Lizzys Gesicht, um darin irgendein Zeichen zu finden, aber es war völlig ausdruckslos. Und dann erinnerte er sich in der Nacht, direkt nach dem Traum mit seiner Mutter, an die kleine Höhle, auf die Nelson ihn aufmerksam gemacht hatte, und er war sicher, dass dies die Stelle sei, wo Nelson sich versteckte. Am Morgen, ehe jemand aufgestanden war, war er aus der Hütte geschlichen und hatte das fürs Überleben Notwendige zusammengepackt.

An dem Tag, als Nelson ihn zum Müllplatz mitgenommen

hatte, hatten sie zwei Waschbären und mehrere Ratten geschossen. Sie waren einmal um den Zaun herumgegangen, Nelson ein paar Schritte vor Everett, die Schultern nach vorn geschoben, der Schritt leicht, und Everett hatte versucht, seinen wiegenden Gang nachzuahmen. Und dann der Bau oder die Höhle eines kleinen Tieres, deren Eingang mit Zweigen und Blättern bedeckt war. Nelson hatte sich bis zur Taille hineingequetscht, und dann war er wieder herausgestiegen und hatte zu Everett gesagt, er solle mal einen Blick hineinwerfen. »Ein Versteck«, hatte er gesagt und gelacht.

Everett hatte sich ängstlich abgewandt.

Und das war die Stelle, die er jetzt suchte, denn natürlich war das genau der Ort, wohin Nelson gehen würde. Aber Everett konnte sich nicht an die genaue Stelle erinnern, und so klapperte er den ganzen Zaun entlang hinauf und hinunter, wobei sich das Cape im Buschwerk verfing und an Hals und Schultern zerrte. Er setzte sich hoch oben auf die Felsen und aß eines der Tomatensandwiches und die Kekse und trank etwas Wasser aus der Plastikflasche. Die Flasche roch nach Gummi, und das Wasser war warm. Die Decke war klebrig, deshalb nahm er sie ab und legte sie zu seinen Füßen hin.

Ein Fahrzeug tauchte unten auf; ein Auto, das einen Anhänger zog, der mit Gerümpel vollgeladen war. Ein Mann stieg aus dem Auto und entfernte das Schloss am Tor und stieß es auf, und dann stieg er wieder in sein Auto und fuhr hinunter auf den Müllplatz. Der Mann setzte den Anhänger zurück und stieg aus, und diesmal ließ er die Wagentür offen. Das Radio im Auto lief, und die Musik schwebte bis dort hinauf, wo Everett saß. Er sah zu, wie der Mann das Gerümpel ablud und dann wieder in das Auto stieg und wegfuhr. Ein anderes Fahrzeug kam, diesmal ein alter Pick-up mit einer mit Holz verkleideten Ladefläche. Ein junger Mann kletterte auf die Ladefläche und schob einen Ofen hinunter in die Müllkippe. Er fiel mit einem Scheppern und überschlug sich einmal, verharrte schwankend und rollte dann hinunter in das Loch in der Mitte der Kippe.

Eine Katze tauchte vom Grund der Müllkippe auf und hastete weg von dem fallenden Ofen. Sie sah wie Bull aus. Ganz schwarz. Der Jugendliche kletterte in das Fahrerhaus des Pick-ups und kam mit einer Flinte heraus. Er legte eine Kugel in die Kammer, hob das Gewehr und schoss. Der Knall stieg nach oben, und die Katze sprang zur Seite, rannte in einem Bogen davon und entwischte durch ein Loch unter dem Zaun. Everett stand da und sah Bull zwischen den Bäumen verschwinden. Unten rief der Junge: »Hey.« Er sah zu Everett hoch, wobei er seine Hand wie einen Schirm an die Stirn hielt.

Everett hob eine Hand und ließ sie wieder sinken. Der Junge beobachtete ihn, dann schrie er: »Gottverdammte Katze, hä?« und winkte und stieg in seinen Pick-up und fuhr davon.

Als er weg war, griff Everett nach seinem Cape und stieg hinunter zu der Stelle, wo Bull verschwunden war. Eine Stunde lang ging er dort hin und her und rief leise nach der Katze. »Komm her, Bull«, sagte er, und irgendwann begann er, Nelsons Namen zu rufen, erst leise und dann lauter. Unten am Müllplatz kamen Fahrzeuge an und fuhren wieder weg. Wenn sie ankamen, versteckte Everett sich im Gebüsch, und wenn sie weg waren, nahm er seine Suche wieder auf, aber inzwischen war es eine halbherzige Suche geworden. Die Anwesenheit Bulls hatte Everett zunächst Mut gemacht, aber dann war sein Enthusiasmus geschwunden. Als der Tag sich neigte, wurde er müde.

Er kletterte über den Hügel und legte sich im letzten Licht der Nachmittagssonne auf den Felsen. Er beschloss, nach Hause zu fahren und am nächsten Tag wiederzukommen. Er erhob sich und sammelte seine Sachen ein. Als er den Hügel hinunterstieg, verfing sich sein Fuß in etwas, und er stolperte und fiel fast hin. Er sah hinunter auf die Öffnung, die ihm Nelson gezeigt hatte. Er besah sie sich, dann sagte er Nelsons Namen. Er kam im Flüsterton aus seinem Mund. Er sagte noch einmal Nelsons Namen. Er kauerte sich auf seine Hände und Knie und rief in die Öffnung. Der Geruch von Erde und Gras. Die Öffnung war größer, als er sie in Erinnerung hatte. Er sagte: »Nelson, ich bin's, Everett. Bist du da? Bist du verletzt? Kannst du mich hören?«

Es kam keine Antwort, nur das Geräusch des Windes, der von der Müllkippe den Hügel heraufwehte. Die Luft war jetzt kühler. Everett betrachtete genau die Erde und das Gras rund um die Öffnung in der Hoffnung, eine Spur von Nelson zu finden, aber es gab keine Spuren. Er spielte die verschiedenen Möglichkeiten durch. Vielleicht hatte Nelson seine Katze hier auf dem Müllplatz zurückgelassen und war geflohen. Vielleicht war die Katze aus der Hütte entwischt und bis hierheraufgekommen.

Everett wusste, dass er einmal seinen Kopf in das Loch stecken sollte, aber er tat es nicht. Schließlich nahm er den Rest der Tomatensandwiches und die Flasche mit dem Wasser und den Schokoriegel aus seinem Rucksack. Diese Sachen legte er in die Öffnung, dann gab er ihnen einen leichten Schubs, und sie verschwanden in der Dunkelheit. Er stand auf, griff zu seinem Rucksack und dem Cape und lief los, den Hügel hinunter. Erst als er sein Fahrrad im Gebüsch gefunden und es hinauf zur Schotterstraße geschoben hatte, drehte er sich um und blickte zurück, aber inzwischen war die Abenddämmerung angebrochen, und die Formen der Dinge waren schwer zu erkennen. Alles, Himmel, Land und Bäume, war eins geworden.

Spät an diesem Abend begegnete Lewis in der Halle Margaret, die Billy im Arm hielt und wiegte. Er war hereingekommen, um sich eine Tasse Kaffee zu machen, und sie hatte leise singend am Kamin gesessen. Die Szene war ziemlich widersinnig, denn Billy war ein so großer, dicker Junge. Lewis zögerte, und dann ergriff Margaret das Wort. »Ich bin's«, sagte sie, und Lewis trat aus dem Schatten und sagte: »Ich weiß.«

»Er konnte nicht schlafen«, sagte Margaret. »Und ich genieße das Feuer.« Sie lud ihn mit einer Geste ein, auf einem Stuhl Platz zu nehmen.

Er sagte, er wolle Kaffee, würde sie auch welchen wollen? Sie schüttelte den Kopf. Er ging in die Küche und setzte Wasser auf und maß Kaffee in den Filter ab. Als er zurückkam, hatte Margaret Billy auf eine Decke zu ihren Füßen gelegt. Lewis setzte sich ihr gegenüber hin. Eine Kerze flackerte auf dem Tisch.

Lewis sagte, am Morgen, als die Polizei mit den Hunden gekommen sei, habe er plötzlich erkannt, dass Lizzy in irgendwelchen Schwierigkeiten stecke. Er könne nicht schlafen, weil, wenn er es täte, etwas noch Katastrophaleres passieren könne. »Ich habe meine Kinder nicht im Auge behalten.«

»Sei nicht so hart gegen dich«, sagte Margaret. »Du gibst dein Möglichstes.«

Lewis lächelte über diese Ansicht, die so abgeschmackt und klischeehaft war. Er schüttelte den Kopf und sagte: »Komisch, dass sie keine Hunde eingesetzt haben, als Fish sich verirrt hat. Ich nehme an, ein Polizist, der von einem halbwüchsigen

Ojibwe niedergestochen wird, ist wichtiger als ein vierjähriger Junge.«

Margaret sagte, nichts sei wichtiger als Fish. Das sollte er wissen. »Du machst deine Sache so gut mit deinen Kindern. Ich staune nur. Weißt du, ich wollte ja mehr Kinder haben, aber Amos nicht.« Sie sagte, sie habe immer eine Tochter haben wollen. Sie habe sich vorgestellt, sie sitze mit ihr so wie jetzt spätabends zusammen und rede mit ihr, rede über Dinge, an denen Jungs kein Interesse hätten. »Ich sehe dich an, Lewis, und bin neidisch, all diese Babys, all diese Körper, gegen die man sich behaupten muss.« Sie hob die Hände zum Kopf und fuhr sich mit den Fingern durch ihr kurzes Haar, das sie am Tag zuvor abgeschnitten hatte, abgesäbelt, so dass nur noch struppige Büschel übrig geblieben waren. Ihr langer, schlanker Hals kam so mehr zur Geltung, und sie trug ein Halsband aus schwarzem Leder, an dem ein silbernes Kreuz hing. Sie beugte sich nach vorn und sagte, Amos liebe sich selbst zu sehr. Er habe nicht Platz für mehr Kinder. Ihre Stimme wurde zu einem Flüstern, und sie sagte, Amos liebe es, manchmal wie ein Kind auf ihrem Schoß zu sitzen, nachts, wenn sie allein seien.

Ihre großen Hände lagen gespreizt auf ihren Schenkeln. Sie sagte: »Du meine Güte« und lehnte sich zurück. »Ich weiß, du wirst das niemandem erzählen.« Sie schüttelte den Kopf. »Selbst wenn du es jemandem erzähltest, würden sie dir nicht glauben.«

»Wem sollte ich es erzählen?«, sagte er. Dieses Geständnis überraschte ihn. Wenn er Margaret mit Norma verglich, meinte er, schlecht gewählt zu haben. Das sagte er Margaret.

Sie lachte. »Du willst damit also sagen, dass du mich heiraten würdest, wenn du die Gelegenheit dazu hättest.«

»Vielleicht irgend so was. Du bist nicht habgierig.«

»Ach nein?« Sie schwieg. Dann fragte sie, ob er ihr auch etwas zu erzählen habe. Sie sagte, sie sei für Männersehnsüchte sehr aufgeschlossen. Für ihre Traurigkeit, ihre Geschichten. Sie sagte, als Prostituierte wäre sie reich geworden. »Gibt es etwas, das du mir anvertrauen möchtest?«

Lewis sagte nein, es gebe nichts. Und dabei war er irgendwie verlegen, als wäre die Tatsache, dass er Margaret kein Geheimnis anzuvertrauen hatte, das Eingeständnis, dass er ein Versager sei.

Billy erschauerte zu ihren Füßen wie ein großer Hund, der Albträume hat. Sie fragte Lewis, ob er einsam sei, und er sagte, er sei es vielleicht, aber das sei nicht das Schlimmste, nicht wahr? Er sagte, er habe vorhin Norma in Chicago anzurufen versucht, um ihr mitzuteilen, was mit Lizzy und Raymond passiere, aber bei ihrer Schwester sei niemand ans Telefon gegangen. »Sie würde sicher über all dies Bescheid wissen wollen«, sagte er. Seine Stimme passte nicht zur Sicherheit seiner Worte. Dann sagte er, Norma habe am Tag zuvor geschrieben. Sie komme doch nicht in die »Zuflucht« zurück. Er habe es den Kindern noch nicht gesagt.

Margaret sagte: »Oh, Lewis«, und dann fragte sie ihn, ob er wolle, dass sie ihn in die Arme nehme. Sie könne das für ihn tun, ohne Küsse oder so etwas, sie würde ihn nur in die Arme schließen. Er könne seinen Kopf an ihre Brust lehnen.

Er schüttelte den Kopf. Er sagte, er mache sich Sorgen um die Kinder. Er wolle mal nach ihnen sehen. Sie nickte, als er aufstand, offenbar war sie durch seine Entscheidung nicht verletzt. Als er sich umdrehte, um hinauszugehen, schien sie zu einem anderen Ort abgestiegen zu sein, als habe sie ihn bereits aus ihren Gedanken gestrichen.

Er überquerte die Lichtung und blieb an der Hütte der Kinder stehen. Er ging hinein und stand nur da und horchte einen Augenblick lang, dann ging er hinüber zu William. Der Junge atmete gleichmäßig. Everett war das ruhelose Kind, das Laken um die Knie gewickelt. Seine Beine waren dunkel behaart. Lewis hatte bis zu diesem Moment nicht bemerkt, dass aus Everett ein kleiner Mann geworden war. Er lauschte seinem Atem. Langsam und ruhig. Alles war gut. Lewis spürte eine plötzliche Erleichterung, einen Auftrieb, nicht nur weil seine Jungs friedlich schliefen, sondern auch als Anerkennung dafür, dass er zu Margaret nein gesagt hatte, dass er es im Gegensatz zum Doktor nicht nötig hatte, in ihrem Schoß zu sitzen. Er ging hinüber zu Lizzys Bett. Ein Doppelbett, das in der Mitte eine Kuhle bildete, so dass sie einzusinken schien. Er beugte sich vor.

»Dad. Was tust du?«

»Du bist wach.«

»Hnn-hmmm.« Sie drehte sich auf den Rücken. In der Dunkelheit sah er, wie ihr Haar über das Kissen fiel. »Warum schnüffelst du hier herum?«

»Hab nur nach euch gesehen«, sagte Lewis. »Gute Nacht.«

»Gute Nacht, Dad.«

Er blieb sehr lange draußen auf der Treppe stehen. Er schaute hinaus auf die Lichtung und in das Baumdickicht dahinter. Ein leichter Wind wehte ihm ins Gesicht und gegen seine nackten Arme und führte den Geruch nach Regen mit sich. Er stand wie ein Wachposten da, als hätte eine höhere Macht verlangt, dass er den Eingang verteidigte. Erst als es zu regnen begann, leicht zuerst und dann mit zunehmender Intensität, bis es heftig schüttete, ging er hinunter auf die Lichtung und machte sich auf den Weg zu seinem Bett.

Am zweiten Tag nahm Everett Bananen und eine Cola und ein Möhrenmuffin mit, das die Frau des Doktors gebacken hatte. Er ließ sein Fahrrad auf den Felsen liegen und kletterte über dem Müllplatz nach oben und näherte sich der Öffnung der Höhle scheinbar unbekümmert und mit der Selbstsicherheit von jemandem, der nicht ängstlich erscheinen will, obwohl er es immer noch war und seine Angst vor allem, was sich nicht kontrollieren ließ, behalten würde. Die Lebensmittel, die er für Nelson dagelassen hatte, waren verschwunden: die Tomatensandwiches und der Schokoriegel. Ein zerrissenes Einwickelpapier war noch da, und die Plastikflasche war nicht geöffnet worden. Er redete in die Höhlenöffnung hinein und sagte, er sei zurückgekommen. Er bat Nelson, etwas zu sagen. »Ich weiß, dass du hier bist«, sagte er. »Du hast die Sachen aufgegessen, die ich mitgebracht habe. Ich weiß nicht, ob du krank bist oder ob es dir gut geht oder ob ich dir unbedingt Medikamente bringen muss. Ich kann nicht reinkommen, also komm bitte raus. Ich bin allein. Es ist keine Polizei da. Ich habe niemandem was von dieser Stelle erzählt. Wenn du nicht reden möchtest oder nicht reden kannst, gib mir irgendein Zeichen, dass du es *bist*. Ich komme morgen wieder, und wenn du mich hörst, lass eine Banane unberührt. Dann weiß ich es.« Er machte eine Pause und blickte sich um, als wäre es demütigend, dabei beobachtet zu werden, wenn man in ein Loch hineinspricht. Er setzte sich und wartete auf ein Anzeichen von Bull oder das magische Auftauchen von Nelson. Der Müllplatz war für diesen Tag geschlossen; eine unheimliche Stille hing über dem Areal. An mehreren Stellen brannten Feuer. Es wehte kein Wind, und der Rauch stieg kerzengerade in den Himmel, aber es schien im Gegenteil so, als wären die Rauchfahnen Schnüre, die aus dem Himmel nach unten fielen.

Everett radelte am Spätnachmittag mit schmerzenden Beinen, müde und hungrig nach Hause. Ein Polizeiwagen fuhr in der Gegenrichtung an ihm vorbei, und dann noch einer. Er blieb am Straßenrand stehen und beobachtete, wie die Streifenwagen über den Hügel verschwanden. Er stellte sich einen Mann vor, der auf einem Baum gefangen saß, während unter ihm Hunde bellten.

Am nächsten Morgen in der Frühe fragte ihn sein Vater, wo er hinwolle, und er sagte, er führe zum Angeln hinüber nach Bare Point.

Sein Vater sah ihn an, lächelte und sagte: »Du hast doch noch nie in deinem Leben gern geangelt, Ev.«

»Ich mag's allmählich gern«, sagte er.

»Ach, wirklich, und seit wann? Und wo ist die Angel?«

»Ich habe dort eine. Ich habe sie gefunden.«

»Wieso bringst du nie Fische zum Abendbrot mit?«

Everett zuckte die Achseln. Er sagte, sie seien zu klein, um sie zu essen. Er hielt die Hände auseinander, um ihre Größe anzuzeigen.

»Groß genug«, sagte sein Vater.

Everett stieg auf sein Fahrrad und fuhr davon, schaute sich um, um zu sehen, ob sein Vater ihn beobachtete. Er tat es.

Er fuhr langsam und schnupperte in die Luft. Mittlerweile hatte er jeden Versuch aufgegeben, sich zu tarnen. Vergessen waren die Decke und die Thunfischbüchsen. Vergessen der vorsorgliche Marsch durch den nassen Straßengraben. Es hatte vorher geregnet, ein leichter Nieselregen, und die Straßen waren nass. Die Wildblumen im Straßengraben verströmten einen Duft, der sich mit dem Geruch des leicht feuchten Straßenstaubs mischte. Schwalben flitzten auf und ab. Hoch oben schwebte ein Falke. Everett sah zwei Rehe im Straßengraben stehen. Sie hoben die Köpfe und beobachteten ihn, und ihre Schwänzchen zuckten. Er hatte in seinem Tornister zwei Ringe geräucherte Wurst. Ein Fahrzeug näherte sich ihm von hinten. Er bog auf den Seitenstreifen und hüpfte von seinem Rad. Ein dunkelroter Ford-Pick-up, verbeult, mit einem sehr alten Mann am Steuer. Der Pick-up bremste und hielt und stand im Leerlauf da. Mit dicken Buchstaben war »CM« auf die Beifahrertür gemalt. Der alte Mann kurbelte sein Fenster herunter und rief: »Willst du mitfahren?« Und ohne eine Antwort abzuwarten, stieg er aus, kam zu Everett herum und hob das Fahrrad auf die Ladefläche.

»Steig ein«, sagte er.

Everett besah sich den Mann und dachte, jeder, der so alt ist, müsse harmlos sein. Er stieg in den Pick-up.

Auch der Alte stieg wieder ein, schob den Schalthebel nach vorn, gab Gas und ließ die Kupplung los, und der Wagen machte einen Satz vorwärts. Der Mann schnaufte: »Hab nur 'n dritten und vierten. Erster und zweiter sind im Krieg verloren gegangen.« Er lachte. »Wo soll's denn so früh hingehen?«

»Angeln«, sagte Everett. »Drüben in Bare Point.«

Der alte Mann sagte, früher habe er seinen Lebensunterhalt mit Fischen verdient, aber heutzutage sei das nicht mehr möglich. Er sagte, jetzt sei er Müllsammler. »Erstaunlich, was die Leute an guten Sachen wegschmeißen. Neulich hab ich einen Satz Essteller wie brandneu gefunden. Hab sie meiner Frau zum Geburtstag geschenkt. Ein andermal hab ich ein funktionierendes Motorrad gefunden. Eine Norton. Vielleicht war es geklaut, vielleicht auch nicht. Ich hab nicht gefragt. Für die Leute bin ich ein Retter. Ich rette, was verloren und verlassen ist. Ich mach's heil und verkaufe es. Oder verschenke es. Kinder sind heutzutage verloren und verlassen. Hast du Kinder?«

Everett schüttelte den Kopf.

»Du bist alt genug. Sechzehn?«

»Fast«, sagte Everett.

»Ich hatte ein Kind, als ich sechzehn war. Und einen Jungen, der gestorben ist, als *er* sechzehn war. Meine Frau ist dran zerbrochen, und keine zehn Pferde konnten sie mehr auf die Beine bringen.« Er machte eine Pause und sah Everett an. »Wo wohnst du?«

Everett sagte, er wohne in der »Zuflucht«.

»Wo?« Der Gehörgang des Alten war mit grauen Drahthaaren verdeckt.

Everett wiederholte seine Antwort.

Der Mann nickte. Er sagte, den Ort kenne er. Es sei ein Unterschlupf für die Lasterhaften und Faulen. Das habe er aus glaubwürdiger Quelle. Seiner Frau. Er lachte wieder. Er zog ein Päckchen Zigaretten aus seiner Brusttasche und klopfte eine beim Fahren heraus. Er zündete die Zigarette mit einem Heftchen Streichhölzer an, das er in seiner linken Hand hielt. Er vollführte einen kleinen Trick mit seinen Fingern, indem er das Streichholz um die Rückseite des Heftchens bog und den Streichholzkopf mit dem Daumen gegen die Reibfläche drückte und leicht schnipste, bis sich das Streichholz entzündete. Das Heftchen hielt er wie eine Kerze an die Spitze der Zigarette. Er atmete aus, und dieser Atemzug löschte das Streichholz. Seine Hände waren dunkel von Schmiere und Öl. Seine Fingernägel waren lang. Er fragte Everett, wo er seine Angelrute gelassen habe.

»Was meinen Sie?«

»Angelst du mit den Händen?« Er zeigte Everett eine vernarbte Handfläche.

»Ach so«, sagte Everett. »Die hab ich auf der Landspitze gelassen.«

Der Alte sagte, dort könne sie gestohlen werden. »Man weiß nie, wer was nimmt, was ihm nicht gehört. Kennst du die Geschichte von dem Polizeihund?« Er wartete keine Antwort ab, redete einfach weiter. »Ein Ojibwe namens Jack fährt an einem richtig heißen Tag in die Stadt, und er hat seine Hündin mit, also lässt er sie im Schatten eines Baumes zurück. Jack geht auf ein kaltes Bier in die Bar. Zwanzig Minuten später kommt ein Polizist rein und fragt, wem die Hündin unter dem Baum gehört. Jack sagt, sie gehört ihm. Der Polizist sagt: ›Deine Hündin ist heiß.‹ Jack sagt, seine Hündin ist ganz und gar nicht heiß, denn sie liegt unter dem Baum. Der Polizist sagt: ›Nein, du verstehst nicht, deine Hündin will 'n dicken Bauch haben.‹ Jack schüttelt den Kopf. ›Sie will überhaupt keinen dicken Bauch. Sie ist nicht hungrig, weil ich sie heute Morgen gefüttert hab.‹ Und der Polizist wird jetzt wütend und sagt: ›Hör zu, deine Hündin will Sex haben.‹ Jack blickt auf und sagt: ›Na los, ich wollte schon immer einen Polizeihund.‹«

Der alte Mann kniff seine Augen zu und gluckste in sich hinein und riss die Augen weit auf und sagte: »Neulich kreuzt die Polizei bei mir mit Hunden und Flinten auf und sucht nach was, und sie haben meine Ziege etwas hart gerüttelt. Da wurde ihre Milch sauer. Glaubst du das?«

»Ich bin nicht sicher.«

»Natürlich nicht. Du bist zu jung, um sicher zu sein. Da wären wir.« Er hielt auf der Landspitze, stieg aus und lud das Fahrrad ab. Gab dem Sattel einen Klaps und sagte: »Viel Glück beim Fischen.« Der Wagen rollte in einer blauen Rauchwolke davon, und Everett blickte ihm hinterher. Dann stieg er auf sein Rad, fuhr den Weg zurück, den er gekommen war, und gelangte am frühen Vormittag zum Müllplatz, gerade als es wieder zu regnen begann. Er stieg zu dem Loch hinauf und fand die Bananen unberührt.

Er wusste nicht, was tun. Im Grunde wusste er nicht, warum er das machte, jeden Morgen mit dem Fahrrad hierherfuhr, um einem Geist Lebensmittel zu bringen. Zuerst, als er von Nelsons Flucht gehört hatte, hatte er sich vorgestellt, dass er ihm helfen könnte. Aber dieser Gedanke erschien ihm inzwischen an den Haaren herbeigezogen. Ja, noch immer fühlte er etwas, Wut vielleicht oder Trauer, obwohl er es nicht hätte als Trauer identifizieren können. Er stand da und ließ den Blick über den Müllplatz schweifen. Es regnete jetzt stärker, und Blitze schossen in der Ferne aus den dunklen Wolken, und Donner rollte heran und umgab ihn, und dann blitzte es wieder, und der Regen fiel heftig und zu keinem anderen Zweck, so schien es, als ihn bis auf die Haut durchzunässen. Er merkte nicht, dass er weinte, bis er sich über das Gesicht wischte und dort etwas Warmes spürte, das nicht vom Regen kommen konnte. Schließlich hörte er auf zu weinen, zog die Wurstringe aus dem Tornister und legte sie in den Schutz des Höhleneingangs.

Nelson hatte sich von seinem Bruder auf dem Seitenstreifen getrennt und war eine Weile im Straßengraben weitergelaufen und dann aus dem Wasser heraufgekommen und auf den Hügel über dem Müllplatz geklettert und an der Südseite zum Zaun hinuntergestiegen. Er hatte seine Reisetasche und die Flinte durch eine Öffnung im Zaun geschoben und war dann selber hindurchgekrochen. Er hob das Gewehr und die Tasche auf und hörte das Miauen von Bull. Er rutschte durch den Abfall nach unten und landete in der Mitte der Grube. Kleine Feuer schwelten innerhalb der Kippe, und es hätte auch ein etwas zu kleiner Campingplatz sein können, der plötzlich verlassen worden war, oder die Überreste eines bombardierten Dorfes. Eine Ratte flitzte an seinen Füßen vorbei, und er fluchte und trat vergeblich nach ihr. Er stolperte, fiel hin und rappelte sich in Panik wieder hoch. Er stand rasch atmend da und bemerkte frisches Blut an seiner Brust. Er bückte sich, öffnete die Tasche und zog seine Katze heraus. Sie krallte sich an seinen Arm und versuchte zu entwischen. Er ließ sie los, und sie fiel, landete auf allen vieren, rannte ein Stück und sprang dann auf den Deckel einer großen weißen Kiste. Eine Tiefkühltruhe. Ein älteres Modell mit abgerundeten Ecken und Verschlussgriff. Nelson stieg über einen Haufen verbogener Stahlstangen und besah sich die Truhe. Er zog an dem Griff und klappte den Deckel hoch. Die Muffigkeit abgestandener Luft. In der Dunkelheit konnte er nicht sehen, was die Truhe enthielt, wenn überhaupt etwas darin war. Er beugte sich vor und spähte in das Innere, tastete mit der Hand darin herum und stellte fest, dass sie leer war. Er warf seine Tasche hinein und lehnte sein Gewehr gegen die Truhe. Dann stocherte er mit dem Fuß im Müll, um nach einer Decke oder etwas Weichem zu suchen, auf das er sich legen könnte. Er fand eine Kinderbettmatratze aus Weichplastik und schleifte sie hinüber zu der Tiefkühltruhe, schob die Tasche zur Seite und legte die Matratze unten in die Truhe. Er besah sich den Verschlusshebel der Truhe genau. Er nahm das Gewehr, warf die Patronen aus der Kammer aus und steckte sie in die Gesäßtasche seiner Jeans. Dann ließ er den Deckel der Kühltruhe herunter, hob das Gewehr in die Höhe und schlug den Schaft mit aller Kraft auf den Griff. Er spürte den Schock des Schlages und einen heftigen Schmerz in der Brust. Der Verschluss war noch immer heil. Er machte einen zweiten Versuch, aber der Schmerz war noch größer, und die Brust hatte wieder zu bluten angefangen. Er klemmte das Gewehr unter den Arm, holte die Patronen aus der Tasche und legte sie wieder in die Kammer. Er machte ein paar Schritte nach hinten, legte den Sicherungshebel am Gewehr um, drückte es an die Schulter, zielte auf den Griff an der Truhe und feuerte. Die Kugel schlug in den Verschlussmechanismus ein, zertrümmerte ihn und kam an der Rückseite der Kühltruhe wieder heraus. Dann zielte er auf die eine Seite der Truhe, drückte ab, und die Kugel ging durch die Truhe hindurch und kam auf der gegenüberliegenden Seite heraus. Jetzt hatte er seine Atemlöcher. Der Knall der beiden Schüsse hatte sich in die Luft erhoben, an den fernen Felsen ein Echo gebildet und war dann wieder zu ihm zurückgekommen. Er wusste nicht, ob irgendjemand die Schüsse gehört hatte, aber er hielt es für möglich. Beim ersten Schuss war Bull über den Zaun gesprungen und den Hügel hinaufgehetzt. Er rief nach der Katze, aber sie kam nicht. Er legte das Gewehr längs neben die Plastikmatratze, überblickte prüfend den Müllplatz, stieg in die Tiefkühltruhe und zog den Deckel zu.

Er war dann offenbar auf der Stelle tief eingeschlafen, denn als er die Augen öffnete, sah er nur Dunkelheit und wusste nicht, wo er war, bis er etwas hörte, das er für das Knistern eines Feuers hielt, und die Plastikmatratze unter sich roch. Er verlagerte sein Gewicht und wäre dabei vor Schmerzen fast ohnmächtig geworden. Er berührte seine Brust, und seine Hand fühlte Klebriges. Als er den Truhendeckel leicht anhob, sah er graues Licht, das Abenddämmerung oder Morgengrauen bedeuten konnte. Er atmete langsam und angelte nach seiner Reisetasche und holte eine Wasserflasche hervor. Beim Trinken bekleckerte er sich, das Wasser lief ihm über den Mund und am Hals und den Schultern herunter. Er schälte mit einiger Mühe eine Banane, biss zweimal ab und fiel wieder in Schlaf. Er träumte, er rutsche einen schlammigen Hügel hinab in ein Loch, in dem tollwütige Hunde waren. Die Hunde bellten und geiferten und heulten, während er, sich mit einer Hand an eine Wurzel klammernd, direkt über ihnen baumelte. Er erwachte, und aus dem Krach in seinem Traum wurde Gebrüll und Gekläff in der Welt außerhalb seines Sarges. Zwei Lichtpunkte drangen durch die Einschusslöcher zu Kopf und Füßen in die Kühltruhe. Er setzte sich mühsam atmend auf und versuchte festzustellen, wie nahe die Leute waren, von denen er wusste, dass sie seine Häscher waren. Er hob den Deckel leicht an, aber sah nur den Abhang des Mülls und den Zaun, und hinter dem Zaun Felsen und Bäume. Eine Möwe flatterte und ließ sich in der Nähe nieder. Er schloss den Deckel, hörte undeutlich eine Trillerpfeife und einen Ruf, und dann wurde das Geheul der Hunde leiser und verstummte schließlich.

In seinem Fieber sah er, wie er Hart in den Armen hielt. Sie waren draußen im tiefen Wasser, und Hart konnte nicht schwimmen, und Nelson musste ihn über Wasser halten, nur schaffte er es nicht. Er wachte aus seinem Traum auf und fühlte den Schmerz in seiner Brust. Sein Mund war trocken. Sein Kopf heiß. Er schlotterte und wusste, dass er Fieber hatte. Er griff nach der Whiskyflasche, schraubte sie auf und trank, und dann goss er etwas Whisky auf die Wunde und schrie vor Schmerz laut auf. Dann verlor er das Bewusstsein. Als er zu sich kam, saß Bull auf seiner Brust und leckte an den Rändern des Lappens, mit dem er die Wunde verbunden hatte. Er wusste nicht, wie die Katze in die Kühltruhe gelangt war. Er erinnerte sich halbwegs, irgendwann ein Kratzen gehört zu haben, aber das war alles. Bull schnurrte, und ihre Zunge war rau, wenn sie seine Haut berührte. Nelson konnte die Katze nicht sehen, aber er fühlte sie, und er streckte die Hand aus und streichelte ihren Rücken, als sie es sich auf seiner Brust bequem machte.

»Hey«, sagte er. »Hunger?« Er tastete nach der Tasche und fand ein Stück Brot, er brach es in Stücke und bot es Bull an, die es nicht wollte, und so steckte er ein Stück in seinen Mund und behielt es dort. Kaute langsam. Als Bull kratzte, um hinausgelassen zu werden, hob er den Deckel an und ließ sie gehen.

Nachts kam eine Gruppe Jugendlicher, die ihre Lieferwagen und Pkw entlang dem Eingang zum Müllplatz abstellten. Sie machten ihre Wagentüren auf und ließen Musik laufen, die in die Müllkippe zu der Stelle hinunterschwebte, wo Nelson lag. Pink Floyd und Bob Dylan und Aerosmith. Nelson hörte die Songs und stellte sich vor, er sei wieder in Lesser auf einer Party im Grünen, wo Jungs im Fluss schwammen und danach mit nacktem Oberkörper am Feuer standen. Er hob den Deckel seiner Kühltruhe hoch und spähte in die Nacht. Die Jugendlichen erschienen ihm wie Strichmännchen, die vor einem riesigen Feuer herumtollten, das ihre Gesichter und die Seiten ihrer Autos beleuchtete. Sie wirkten wie Geistererscheinungen, die über den dunklen Himmel schwammen. Sie tranken Bier und warfen die Flaschen in die Kippe, und mehrere Flaschen landeten in Nelsons Nähe. Mädchen lachten und fluchten, und ein Junge rief, ein Mädchen solle seine Titten herzeigen. Stimmen, leise und wirr, drangen in die Grube und schienen an Nelsons Versteck vorbeizuziehen. Er hörte die Stimmen, verstand aber nicht, was gesagt wurde. Ein Mädchen und ein Junge. Und dann waren die Stimmen über ihm, und die Kühltruhe schaukelte leicht. Einer von beiden, vielleicht das Mädchen, saß auf der Truhe. Geflüster und dann Stille, und dann sagte das Mädchen: »Okay. Okay, Main?« Nelson begriff, dass Main drauf und dran war, das Mädchen auf der Tiefkühltruhe zu ficken. Die Stimme des Mädchens war vieldeutig, protestierend. Der Junge schwieg. »Okay«, sagte das Mädchen wieder, und dann sagte sie: »Oh«, und das sagte sie noch einmal, und dann rief sie: »Main, eine Katze«, und die Truhe kippelte plötzlich, und das Mädchen sagte: »Eine verdammte Katze. Scheiße, Main, sie hat mir Angst gemacht.«

»Ach, lass doch«, sagte Main.

»Sie war schwarz. Eine schwarze Scheißkatze.« Ihre Stimme wurde leiser und immer leiser und war dann weg. Main war noch immer da. Er saß auf dem Deckel der Kühltruhe. Er rauchte und trat mit seinen Stiefelabsätzen gegen die Truhe. Und dann rief er: »Nicole« und rief noch einmal, und dann wackelte die Truhe, und Main war weg, und das Getöse der Party kehrte zurück.

Lange lag Nelson da und lauschte und fragte sich, ob Bull in Sicherheit sei. Er schlief ein und erwachte in völliger Stille und hob den Deckel und stellte fest, dass ein neuer Tag angebrochen war, der dritte oder vierte in der Tiefkühltruhe, er war sich nicht sicher. Die Jugendlichen waren weg. Ihre Feuer brannten undeutlich nahe dem Zaun. Er versuchte sich vorzustellen, dass er von hier wegginge. Er malte sich aus, wie er aus der Kippe nach oben stieg und hinunter zur Straße ging und jemanden fände, der ihn in Richtung Norden mitnähme. Die Möglichkeit, nicht geschnappt zu werden, war ziemlich irreal, und so stellte er sich vor, er werde sich ein Haus im Wald bauen. Dort den Winter verbringen. Und dann den Sommer. Und den Winter danach. Irgendwann würde er gefunden werden. Er hatte nicht vorgehabt, den Mann zu verletzen. Der Mann hatte vorgehabt, ihn zu verletzen. Und zufällig hatte er den Mann verletzt. Vielleicht würde Raymond dies deutlich machen. Vielleicht hatte er es schon getan.

Seine Wasserflaschen waren leer und sein Proviant aufgezehrt. Er dachte, vielleicht würde er es schaffen, hinauszukriechen und irgendeine Wasserquelle zu finden. Er versuchte, aus der Kühltruhe zu steigen, und kippte vor Schmerz um und wurde ohnmächtig. Er erwachte von einem furchtbaren Gestank und bemerkte, dass er sich in die Hose gemacht hatte. Er lag in seiner eigenen Scheiße und Pisse und weinte. Ihm war kalt. Die Temperatur war gefallen, und die Kälte drang in die Truhe und kroch an seinen Füßen und Beinen bis an seinen Leib hoch. Er roch den Gestank seiner Scheiße und Pisse, und irgendwann bemerkte er, dass die Wunde an seiner Brust sich infiziert hatte und nach faulem Fleisch stank. Er versuchte, noch etwas Whisky daraufzugießen, aber er war zu schwach, und der Schnaps floss auf den Boden der Truhe, wo er um seine Hüften eine Pfütze bildete.

Ein kurzes, heftiges Gewitter zog über ihn hinweg, und er hob den Deckel der Truhe und hielt die leere Wasserflasche in den Himmel. Die Anstrengung war enorm, und als er die Flasche wieder hereinnahm, enthielt sie nur eine winzige Menge Wasser, und er trank es. Er stellte sich in seinem Fieber vor, er werde ertrinken. Er schlief lange Zeit ohne Unterbrechung, und einmal hob er, als er wach wurde, den Deckel und sah, dass es wieder Nacht geworden war. Wieder schlief er ein und träumte, und in seinen Träumen zitierte er ganze Passagen aus den Ephesern und aus Jesaja. Er sah Raymond als kleinen Jungen, wie er allein auf einem leeren Platz stand. Er wachte auf und öffnete die Augen, und sein Mund bewegte sich, und er sagte einen Vers aus den Psalmen auf, den er im Alter von zwölf Jahren am Abendbrottisch gelernt hatte, ehe er ins Bett ging. »Meine Hilfe kommt vom Herrn, der Himmel und Erde gemacht hat.«

Er hörte ein Fahrzeug am Rand des Müllplatzes ankommen, und eine Tür öffnete sich, und ein Pfeifgeräusch drang an sein Ohr. Und zur gleichen Zeit kam die Katze zu ihm, miaute und kratzte am Dach seines Hauses. Er stellte sich vor, die Katze könnte die Aufmerksamkeit der pfeifenden Person auf sich ziehen, deshalb versuchte er, die Katze in die Kühltruhe zu ziehen. Aber sie dachte, es sei ein Spiel, und steckte ihre Pfote in den winzigen Spalt und entkam seiner Hand und kratzte ihn leicht.

Sein Blick verschwamm, und er zog an der Katzenpfote. Er wusste, wenn er sie finge, würde er ihr das Genick brechen, aber sie entwischte. Sie lief weg und kam wieder und kratzte und miaute. Nelson fiel auf die Plastikmatratze und verfluchte die Katze. Er begriff, dass er, wenn er am Leben bleiben wollte, von hier weg musste. Später, nachdem er den Wagen hatte wegfahren hören, nahm er alle Kraft zusammen, um aus der Tiefkühltruhe zu klettern, und fiel. Er landete auf einem Eisenstück, stöhnte auf und erhob sich dann unsicher. Das Tageslicht blendete ihn. Er schirmte seine Augen ab und ließ den Blick über sein Land schweifen; das Sonnenlicht spiegelte sich in seinen Besitzungen, und die Katze kam zurück. Sie glitt seitwärts hinauf in Richtung Zaun, und Nelson stolperte hinter ihr her. Er konnte nicht gehen, und so zog er sich auf Händen und Knien den Hügel hinauf in eine Welt, in der Opfer und Vorsehung bereits Geschichte waren. Auf dem Weg nach oben kroch er vorbei an einer speichenlosen Fahrradfelge, einem endlosen

Gummischlauch, zerbrochenen Buntglasfenstern, einer halben Kanzel, leeren Teerfässern, Isolierungen, Mörtel und Leisten, Frühstücksflockenkartons, Holzbalken mit Schnitzereien, zerfetzten und halb verbrannten Büchern und schließlich einem Paar Stiefel. Die Stiefel waren abgetragen, aber noch in gutem Zustand, und als er einen von ihnen betastete, bewegte sich der Stiefel, und er betastete ihn noch einmal. Er stellte fest, dass der Stiefel massiv war, mit einem Fuß darin, und sein Blick wanderte nach oben, und er sah ein Bein und einen Torso, und darüber den Kopf eines alten Mannes, und der Mann blickte zu ihm hinunter, und Nelson senkte seinen Kopf und begann zu zittern.

Der alte Mann redete. »Du gottverlassener Hurensohn«, sagte er. Dann hockte er sich neben Nelson, packte ihn am Kinn und sah ihm in die Augen und sagte: »Solltest tot sein.« Sie schätzten sich gegenseitig ab, als wären sie einander auf dem Weg zur Hölle begegnet. Der Alte sagte: »Seymour, nehm ich an.« Er richtete sich auf und blickte sich um, dann ging er wieder in die Hocke und sagte: »Du willst hierbleiben, in dieser Lage? Weil, wenn du das willst, wirst du sterben. Mann, du bist ja schon tot. Sieh dich an.« Er hatte nur ganz wenige Zähne. Er wippte vor und zurück und steckte sich eine Zigarette an. Nelson lag auf dem Rücken, und aus dieser Perspektive war die Art und Weise, wie der Alte die Zigarette hervorholte und anzündete, verdreht, verkehrt herum, aber ziemlich erstaunlich. Der ausgeatmete Rauch schien nach unten zu fallen, statt nach oben zu steigen. Als der Mann die Zigarette aufgeraucht hatte, drückte er die Kippe neben seinen Füßen in die Erde und sagte zu Nelson, er könne ihm helfen oder er könne ihn verlassen. Der Mann runzelte die Stirn, oder vielleicht lächelte er auch, denn seine Stimme klang gut gelaunt.

»Du stinkst nach Scheiße«, sagte der Alte, und das schien die

Dinge zu entscheiden. Er beugte sich vor und sagte: »Komm.« Er half Nelson auf, griff ihm unter die Arme und stellte ihn senkrecht hin wie einen Baum, der gefällt worden war und wieder eingepflanzt werden sollte, und sie taumelten am Grund der Grube entlang, und dann führte der alte Mann Nelson hinauf zu einem dunkelroten Lkw, der unglaublich alt wirkte, so wie auch der Mann unglaublich alt wirkte, genau wie ein Gespenst.

Am Donnerstagmorgen erwachte Lizzy früh aus einem Traum, in dem Miss Thibault sie aufgefordert hatte, ihre Kleider wieder anzulegen; sie hatte sich nackt ausgezogen, und als sie aufblickte, hatte Raymond vor ihr gestanden. Sie lag im Bett und dachte an das Verhör und dass sie die Fragen der Thibault so bereitwillig beantwortet hatte, und sie fürchtete, mit ihren Antworten zu offenherzig gewesen zu sein. Sie glaubte, Raymond wären einige der gleichen Fragen gestellt worden, und sie fragte sich, wie er wohl geantwortet hatte.

In der Nacht zuvor war sie spät zur Hütte ihres Vaters gegangen und hatte ihn in einem Sessel am Fenster vorgefunden. Als sie eintrat, blickte er auf, und einen Moment lang schien er überrascht, als hätte er jemand anderen erwartet. Lizzy blieb in der Tür stehen, und als ihr Vater zu reden begann, ging sie hinein und setzte sich in seine Nähe.

»Du kannst nicht schlafen«, sagte er. »Was ist los?«

Sie sagte, sie mache sich Sorgen um Raymond im Gefängnis. Sie habe von Harris gehört, dass die Parkbesetzung noch weitergehe, und so würden ihm vielleicht ein paar Leute von dort helfen. Sie müsse einfach immer an ihn denken. »Denkst du nicht auch die ganze Zeit an Mum?«

»Sie hat einen Brief geschrieben«, sagte ihr Vater. »Er kam neulich. Sie hat euch nicht vergessen.«

»Ach nein?«

Ihr Vater sagte, ihre Mutter habe entschieden, dass es das Beste sei, wenn sie nicht zur »Zuflucht« zurückkäme. Sie werde sie alle in Calgary erwarten.

»Hat sie geschrieben: ›Ich erwarte euch in Calgary‹, oder hoffst du das bloß?«

»Nicht genau diese Worte, Lizzy. Aber sie wird da sein. Natürlich.« Er machte eine Pause, und dann glitt seine Stimme davon, und eine Zeit lang hörte Lizzy nicht, was er sagte, nur den Klang seiner Stimme. Und dann sagte er etwas darüber, dass sie ihre Mutter vermisse, und Lizzy wandte sich ihm zu. Er sagte, dass, wenn zwei Menschen, die sich liebten, ein Zimmer teilten und einer dann wegginge, dieser Mensch dann vermisst werde. Er sagte, genau das sei mit ihrer Mutter passiert. »Ihr Geruch, ihre Stimme, die Luft, die man mit ihr geteilt hat. All das ist verschwunden. Und es macht einen furchtbar traurig.« Er schwieg, und Lizzy wartete, wünschte sich mehr, aber er hatte nichts weiter zu sagen.

Am Vormittag wurde der Himmel dunkel, ein Gewitter zog durch und trommelte auf die »Zuflucht« ein. Aus dem Schutz ihrer Hütte sah Lizzy die Bäume sich biegen, als der Regen die Lichtung verdunkelte, und dann war das Unwetter so schnell weg, wie es gekommen war. Everett war früh mit dem Fahrrad losgefahren und noch nicht wieder zurück, und sie fragte sich, ob er einen Unterschlupf hatte finden können.

Vernon kam mittags in die »Zuflucht«, um Lizzy zu sprechen, und als ihr mitgeteilt wurde, dass er in der Halle auf sie warte, hatte sie sich zuerst geweigert hinzugehen, aber dann hatte ihr Vater sie dazu überredet, mit ihm zu sprechen. Er sagte, dieser Vernon habe ein paar Neuigkeiten über Raymond. Sie fand Vernon und spazierte mit ihm auf die andere Seite der Lichtung. Das Gras war nass, und von den Blättern tropfte es noch immer, aber die Sonne war herausgekommen, und die Luft war feucht und heiß. Lizzy wandte sich Vernon zu und bat ihn, seine Sonnenbrille abzunehmen, sie hasse es, mit jemandem zu reden, wenn sie seine Augen nicht sehen könne. Er nahm sie ab und hielt sie leicht in die Höhe, als wollte er sie gleich wieder aufsetzten. Seine Sommersprossen wirkten blasser und kleiner, und seine Nase hob sich, als beschnüffelte er sie. Er zupfte sich am Ohr. »Raymond ist weg«, sagte er. »Er ist abgehauen, und ich frage mich, ob er hier aufgekreuzt ist. Ich nehme an, er wird es tun. Er hat nicht viele Möglichkeiten, wo er hinkann, und ich glaube nicht, dass Sie einem Kriminellen Unterschlupf gewähren wollen. Ist er hier gewesen?«

Lizzy stellte sich vor, wie Raymond eine Straße entlang und dann in den Wald rannte. »Nein. Er ist nicht hier gewesen. Sehen Sie sich um.« Sie hob eine Hand und bot ihm die ganze Gegend dar.

Vernon schnitt eine Grimasse und trat von einem Bein auf das andere, und dabei wirkte sein Gesicht hilflos und verloren. »Ich hab ihm vertraut, und der blöde Arsch ist einfach abgehauen.«

Lizzy merkte, dass sie sich auf die Lippe biss. In diesem Moment hasste sie Vernon. »Beschimpfen Sie ihn nicht«, sagte sie. »*Sie* haben ihn laufen lassen.«

Vernon musterte sie eingehend, oder zumindest schien es so, denn er hatte seine Sonnenbrille wieder aufgesetzt, und Lizzy sah seine Augen nicht. Er sagte, neulich in seinem Haus habe er ihr keine Angst machen wollen. »Das war nicht meine Absicht.« Dann nickte er, drehte sich um und ging.

Später an diesem Nachmittag waren sie und ihre Brüder und Harris am Teich. Everett, der nass und verdreckt gleich nach dem Mittagessen zurückgekommen war, schob Harris in seinem Rollstuhl herbei. William hatte sich angewöhnt, eine Baseballmütze zu tragen, um den kahlen Fleck an seinem Kopf zu verbergen, und Lizzy, die nun auf ihn runterblickte, war sich seiner Verletzlichkeit bewusst. Als Fish am Tag zuvor Lizzy gefragt hatte, wann ihre Mutter wiederkäme, hatte William rasch aufgeschaut, Verwirrung im Blick. Lizzy hatte gesagt, ihre Mutter werde sie zu Hause in Calgary erwarten, und William hatte weggeschaut und die Augen geschlossen und wieder geöffnet, als glaube er, dass Lizzy sich dies alles ausdenke.

Das Wasser des Teiches war kalt, und William und Fish kamen von ihrem Bad bibbernd und mit blauen Lippen herauf. Lizzy hüllte sie in Badetücher und drückte sie an ihre Brust, einen unter jedem Arm, bis auch sie die Kühle ihrer Körper spürte. Everett saß etwas abseits und schaufelte Sand auf seine nackten Füße. Die Sonne stieg höher und wurde wärmer. Harris schlief ein, und sein Kinn senkte sich auf seine Brust. Lizzy stellte sich vor, Raymond käme schließlich zu ihr, und sie wusste nicht, was sie sagen und tun würde, wenn er käme.

Sie wandte sich Fish zu und hielt seinen Kopf in ihren Händen, zog ihn dicht an sich heran und presste ihren Mund auf sein kleines, kühles Ohr und flüsterte, dass sie ihn liebe. Sie drehte sich zu William um und tat mit ihm dasselbe, aber er versteifte sich und schob sie weg. Dennoch hatte er ihre Worte gehört. Sie hob den Kopf und lauschte auf das Rauschen der Blätter im warmen Wind, das für sie wie der ferne Ruf eines Tieres klang, das mit offenem Maul am Rand der Lichtung auf der Jagd war.

Da waren das Licht, der Dunst dünner Wolken und die Sonne gewesen, die sich hindurchschob und den Boden beschien. Und in der Luft an diesem Mittwochmorgen hatte der saubere, frische Geruch des Herbstes gelegen, als Raymond und Vernon das Gerichtsgebäude in Kenora verließen, in dem der Richter die Kaution für Raymond auf zehntausend Dollar festgesetzt hatte. Der Richter hatte gesagt, die Schwere des Angriffs auf Constable Hart, zu dem Raymond sich schuldig bekannt hatte, rechtfertige eine hohe Kaution, und ob es sich um Notwehr handele oder nicht, sei noch zu klären. Er hatte Raymond mahnend darauf hingewiesen, dass sein Bruder noch immer gesucht werde, und ob er nun schuldig sei oder nicht, Nelson habe die Flucht ergriffen. »Sie täten gut daran, keine Informationen über ihren Bruder zurückzuhalten, Mr. Seymour.«

Raymond war sich der uniformierten Polizisten in dem Raum bewusst gewesen und hatte sich kurz gefragt, ob sein Bruder Marcel wohl bereit sei, ihn zu verteidigen. Er verstand nicht, wie all das funktionierte. Er hatte eine Reihe von Nächten im Gefängnis verbracht, und die Erfahrung hatte ihn ängstlich gemacht. In der ersten Nacht war er davon wach geworden, dass sein Nachbar an die Zellenwand hämmerte und sang. Dann hatte eine Stimme gerufen, er sei ein gottverdammter Held, ein Bullenkiller, und ein anderer hatte Beifall geklatscht, und bald hatten alle anderen eingestimmt, und Raymond hatte sich die Ohren zugehalten und sich über Hart Gedanken gemacht. Am Morgen fragte er einen von den Aufsehern, ob Hart tot sei, und der Mann sah ihn an und sagte: »Möchtest du das,

Seymour?« Am Nachmittag trat draußen beim Hofgang ein Mann zu Raymond und sagte: »Bassett will dich sprechen.«

Raymond sah den Mann an, auf dessen linke Schläfe zwei Würfel tätowiert waren. Er hatte über Bassett gehört, er sei ein Gefangener, vor dem man sich in Acht nehmen müsse.

Der Mann flüsterte etwas Unverständliches und sagte dann: »Wenn Bassett dir befiehlt, Scheiße zu fressen, dann frisst du sie. Verstanden?« Er drehte sich um und ging weg. Raymond sah sich um und versuchte herauszufinden, wer Bassett sein könnte, aber er konnte in den Mienen der Männer um ihn herum nichts entdecken. Diese Nacht schlief er schlecht, und irgendwann hörte er Rufe, und dann hörte er jemanden weinen. Am nächsten Morgen stand ein Aufseher an seiner Zellentür und fragte: »Bist du 'ne Tunte, Seymour?« Dann sagte er, heute sei Gerichtstag, und der Richter erwarte ihn.

Vernon fuhr ihn im Polizeiwagen zum Gericht. Unterwegs redete er in die Windschutzscheibe. Er sagte, Hart sei aus dem Krankenhaus entlassen worden, und Raymond solle dankbar dafür sein.

Der Gerichtssaal war winzig, und Raymonds Stiefel hallten auf dem harten Fußboden wider. Der Richter sagte zu ihm, er solle ihm in die Augen sehen, wenn er mit ihm rede, und als Raymond aufblickte, sah er die Freudlosigkeit im Gesicht des Richters, und er fand kein Erbarmen darin. Auf dem Weg zurück zum Gefängnis sagte Vernon: »Warum lügst du, Seymour? Du bist zu Gewalt nicht fähig. Ich zumindest glaube das nicht.« Er blickte in den Rückspiegel und sagte: »Wenn du weißt, wo dein Bruder ist, sag's besser. Sie finden's sowieso raus, es hat also keinen Zweck zu versuchen, ihn zu schützen.« Raymond war still. Vernon schüttelte den Kopf, seufzte, klopfte auf seine Brusttasche und sagte, er brauche Zigaretten. Er ging mit dem Tempo herunter und fuhr auf eine Shell-Tankstelle an der Second Street. Durch das Fenster sah Raymond das Vordach vom Paramount-Kino. Es lief *Chinatown*. Er rutschte auf seinem Sitz herum und sagte: »Sie würden mich wohl nicht auf die Toilette gehen lassen, oder, Vernon?«

»Auf keinen Fall, Seymour, nicht, wenn ich Wache habe.«

»Sehen Sie mich an, Vernon. Sie sind zweimal so groß wie ich. Und ich *will* sowieso gar nicht weglaufen.«

Vernon schüttelte den Kopf, stieg aus und ging in den Verkaufsraum und stand dort eine Zeit lang und redete mit dem Mädchen hinter dem Tresen. Das Mädchen lachte. Sie senkte schüchtern den Kopf und schaute dann wieder auf und lächelte, und Vernon beugte sich über den Tresen und blickte dann zurück zu seinem Streifenwagen. Eine Frau in hohen schwarzen Stiefeln ging vorbei. Der Verkehr floss. Vernon kam heraus, zündete sich eine Zigarette an und stand da und betrachtete den Streifenwagen, dann blickte er zurück zu dem Mädchen. Schließlich trat er an den Wagen, öffnete die hintere Wagentür und sagte zu Raymond, er solle aussteigen. Als Raymond neben dem Streifenwagen stand, machte Vernon eine Riesenschau daraus, ihm die Handschellen abzunehmen. »Geh scheißen«, sagte er und stieß Raymond vorwärts. Sie gingen los, Raymond vor Vernon, vorbei an dem Frontfenster und dem Mädchen, das ihnen zusah. Die Tür zur Toilette lag an der Ostseite des Gebäudes. Eine einzelne Kabine ohne Fenster. Raymond drehte den Hahn auf und ließ das Wasser lange laufen, dann beugte er sich vor und trank. Als er sich aufrichtete, sah er sich in dem Spiegel und begann zu zittern. Er schloss die Augen und redete mit sich. Er sagte, es sei in Ordnung, und dann sagte er seinen eigenen Namen, und wieder war das in Ordnung. Als er die Toilettentür öffnete, sah er Vernon drüben am Streifenwagen stehen und in sein Funkgerät sprechen. Er trat ins Freie und rannte los.

Kurz nach Sonnenuntergang trat er aus dem Wald, stellte sich etwa acht Meilen von Kenora entfernt an den Highway, richtete den Blick auf den entgegenkommenden Verkehr und streckte den Daumen in die Höhe. Ein junger Mann, der nach Sioux Narrows unterwegs war, nahm ihn mit. Der Mann sagte, er baue Holzhäuser für seinen Onkel und habe sich gerade heute Morgen mit einem Akkunagler einen Nagel durch die Hand gejagt und sei dann selbst ins Krankenhaus gefahren. Er hielt seine Linke in die Höhe, die dick verbunden war. Als sie sich dem Eingang zum Campingplatz Rushing River näherten, zeigte Raymond darauf und bat den Mann, zu halten und ihn aussteigen zu lassen.

»Zeltest du hier oben?«, fragte der Mann.

Raymond sagte, er wolle ein paar Freunde besuchen, die hier campten.

»Hast also 'ne angenehme Nacht vor dir, hä?«, sagte der Mann.

»Klar. Ganz sicher. Danke.« Raymond stieg aus, blieb einen Moment auf dem Seitenstreifen stehen und hörte das Rauschen der Stromschnellen. Er schlenderte auf den Campingplatz und weiter zum Nordstrand, wo er sich an einen Picknicktisch setzte und über das Wasser zu den Lagerfeuern auf der anderen Seite des Kanals blickte. Kinderstimmen schwirrten durch die Luft.

Er schaute hinunter auf seine Stiefel und dachte über die vielen möglichen Wege nach, die ihn in seinem Leben speziell an diesen Ort geführt haben könnten, bekam aber von keinem der Wege eine feste Vorstellung. Am Tag zuvor hatte er jemanden im Gefängnis sagen hören, dass die Besetzung des Parks zu Ende gehen könnte, dass die Demonstranten ihre Waffen abgäben und aus dem Park abzögen. Er verstand nicht, wie etwas so Wichtiges so schnell, mit so geringer Aufregung beendet werden konnte, und er fragte sich, ob er sich getäuscht habe, als er glaubte dazuzugehören. Er wusste nicht, welchem Zweck es gedient hatte. Vielleicht hatte Nelson recht gehabt, als er sagte, dass Raymond zu vertrauensselig sei. Selbst als sie jünger gewesen waren und noch zusammengewohnt hatten, war Nelson der Selbstsichere gewesen. Raymond hatte das Selbstvertrauen seines Bruders immer bewundert, und auch wenn er versucht hatte, wie Nelson zu sein, hatte er stets das Gefühl, gescheitert zu sein.

In der Nacht machte Raymond ein Feuer mit Holzresten, die er auf verlassenen Zeltplätzen auflas. Der Campingplatz war halb leer. Er schlief und träumte von seiner Großmutter, die in einer kleinen Glasschüssel Gras verbrannte und sich mit dem Rauch wusch, und sie sah ihn direkt an, und ihr Mund bewegte sich, aber er hörte nicht, was sie sagte. Und dann war Nelson in seinem Traum, er blutete aus der Brust und streckte seine Arme nach ihm aus, und Raymond umarmte seinen Bruder, obwohl ihm das Blut Angst machte. Er wachte atemlos auf und sah die Dunkelheit und die Sterne über sich, und er wusste, dass er sich in Schwierigkeiten befand, vor denen es kein Entrinnen gab.

Er konnte nicht wieder einschlafen, fachte das Feuer wieder an und beobachtete, wie die Sonne aufging. Er schlummerte ein und wurde später durch ein Gewitter geweckt, das ihn zwang, in der nahen Dusche Schutz zu suchen. Als die Sonne wieder zum Vorschein kam, ging er zurück zum Highway und wurde von jemandem aus Minnesota mitgenommen, der mit seinem Lkw voller Würste nach Winnipeg unterwegs war. Er ließ sich auf dem Highway westlich von Kenora absetzen und schlich sich abseits der Straßen durch den Wald in Richtung »Zuflucht«.

Am späten Nachmittag saß er zwischen den Bäumen oberhalb des Teiches. Er sah Fish und William baden und dann zu Lizzy zurückrennen, die die beiden abtrocknete. Er sah Everett und den Mann im Rollstuhl, und er sah eine Rauchfahne aus der Küche der »Zuflucht« aufsteigen. Er hatte Lizzy noch nie in einem Badeanzug gesehen. Sie wirkte kleiner, als wäre sie in den letzten paar Tagen geschrumpft. Er lauschte auf ihre Stimme, konnte sie aber nicht hören, als sie sprach, und irgendwann nahm sie ihre Brüder in den Arm und flüsterte ihnen etwas ins Ohr. Raymond tat das Herz weh, und er stellte sich vor, er ginge hinunter zum Teich, um bei ihnen zu sein.

Kurze Zeit später standen sie auf, sammelten ihre Handtücher ein und gingen hinauf zur Lichtung, wobei Everett, der den Rollstuhl über den holperigen Weg zog, rückwärts ging, und dann waren sie verschwunden, und man hörte eine Glocke, was bedeutete, dass sie sich bald zu dem Haus begeben würden, in dem gegessen wurde. Er erinnerte sich an das erste Mal, als er zu einer Mahlzeit in die »Zuflucht« gekommen war. Das war vor einem Jahr gewesen, und die Gruppe hatte um den Tisch herum gestanden und sich bei den Händen gehalten und gesungen, und er hatte nicht gewusst, was er mit seinem Mund machen sollte, und so hatte er vor sich auf den Teller gestarrt. Das Händehalten hatte ihn erstaunt, und das Singen war erfüllt und stark und das Essen gut gewesen. Jetzt merkte er, dass er Hunger hatte. Er saß da und wartete. Die Sonne sank und ging dann unter. Die Luft wurde kühler. Die Sterne kamen heraus. Und noch immer wartete er.

In dieser Nacht wurde Lizzy von einem anhaltenden Geräusch geweckt, einer Stimme oder einem Klopfen, einem leisen Pochen, als würde eine offene Tür vom Wind bewegt und hin und her geschlagen. Sie sah die Schatten der Betten auf der anderen Seite des Raumes und die Silhouetten ihrer schlafenden Brüder. Sie setzte sich auf, schwang ihre Füße aus dem Bett, fand ihre Jeans und zog sie an. Gebückt tastete sie nach ihren Turnschuhen und schlüpfte mit ihren nackten Füßen hinein. Sie ging zur Tür und trat hinaus auf die Eingangstreppe.

Sie sah Raymond am Rand der Lichtung. Er kam hervor, und in dem Moment ging sie die Treppe hinunter. Sie sagte seinen Namen: »Ray«, und er umarmte sie, während sie seinen Namen wieder und wieder sagte. Dann riss sie sich los, blickte sich um und führte ihn in die leere Hütte, in der Franz gewohnt hatte. Drinnen roch es nach Moder, und die Luft war abgestanden. Im Dunkeln hantierte sie an den Fenstern und öffnete das, das auf den Wald im Westen blickte. Ein leichter Wind wehte herein. Raymond zog den Vorhang am Vorderfenster ein Stückchen zur Seite, spähte hinaus und sagte: »In einer der Hütten brennt Licht.«

»Da wohnt der Doktor«, sagte Lizzy. »Keine Angst, bei ihm ist immer spätnachts Licht.« Sie saßen im Dunkeln auf dem Bett, und sie hielt seine Hand und sagte, Vernon suche nach ihm. Er sei hier auf keinen Fall sicher.

Er sagte, er werde nicht lange bleiben. Er habe sie nur sehen wollen.

»Erzähl mir, was passiert ist. Bist du aus der Sache raus?

Das ist schlimm, Raymond, wirklich schlimm.« Sie hatte Mühe, Atem zu holen.

Er schwieg einen Augenblick, und dann sagte er: »Hart hätte Nelson und mich getötet. Er hat Nelson mit einem Messer bedroht, und ich bin auf ihn gesprungen, und er ist hingefallen, und dann hatte er das Messer in der Brust. Es war Notwehr, aber natürlich geben sie einem von uns die Schuld. Oder uns beiden.« Er sagte, er wisse nicht, wo Nelson jetzt sei. »Er wollte, dass ich ihn am Müllplatz absetze. Da würde er sich dann überlegen, wohin er geht. Er könnte inzwischen überall sein.« Dann sagte Raymond, er habe Hart ins Krankenhaus gefahren und sich gestellt, und er habe gestanden, Hart niedergestochen zu haben. »Das ist die Geschichte, die ich erzählt habe. Und jetzt ist es die Wahrheit.«

»Herrgott, Raymond.«

Raymond zog eine Zigarette hervor und steckte sie an. Das Streichholz flammte auf, und Lizzy geriet in Panik und sagte: »Das kann jemand sehen.« Sie ging zum Fenster und hob eine Ecke des Vorhangs. Das Licht beim Doktor war aus, die Lichtung war dunkel. Sie trat zurück, atemlos, und flüsterte: »Du musst gehen. Jetzt.«

Im glimmenden Licht der Zigarette war kurz sein Gesicht zu sehen. Er sagte, er könne nirgendwohin gehen. Er sagte, er sei noch nie an so einem Ort wie diesem Gefängnis gewesen. Es mache ihm Angst. Vielleicht werde er in Richtung Norden laufen. Vor der Morgendämmerung, sagte er, werde er sich auf den Weg machen.

Lizzy stand noch immer am Fenster und hatte das Gefühl, der Raum zwischen ihr und Raymond, die Entfernung vom Fenster zum Bett, sei zu einem weiten Abgrund geworden. Sie wusste wirklich nicht, ob er die Wahrheit sagte. Er schien ganz anders zu sein als der Junge, den sie im Sommer kennengelernt hatte. Am liebsten wäre sie zu ihm gegangen, aber sie wusste nicht, wie sie diesen weiten Raum durchqueren sollte. Sie hob eine Hand und ließ sie wieder sinken. »Ich habe Angst um dich, Raymond. Ich habe wirklich Angst.«

Er grunzte zustimmend, und dann begann er zu reden, und es war, als wenn die Dunkelheit im Zimmer und die Dunkelheit draußen ihn befreit hätten. Er sagte, als er neun war, sei sein Bruder Nelson weggebracht worden. »Es waren ein Mann und eine Frau, und sie kamen zu meiner Großmutter und suchten nach Nelson und mir. Nur war ich nicht zu Hause. Und darum haben sie nur Nelson mitgenommen.« Er sagte, sehr lange habe er darauf gewartet, dass Nelson wiederkäme. Und irgendwann habe er dann seinen Bruder allmählich vergessen. Nicht den ganzen Tag, nicht jeden Tag, aber es hatte Zeiten gegeben, zum Beispiel wenn er spielte oder wenn er in der Schule war, da bemerkte er plötzlich, dass er nicht daran gedacht hatte, dass Nelson weg war oder vielleicht wiederkäme, und er fühlte sich schuldig, weil Nelson derjenige gewesen war, der weggebracht wurde. Aber dann schwand auch das Schuldgefühl, und das Leben wurde normal. Manchmal erzählte seine Großmutter Geschichten über Nelson, und dann lachte sie, und er fragte sich, ob jemand über ihn Geschichten erzählt haben würde, wenn er derjenige gewesen wäre, der weggebracht wurde. Er sagte: »Es ist, als hätte Nelson ein großartigeres Leben gehabt als ich. Verstehst du? Aber ich habe immer das Gefühl, als gäbe es da etwas, was ich an ihm gutmachen muss.« Er schwieg, und dann sagte er: »Niemand hat sie aufgehalten.«

Raymond verstummte. Lizzy, die immer noch am Fenster stand, rührte sich nicht. Sie begriff, dass das, was er ihr jetzt erzählte, immer vorhanden gewesen war, aber nun, da er die Worte aussprach, war es wahrer geworden: weil sie da war und weil, auch wenn er sie nicht sehen konnte, er wusste, dass sie zuhörte.

Sie hörte ihn den Zigarettenrauch ausstoßen. Er sagte, er sei müde. Und hungrig. Er wolle jetzt ein bisschen schlafen, und dann könnte sie ihm vielleicht etwas zu essen aus der Küche holen. Und dann würde er gehen.

Im Dunkeln hörte sie, wie er einen Stiefel über den anderen legte, und sehr bald vernahm sie seinen stetigen Atem. Sie stand da und lauschte wachsam den Geräuschen, die durch das offene Fenster kamen. Der Wind in den Bäumen und leise, vom Highway herüber, der Motor eines Lkw, der herunterschaltete. Und sie stand Wache, während Raymond schlief. Er lag auf dem Rücken, und sein Atem verfing sich bei jedem Luftholen, so dass er aufschreckte, aber nicht genug, um wach zu werden.

Sie fühlte sich allein, aber damit setzte eine seltsame Hochstimmung ein, als wäre sie selbst vor Gefahr sicher. Sie kannte ihn nicht, noch würde sie ihn jemals richtig kennen: Raymond Seymour. Sie hatte seinen Körper erforscht, als wäre er ein Heiligtum, aber es waren nur Haut und Blut und Knochen. Die Hülle des Körpers. Sie wusste nicht, woran er glaubte, sie wusste nicht, wie er die Welt sah oder wie er sie, Lizzy, sah. Von alldem wusste sie nichts. Genauso, wie sie nicht wusste, dass sie im folgenden Herbst an der Herzlosigkeit der Welt und an ihrer eigenen Unfähigkeit, ihre Traurigkeit zu überwinden, verzweifeln würde. Dass mit dem Vergehen der Zeit alles, was klar und unerträglich war, schließlich verblassen und eine Schicht Sehnsucht ansetzen würde und dass sie, wenn sie älter würde und versuchte, sich an die Einzelheiten der Ereignisse dieses Sommers zu erinnern, scheitern und dieses Scheitern immer beklagen würde.

Sie ging jetzt zu Raymond, legte sich neben ihn und hoffte, er werde erwachen, aber das geschah nicht. Sie wünschte sich, seine Stimme zu hören, und sie wollte ihm sagen, dass er bald gehen solle, ehe es hell werde. Sie flüsterte: »Du bist gut. Weißt du das?« Dann lag sie da, während sie die Zeit und die Laute der Nacht einzuschätzen versuchte, und schlief ein, das Gesicht an ihn geschmiegt.

Als Raymond wach wurde, sah er das matte Licht des frühen Morgens. Er löste sich aus Lizzys Umarmung, stand auf und ging zur Tür, öffnete sie und überblickte die leere Lichtung. Er sah das bleiche Licht aus dem Fenster des Doktors, wartete und ging dann nach draußen und die Treppe hinunter und hinüber zur Seite der Hütte, die auf den Wald blickte, und pinkelte. Auf dem Weg zurück zum Eingang der Hütte hörte er eine Stimme und blickte hoch und sah den Doktor am Waldrand. Die Stimme des Doktors war klar, und sie durchbrach die Stille. »Komm her, Raymond.« Raymond machte ein paar Schritte in die Lichtung hinein. Dann sah er, dass Vernon auf dem Pfad, der zur Hauptstraße hinaufführte, auf ihn zukam. Raymond drehte sich um und blickte über seine Schulter, und vielleicht hatte es den Anschein, als wollte er weglaufen. Er hörte den Schuss nicht, weil ihn die Kugel traf, ehe der Knall ankam. Er legte die Hand an den Hals und ließ sich vorsichtig auf der Lichtung nieder. Ein Bein war gerade nach vorne gestreckt, und das andere war zur Seite geknickt. Er saß nach vorn gekrümmt da, eine Hand an seinem Hals. Er zog die Hand weg und sah das Blut. Als er etwas zu sagen versuchte, sprudelte das Blut aus seinem Hals. Er blickte sich um. Dunst hatte sich über die Lichtung gelegt. Der Waldrand, der Himmel, alles schwankte. Er sah den Doktor auf der einen Seite, und er sah Vernon, der auf ihn zukam. Und da war Hart hinter Vernon, ein Gewehr im Arm. Vernons Mund bewegte sich, aber Raymond konnte ihn nicht hören. Raymond neigte seinen Kopf fragend zur Seite und versuchte, ihm zu sagen, dass er einen Schuss abgekriegt habe, aber Vernon wusste Bescheid. Er kniete sich vor ihn und besah sich die Wunde, wie man ein Loch in einem Zaun inspizieren würde. Vernon schüttelte den Kopf. »Du dummes Arschloch«, sagte er. Raymond sah Vernons Gesicht ganz nahe, und es wirkte bestürzt, als wollte er gleich losweinen. Er sah, wie Vernon ihn schüttelte. Er spürte nichts, aber er wusste, dass Vernon ihn schüttelte, weil Vernons Arme sich bewegten, und er wusste, auch seine eigenen Schultern und sein Kopf bewegten sich. Vernon hatte eine rote Weste an. Er hielt Raymond am Handgelenk, und die andere Hand drückte er gegen Raymonds Hals, als wollte er dort etwas zustöpseln. Er stand auf und trat zurück. Die Vorderseite von Raymonds Hemd war voller Blut. Raymond sah das Blut, und es war wie ein riesiges Loch, und sein Kopf sank in die Richtung dieses Loches auf seine Brust. Das Huschen und Flimmern, als sein Bruder in einem weißen Boot vorbeischwamm, ein Rudel Hirsche, das sich umdrehte und nach hinten schaute, Vögel, die in einer schwarzen Wolke verschwanden. Kurz hob sich sein Kopf, und dann fiel er ein letztes Mal nach unten.

Hinter ihm ging die Hüttentür auf, und Lizzy erschien. Sie rannte die Treppe hinunter, verfehlte eine Stufe und stolperte. Sie rief, aber Raymond konnte sie weder hören noch sehen. Sie kam auf die Lichtung, und dann blieb sie stehen. Ihr Mund öffnete sich, und sie stieß einen stummen Schrei aus.

Die Sonne war eben über die Bäume gestiegen, und ihr Licht fiel in die Lichtung, wo Raymond saß. Ein Bein lag gerade vor ihm ausgestreckt, als wollte er über etwas hinwegsetzen. Sein Kinn war auf die Brust gesunken. Raymonds Schatten war schmal. Sein Körper hatte sich ein wenig zur Seite geneigt. Und dann war Lizzy über ihm, sagte seinen Namen, berührte ihn an Kopf, Schultern und Brust, die Hände blutig jetzt, und das lange Klagen ihres »Neeeiin« erhob sich in den Himmel. Aus der Ferne hätten die zwei wie spielende Kinder erscheinen können, eines, das ungeduldig fleht, und das andere, das sich hingesetzt hat und sich nicht von der Stelle bewegen will.

Als sie klein waren und noch zusammen bei ihrer Großmutter wohnten, wusste Nelson, dass Raymond genau wie er sein wollte. Raymond kopierte seine Bewegungen, seine Sprechweise; er probierte seine Kleider und Stiefel an und sagte manchmal sogar, sein Name sei Nelson, nicht Raymond. Um ihm seinen Willen zu lassen, spielte Nelson hin und wieder mit, und sie redeten den ganzen Tag so miteinander, als wären sie der jeweils andere. Und dann war Nelson eines Tages das Spiel leid, drückte Raymond fest an den Boden und begann, ihn zu verhöhnen. Raymond sträubte sich vergeblich und rief, Nelson solle ihn gewinnen lassen. »Ich bin du!«, schrie er. »Dann befrei dich«, sagte Nelson, hielt ihn fest und versetzte ihm einen Boxhieb in die Rippen. »Also, wer bist du?«, höhnte er und ließ Raymond erst los, als er zugab, er sei ein kleines Arschloch und sein Name sei Raymond.

In diesem Herbst dachte Nelson, während er im Gefängnis war, oft an seinen Bruder, den er sich immer als den Glücklichen vorgestellt hatte, mit der Familie in der Nähe und der Liebe seiner Großmutter; er hatte nie vergessen, wer er war. Nelson war Mitte September nach einem Krankenhausaufenthalt und einem kurzen Prozess, in dem er des versuchten Mordes an einem Polizeibeamten für schuldig befunden wurde, in das Gefängnis der mittleren Sicherheitsstufe verlegt worden. Am zweiten Tag nach seiner Ankunft im Gefängnis fiel draußen während des Hofgangs ein drahtiger, Französisch sprechender Typ anscheinend ohne triftigen Grund über ihn her. Nelson, zunächst überrascht, trat ein paar Schritte zurück, die Arme in der Luft, als griffe er nach der Sprosse einer Leiter, die nicht da war. Der Typ hatte ein behelfsmäßiges Messer in der Hand, das aus einem geschliffenen Löffelgriff hergestellt war, und er sagte etwas, das Nelson nicht verstand, es klang melodisch und irritierend. Nelsons Überraschung machte rasch kalter Vernunft Platz, und er wehrte den Jungen mit einem Wirbel von Faustschlägen ab. Bevor die Aufseher herbeieilten, stieß er den Jungen mit dem Kopf auf den Zement des Hofes und flüsterte ihm ins Ohr, nächstes Mal werde er ihm das Froschfressergehirn zu Brei schlagen.

Während der ersten Tage im Gefängnis kämpfte er sich in der Hackordnung nach oben und begriff nach und nach den Ort, an dem er sich befand, und empfand eine Art Trost. Abends würfelte er manchmal vor dem Einschlafen mit Yuri, seinem Zellengenossen, einem einunddreißigjährigen Slawen, der einen Freund wegen Spielschulden für immer zum Krüppel geschlagen hatte. In der Zelle roch es schwach nach Urin. Der Zementboden war kalt. Draußen drängte ein früher Winter gegen die Kalksteinmauern; drinnen das Pfeifen des Windes in den Luftschächten. Eines Abends gewann Nelson ein Paar Schuhe, eine Stange Zigaretten, Yuris Ehefrau für eine Nacht, reale und irreale Dinge, und am Ende des Abends gab er alles zurück, selbst die falsche Ehefrau, weil er von Yuris Vergangenheit wusste und nicht im Schlaf zum Krüppel geschlagen werden wollte. Yuri sagte, sein voriger Zellengenosse, der Mann, den Nelson ersetzt hatte, habe sich eines Nachts erhängt. Habe aus einem Bettlaken eine Schlinge gemacht. Er sei am Morgen vom Geruch nach Pisse und Scheiße aufgewacht und habe die nackten Füße des Mannes dunkelrot vor sich baumeln sehen.

In dieser Nacht kam Raymond im Traum zu Nelson und setzte sich hin und begann zu reden. Sein Gesicht hatte er von Nelson abgewandt, und so sah Nelson nur seine Silhouette. Er sagte, er habe Hühner zu schlachten und ob Nelson ihm helfen würde. Er hielt seine Hände in die Höhe, die mit Blut besudelt waren, und wischte sie an dem Hemd ab, das er trug, und Nelson sah, dass es sein Hemd war, sein Lieblings-Cowboyhemd mit Druckknöpfen, orange und weiß kariert. Dann lachte Raymond, und sein Lachen war unbesorgt und sicher, und er sagte, es gebe nichts, wovor man Angst haben müsse, er sei in guten Händen. »Sieh mich an«, sagte Nelson, und er nannte Raymond ein dummes Arschloch, weil er sich habe töten lassen. Nelson erwachte und hörte zwei Zellen weiter das Weinen eines Gefangenen, und er hielt sich die Ohren zu und starrte hinauf in die Dunkelheit.

Eines Tages erschien ein Mann, der einen Anzug trug und in seiner Aktentasche einen Erhebungsbogen mit unzähligen Fragen hatte. Er hatte einen Filzhut auf und war zwergenhaft klein und bleich, und er befragte Nelson im Besucherzimmer, während ein Aufseher danebenstand. Er hatte einen Bleistift in der Hand und machte sich Notizen und fragte Nelson, wo er geboren sei und ob er als kleiner Junge ferngesehen habe und wann er das Elternhaus verlassen und wie viele Brüder und Schwestern er habe. Irgendwann hielt der Mann eine Lernkarte in die Höhe, und auf der Karte war ein Text, und er las die Sätze laut vor und fragte Nelson, ob Wörter darin vorgekommen seien, die er nicht verstanden habe. Ein Wort, *sublim*, war schwierig, und Nelson war sich nicht sicher, was es bedeutete, aber er wollte es nicht zugeben. »Geh, fick dich selber«, sagte er. Der Mann zuckte mit keiner Wimper. Er beugte sich über sein Notizbuch und kritzelte etwas hinein, und dann blickte er auf und fragte Nelson, ob er an Gott glaube oder ob er ein Atheist sei. Er sprach das Wort *Atheist* aus und rollte dabei leicht mit den Augen, und Nelson dachte, er sei vielleicht schwachsinnig. Er sagte, das gehe den Mann nichts an. Und dann fragte der

Mann, was er mit seinem Leben anstellen wolle, und Nelson sah den Mann an und beugte sich vor und sagte, er werde leben, und er werde gut leben. »Trotz Arschlöchern wie du eines bist, mit deinem Hut und deinen weichlichen Händen und deinem Knöpfchen statt einem Schwanz.«

Nachts lag Nelson im Dunkel seiner Zelle auf seiner Pritsche und träumte von seiner Freilassung und seiner Rache. Er würde Hart töten. Er sah keinen Grund, es nicht zu tun. Er hatte nichts als Zeit, und die Zeit steigerte seinen heißen Wunsch nach Rache. Alles fehlte ihm: Gott, die Familie, Raymond. Trotzdem konnte er sich anpassen und unterwerfen – sein Training hierin war hart und vollkommen gewesen –, und er lernte, sich lieb Kind bei den Aufsehern und bei den Gefangenen zu machen, die das Sagen hatten. Ernest, ein riesiger Mann, ein Gefangener mit viel Macht, stellte ihn eines Tages nach dem Mittagessen im Speisesaal und sagte, er wünsche, dass Nelson sich um einen jungen Mann namens Soot kümmere. Ernest sagte, er wolle nur eine Botschaft übermitteln; er wolle nicht, dass er sterbe. »Das ist sinnlos«, sagte er. »Was Aussagekräftigeres wäre schön.« Er stieß Nelson seinen dicken Finger gegen das Brustbein.

Am Morgen erwischte Nelson Soot allein in der Dusche. Trat hinter ihn, drehte ihm den Arm auf den Rücken und riss ihn ihm aus der Gelenkpfanne. Dann ging er davon, kaum außer Atem, während Soot sich heulend und mit eingeschrumpftem, blauem Penis auf dem nassen Boden wälzte. Ernest versuchte, ihn mit Haschisch oder einer Monatsration Zigaretten zu entlohnen. Oder Sex, wenn er das mochte. Nelson schüttelte den Kopf und sagte, an alldem sei er nicht interessiert. Er wolle in Ruhe gelassen werden; das sei Bezahlung genug. Ernest musterte ihn mit schwarzen, lidlosen Augen, und dann flüsterte er ihm zu, ehe er ihn gehen ließ, dass er Männern wie Nelson schon vorher begegnet sei, Männern, die offenbar keine Furcht und kein Schamgefühl kannten, nichts zu verlieren hatten. Er sagte, solche Männer seien für ihn sehr nützlich. »Könntest du das sein?«, fragte er, aber Nelson gab keine Antwort.

Eines Nachts träumte er von dem Müllplatz und Hunden, die ihn verfolgten, und er erwachte jäh und setzte sich auf. Eine Lampe brannte matt hinter der Zellentür am Ende des langen Korridors. Eine Stimme, hoch und angstvoll, rief. Er zündete eine Kerze an, und die Flamme flackerte und tanzte, und in dieser gedämpften Schwerelosigkeit sah er, wie seine Vergangenheit sich ruckartig abspulte. Er sah einen weißen Emaillenachttopf in der Ecke seines Zimmers; sein Atem dampfte, während seine nackten Knie zitterten. Der Rücksitz des Ford Falcon mit Kunststoffpolstern, die nach der Plastikfolie rochen, mit der die Fenster im Haus seiner Großmutter abgedichtet waren, und die Köpfe, rechteckig und monströs, des Mannes und der Frau, die ihn mitgenommen hatten. Der bleiche, dünne Arm seiner Stiefschwester und der flüchtige Blick auf ihr Geschlecht, als sie sich im Gebüsch am Rand eines riesigen braunen Sees umzog. Das Anthrazit im Kohlenverschlag und seine Schaufel, die das Feuer in Gang hielt; der Geschmack nach Kohle, der am Morgen noch immer in seinem Mund war, wenn er sich über seine Hafergrütze beugte und die dröhnende Stimme seines Stiefvaters hörte, die das Matthäusevangelium in das Zimmer posaunte, während seine Gedanken wanderten und wanderten. Dorothy Stoez' Mund und der Geschmack ihrer Zunge, die Beschaffenheit ihrer Brustwarzen, die sich überschlagenden Unsinnswörter – sie hatten sich in einem Außenklo hinter der Schule getroffen, umgeben vom Gestank nach Ammoniak, und nach Liebe gesucht. Die dicken grauen Socken mit den roten Streifen seiner Großmutter. Reenie, die mit geschlossenen Augen sang, während ihre Armreifen klimperten. Er sah Raymond flach auf dem Boden unter sich, wie er weinte und sich wand, der kleine Mistkerl.

Und er sah ihn tot. Er wusste nicht, ob Raymond überrascht gewesen war, ob der Tod immer durch die Tür hereinbrach wie ein unerwarteter Besucher, ob es genügend Zeit gab, zu protestieren und zu rufen: »Hey, du nimmst den Falschen mit.« Und er sah Raymond, der seine Jeans, seine Schuhe, sein Hemd trug. Keine Feindseligkeit diesmal, nur der Trost, der jeweils andere zu werden. Der lange Sommertag erwachte und verging, und das Licht wich aus dem Himmel, und die Dunkelheit brach an, und um die Dunkelheit zurückzudrängen, machten sie ein Feuer, und ihre Schatten verschwammen in der Wand der Nacht, die auf sie herabblickte.

Dank

Der Satz, den Lionel auf Seite 169 spricht und der mit den Worten beginnt: »Und wir bekommen keine Forderungen erfüllt …«, wurde einem Interview mit Lyle Ironstand und Louis Cameron entnommen, das ursprünglich in *Paper Tomahawks: From Red Tape to Red Power* von James Burke erschien.

Der Autor möchte Blaine Klippenstein und Jerry Tom danken. Außerdem möchte er seiner Lektorin Ellen Seligman seinen Dank aussprechen.